MAXIMILIANEUM

Gerhard Hopp, Jahrgang 1981, studierte Politikwissenschaften, Amerikanistik, Geschichte (M.A.) sowie Ost-West-Studien (M.A.) und promovierte 2010 im Fach Politikwissenschaften. Seit 2013 ist er direkt gewähltes Mitglied des Bayerischen Landtags und seit 2018 Mitglied des Präsidiums des Landtags. Er ist Vorsitzender des Bayerischen Bibliotheksverbandes und Mitglied im Medienrat.

GERHARD HOPP

MAXIMILIANEUM

Kriminalroman

emons:

Bibliografische Information der Deutschen Nationalbibliothek
Die Deutsche Nationalbibliothek verzeichnet diese Publikation
in der Deutschen Nationalbibliografie; detaillierte bibliografische
Daten sind im Internet über http://dnb.d-nb.de abrufbar.

© Emons Verlag GmbH
Alle Rechte vorbehalten
Umschlagmotiv: Montage aus lookphotos/Jan Greune,
shutterstock.com/PK_plants, PublicDomainPictures/Pixabay.com
Umschlaggestaltung: Nina Schäfer, nach einem Konzept
von Leonardo Magrelli und Nina Schäfer
Umsetzung: Tobias Doetsch
Gestaltung Innenteil: DÜDE Satz und Grafik, Odenthal
Lektorat: Carlos Westerkamp
Druck und Bindung: CPI – Clausen & Bosse, Leck
Printed in Germany 2022
ISBN 978-3-7408-1458-8
Originalausgabe

Unser Newsletter informiert Sie
regelmäßig über Neues von emons:
Kostenlos bestellen unter
www.emons-verlag.de

Dieser Roman wurde vermittelt durch
die Medienagentur Gerald Drews, Augsburg.

Die Übersichtspläne und Karten des Maximilianeums
wurden mit freundlicher Unterstützung des Landtagsamtes
des Bayerischen Landtages erstellt.

Ich ermahne dich, Ikarus,
dich auf mittlerer Bahn zu halten,
damit nicht, wenn du zu tief gehst,
die Wellen die Federn beschweren,
und wenn du zu hoch fliegst,
das Feuer sie versengt.
Zwischen beiden fliege.

Ovid

Auf den Höhen soll es ragen,
edler Bildung sichrer Hort,
reiche Geistesfrucht zu tragen,
als ein stiller Musenort,
Bayerns hoffnungsvollen Söhnen
bauet Max hier ein Asyl,
alles Wahren, Guten, Schönen
Sterne sind ihr leuchtend Ziel.

Aus dem Festlied anlässlich der Grundsteinlegung
des Maximilianeums am 6. Oktober 1857

Prolog

Stuttgart, Palais Hohenheim, am Morgen des 9. Januar 1819

Marie war ebenso alarmiert wie ratlos und ging unruhig im spärlich beleuchteten königlichen Schlafgemach auf und ab. Unerträglich kam der jungen Dienstbotin die Stille vor, die nur vom Knarzen der Bodendielen unter ihren Füßen unterbrochen wurde. Sie hätte sie von dieser törichten Unternehmung abhalten sollen, schalt sie sich. Aber sie wusste, dass es hoffnungslos gewesen wäre. All ihren Warnungen zum Trotz war die erkältete Monarchin zu einer Kutschfahrt aufgebrochen, um ihren Gatten Wilhelm zu sehen und zur Rede zu stellen. Seit sie am Hof zurück war, erschien sie ihr kränklicher und zerbrechlicher denn je, und ihr Zustand wurde stündlich schlechter.

Betroffen blickte die Zofe in das schweißgebadete Gesicht und fixierte die glasigen Augen der beim Volk so beliebten Zarentochter. Von Kindesbeinen an begleitete Marie sie, und es bereitete ihr Kummer, zu sehen, wie schwer Katharina an ihrem Schicksal trug. Und dies umso mehr seit jener Nacht, in der die Königin sich ihr anvertraut hatte.

»Eure Majestät, liebste Freundin, bleibt bei mir! Sprecht mit mir«, sagte sie verzweifelt, doch die Gestalt im Krankenbett wand sich nur und reagierte nicht.

Der Leibarzt Dr. Georg von Hinrichsen stürmte ins Zimmer und warf Marie beunruhigte Blicke zu. »Sie spricht im Fieberwahn. Holt eine Schüssel Wasser und …«

Ein Schütteln der Kranken unterbrach ihn. Katharina Pawlowna bäumte sich auf und stöhnte vor Schmerzen. Krächzen erfüllte den Raum, bis es schlagartig leise wurde.

»Schnell! Sie verliert das Bewusstsein«, rief der Arzt.

Marie stürzte zum Bett und ergriff Katharinas Hand. Sie war feucht und kalt.

Katharina versuchte noch etwas zu sagen, doch sie war kaum zu verstehen. Nur ein »Bitte, Marie …« wiederholte sie wieder und wieder, und ihre Augen quollen hervor.

Wenige Augenblicke später war die erst dreißigjährige Frau tot. Im Arztbericht wurde nüchtern vermerkt:»Ihre Majestät sprach morgens um sieben Uhr über mancherlei Gegenstände ungehindert. Danach fiel sie jedoch in Bewusstlosigkeit, der Puls wurde schwächer, und sie starb.«

* * *

Katharinas hoffnungslosen Gesichtsausdruck würde Marie nie vergessen, da war sie sicher, als sie wenige Augenblicke später mit klopfendem Herzen vor dem Frisiertisch der verstorbenen Königin stand und sich selbst im Spiegel betrachtete. Sie wischte sich Tränen aus den Augen und atmete tief durch. Einen letzten Dienst konnte sie ihrer Herrin noch erweisen.

Kurz zögerte sie, dann öffnete die Zofe eine Schublade und holte ein sorgsam gefaltetes Schriftstück hervor.

Der Morgen graute bereits, als sie aus der Türschwelle trat und die kalte Luft einsog. Immer wieder ertastete sie in der Innentasche ihres Rockes das Papier. Vorsichtig sah Marie sich um, überquerte dann schnellen Schrittes den Hof und zog eine schwere Holztür in den Stallungen gegenüber auf, um dort einen Burschen unsanft aus dem Schlaf zu rütteln. Ernst blickte Marie dem noch schlaftrunkenen Jungen in die Augen und packte ihn an den Schultern.

»Steh auf. Du hast einen Botendienst für mich zu erledigen!«

Achtzig Kilometer nördlich von Moskau, Gegenwart,
zu Jahresbeginn

Durch das Holpern des Mercedes verrutschte seine Augenbinde ein kleines Stück, und er konnte einen winzigen Ausschnitt der Welt draußen erhaschen. Weiße Schneefelder zwischen dunklen Wäldern rauschten an ihm vorbei. Mehr sah er nicht, seit sie den Flughafen Moskau-Scheremetjewo verlassen hatten.

Geflogen war er zwar schon häufig in seinem Leben, der luxuriöse Gulfstream-Privatjet, mit dem er dort gelandet war, beeindruckte ihn dennoch, und er hatte die atemberaubende Aussicht aus den übergroßen ovalen Fenstern ebenso genossen wie die bequemen Ledersessel. Das war der Luxus, den er zumindest seiner Familie bieten wollte. Ihm selbst würde dafür kaum noch Zeit bleiben.

Als er von der Gangway direkt in eine Limousine bugsiert und schwarzer Stoff über seine Augen gelegt wurde, erfasste ihn ein flaues Gefühl in der Magengegend, das ihn seitdem nicht mehr losließ. Es war erstaunlich, wie schnell man in der Dunkelheit das Zeitgefühl verlor, und so konnte er durch die schwankenden Bewegungen des Fahrzeuges nur erahnen, dass sie zügig über Land fuhren, sich Kilometer für Kilometer von der russischen Hauptstadt entfernten.

Endlich, nach einer kleinen Ewigkeit, kam der Wagen knirschend auf Kies zum Stehen, und die Seitentür wurde aufgerissen. Licht flutete in den Rückraum, und er musste blinzeln, als er von der Augenbinde erlöst wurde. Etwas steif vom langen Sitzen erhob er sich und stieg mit ungelenken Bewegungen aus dem Wagen.

Wo war er? Vor ihm erstreckte sich ein klassizistischer Palast mit Säulengängen und einer weitläufigen Anlage. Hinter ihm konnte er einen Park mit Teichanlagen, Zedernwäldchen und Gewächshäusern erkennen. Sein Begleiter, der die Fahrt über wortkarg neben ihm gesessen war, wies ihm mit der Hand den Weg zur hölzernen Eingangstür, die von zwei geschwungenen Steintreppen eingerahmt wurde.

Einen Augenblick später saß er in einem riesigen Arbeitszimmer mit hohen Glasfenstern und sah sich staunend um. Der herrschaftliche Raum, früher wohl ein Ballsaal, war über und über gefüllt mit Gemälden, Statuen, Vasen und Büsten. Die Zusammenstellung erschien ihm auf den ersten Blick wahllos. Griechisch, römisch, assyrisch, ägyptisch. In jedem Fall protzig, ging ihm durch den Kopf.

Sein Gastgeber ließ auf sich warten. Nach einer halben Stunde öffnete sich endlich die Tür, ein groß gewachsener Mann nahm am vergoldeten Schreibtisch Platz und fixierte ihn mit stahlgrauen, kalten Augen. Selbstbewusstsein schien ihm aus jeder Pore zu strömen. Eine unbehagliche Stille breitete sich aus, bis er endlich zu sprechen begann.

»Sie haben, wonach ich suche?«, fragte der Russe mit leichtem Akzent.

Zum ersten Mal saßen sich die beiden direkt gegenüber. Bislang waren sie lediglich über Mittelsmänner und telefonisch in Verbindung gewesen, aber er erkannte die Stimme sofort und nickte. »Ja, ich kann es Ihnen organisieren. Haben Sie … ihn … denn schon?«

»Lassen Sie das meine Sorge sein. Er ist bereits in meinem Besitz«, sagte der Gastgeber langsam und mit tiefer Stimme.

»Der Preis für meine Hilfe ist in Ordnung für Sie? Und Sie stellen wie versprochen den Kontakt zur Klinik her?«, fragte er vorsichtig nach.

Der Russe lachte. »Haben Sie keine Sorge. Ich verhandle nicht. Sie bekommen den Lohn, den Sie verdienen.«

Nur wenige Augenblicke später war das Gespräch beendet. Als er in den Fond des schwarzen Mercedes stieg und sein stummer Begleiter ihm erneut die Augen verband, wurde er das Gefühl nicht los, dass er den Besuch bereuen würde.

Er hatte einen folgenschweren Fehler begangen. Das Schicksal nahm seinen Lauf.

Dienstag

Sitzungswoche des Bayerischen Landtags vor Ostern

1

München, Maximiliansanlagen, 22:15 Uhr

Spät war es geworden heute. Ungewöhnlich spät sogar für seine Verhältnisse. Schon in der Schulzeit hatte Andreas Schechtner mehr Freude daran gehabt, sich in Literatur zu vertiefen, als der Letzte auf einer Party zu sein. Insbesondere die Antike und alte Sprachen hatten es ihm angetan. Bücher über römische, griechische oder bayerische Geschichte verschlang er geradezu. Dass er nun, mit zwanzig, seit mittlerweile fast einem Jahr in einem der eindrucksvollsten historischen Gebäude Bayerns wohnen durfte, hätte er sich in seinen schönsten Träumen nicht ausgemalt. Als einer von wenigen Auserwählten war Andreas mit den besten Abiturienten des Landes in den Kreis der Maximilianer aufgenommen worden und konnte seitdem freie Kost und Logis in der Studienstiftung im Südtrakt des Maximilianeums mitten im Herzen Münchens genießen.

Bei allem Lernstress im Studium lud die Isar, nur einen Steinwurf entfernt, zu spontanen Feiern ein, denen sich sogar die Fleißigsten wie er nicht ganz entziehen konnten. Die angenehmen Temperaturen kurz vor Ostern hatten Hunderte nach draußen gelockt, die im Schneidersitz um kleine Lagerfeuer zusammensaßen und die Atmosphäre des beginnenden Frühlings genossen. Als Andreas auf die Uhr sah, schreckte er auf.

»Ich muss los. Morgen muss ich gleich um acht Uhr in die Sprechstunde von meinem Prof.« Er erhob sich vom Kiesbett am Uferrand und verabschiedete sich von seinen Kommilitonen, mit denen er zuvor über die Abschlussprüfungen des Semesters geplaudert hatte. Dass es beim Gespräch mit Professor Manchl um eine Mitarbeit bei einem Forschungsprojekt gehen würde, verschwieg Andreas geflissentlich – er hatte die Erfahrung gemacht, dass ihn manche Kommilitonen mit Neid betrachteten.

Zum Glück hatte er es nicht weit nach Hause, da das Maximilianeum nur wenige Gehminuten entfernt lag. Er musste lediglich die Wege nehmen, die sich inmitten der Parkanlagen den Uferhang hinaufschlängelten. Durch die Baumwipfel blitzte sporadisch die golden angestrahlte Fassade des imposanten Prachtbaus am Isarhochufer auf, und die Säulen, Rundbögen und Statuen zeichneten sich vor dem klaren Nachthimmel ab.

Wie immer erfasste Andreas ein erhebendes Gefühl, als er sein Wohnheim, das wohl privilegierteste in der ganzen Stadt, erblickte. Nach dem tragischen Unfall seiner Eltern war er bei wechselnden Pflegeeltern aufgewachsen. Ausgerechnet hier, in einem über eineinhalb Jahrhunderte alten Renaissancebau, der seit 1949 auch den Bayerischen Landtag beherbergte, hatte er zum ersten Mal in seinem Leben so etwas wie Heimatgefühle.

Als es im Unterholz knackte, dachte er sich zunächst nichts dabei und führte es auf den Frühlingswind zurück, der durch die Bäume fuhr. Dennoch beschleunigte er seinen Schritt und drehte wachsam den Kopf.

Wieder raschelte es, und das Gefühl kroch in ihm hoch, beobachtet zu werden. Aber niemand war zu sehen.

Sein Herz schlug schneller, als er auf dem Pfad, der von rechts einmündete, eine Gestalt entdeckte.

Andreas kniff die Augen zusammen und bremste seinen Lauf ab. Zu viele Berichte über nächtliche Überfälle hatte er in den letzten Monaten gelesen. Insbesondere seit dem Mordfall beim Maxwerk auf der anderen Seite des Maximilianeums im letzten Jahr waren alle Bewohner des Hauses vorsichtiger geworden.

Erleichtert stellte Andreas fest, dass es sich lediglich um eine Radfahrerin handelte. Sie war tief über den Lenker gebeugt. Als sie ihn entdeckte, winkte sie ihm zu. »Hallo, Sie, haben Sie bitte kurz Zeit? Bei mir hat sich etwas im Rad verfangen, und ich komme nicht weiter.«

Andreas blieb einen Moment unschlüssig stehen, bis er sich einen Ruck gab und auf sie zuging. »Wie kann ich denn helfen?«

»Dort unten hat sich ein Ast eingeklemmt.« Sie deutete auf die Stelle, hustete und hielt den Ellenbogen schützend vor ihr Gesicht.

Andreas stellte seine Tasche ab und kniete sich auf den Waldboden. Gerade betrachtete er das Rad, um den Ast zu suchen, als sich plötzlich eine Hand um seinen Mund legte und ihn mit brachialer Gewalt zurückzog. Ein gedämpftes Stöhnen entkam ihm, während er über den Boden geschleift wurde und im Dunkel des Waldes verschwand. Aufgeschreckt flatterten einige Vögel in den Nachthimmel.

Einen Moment später kehrte wieder Ruhe ein, und sowohl der Student als auch die Radfahrerin waren verschwunden.

Mittwoch

Sitzungswoche des Bayerischen Landtags vor Ostern
Plenartag mit Regierungserklärung

2

München, Kriminalfachdezernat 1, K 11, 9:45 Uhr

»Ist die neu? Über Geschmack lässt sich ja nicht streiten, aber muss das sein?« Harald Bergmann deutete auf die knallrote Oberschale von Lena Schwartz' Smartphone. Er war bekennender Fan des Münchner Lokalrivalen mit den weiß-blauen Vereinsfarben und verzog das Gesicht beim Anblick des Logos des deutschen Fußballrekordmeisters.

»Na, ich dachte mir, ein Serienmeister bringt Glück für die Suche nach Serientätern, Harry«, antwortete die junge Kriminalkommissarin schlagfertig und lachte auf. »Nur Spaß. War ein Geburtstagsgeschenk meiner besseren Hälfte.«

Bergmann saß ihr an ihrem Doppelschreibtisch gegenüber und nippte an seinem Morgenkaffee, als Inge Schroll den Kopf durch die halb geöffnete Tür steckte. »Chef, ein Herr aus dem Landtag will dich sprechen.«

»Aus dem Landtag, für mich? Wer ist es?«

»Einen Namen hat er nicht gesagt, aber ausdrücklich nach dir gefragt«, antwortete die Sekretärin mit hochgezogenen Augenbrauen. »Ich stelle ihn durch, du musst nur den Hörer abheben.«

Bergmann brummte in seinen Dreitagebart, setzte sich auf und hob ab. Technik war ihm zuwider, die Telefonanlage eingeschlossen.

»Kriminalhauptkommissar Bergmann«, nuschelte er, während Schwartz aufstand und die Notizen ihres aktuellen Falls an der Pinnwand betrachtete. »Ja, ich bin es persönlich. Oh, welche Freude, Herr Direktor. Wir haben uns lange nicht mehr gehört. Wie geht es Ihnen?«

Schwartz meinte, sich verhört zu haben, und drehte sich abrupt um, als sie Bergmann in das Telefon säuseln hörte. Seit über einem Jahr bildete sie mittlerweile ein Gespann mit dem älteren Ermittler. So holprig ihre Zusammenarbeit zu Beginn auch verlaufen war, seit den nervenaufreibenden Ereignissen um den Sommerempfang in Schloss Schleißheim im vergangenen

Juli waren sie ein erfolgreiches Ermittlerteam. Damals hielten mehrere Bombenanschläge die Landeshauptstadt in Atem, stellten sich dann aber als spektakuläres Ablenkungsmanöver für einen Gemälderaub in den Katakomben des Maximilianeums heraus.

Die kecke Kommissarin und der bärbeißige, mit einer legendären Spürnase ausgestattete Kriminalhauptkommissar konnten kaum unterschiedlicher sein – sie hatte mit Anfang dreißig gerade eine kleine Familie gegründet, er war fast zweieinhalb Jahrzehnte älter und seit seiner Scheidung privat wie beruflich Einzelgänger. Bergmann war für vieles bekannt: seinen Instinkt, seine Hartnäckigkeit und seine manchmal etwas schroffe Art. Duckmäusertum und übertriebene Manieren gehörten jedoch eindeutig nicht dazu. Umso erstaunter war Schwartz nun, ihn Höflichkeitsfloskeln austauschen zu hören. Nur einmal im vergangenen Jahr hatte sie ihn so erlebt, erinnerte sie sich und nahm schmunzelnd auf der Tischkante Platz.

Bergmann hatte sich fast kerzengerade aufgesetzt. Während er immer wieder nickte, schrieb er auf einem Notizblock mit. »Seit gestern Abend erst? Vielleicht ist er nur auf einer Feier hängen geblieben, Sie wissen ja, wie die jungen Leute sind … Nun gut, ich verstehe. Selbstverständlich. Es ist zwar eigentlich nicht unser Gebiet, aber für Sie machen wir das gerne. Wir kommen sofort. Keine Umstände, Herr Direktor.«

»War das der Direktor der Weltbank, oder wie soll ich deine Worte verstehen?«, fragte Schwartz grinsend, als Bergmann auflegte.

Er atmete durch und sah sie an. »Das war Landtagsdirektor Ullrich Löwenthal. Erinnerst du dich noch an ihn? Er war uns sehr behilflich beim Schleißheim-Fall.«

»Ach ja, wie könnte ich ihn vergessen. Vor ihm hättest du fast eine Verbeugung gemacht, so hat er dir damals imponiert in seinem Büro«, witzelte sie und spielte auf eine denkwürdige Begegnung mit Löwenthal bei den Ermittlungen im Landtag im vergangenen Jahr an, bei der Bergmann für seine Verhältnisse geradezu unterwürfig aufgetreten war.

»Jaja.« Er wischte ihre Bemerkung mit einer Handbewegung weg und schaute zum Fenster hinaus. »Dieser Fall Arthur Streicher ist mir immer noch ein Rätsel. Weder aus dem Tagebuch noch den Umständen seines Todes werde ich schlau.«

»Lässt es dich immer noch nicht los?«, fragte Schwartz stirnrunzelnd. Arthur Streicher hatte sich als genialer Drahtzieher herausgestellt, der sowohl die Münchner Polizei als auch seine Komplizen hinters Licht geführt hatte. Mehr als Indizien, dass es ihm eigentlich um etwas anderes als die Gemälde im Keller des Landtages gegangen war, hatten sie aber bislang nicht gefunden.

»Nein. Es ist jammerschade, dass wir ihn nicht lebend fassen konnten. Ich bin nach wie vor davon überzeugt, dass die Rizin-Werte in seinem Blut darauf hinweisen, dass er auf der Flucht vergiftet wurde. Jemand wollte verhindern, dass wir mit ihm sprechen«, erwiderte Bergmann. »Und dass er sich auf der Brücke erschossen hat, macht es nicht logischer.«

Schwartz seufzte innerlich auf. Zigmal hatten sie schon über die spektakulären Ereignisse des letzten Sommers und die mysteriösen Umstände von Streichers Tod diskutiert. Zwei Anschläge im Stadtgebiet, eine weitere Bombendrohung zum Sommerfest des Landtages, eine Verfolgungsjagd mit Gemäldedieben, die in einer weiteren Explosion umkamen. Und schließlich die Flucht des Strippenziehers Streicher, der nur gestellt werden konnte, weil er das Tagebuch seines Großvaters, das er am Tatort verloren hatte, unbedingt zurückholen wollte.

Der Abgeordnete Stefan Huber und die Historikerin Christina Oerding, die bei der Flucht als Geisel genommen worden war, hatten damals hartnäckig auf der Theorie bestanden, Streicher habe im Keller des Maximilianeums einen verschollenen Zwillingsstein des Blauen Wittelsbachers, eines der wertvollsten Diamanten der Welt, gesucht. Bis auf eine Metallschatulle, die Jugendliche später zufällig in der Nähe der Isarauen aus dem Wasser gefischt hatten, konnten sie bislang jedoch keine weiteren Beweise finden. Auch das Tagebuch von Streichers Großvater lieferte wenig Aufschlussreiches.

In den letzten Monaten war es ruhiger um dieses Thema geworden. Bergmann und Schwartz hatten stillschweigend die Übereinkunft getroffen, vorerst nicht mehr darüber zu sprechen. Zu den Akten gelegt war die Sache für Bergmann jedoch nicht, das wurde Schwartz nun klar. Und der Anruf aus dem Amtszimmer des Direktors des Bayerischen Landtages hatte die Erinnerung an den Fall auch bei ihr schlagartig wieder nach oben gespült.

»Jetzt hast du mir aber immer noch nicht erzählt, was der Direktor von dir wollte«, sagte Schwartz.

Bergmann räusperte sich. »Also, ein völlig aufgelöster Betreuer der Maximilianer war bei ihm. Einer der Hochbegabten dort ist heute weder beim Frühstück noch bei seinem Professor aufgetaucht. Seit gestern Abend hat ihn niemand mehr gesehen.«

»Na ja, Studenten halt«, warf Schwartz ein. »Da würde ich mir jetzt noch keine großen Sorgen machen. Und außerdem wäre das doch ein Fall für unsere Kollegen in der zuständigen Polizeiinspektion.«

»Habe ich ihm auch gesagt. Aber der Verschwundene ist wohl höchst zuverlässig, und der Termin bei seinem Professor sei wichtig gewesen. Und der Betreuer scheint etwas von Leben oder Tod gesagt zu haben. Klang alles etwas verworren. Jedenfalls hat Löwenthal mich um den Gefallen gebeten, persönlich vorbeizukommen.«

»Wann? Wir stecken doch mitten im Autoschieber-Mordfall!« Schwartz deutete auf die Pinnwand hinter ihr.

»Nur heute. Der Rumäne ist bereits tot, das kann warten. Hier klang es so, als ob wir noch Schlimmeres verhindern könnten.« Bergmann klopfte entschieden auf den Tisch und zog seine etwas speckige Lederjacke von der Stuhllehne.

Schwartz seufzte und stand auf, wusste sie doch, dass Widerrede zwecklos war. Wenn Kriminalhauptkommissar Harald Bergmann sich etwas in den Kopf gesetzt hatte, blieb er stur.

3

München, Maximilianeum, 10:30 Uhr

Majestätisch tauchte die hundertfünfzig Meter breite Fassade des Bayerischen Landtages vor ihnen am Ende der Maximilianstraße auf, als der dunkelgraue Audi über das Kopfsteinpflaster rollte.

»Scheint einiges los zu sein heute«, meinte Schwartz und zeigte auf den Einsatzwagen der Landespolizei, der wie üblich an Plenartagen auf der Vorderseite des Gebäudes geparkt war.

Die prachtvolle Vorderseite des Baus aus dem 19. Jahrhundert war durch die Bauarbeiten eines neuen Besucherzentrums zum Teil verdeckt. So waren der repräsentative Brunnen und die Rasenfläche hinter Bauzäunen und Erdarbeiten verborgen. Das mit Rundbögen, Säulen und Nischen sowie von zwei offenen Turmarkaden eingerahmte Maximilianeum überragte dennoch gut sichtbar die Baustelle.

Bergmann und Schwartz grüßten beim Vorbeifahren die Kollegen im Einsatzwagen, bevor sie das ehrwürdige Gebäude in Richtung Ostpforte umrundeten, wo sie ihre Dienstausweise zeigten, um in den Innenhof zu gelangen. Ein Kollege der Landespolizei empfing sie an der Schranke.

»Guten Morgen, Herr Bergmann.« Der junge Beamte tippte an seine dunkelblaue Mütze. »Sie haben Glück, ein Parkplatz ist noch frei. Sondereinsatz, Herr Kommissar?«

»Nur eine kleine spontane Besprechung«, wiegelte Bergmann ab.

»Na, so was. Mich hat er glatt übersehen«, sagte Schwartz lächelnd, als sie neben den dunklen Dienstwägen der Minister und Staatssekretäre parkten. Mit seinen unkonventionellen Ermittlungsmethoden hatte Bergmann es zu einiger Berühmtheit gebracht, auch wenn seine Fans immer weniger wurden, je höher es in die Führungsebenen hinaufging.

Sie stiegen aus und ließen den Blick über den Innenhof schweifen. Auf der Rückseite des länglichen Prachtbaus waren im Verlauf der letzten Jahrzehnte moderne, funktionale Bürogebäude ergänzt worden, die sich jedoch erstaunlich gut in das Gesamtbild einfügten.

»Dort drüben müsste der Südbau sein, in dem die Studienstiftung untergebracht ist«, sagte Schwartz. Es war einige Monate her, als sie zum letzten Mal im Maximilianeum waren.

Im gesamten Gebäude herrschte Hochbetrieb, und Mitarbeiter, Abgeordnete sowie Besuchergruppen drängten sich durch das enge Treppenhaus. Auch die Aufzüge waren besetzt, sodass sie sich dafür entschieden, zu Fuß den Weg über die knarzenden Holzstufen zur obersten Etage zu nehmen. Schwartz ging leichtfüßig voran und hielt ihrem schnaufenden Kollegen die Glastür zur vierten Ebene auf, in der sich die Büros der Verwaltung befanden.

»Du die junge Sportliche … Ich der alte Denker … Schöne Aufgabenteilung«, konterte Bergmann ihren amüsierten Blick, während er nach Luft schnappte.

Landtagsdirektor Ullrich Löwenthal sprang von seinem Schreibtisch auf, als die Vorzimmerdame den Besuch der Kriminalpolizei ankündigte. Mit schnellen Schritten ging der frühere Ministerialbeamte, wie stets in einen perfekt sitzenden Dreiteiler gekleidet, den Beamten entgegen.

»Frau Schwartz, Herr Bergmann«, sagte er freudig und hob die Arme zur Begrüßung, »ich danke Ihnen, dass Sie so schnell kommen konnten. Nehmen Sie doch Platz. Der Stockwerksbetreuer von der Studienstiftung ist schon auf dem Weg zu uns.« Löwenthal wies auf die Stühle am Besprechungstisch.

Mit einem Seufzen setzte er sich ihnen gegenüber und fuhr sich durch das grau melierte Haar, das im Vergleich zu ihrer letzten Begegnung deutlich schütterer geworden war.

»Es tut mir leid, dass ich Ihre Hilfe in Anspruch nehmen muss«, begann er mit seiner sonoren Stimme. »Wir haben heute Plenarsitzung mit Regierungserklärung des Ministerpräsidenten, von daher volles Haus. Aber Herr Rademacher von der Studienstiftung erschien mir ganz aufgelöst.« Auch in Ausnahmesituationen legte er Wert darauf, Ruhe und Korrektheit an den Tag zu legen. In so manch kniffliger Situation des Parlaments hatte er sich bereits als Krisenmanager bewährt. Selbst als Umweltaktivisten den Plenarsaal mit Transparenten bewaffnet stürmten, um eine Abstimmung zu verhindern, schaffte Löwenthal es, sie in die Schranken zu weisen. Über dem Gesetz und der Würde des Hohen Hauses stand für ihn niemand, so edel oder gut die Absichten auch sein mochten.

Lena Schwartz lehnte sich zurück und überließ ihrem Kollegen das Feld, wusste sie doch, dass Harald Bergmann es genoss, mit dem Direktor das Wort zu führen.

»Ehrensache«, wiegelte Bergmann ab und beugte sich vor. »Sie sagten, ein Student werde seit gestern Abend vermisst?«

»Ja, Andreas Schechtner. Zwanzig Jahre alt, sehr diszipliniert und korrekt. Herr Rademacher macht sich ernsthafte Sorgen, sonst hätte ich Sie nicht so schnell eingeschaltet. Aber Sie kennen das Maximilianeum und die Umstände bei uns am besten, dachte ich mir«, antwortete Ullrich Löwenthal und schenkte ihnen Kaffee ein, als es an der Tür klopfte. »Ah, Herr Rademacher, da sind Sie ja!«

Der Direktor winkte einen hageren, glatzköpfigen Mann in das Büro. Vorsichtig zog Ferdinand Rademacher den Stuhl zu sich und setzte sich. Er war zwar etwa im gleichen Alter wie Löwenthal und Bergmann, wirkte mit seinen matten Augen und der gebückten Haltung jedoch bedeutend älter. »Das sind Kriminalhauptkommissar Harald Bergmann und Kriminalkommissarin Lena Schwartz von der Kripo. Freundlicherweise stehen sie uns spontan mit Rat und Tat zur Seite. Gibt es etwas Neues?«

Rademacher schüttelte den Kopf. »Keine Spur von Andreas. Ich wusste nicht, dass Sie die Polizei um Hilfe gebeten haben.« Er lächelte bemüht, sah kurz zu den Ermittlern, um dann aber schnell den Blick wieder zu senken.

Bergmann zückte seinen Notizblock. »Wir sind zwar von der Mordkommission, aber weil wir schon einmal hier sind: Erzählen Sie uns doch bitte, was Sie über den Vermissten wissen. Sie sind der Betreuer des Studienheimes, richtig?«

»Ja, ich bin seit fast dreißig Jahren bei der Studienstiftung. Wir beherbergen hier etwa fünfunddreißig Studenten und kümmern uns um die Zimmer, das leibliche Wohl, das ganze Drumherum eben, wissen Sie?«, zählte er auf und blickte sie mit müden Augen an.

»Und Andreas Schechtner?«, hakte Bergmann nach.

»Andreas ist seit einem guten Jahr bei uns. Exzellenter Student. Geschichte und Latein. Immer einer der Ersten am Morgen. Und heute hatte er ein Gespräch mit einem Professor an der LMU, der ihn für ein Forschungsprojekt anwerben wollte. Ist nicht aufgetaucht, was überhaupt nicht zu ihm passt, verstehen Sie? Andreas war gestern noch ganz aufgeregt. Professor Manchl ist eine echte Koryphäe, und es ist eine große Chance für ihn. Daher war ich so aufgewühlt vorhin. Es sind ja in gewissem Sinne meine Schützlinge.«

»Dafür haben wir volles Verständnis, Herr Rademacher«, schaltete sich Schwartz ein. »Haben Sie eine Idee, wer oder was dahinterstecken könnte? Eine Freundin oder Bekanntschaft? Ungewöhnliche Kontakte oder Probleme? Was sagt die Familie?«

»Kann ich mir alles beim besten Willen nicht vorstellen. Ich bin ratlos. Und außer einer über neunzigjährigen Großtante hat er keine Familie.«

Schwartz und Bergmann wechselten Blicke.

»Haben Sie nicht gesagt, es gehe um Leben und Tod?«, warf Bergmann ein, und Löwenthal bestätigte dies mit heftigem Nicken.

»Da ... da habe ich wohl im ersten Moment überreagiert. Ich weiß auch nicht, warum ich das gesagt habe«, stotterte Rademacher. Unübersehbar zog der Landtagsdirektor seine Augenbrauen hoch.

»Zeigen Sie uns doch bitte sein Zimmer«, sagte Bergmann nach einer kurzen Pause. »Vielleicht finden wir dort Anhaltspunkte. Wir ermitteln zwar nicht offiziell, aber es schadet nicht, wenn wir uns umsehen.«

»Großartiger Vorschlag! Danke, dass Sie sich die Zeit nehmen«, erwiderte Direktor Löwenthal. »Was meinen Sie, Herr Rademacher?«

Der Betreuer überlegte kurz. »Das müsste ich eigentlich mit dem Vorstand der Stiftung abklären. Jetzt sofort?«

»Ja, am besten sofort«, antwortete Bergmann und sah auf die Uhr. »Wir müssen danach zurück ins Kommissariat.«

Schwartz wunderte sich. Ursprünglich dachten sie, dem Direktor einen Gefallen zu tun. Nun hatte sie den Eindruck, dass ihre Hilfe beim Betreuer eher unerwünscht war. Und das machte sie misstrauisch.

Direktor Löwenthal erhob sich. »Sehen Sie es sich an. Aber bitte verhalten Sie sich diskret. Heute steht vieles an, zwei ausländische Delegationen und am Nachmittag die Regierungserklärung des Ministerpräsidenten. Da gibt es einiges zu tun, und ich bin froh um Ihren Rat, Herr Bergmann und Frau Schwartz.«

»Letztes Jahr war das Haus leer, als wir hier waren. Jetzt erleben wir es zumindest einmal in voller Besetzung«, kommentierte Bergmann, bevor sie mit dem Studienbetreuer das Büro des Direktors verließen.

Kurz bevor er durch die Tür trat, berührte ihn der Direktor am Arm. »Offen gestanden, Herr Kommissar«, flüsterte er, »das Verhalten von Herrn Rademacher irritiert mich. Halten Sie mich bitte auf dem Laufenden?«

4

München, 10:30 Uhr

Das grelle Licht blendete ihn, und seine Augen schmerzten. Andreas Schechtner ließ den Kopf auf seine Brust hängen, um der Lampe zumindest ein Stück weit auszuweichen und sich Linderung zu verschaffen. Seit er vor zwei Stunden zu sich gekommen war, durchlebte er seinen größten Alptraum. Er saß auf einem Stuhl, einen Knebel im Mund, die Hände mit Kabelbindern an die Armlehnen gefesselt. Hinter der Stehlampe, die ihm ins Gesicht leuchtete, verschwand der Raum um ihn herum im Dunkeln. Lediglich schwere, mit Tulpen verzierte Vorhänge an der Wand und die Umrisse eines einfachen Holztisches hatte er bislang erkennen können.

Sein Kopf dröhnte, als ob er von Hammerschlägen getroffen worden wäre, und seine Verzweiflung wuchs mit jeder Minute. Die tiefe Stimme auf der anderen Seite des Tisches war sein einziger Kontakt mit einer verstörenden Welt um ihn herum. Ruhig und bestimmt wiederholte sie immer wieder die gleichen Fragen.

»Junger Mann. Wir wissen von Ihnen und den Wächtern. Was können Sie uns zur Schatulle und zum Plan der Katakomben sagen? Wer weiß noch davon?«

Die dunkle Gestalt sprach, ohne aggressiv oder laut zu werden, und Andreas merkte, wie ihn gerade diese Kontrolliertheit einschüchterte.

»Sie müssen uns nur diese Fragen beantworten, und schon können Sie Ihr kleines Leben fortführen, als ob nichts gewesen wäre. Wenn nicht, werden wir es heute leider beenden müssen«, sagte die Stimme langsam und bedächtig, mit rollendem R, wie Andreas registrierte. Der Akzent kam ihm bekannt vor, polnisch oder russisch, überlegte er.

Andreas schüttelte den Kopf. Er konnte dazu nichts sagen. Nicht wegen des Versprechens, das er als Anwärter gegeben hatte, sondern weil er es schlicht und einfach nicht wusste.

Stille trat ein, in der Andreas nur sein eigenes Atmen hörte, das ihm mit dem Knebel zunehmend schwerer fiel.

»Junger Mann. In unserem Land ist ein Menschenleben weit weniger wert, als Sie es sich vielleicht vorstellen können. Wir kennen Ihre Geschichte. Niemand wird Sie vermissen«, hörte er sein Gegenüber langsam sagen. »Sie werden uns jetzt berichten, was Sie wissen.«

Wie aus dem Nichts zog eine Hand den Knebel aus seinem Mund, und Andreas holte keuchend tief Luft.

»Sie haben zehn Sekunden«, sagte die Gestalt.

Seine Gedanken rasten. Was sollte er tun? War das eine Prüfung, mit der er seine Integrität und Loyalität für seine künftige Aufgabe beweisen musste? Oder war dies bittere Realität?

Flehentlich bat er ins Halbdunkel hinein: »Ich weiß es wirklich nicht! Wir haben keine Schatulle! Ich kenne den Plan nicht! Bitte ...«

Erneut trat unheilvolle Stille ein, bis die mittlerweile vertraute Stimme mit dem Akzent zu hören war. »Ich wiederhole die Fragen jetzt noch ein letztes Mal, junger Freund. Und dann überlegen Sie sich Ihre Antworten genau. Sie schreiben mit der rechten Hand, richtig? Ich bin sicher, Sie würden Ihre Finger schmerzlich vermissen.«

Im selben Moment wurde Andreas der Knebel wieder fest um den Mund gezogen, und ein stahlharter Griff umfasste von hinten seine rechte Hand. Als er die Kneifzange neben sich aufblitzen sah, überkam den jungen Studenten Panik.

5

München, Maximilianeum, Südbau, 10:50 Uhr

Wortkarg lief Rademacher voraus und lotste Bergmann und Schwartz zum Südbau, in dem die Studienstiftung Maximilianeum große Teile der ersten drei Stockwerke für sich beanspruchte. Sie hatten Mühe, ihm zu folgen, während sie sich am Büro der Landtagspräsidentin im Herzen des Gebäudes vorbeischlängelten. Betriebsamkeit hatte den Landtag erfasst. Aktuell tagten die unterschiedlichen Fraktionen, bevor mittags die Plenarsitzung beginnen würde.

Kurz vor dem Übergang zum Südbau rief ihnen eine Frau hinterher: »Na, wenn das nicht meine Lieblingskommissare Harald Bergmann und Lena Schwartz sind! Was für eine Überraschung! Sie hätten schon Bescheid geben können, wenn Sie hier bei uns vorbeischauen!«

Bergmann drehte sich um und erkannte schnell, wem diese Stimme gehörte. Christina Oerding, die einen schicken Hosenanzug trug und mit federnden Schritten soeben die große Besuchertreppe heraufkam, winkte ihnen zu und hob tadelnd den Zeigefinger.

Mit ihr und dem jungen Abgeordneten Stefan Huber hatten sie sich im letzten Jahr beim Schleißheim-Fall zu einem ungewöhnlichen Team zusammengefunden.

»Mea culpa, Tina«, sagte Bergmann. »Wir sind kurzfristig auf einen Sprung vorbeigekommen. Der Landtagsdirektor hat uns um Rat gefragt.«

»Soso. Dann will ich euch mal nicht länger aufhalten in eurer Geheimmission. Aber was haltet ihr von einem gemeinsamen Mittagessen? Ich treffe Stefan um zwölf Uhr in der Landtagsgaststätte. Machen wir aus einem Zweierdate doch eine größere Runde zu viert!«, schlug die Historikerin, die beim Besucherdienst im Landtag arbeitete, vor.

Bergmann wechselte einen Blick mit Schwartz und antwortete: »Gute Idee. Landtagsgaststätte schlägt Polizeikantine. Abgemacht.«

»Das schaffen wir ja, Herr Rademacher, oder?«, wandte sich Schwartz an ihren Begleiter, der sich bislang im Hintergrund gehalten hatte.

Rademacher zuckte zusammen, als er seinen Namen hörte, und meldete sich beflissen. »Selbstverständlich, Frau Kommissarin.«

»Na dann, bis später! Meine Besuchergruppe wartet schon.« Tina drehte sich um und nahm die Treppe hoch zum Steinernen Saal. Im hohen Empfangsraum zwischen dem Plenarsaal und dem früheren Senatssaal sah sich bereits eine fünfzigköpfige Gruppe von Lehrerinnen und Lehrern aus Unterfranken staunend um. Fernsehanstalten bauten ihr Equipment für die Interviews und Einspieler zur Regierungserklärung am frühen Nachmittag auf. Offizianten bereiteten die Unterlagen und kleinen Ledertaschen mit den Abstimmungskarten für die Sitzung vor, die an alle Abgeordneten persönlich ausgegeben wurden. Alles war bereit für den Plenartag im Parlament.

»Ich wusste gar nicht, dass ihr per Du seid«, sagte Schwartz, während sie den Übergang zum Südbau nahmen.

»Ja, wir haben uns immer wieder mal unterhalten. Die Umstände vom letzten Jahr haben sie wie mich noch weiter beschäftigt«, erklärte Bergmann.

»Soso …«, kommentierte Schwartz und zog die Augenbrauen hoch.

Als sie ein Stockwerk tiefer eine große Glastür mit der Aufschrift »Studienstiftung Maximilianeum« erreichten, nestelte Rademacher umständlich einen großen Schlüsselbund aus seiner Jackentasche und sperrte auf.

»Wer hat hier Zutritt?«, fragte Bergmann.

»Nur die Bewohner, die Betreuer und natürlich Hausmeister und Reinigungspersonal«, sagte Rademacher und zeigte auf die Türen. »Hier einen Platz zu ergattern ist schwierig. Ehemalige Ministerpräsidenten wie Franz Josef Strauß haben hier gewohnt.«

»Und seit 1980 werden sogar Frauen aufgenommen, haben wir letztes Jahr erfahren, erinnerst du dich, Harry?«, warf Schwartz ein. »Mitten in Bayern!«

Rademacher zog die Augenbrauen hoch. »Sie sind ja gut informiert, Frau Schwartz. Die Stiftung wurde von König Maximilian II. 1852 ins Leben gerufen. Ursprünglich hieß sie Athenäum und ist seit dem Bau des Maximilianeums hier in diesem Gebäude untergebracht. Seitdem trägt sie im Übrigen den Namen Stiftung Maximilianeum, und die Studenten nennen wir Maximilianer.«

»Oder Maximer, stimmt's?«, unterbrach ihn Schwartz erneut.

»Ja, wieder richtig«, bestätigte Rademacher.

»Beim Schleißheim-Fall haben wir ein wenig über die Stiftung gelernt«, erklärte Schwartz.

»Dann wissen Sie sicher auch, dass das gesamte Gebäude nicht dem Bayerischen Landtag gehört, sondern der Stiftung Maximilianeum. Der Landtag ist nur Mieter.«

»Ja, wir erinnern uns«, antwortete Bergmann ungeduldig. »Ist es noch weit zur Unterkunft des Vermissten?«

Rademacher seufzte. »Hier entlang. Dritte Tür links.«

»Die Dekoration der Gänge ist für ein Studentenwohnheim schon außergewöhnlich.« Schwartz zeigte auf die Ölgemälde an den Wänden.

»Ja, nicht nur das Maximilianeum, sondern auch eine Kunstsammlung und Marmorbüsten gehören der Stiftung«, sagte Rademacher. »Ein Teil davon ist leider im Zweiten Weltkrieg zerstört worden. Und vieles andere im letzten Jahr bei dem Raub. Die siebzehn Gemälde auf den Stockwerken hier sind alles, was übrig ist.«

Schwartz blieb vor einem Porträt stehen, das eine junge Frau mit Hut darstellte. »Königin Katharina Pawlowna, Gemälde von Franz Seraph Stirnbrand, 1819«, las sie. »Noch nie gehört. Muss man sie kennen?«

»Königin von Württemberg und Großfürstin von Russland«, antwortete Rademacher knapp, während er die Tür zum Zimmer von Andreas Schechtner aufschloss. »Bitte, schauen Sie sich um.«

Bergmann betrat als Erster das kleine, spartanisch eingerichtete Appartement. Ein unberührtes Bett an der Wand, ein sauber aufgeräumter Schreibtisch, eine kleine Sitzecke mit einem Fernseher. Den größten Teil des Zimmers nahm ein mannshohes Bücherregal ein, das bis auf den letzten Platz vollgestellt war.

Routinemäßig teilten sich Bergmann und Schwartz den Raum auf. Während er sich an den Schreibtisch setzte und vorsichtig die Schubladen öffnete, widmete sie sich der Sitzecke und dem Bücherregal.

»Ich glaube, ich habe in meinem ganzen Leben noch keinen derart aufgeräumten Schreibtisch gesehen«, brummte Bergmann. »Sogar der Abfalleimer ist komplett leer.« Demonstrativ hob er ihn hoch.

Schwartz drehte den Kopf zu ihm. »Eindrucksvolle Sammlung an Literatur über bayerische Geschichte hier«, erwiderte sie.

Bergmann griff nach einer kleinen Ledertasche, die neben dem Schreibtisch abgestellt war. Fein säuberlich waren Unterlagen eingeordnet. »Offensichtlich für das Gespräch mit dem Professor. Unser Vermisster ist ein sehr ordentlicher Typ.« Bergmann wandte sich Rademacher zu. »Was ist eigentlich mit seinem Telefon? Wurde es gefunden? Haben Sie ihn angerufen?«

Rademacher, der vor dem Bett stand, zuckte fast unmerklich

zusammen. »Ja, selbstverständlich. Ich habe ihn angerufen, aber sein Handy ist aus.«

»Geben Sie uns doch bitte seine Nummer«, antwortete Bergmann nachdenklich, stand auf und warf einen Blick ins kleine Badezimmer, während Schwartz weiter im Bücherregal stöberte.

»›Die Kroninsignien des Königreiches Bayern‹«, las sie halblaut vor, »›Bayerns Krone 1806: Zweihundert Jahre Königreich Bayern‹, ›Der große Blaue Diamant der Wittelsbacher: Kronzeuge dreihundertjähriger europäischer Geschichte‹ …«

Bergmann wurde hellhörig und trat ans Bücherregal.

Schwartz fuhr fort: »Eine ganze Reihe an Büchern zu König Maximilian II. …« Sie zog ein dünnes Heft heraus, das über den »Stardiamanten für Bayern« berichtete. »Erstaunlich. Andreas Schechtner hat sich nicht nur besonders für König Maximilian, sondern auch für den Blauen Wittelsbacher interessiert.«

Als sie das Heft zurückschob, flatterte ein einzelnes Blatt zu Boden. Bergmann hob es auf und betrachtete das Papier. Ein blauer Stern, eingerahmt von zwei geschürzten Männern. Handschriftlich war daneben etwas notiert. »Lena, was heißt das? ›Hoffnung‹, oder?«

Schwartz studierte den Zettel und hob den Daumen.

»Daraus soll man schlau werden«, überlegte Bergmann. Das Zeichen jedoch kam ihm bekannt vor. Er hielt das Blatt Papier hoch. »Herr Rademacher, haben Sie so etwas schon einmal gesehen?«

Rademacher nahm ihm den Zettel aus der Hand. Einen Moment lang studierte er das Symbol. »Nein, tut mir leid. Da kann ich Ihnen nicht weiterhelfen. Könnte eine Art Spaß unter Geschichtsstudenten sein. Kleine Rätsel liegen da im Trend.« Er versuchte sich an einem zaghaften Lächeln.

»So, meinen Sie?«, brummte Bergmann und fixierte Rademacher. Dann gab er sich einen Ruck und sah auf die Uhr. »Nun gut, das war's fürs Erste, denke ich. Herr Rademacher, Sie halten uns bitte auf dem Laufenden. Ach, und den Zettel könnten Sie mir zurückgeben.«

Rademacher zögerte einen Moment, bevor er das Papier losließ. »Selbstverständlich, Herr Kommissar. Finden Sie selbst zurück? Ich müsste noch einiges erledigen.«

Als Bergmann nickte, verabschiedete sich der Betreuer eilig und verschwand durch die Tür.

»Komischer Typ«, meinte Schwartz, als sie die Stufen im Treppenhaus hinaufstiegen.

»Du sagst es. Er verheimlicht uns etwas, davon bin ich überzeugt. Und weißt du, was das auf dem Zettel war? Das Emblem auf der Metallschatulle.«

Schwartz blieb abrupt stehen. »Auf der Schatulle, die letztes Jahr an der Isar aufgetaucht ist?«

»Genau die meine ich«, antwortete Bergmann und sah auf die Uhr. In zehn Minuten waren sie zum Essen mit Tina Oerding und Stefan Huber verabredet.

6

München, Maximilianeum, Südbau, 11:55 Uhr

Seufzend ließ er die Tür seines Zimmers am Ende des Ganges im dritten Stock des Südbaus hinter sich zufallen. Lange hielt seine Erleichterung jedoch nicht an. Sofort holte ihn die Erinnerung an seine missliche Lage, in der er seit diesem Morgen war, wieder ein. Ferdinand Rademacher schloss die Augen und sammelte sich. Mit zitternden Fingern zog er ein Smartphone aus der Hosentasche. Gerade noch rechtzeitig hatte er es von Schechtners Nachttischkästchen an sich nehmen können, bevor die Ermittler es entdeckt hatten.

Kriminalpolizei. Ihm war fast das Herz stehen geblieben, als ihm der Landtagsdirektor in seinem Büro die beiden Beamten vorgestellt hatte. Und ausgerechnet die Kommissare vom vergangenen Jahr waren es.

»Keine Polizei, oder er stirbt sofort. Ich würde Ihnen nicht raten, an meiner Entschlossenheit zu zweifeln«, hatte der Anrufer heute Morgen mit ruhigen Worten, aber unmissverständlich klargemacht. In seiner Not hatte Rademacher sich daher spontan an Landtagsdirektor Ullrich Löwenthal gewandt, aber gerade das hatte sich als Fehler erwiesen.

Wie hätte ich auch ahnen können, dass er gleich die Kripo einschaltet, ärgerte er sich. Er hätte es ihnen sofort melden sollen, überlegte er, während er den Umschlag mit dem königlichen Siegel aufbrach und die Nummer auf dem Schreiben in sein Telefon eintippte. Wie erwartet, antwortete eine Mailbox.

»Es ist in äußerster Gefahr. Die Wächter erbitten Hilfe«, sprach Rademacher aufs Band.

Ihm war bewusst gewesen, dass ein solcher Fall irgendwann eintreten konnte. Dennoch fühlte er sich überfordert. Müde, zu langsam war er in der letzten Zeit geworden, und es war richtig gewesen, einen Nachfolger aufzubauen, wie es die Statuten vorgaben. Vor allem nach den Vorfällen des letzten Jahres, als dieser Dieb die Schatulle an sich gebracht hatte. Auf der Flucht hatte er ihn damals abgepasst und ihm eine unscheinbare, aber wirkungsvolle Giftspritze in den Hals injiziert. Er hatte zwar nicht gewusst, wie viel Streicher herausgefunden hatte, aber das Geheimnis zu bewahren hatte oberste Priorität.

In der Presse hatte Rademacher dann erleichtert gelesen, dass der Dieb nicht überlebt hatte. Von der Schatulle fehlte seitdem jede Spur. Jeden Tag verwünschte Rademacher sich dafür, dass er damals nicht früher und tatkräftiger eingegriffen hatte. So wie er es geschworen hatte. Er seufzte. Vorsichtig faltete er den Zettel auseinander und betrachtete die Stichworte, die er sich nach dem Anruf mit krakeliger Schrift notiert hatte.

Schatulle? Plan?
12 Uhr am Wiener Platz.
Allein.

Rademacher schaute auf die Uhr. Er musste los, um seines Schülers willen. Auch wenn er ihnen nicht geben konnte, was sie von ihm wollten. Er hob das Bild über seinem Bett an und versteckte das Handy im Rahmen. Hastig nahm er einen kleinen Rucksack aus der Ecke, schob sich eine Mütze tief ins Gesicht und lief mit schnellen Schritten das Treppenhaus hinab.

✳✳✳

Auf dem Wiener Platz, nur wenige hundert Meter vom Maximilianeum entfernt gelegen, herrschte um diese Uhrzeit Hochbetrieb an den Imbissbuden des kleinen, traditionellen Marktes. Die gebückte Gestalt, die sich die Schirmmütze tief ins Gesicht gezogen hatte und sich suchend umsah, fiel zwischen den Menschentrauben kaum auf. Ebenso wenig wie der schwarze Kleinbus, der am Fußgängerübergang anhielt.

Die automatische Schiebetür ging auf, und die Gestalt mit der Schirmmütze stieg nach kurzem Zögern ein. Der ängstliche Blick des Studienbetreuers war zu sehen, bevor sich die Tür mit den verdunkelten Scheiben wieder schloss.

7

München, 12:00 Uhr

Geübt fasste er in die Innentasche seiner Jacke und nestelte eine silberne Dose hervor. Mit stoischem Blick öffnete er sie und zog eine dünne Zigarette heraus. Nikolaus Attenbach schnippte das goldene Feuerzeug an und nahm einen tiefen Zug. Vor ihm auf dem Holzstuhl auf der anderen Seite des Tischs saß Andreas Schechtner mit hängendem Kopf. Er hatte das Bewusstsein verloren, und seine rechte Hand war blutverschmiert. Wo zuvor der Zeigefinger gewesen war, hatte sich eine Blutlache auf der Lehne des Stuhls gebildet, von wo es nun langsam auf den Boden tropfte.

»Dimitri, mach die Sauerei weg. Leg zumindest ein Handtuch unter. Wir sind hier nur zu Gast«, ermahnte der fünfzigjährige Deutschrusse seinen Helfer, der sich auf der anderen Seite des abgedunkelten Raumes im Hintergrund gehalten hatte. Nur wenn seine Fähigkeiten, die er sich bei zahlreichen Einsätzen im Afghanistan der 1980er Jahre erworben hatte, gebraucht wurden, bewegte er sich lautlos und mit gnadenloser Präzision.

Erbärmlich sah der junge Student aus. Mitleid hatte er von Attenbach jedoch nicht zu erwarten. Mit Menschenfreundlichkeit kam man in seinem Metier nicht weit. Die chaotischen 1990er Jahre nach dem Zusammenbruch der Sowjetunion hatte er dazu genutzt, sich den Zuschlag für eines der staatlichen Ölunternehmen zu sichern, die damals Hals über Kopf privatisiert wurden. Sein deutscher Nachname hatte ihm dann dabei geholfen, um bei diesem knallharten Geschäft in Europa Fuß zu fassen. An Geld mangelte es ihm nicht. Dennoch fühlte er sich nirgends richtig heimisch. Weder in Deutschland, wo er seine Kindheit verbracht hatte, noch in Russland, wo seine Wurzeln waren.

Seine Familiengeschichte lag zu großen Teilen im Dunkeln. Romanow – diesen wohlklingenden Namen der versprengten Nachfahren der früheren russischen Zarenfamilie durfte er zwar nicht offiziell tragen. Er war aber davon überzeugt, dass er dazugehörte, vor allem nachdem er einen Brief seiner Mutter gefunden hatte, in dem sie ihn einen Romanow nannte. Das glänzende Bild – er ein Romanow! – hatte ihn nicht mehr losgelassen. Über hundert Jahre nach der Ermordung des letzten Zaren Nikolai II. waren die verbliebenen Romanows in der Welt verstreut. Finanziell konnte er wie ein Zar leben. Aber dennoch: Jeder in den besseren Kreisen ließ ihn spüren, dass er ein Emporkömmling war, keiner von ihnen – und dies niemals werden würde.

Allein wenn er an die pikierten Gesichter bei den Empfängen dachte, stieg die Wut in ihm hoch. So auch jetzt, als er den jungen Studenten musterte. Das würde er heute ein für alle Mal ändern. Jahrelang hatte er im Dunkeln getappt und Millionen Euro investiert, aber die letzten Puzzleteile hatten ihm gefehlt. Bis er auf diesen deutschen Ex-Soldaten aufmerksam geworden war, der im vergangenen Jahr in den Katakomben des Maximilianeums mächtig Staub aufgewirbelt hatte.

Bei den Presseberichten über ein Gemäldeversteck im Keller des Landtages hatte er zunächst noch weitergeblättert. Aber als ihm das Gerücht zugetragen wurde, Arthur Streicher habe einen verschollenen Diamanten gesucht, war der Oligarch hellhörig geworden.

Die fehlenden Beweise, dass er ein »echter« Romanow war, und noch dazu ein besonderer, würde er heute Abend endlich in Händen halten. Und noch viel mehr. Dafür war Attenbach zu allem entschlossen, das hatte der junge Student ihm gegenüber bereits schmerzhaft erfahren. Und das würden auch andere zu spüren bekommen.

Attenbach sah auf seine teure Uhr. »Dein Lehrer ist bereits unterwegs zu uns. Bete, dass er mehr zu bieten hat als du«, sagte er drohend in den Raum hinein.

8

München, Maximilianeum, Landtagsgaststätte, 12:00 Uhr

Stefan wartete in der Friedrich-Bürklein-Halle vor dem Eingang zur Landtagsgaststätte auf Tina, die mit breitem Lächeln die Rote Empfangstreppe hinunterschritt. Als er sie entdeckte, winkte er ihr fröhlich zu und fuhr sich durch die modisch geschnittenen dunkelblonden Haare. Das Leben hat manchmal schon erstaunliche Wendungen parat, überlegte er. Sie hatten sich nach der gemeinsamen Schulzeit zunächst aus den Augen verloren, bis sie sich ausgerechnet hier im Bayerischen Landtag wieder über den Weg gelaufen waren. Sie als studierte Historikerin beim Besucherdienst und er als einer der jüngsten Landtagsabgeordneten im Parlament.

Bei den Vorfällen im letzten Jahr, als Tina entführt worden war, hatte es zwischen ihnen gefunkt. Allen Unkenrufen zum Trotz, die man Liebesverhältnissen nachsagte, die sich aus Extremerfahrungen entwickelten, lief es ganz gut zwischen ihnen. Lediglich

Stefans Pendelei zwischen München und seinem oberbayerischen Stimmkreis mit vielen Wochenend- und Abendterminen stellte ihre Geduld immer wieder auf die Probe. Als sie sich mit Küsschen begrüßt hatten, fiel Stefan sofort der schelmische Blick seiner Freundin auf. Ihre grünen Augen blitzten.

»Du hast doch etwas. Nun rück raus mit der Sprache!«, forderte er sie auf.

»In der Tat, mein Lieber«, sagte sie. »Du glaubst nicht, wer mir vor einer Stunde dort oben vor dem Büro der Präsidentin über den Weg gelaufen ist. Unsere beiden Kommissare Bergmann und Schwartz!«

»Echt jetzt?«, fragte Stefan ungläubig. »Die zwei habe ich ja ewig nicht mehr gesehen. Sehr schade, dass ich da noch in der Fraktionssitzung war.«

»Da kann ich dich aufmuntern. Ich habe ihnen vorgeschlagen, dass wir gemeinsam zu Mittag essen, wenn sie schon einmal hier sind.« Tina strich sich eine Strähne ihrer dunklen Haare aus der Stirn. »Und da kommen sie auch, wie aufs Stichwort!«

Tina zeigte auf den oberen Absatz der Roten Treppe, auf dem zunächst Harald Bergmann in seinen typischen verwaschenen Jeans und dem etwas zerknitterten Hemd auftauchte. Seine junge Kollegin Lena Schwartz hob sich wie gewohnt mit sportlicher Bluse und modischen Hosen optisch von ihm ab. Das ungleiche Paar hatte sie bereits entdeckt und kam zielstrebig über die Stufen, auf denen sich üblicherweise Besuchergruppen zum obligatorischen Erinnerungsfoto aufstellten, zu ihnen.

»Na, wenn das keine Überraschung ist«, begrüßte Stefan die beiden Neuankömmlinge, und nach kurzem Händeschütteln machten sich die vier auf den Weg zur Landtagsgaststätte. Im Gartensaal wurden Besucher bewirtet, während Abgeordnete und ihre Begleiter im Hauptsaal in Besprechungsnischen und an Tischen Platz nahmen. Am beliebtesten gerade in der Frühlings- und Sommerzeit war jedoch die große Terrasse, die an sitzungsfreien Sonntagen allen Gästen offenstand und ein Geheimtipp für Familienfeiern und Brunches geworden war.

Während Sitzungstagen wie diesem, an denen es im gesamten Gebäude hoch herging, waren alle Tische besetzt, und die Luft in der Gaststätte flirrte vom Klirren der Teller, vom Geplapper an den Tischen und von den herumsausenden Bedienungen, die um diese Uhrzeit viele ungeduldige und hungrige Besucher zu versorgen hatten.

Sie zwängten sich durch den voll besetzten Gartensaal. »Ich habe zwar nur für zwei Personen reserviert, aber bei so hochrangigen spontanen Gästen treiben wir bestimmt noch zwei Stühle auf«, sagte Stefan grinsend.

Der gestresste Ober empfing sie gewohnt theatralisch. »Signore Huber. Nur für zwei Personen reserviert. Und jetzt tauchen Sie mit vier auf!« Der Italiener schlug die Hände über dem Kopf zusammen.

»Entschuldige, Mario. Kannst du da was machen?«, fragte Stefan etwas zerknirscht.

»Für Sie nicht, aber für die beiden bezaubernden Begleitungen selbstverständlich. Bella. Bella.« Mario verbeugte sich vor Schwartz und Tina und ging voraus auf die Terrasse. Ein kurzer Blick genügte, und er hatte eine freie Ecke auf der rechten Seite entdeckt, in der er einen Tisch und vier Stühle zusammenschob. Stolz zeigte er darauf, und die vier setzten sich amüsiert.

»Humor haben sie ja hier im Landtag«, stellte Lena Schwartz fest, während sie die Karte studierten.

»Zumindest in der Gaststätte. Weiter oben tagt eher die Abteilung Galgenhumor«, erwiderte Stefan schmunzelnd.

»Wer hätte gedacht, dass wir in dieser Runde einmal so einträchtig zusammensitzen würden«, sagte Tina, und Stefan erinnerte sich an ihre ersten Begegnungen, als er zunächst sogar als einer der Hauptverdächtigen auf Bergmanns Liste stand. Im Verlauf dieses denkwürdigen Tages hatte der Kommissar seine Meinung jedoch revidiert.

»Nun erzählen Sie doch, wieso Sie uns die Ehre geben!«, sagte Stefan neugierig. »Tina meinte, Direktor Löwenthal braucht Ihren Rat?«

»Ja, komische Geschichte«, sagte Bergmann. »Er hat angerufen und uns gebeten, zu kommen. Es ist noch kein offizieller Fall, deshalb kann ich darüber sprechen. Aber lassen wir es trotzdem bitte unter uns.« Bergmann schaute in die Runde.

Stefan und Tina nickten.

»Also gut. Einer der Bewohner der Studienstiftung hier im Haus ist seit heute Nacht verschwunden. Deshalb hat sich der Stockwerksbetreuer dem Landtagsdirektor anvertraut, der dann uns um Hilfe gebeten hat.«

»Genauer gesagt wollte er explizit den Beistand von Kriminalhauptkommissar Harald Bergmann«, warf Schwartz schmunzelnd ein.

»Ich denke, er hat an uns beide gedacht, weil wir den Betrieb hier am besten kennen«, wiegelte Bergmann ab.

»Nun gut, und dann habt ihr dem Direktor einen Gefallen getan«, meinte Tina.

»Danach sah es bei dem Betreuer allerdings gar nicht aus«, sagte Schwartz. »Ich hatte vom ersten Moment an den Eindruck, dass es ihm unangenehm war, dass wir da sind.«

»Direktor Löwenthal ist das auch aufgefallen«, meinte Bergmann nachdenklich. »Morgens hieß es noch, es gehe um Leben oder Tod, und gerade eben war dieser Rademacher spürbar froh, als wir wieder weg waren.«

»Rademacher? Ferdinand Rademacher?«, fragte Tina. »Ich glaube, ich habe ihn ein paarmal in Besprechungsrunden mit der Stiftung gesehen. Etwas kauzig und zurückhaltend, würde ich sagen. Also nicht mein Typ, Stefan.« Sie zwinkerte ihm zu. »Was habt ihr denn gemacht, nachdem wir uns über den Weg gelaufen sind?«

Bergmann seufzte. »Wir waren in der Unterkunft des verschwundenen Studenten. Andreas Schechtner heißt er übrigens. Ich habe noch nie eine derart saubere Studentenbude gesehen. Als ob sie frisch aufgeräumt und gesaugt worden wäre.« Ratlos strich er sich über den Dreitagebart.

»Also noch eine Eigenschaft, die so gar nicht mein Fall ist, wenn ich an mein Büro denke«, warf Tina ein.

Bergmann lachte auf. »Ja, und das, obwohl ihr mehr gemeinsam habt, als du meinst. Immerhin ist er Geschichtsstudent, und sein Regal war voll mit Büchern über König Maximilian II. und den Blauen Wittelsbacher.«

Tina wurde stutzig. »Meinst du das ernst? Über den Blauen Wittelsbacher? Den Diamanten?«

»Aber es wird noch besser. Zwischen den Büchern habe ich das hier gefunden«, brummte Bergmann. Umständlich nestelte er einen etwas zerknitterten Zettel aus seiner Hosentasche, faltete ihn auf dem Tisch auseinander und strich ihn glatt.

Stefan und Tina beugten sich neugierig vor und betrachteten die Symbole sowie die hingekritzelten Notizen.

»›Hoffnung‹? Und ein blauer Stern mit zwei Griechen links und rechts. Wie auf deiner Schatulle, Harald«, platzte es aus Tina heraus. »Unglaublich. Dieser Stein und diese Schatulle lassen uns nicht los.« Sie kniff die Augen zusammen. »Und was steht da noch? ›Zylinder‹?«

»Seit wann seid ihr beide eigentlich per Du? Habe ich da was versäumt?«, schaltete sich Stefan ein.

Tina und Bergmann wechselten etwas pikierte Blicke.

»Einige Zeit nach dem Gemälderaub vom vergangenen Sommer haben wir an der Isar die Schmuckschatulle gefunden«, erklärte Bergmann, »die von Arthur Streicher stammen könnte. Aber leider eben ohne Stein oder Diamant. Da habe ich Tina um Rat gefragt, wie sie es einschätzt.«

»Das habe ich dir doch erzählt, Stefan. Aber da sieht man mal wieder, wie gut du mir zuhörst«, echauffierte sich Tina und rümpfte die Nase.

Stefan versuchte irritiert, sich zu erinnern, aber es fiel ihm tatsächlich nichts dazu ein.

»Dann war wieder irgendeine Krise, eine Wahl oder eine Sitzung wichtiger. Und da wollte ich dich nicht weiter mit unseren Theorien belästigen«, meinte sie und klopfte ihm auf den Oberschenkel.

»Wie auch immer, der Einfachheit halber und als Ältester schlage ich vor, dass wir alle uns beim Du treffen«, sagte Bergmann. »Das finde ich nach den Ereignissen vom letzten Jahr auch angemessen. Immerhin haben wir eine Schlacht gemeinsam geschlagen.«

Tina hatte amüsiert Stefans nicht mehr ganz so freundliche Blicke beobachtet. »Na, dann ist ja alles geklärt, und wir können zum Wesentlichen zurückkehren«, sagte sie. »Erstaunlich ist es schon, dass wir eine Zeichnung genau des gleichen Sterns finden, der auch auf der Schatulle eingraviert ist.«

Bergmann dachte laut weiter. »Und was macht diese Zeichnung im Bücherregal eines braven Studenten der Studienstiftung hier im Maximilianeum? Welchen Zweck hat diese Stiftung eigentlich?«

»Sie ist von Beginn an, also seit hundertfünfzig Jahren, schon hier. Und ihr gehört das Gebäude plus Gemäldesammlung«, dozierte Tina.

»Ja, das hat uns Rademacher auch schon erzählt. Gemälde spielen offenbar gerne eine Rolle bei unseren Ermittlungen«, sagte Schwartz lächelnd. »Ach, weil wir bei Gemälden sind. Bevor ich es vergesse: Tina, weißt du vielleicht, wieso in der Studienstiftung das Porträt einer russischen Großfürstin hängt?«

Tina stutzte. »Russische Großfürstin? Ist mir nicht bekannt, wie heißt sie denn?«

»Katharina Pawlowna. Königin von Württemberg war sie auch, soweit ich mich erinnere. Ich habe mich nur gewundert, wieso keine bayerische Königin dort ausgestellt ist.«

»Katharina Pawlowna«, wiederholte Tina. »Das müsste dann eine Romanow sein. Ist schon etwas ungewöhnlich, da hast du recht.«

Nachdenkliche Stille trat ein, die Mario, der Ober, unterbrach, indem er ihnen wort- und gestenreich das Mittagessen servierte.

»Die Jüngste bekommt die größte Portion«, frotzelte Stefan mit Blick auf den Teller seiner Freundin, auf dem sich eine ansehnliche Portion Nudeln türmte.

»Na, das trainiere ich später wieder runter, während du in der Sitzung rumlümmelst, mein Lieber«, konterte Tina mit schiefem Grinsen. »Und wie geht es jetzt bei euren Ermittlungen weiter?«

»Der Student ist ja erst einige Stunden verschwunden. Sie

könnten eine Vermisstenanzeige aufgeben. Und dann müssen sich eigentlich die Kollegen von der zuständigen Inspektion darum kümmern.« Bergmann zuckte mit den Schultern. »Für uns war es das hier eigentlich. Obwohl mir mein Bauchgefühl das Gegenteil sagt.«

***

Sie ließen sich das Essen schmecken, als Bergmanns Telefon summte. »Die Zentrale. Sie wollen sicher wissen, wo wir abgeblieben sind.« Nach kurzem Zögern hob er seufzend ab. »Ja, wir sind noch im Landtag. Es hat sich ein wenig hingezogen«, antwortete er und zwinkerte seiner Kollegin zu, die mit den Augen rollte. Seine Miene verdunkelte sich schlagartig. »Der Direktor? Selbstverständlich kann ich ihn anrufen. Oder auch direkt noch mal bei ihm vorbeischauen. Sag ihm Bescheid, dass wir in fünf Minuten in seinem Büro sind.«

Bergmann legte auf und schaute Schwartz verwirrt an. »Das war Inge. Wir sollen unbedingt noch mal zum Direktor Löwenthal. Ganz dringend.«

Die vier wechselten erstaunte Blicke. Stefan schaute auf seine Uhr. »Bald beginnt die Plenarsitzung mit der Regierungserklärung des Ministerpräsidenten. Dass der Landtagsdirektor genau jetzt etwas will, hat was zu bedeuten. Er ist bei derartigen Anlässen normalerweise immer im Plenum. Ich sollte da auch hin«, meinte er und erhob sich, ebenso wie Bergmann und Schwartz.

»Solltest du, wenn schon dein Chef spricht«, sagte Tina. »Dann bin ich anscheinend die Einzige, die sitzen bleibt. Zumindest auf der Rechnung. Oder ich lasse sie einfach auf den Abgeordneten Huber schreiben.«

Stefan winkte ab und verabschiedete sich mit einer Verbeugung. »Gibt ja mehrere Huber. Vielleicht haben wir Glück.«

»Das werte ich dann mal als Ja! Haltet uns doch auf dem Laufenden«, rief Tina den beiden Ermittlern nach. »Ich schaue gleich ins Büro und informiere mich über diese Pawlowna.«

Während Bergmann und Schwartz sich flugs auf den Weg

machten, sagte Schwartz: »Irgendwie befürchte ich, dass dein Bauchgefühl wieder mal richtigliegt, Harry.«

9

München, Maximilianeum, Büro des Landtagsdirektors, 12:55 Uhr

»Schließen Sie bitte die Tür. Waren Sie den ganzen Vormittag hier im Gebäude?«, fragte Löwenthal die beiden Ermittler unvermittelt, als sie in sein Büro kamen.

»Ja, wir waren mit Herrn Rademacher in der Studienstiftung. Und jetzt haben wir uns noch mit dem Abgeordneten Stefan Huber unterhalten«, antwortete Bergmann verdutzt.

Löwenthal atmete hörbar auf. »Bitte entschuldigen Sie meine unangemessene Nachfrage, Herr Kommissar«, sagte der Direktor. »Aber er sagte, dass ich auf keinen Fall die Polizei holen darf.«

»Er? Polizei? Wen oder was meinen Sie?«, fragte Bergmann verwirrt nach.

Löwenthal setzte sich auf seine Schreibtischkante und zeigte einladend auf die freien Stühle am Besprechungstisch vor ihm. »Ich muss mich nochmals entschuldigen. Ich gebe zu, dass ich in meinem langen Dienst noch nie in einer vergleichbaren Lage war. Vor einigen Minuten meldete sich ein Anrufer, der sich dazu bekannte, dass er Andreas Schechtner seit heute Nacht in seiner Gewalt hat. Und seit heute Mittag auch Ferdinand Rademacher.«

»Per Telefon?«, fragte Schwartz überrascht.

Löwenthal nickte. »Wir haben natürlich sofort versucht, Herrn Rademacher zu erreichen. Er ist nicht auffindbar.«

Bergmann pfiff durch die Zähne. »Das klingt beunruhigend.«

Der Direktor griff hinter sich. »So ist es. Gleichzeitig mit dem Telefonanruf wurde das an der Pforte für mich abgegeben«, flüsterte er und hob widerwillig eine kleine Schachtel vom Schreibtisch auf. Mit zitternden Fingern öffnete er sie.

Schwartz schlug die Hand vor den Mund. Ein blutverschmierter, abgetrennter Finger lag im Karton.

»Von Andreas Schechtner. Und wir haben nicht mehr viel Zeit.«

Bergmann und Schwartz wechselten beunruhigte Blicke. »Was meinen Sie damit?«

Löwenthal sah auf die Uhr und seufzte. Genau in diesem Moment begann die Regierungserklärung des Ministerpräsidenten vor dem voll besetzten Plenum. Bei jeder einzelnen in den vergangenen Jahren war er als Direktor anwesend gewesen. Aber das war jetzt unwichtig.

»Wir haben bis zwei Uhr, um ihm zu geben, was er will«, sagte Löwenthal mit zitternder Stimme und reichte Bergmann einen gefalteten Zettel, der im Deckel der Schachtel eingeklemmt gewesen war.

Fein säuberlich gedruckt war zu lesen:

Geschätzter Herr Direktor,
Sie haben es in der Hand, Menschen zu retten. Nur profane
Dinge verlange ich von Ihnen. Gegenstände gegen Leben.
Ein großzügiges Angebot meinerseits. Ich erwarte den
ersten Gegenstand um Punkt 14 Uhr im Abfalleimer der
ersten Parkbank beim Maxwerk: die Schatulle des Blauen
Wittelsbachers, die im Keller des Landtages versteckt war.
Schaffen Sie es nicht, stirbt der Erste. Rufen Sie die Polizei,
sterben alle. Wir haben Sie im Auge. Jede einzelne Minute.
Ich verhandle nicht. Nutzen Sie Ihre Chance.

Bergmann sah auf seine Uhr. »Eine Stunde.«

Löwenthal schreckte hoch und sagte fast flehentlich: »Ja, und ich weiß nicht, was genau er will. Wenn ich es nicht schaffe, stirbt zu jeder vollen Stunde jemand, sagte er am Telefon. Da war doch etwas mit einer Schatulle letztes Jahr im Keller, oder?«

»Ich denke, da kann ich helfen«, warf Bergmann ein. »Wir haben sie einige Zeit später an der Isar sichergestellt.«

Löwenthal sah ihn dankbar an. »Das wäre ein Hoffnungsschimmer, Herr Kommissar. Welch ein Glück. Sind Sie sicher, dass er sie meint?«

Bergmann wiegte den Kopf. »Ich denke, ja. Und von den Symbolen auf dem Deckel haben wir vorhin eine Zeichnung im Zimmer von Andreas Schechtner gefunden. Das wäre schon ein komischer Zufall.«

»In der Tat«, sagte Löwenthal, und Hoffnung flackerte in den Augen des Direktors auf. »Wo ist sie denn?«

»Im Kommissariat. Genauer gesagt in der Asservatenkammer.«

»Schaffen Sie es, sie bis zwei Uhr hierherzubringen? Wir dürfen aber nicht das Risiko eingehen, dass auffällt, dass Sie hier sind! ›Keine Polizei!‹, das sagte er klipp und klar!«

Bergmann erhob sich und schritt auf und ab. Die Zeit drängte, und sie mussten entscheiden. Jede Minute war in dieser Situation wertvoll. »Wir wissen nicht, wie Sie beobachtet werden, Herr Direktor. Treten Sie bitte vom Fenster weg!« Rasch zog er den Vorhang vor dem großen Fenster neben dem Besprechungstisch zu, um den Blick von außen zu versperren. »Gut, denken wir nach. Ich vermute, dass wir die richtige Schatulle haben. Schlecht ist, dass sie ausgerechnet bei der Kripo liegt. Das weiß der Entführer offenbar nicht. Wie machen wir es am besten?« Er schloss grübelnd die Augen. Dann rief er Löwenthal zu: »Sie haben doch einen Fahrer, oder? Sagen Sie ihm, er soll mit dem Wagen in die Tiefgarage kommen. Dort steige ich zu und fahre ins Kommissariat. Den Rest regle ich und bin in einer halben Stunde wieder hier.«

Löwenthal hob den Telefonhörer ab, um dem Fahrdienst, der in Sitzungswochen des Parlaments für dringende Fahrten im Stadtgebiet bereitstand, Bescheid zu geben. Parallel wählte Bergmann die Nummer ihres Sekretariats. Nach einigem Läuten hob Inge Schroll ab.

»Inge, hör gut zu«, begann Bergmann ohne Umschweife. »Ich habe nicht viel Zeit und eine ganz große Bitte. Du kennst doch diese Metallschatulle mit dem Stern drauf, die ich mir schon öfters aus der Asservatenkammer geholt habe. Sie müsste noch bei uns im Kommissariat bei den Beweisstücken offener Fälle liegen. Bitte hol sie sofort und bring sie zur Bäckerei Edel um die Ecke. Dorthin komme ich in einer Viertelstunde. Vertrau mir. Ich erkläre dir später, was los ist.«

Dann legte Bergmann erleichtert auf.»Sie macht es. Das heißt: Ich gehe zur Tiefgarage und nehme den Wagen. Sie geben mir Ihre Handynummer, Herr Direktor. Und ich rufe Sie aus dem Auto heraus an.«

Löwenthal griff in seine Jackentasche.»Nehmen Sie meine Zugangskarte. Damit kommen Sie durch die Sicherheitsschleuse.«

»Gut. Wir halten Kontakt, Lena. Und ihr macht euch bitte Gedanken, wie wir die Übergabe organisieren … Und darüber, was hier los ist!«, rief Bergmann Schwartz und Löwenthal zu und verließ hastig das Büro.

✳✳✳

Löwenthal knetete seine Hände, als die Tür hinter ihm zufiel. »Bitte entschuldigen Sie meine Verfassung«, sagte er.»Nun, tun wir, was der Kommissar uns aufgetragen hat. Haben Sie in der Stube des Studenten noch etwas entdeckt, das wichtig sein könnte?«

Schwartz überlegte.»Zwei Dinge. Das Zimmer schien uns sehr sauber, fast zu sauber. Als ob es gerade erst gereinigt worden wäre. Und neben dem Symbol der Schatulle haben wir auffallend viele Bücher über den Blauer-Wittelsbacher-Diamanten gefunden. Schechtner scheint sich intensiv damit beschäftigt zu haben.«

»Sonst nichts?«, sagte Löwenthal und setzte sich seufzend auf seinen Schreibtischstuhl. Es klopfte.

»Herr Direktor, ein dringender Anruf für Sie«, sagte die Vorzimmerdame und deutete auf das blinkende Telefon hinter ihm.

Löwenthal beugte sich zurück und hob den Hörer ab. Seine Stirn legte sich in Falten.»Ja, ich komme. Machen wir es so«, hörte Schwartz ihn mit belegter Stimme sagen.

»Etwas Unerfreuliches?«, fragte Schwartz, als er aufgelegt hatte.

»Nein, nein«, meinte Löwenthal. »Das war nur das Büro eines Fraktionsvorsitzenden. Es gibt wohl nach seiner Rede einige Geschäftsordnungsanträge, und da muss ich unbedingt ins Plenum. Auch das noch.« Er seufzte tief.

10

München, Maximilianeum, Altbau, 13:00 Uhr

Nachdenklich ließ Tina die Bürotür hinter sich zufallen und sah sich um. Kisten mit Infobroschüren, Werbematerial und Andenken für Besuchergruppen stapelten sich vor ihrem Schreibtisch. Einen Moment betrachtete sie das kreative Chaos aus Papier, Büchern und Faltkarten, das eigentlich so gar nicht zu ihrem sportlichen, gepflegten Äußeren passte.

»Was für ein Tag«, murmelte sie und schwang sich auf den Drehsessel hinter dem voll beladenen Schreibtisch. Erst das überraschende Wiedersehen mit Bergmann und Schwartz. Dann der ebenso unerwartete Abgang der beiden Ermittler zum Direktor. Tina trommelte mit den Fingern auf die Armlehne.

»Da steckt sicher mehr dahinter, als dass ein Student nicht von einer Party heimgekommen ist. Aber was?«, sagte sie in den leeren Raum hinein und schob den Stuhl näher an den Schreibtisch. Sie sah auf die Uhr. Einige Minuten hatte sie noch Zeit bis zu ihrer nächsten Führung, und die Frage der Kommissarin beim Mittagessen hatte ihr Interesse geweckt. »Du hast schon recht, Lena: Warum hängt eine russische Zarentochter in der bayerischen Stiftung?«, überlegte Tina laut und schaltete den PC ein.

Immer wieder hatte sie sich in den vergangenen Monaten mit der Geschichte des Maximilianeums beschäftigt. Zum Teil aus beruflichem Interesse, um die Besucher, die sie durch das Haus führte, mit spannenden Geschichten aus der über hundertfünfzigjährigen Geschichte des Prachtbaus zu unterhalten. Zum Teil aber auch deshalb, weil sie die mysteriösen Umstände des

Gemälderaubes im Keller des Landtages vom vergangenen Jahr nicht ganz losließen: Wieso wurde bei der Grundsteinlegung des Maximilianeums 1857 verheimlicht, welche Objekte mit eingemauert wurden? Wieso wurden die Funde dieses Grundsteins 1998 nur zum Teil ausgestellt und zum Teil wieder eingemauert? Was stand im Tagebuch des Großvaters von Arthur Streicher? Existierte wirklich ein verschollener Diamant neben dem bekannten Blauen Wittelsbacher?

»Und ausgerechnet der verschwundene Student ist ein Fan des sagenumwobenen Diamanten. Das ist doch kein Zufall«, sagte Tina halblaut und versuchte, ihre Gedanken zu sortieren. Sie entschied sich, mit dem neuesten Aspekt anzufangen: Katharina Pawlowna. Doch der kürzeste Weg, um sich das Porträt der Zarentochter anzusehen, war ihr buchstäblich versperrt, denn zur Studienstiftung hatte sie keinen Zutritt.

Tina kramte in der Seitentasche ihres Blazers und zog einen Zettel hervor, auf dem sie sich den genauen Namen der Porträtierten notiert hatte. Sie öffnete den Browser und suchte nach der Internetseite der Stiftung. Sofern sie sich richtig erinnerte, konnten alle Gemälde der Historischen Galerie online eingesehen werden. Wenn ich schon nicht real durch die Gänge gehen kann, dann zumindest virtuell, überlegte sie und arbeitete sich durch die Seiten. Und da waren sie auch schon!

Neben vierundzwanzig Marmorbüsten tauchten die siebzehn Gemälde der Historischen Galerie auf. Sie waren von den ursprünglich dreißig Bildern übrig geblieben, die König Maximilian II. in Auftrag gegeben hatte. Nach der »Seeschlacht von Salamis« und der »Kaiserkrönung Ludwigs des Bayern in Rom«, die überlebensgroß im Senatssaal und im Steinernen Saal des Maximilianeums ausgestellt waren, erschienen in der Fotogalerie alle weiteren Gemälde, die sonst nur die Studenten der Studienstiftung betrachten konnten.

Bild für Bild klickte Tina sich durch die Reihe. Das Porträt einer jungen Königin, wie es der Ermittlerin vor dem Zimmer des verschwundenen Studenten aufgefallen war, war aber nicht zu finden.

Tina beschloss, direkt im Netz zu recherchieren. »Katharina Pawlowna Romanowa, Großfürstin von Russland«, las sie. Sie hatte also richtig getippt mit der Familie, stellte sie zufrieden fest. »Neun Geschwister, darunter die späteren Zaren Alexander I. und Nikolaus I.« Sie scrollte durch den Lebenslauf, und je länger sie las, umso aufgeregter wurde sie. »Unglaublich!«, rief sie aus und druckte sich die Vita der Zarentochter aus. Da musste sie bei Tanja vorbeischauen. Entschlossen griff sie nach dem Ausdruck und wollte gerade das Büro verlassen, als ihr Telefon läutete.

Die Vermittlung an der Pforte meldete sich. »Eine Frau Schwartz für Sie. Ich stelle durch.«

Neugierig wartete Tina.

»Tina, gut, dass ich dich erreiche. Du bist noch im Landtag?«, begann die Ermittlerin.

»Ja, sicher. Weißt du, ich habe gerade –« Tina wollte von ihrer neuen Entdeckung erzählen, als sie bereits wieder unterbrochen wurde.

»Entschuldige, wir sind unter Zeitdruck. Lass uns nachher länger reden. Aber jetzt ist es dringend. Du hast doch gesagt, dass du nach der Arbeit Sport machst, oder? Hast du zufällig Sportsachen mit dabei, die du mir leihen könntest?«

Tina stutzte. Das hatte sie nicht erwartet. »Ähm, ja, im Fitnessraum habe ich meine Sporttasche eingeschlossen. Wenn du mich nicht verrätst, dass ich das Schließfach so missbrauche, helfe ich dir gerne aus. Jetzt gleich?«

»Ja, am besten sofort«, antwortete Schwartz. »Super, danke. Und dein Geheimnis mit dem Spind bleibt unter uns, Ehrenwort.«

»Treffen wir uns jetzt sofort im vierten Stock des Altbaus im Treppenhaus und gehen zusammen zum Fitnessraum im Neubau-Untergeschoss? Ich bin gerade auf dem Weg zum Archiv. Deine Zarentochter vom Mittagessen hat einen interessanten Lebenslauf …«

11

München, Hansastraße, Bäckerei Edel, 13:25 Uhr

»Wo bleibt sie denn nur?«, platzte es aus Harald Bergmann heraus. Seit einigen Minuten stand er nun schon am Stehtisch der Bäckerei Edel und nippte nervös an seinem Kaffee. Vor ihm dampfte eine zweite Tasse, die er für seine Sekretärin bestellt hatte. Zehn Minuten war es her, dass er sie aus dem Auto nochmals angerufen und gebeten hatte, ihm auch das abgegriffene Notizbuch aus seinem Schreibtisch mitzubringen. Hoffentlich hatte sie den Treffpunkt richtig verstanden, überlegte er unruhig.

In der Seitenstraße um die Ecke stand der schwarze 7er BMW der Fahrbereitschaft des Landtages, mit dem er glücklicherweise flott durch den Stadtverkehr gekommen war. Zum ersten Mal in seinem Leben war Bergmann in einer Limousine chauffiert worden. Ausgerechnet er, der Politikern und ihren Privilegien in den vergangenen Jahren immer kritischer gegenüberstand. Die schwarzen Wägen mit verdunkelten Scheiben, hinter denen sich Minister oder Kanzler versteckten, waren für ihn zum Sinnbild für die Entfremdung zwischen Politik und Menschen geworden.

Nun gut, bei Stefan Huber hatte er festgestellt, dass normale Abgeordnete ohne Fahrer oder große Mitarbeiterstäbe auskamen und nicht jedes Klischee zutraf. Dennoch konnte er mit Politikern im Allgemeinen nach wie vor nicht viel anfangen. Wenn ihn seine Kollegen von der Kripo einige Straßen entfernt gesehen hatten, wie er aus der Limousine stieg, dann würde er sich bestimmt einiges an Spott anhören müssen. Aber die Zeit drängte, und das kleine Versteckspiel war die einzige Möglichkeit gewesen, die ihm eingefallen war.

Immer wieder schaute Bergmann auf sein Telefon und war hin- und hergerissen, ob es nicht doch besser wäre, die Kollegen zu informieren. Aber er wusste nicht, was er damit auslösen würde. Das Leben des Studenten ging vor.

Kurz vor halb zwei schon, dachte er und atmete erleichtert auf, als er Inge Schroll auf der anderen Straßenseite entdeckte. Vorsichtig blickte sie sich um und sprintete dann durch eine Lücke im Verkehr über die Straße. Man sah ihr die Aufregung deutlich an, als sie mit geröteten Wangen den Laden betrat.

Mit verschwörerischem Blick postierte sie sich direkt neben Bergmann und stellte eine Tasche ab. »Ich habe es, Chef«, flüsterte sie ihm zu. »Du sagst mir dann aber morgen, was genau los ist?«

»Danke, du hast wirklich etwas gut bei mir, Inge. Hast du das Notizbuch in meinem Schreibtisch gefunden?«

»Logisch, Chef. Das ist aber ein Beweisstück. Ich habe bei beiden in der Liste eingetragen, dass du sie hast«, sagte sie mit leicht vorwurfsvollem Ton.

Bergmann lächelte ihr dankbar zu. »Alles in Ordnung. Du bist die Beste. Jetzt muss ich aber los. Warte noch eine Minute und trink den Kaffee aus, sei so gut!«

Er verabschiedete sich schnell, verließ die Bäckerei und stieg in der Seitenstraße in den dunklen Landtagsdienstwagen. Hinter den verdunkelten Scheiben im Fond zückte Bergmann sein Handy und wählte die Nummer von Lena Schwartz.

Während es läutete, drehte er die Metallschatulle in seiner Hand. Immer wieder hatte er das Fundstück in den vergangenen Monaten betrachtet und überlegt, was es mit ihm wohl auf sich hatte.

Blau war die dominierende Farbe des Kästchens. Auf der Oberseite strahlte ihn ein leuchtend blauer Stern an. Ebenso tiefblau war der weiche Samt, der im Inneren ausgelegt war und eine gerundete, aber leere Einbuchtung in der Mitte umrahmte. So viel Aufwand wegen eines leeren Kästchens?, überlegte Bergmann, als seine Kollegin endlich abhob.

»Lena? Ja, ich habe sie. In zehn Minuten sind wir wieder im Landtag. Wir fahren direkt in die Tiefgarage. Der Direktor soll dort unten auf mich warten. Es wird knapp!«

Als er auflegte, registrierte er die neugierigen Augen des Fahrers im Rückspiegel. »Wir haben ein Geschenk vergessen«, versuchte Bergmann sich an einer Erklärung für den Aufwand, den sie betrieben.

»Ich fahre die schnellste Route, keine Sorge«, beruhigte ihn der Chauffeur. »Wir schaffen es in der Zeit, versprochen.«

Zehn Minuten! Bergmann überlegte. Er wollte nichts unnötig riskieren, aber er musste jemanden im Dezernat informieren. Er wusste, dass er als Einzelgänger berüchtigt war, der sich mit Autoritäten und auch den meisten Kollegen schwertat. Lange hatte er dem einzigen Partner nachgetrauert, dem er blind vertrauen konnte. Die Entscheidung Martin Sennebogens vor einigen Jahren, die Karriereleiter hinaufzusteigen, konnte er bis heute nicht nachvollziehen. »Als stellvertretender Leiter der Kripo bist du doch mehr im Präsidium als auf der Straße«, hatte er damals kopfschüttelnd festgestellt.

Seitdem konnte es ihm keiner seiner neuen Partner recht machen, und die wenigsten hatten erwartet, dass er sich mit der deutlich jüngeren und unerfahrenen Lena Schwartz derart gut zusammenfinden würde. So gut, dass er ihr als Erster nach Sennebogen zugestand, ihn Harry zu nennen. Er hatte nie Kinder gehabt, und nach seiner Scheidung war dies auch in weite Ferne gerückt. Für Lena hatte er fast väterliche Gefühle entwickelt. Martin aber hatte er als Freund vertraut wie keinem anderen.

Bergmann entschied sich, holte Luft und wählte die Mobilfunknummer seines früheren Partners. Es läutete durch, aber Sennebogen hob nicht ab. Sicher war er in einer der vielen Besprechungen im Präsidium, die Bergmann so verabscheute. Notgedrungen sprach er auf die Mailbox und bat ihn dringend um Rückruf. Mehr konnte er jetzt nicht tun.

Bergmann schloss die Augen und lehnte sich im bequemen Sitz des geräumigen Rückraums zurück. Es roch nach neuem Leder, und der Elektroantrieb des Hybridmotors, der im Stadtverkehr zum Einsatz kam, ließ das Fahrzeug fast lautlos vorangleiten. Bergmann versuchte, seine Gedanken zu sortieren, klappte das abgegriffene Notizbuch auf und blätterte zur letzten Seite, die er schon so oft betrachtet hatte.

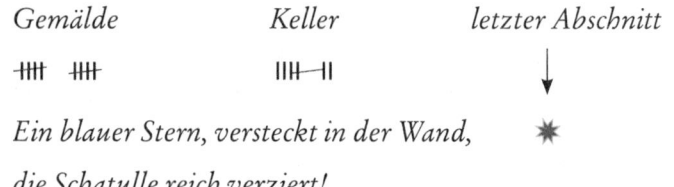

Gemälde	*Keller*	*letzter Abschnitt*

Ein blauer Stern, versteckt in der Wand,
die Schatulle reich verziert!

»›Ein blauer Stern, versteckt in der Wand‹«, las Bergmann die Notiz, die der Soldat über seine Entdeckungen im Keller des Maximilianeums im Jahr 1944 während der Bombenangriffe auf München angefertigt hatte, und rieb sein stoppeliges Kinn, als der dunkle BMW über das Kopfsteinpflaster der Maximiliansbrücke ratterte. Einen Moment lang betrachtete er die letzte Seite und blätterte dann nach vorne.

Während zuvor eher sporadisch Einträge auftauchten, so hatte Josef Streicher ab Anfang Juli 1944 fast täglich etwas notiert. Lange Listen mit meist männlichen Protagonisten der Gemälde – von Friedrich dem Großen über Zar Peter den Großen bis hin zu Ludwig XIV. – wechselten sich mit Strichlisten und Flächenangaben in Quadratmetern ab. Einzig die »Heerschau der Königin Elisabeth I. von England« bildete eine weibliche Ausnahme, stellte er fest.

Aber hatte er nicht auch diese Katharina von Württemberg in der Liste gesehen? Da war sie! Auf einer eigenen Seite war eine »Katharina« aufgeführt, in Gesellschaft des »Büßers zu Canossa (Heinrich IV.)«. Das musste sie sein, die Königin von Württemberg. »Büßer zu Canossa«, wiederholte er leise den Titel des Bildes.

Doch was ihm die ganze Zeit über nicht aus dem Kopf ging: Wieso war jemand bereit, ein Menschenleben für ein leeres Kästchen zu opfern?

Dreizehn Uhr neunundvierzig, zeigte ihm ein Blick auf die Uhr. Es würde knapp werden, aber sie würden es schaffen.

12

München, Maximilianeum, Landtagsbibliothek, 13:30 Uhr

In Rekordzeit schlüpfte Lena Schwartz in Tinas Sportklamotten. Bis auf die Laufschuhe, die etwas zu groß waren, passten die Sachen ganz gut. Schwartz sperrte ihre Kleidung in Tinas Spind und verabschiedete sich eilig. »Wir treffen uns nachher! Dann erkläre ich's!«

Tina blieb etwas ratlos zurück und machte sich auf den Weg zur Landtagsbibliothek. Als Historikerin war sie dort, ein Stockwerk unterhalb der Landtagsgaststätte, Stammgast. Sie genoss es, in Pausen den Gang entlangzuschreiten, der ebenso wie die Bibliothek selbst im Herbst 2013 modernisiert worden war. Eine große Auswahl an Publikationen zu Politik, Geschichte und Kultur Bayerns und darüber hinaus war dort ebenso zu finden wie eine umfassende Dokumentation aller Parlamentsdokumente.

Wie gewohnt blieb sie auch dieses Mal einen Moment bei der Bilderausstellung stehen, welche die Geschichte der Maximilianstraße und des Architekten Friedrich Bürklein dokumentierte. Nachdenklich betrachtete sie eine Zeichnung mit dem Querschnitt aller Ebenen des ehrwürdigen Gebäudes. Tina wurde das Gefühl nicht los, dass noch ein ungelöstes Rätsel im Bauch des Maximilianeums schlummerte.

Irgendwann komme ich drauf!, dachte sie und tippte mit dem Zeigefinger auf die Glasplatte.

Im Eingangsbereich der Bibliothek waren in Drehständern Tageszeitungen einsortiert, in denen bevorzugt frühmorgens Abgeordnete nach Ereignissen im heimischen Landkreis blätterten. Für den verwaisten Lesesaal hatte sie keinen Blick übrig und ging stattdessen zielstrebig zu der jungen Mitarbeiterin an der Buchausleihe. Perfektes Timing, Tanja hatte Dienst, dachte sich Tina erfreut, als sie an die Theke trat.

Mit der fast gleichaltrigen Bibliothekarin verabredete sich Tina regelmäßig zum Mittagessen in der Landtagskantine für Mitarbeiter, die praktischerweise genau gegenüberlag. Wegen ihrer gemeinsamen Leidenschaft für Bücher hatten sie von Anfang an einen guten Draht zueinander.

»Brauchst du etwas Bestimmtes, oder hast du wieder einen kniffligen Fall zu lösen?«, fragte Tanja Schmidt lächelnd und spielte auf die Ereignisse im vergangenen Jahr an, als Tina sich nachts Zugang zum Archiv verschafft hatte.

Tina kreuzte die Finger. »Keine Sorge: keine Attentäter, keine Einbrecher. Nur eine Recherche. Hast du einen Überblick über die Familiengeschichte von König Ludwig I. von Bayern? Also dem Vater des Namensgebers des Hauses hier? Und vielleicht etwas zu Katharina Pawlowna? Königin von Württemberg?«

»Was machst du denn für Fleißaufgaben? Ich sehe mal nach, was wir haben. Gib mir eine Sekunde.« Tanja klapperte auf der Tastatur. »Ja, es ist natürlich etwas da. Sogar zu Katharina Pawlowna. Ich hole dir zwei, drei übersichtliche Originalausgaben aus dem Archiv hoch. Sogar mit Briefwechseln und so weiter. Oder willst du mit runterkommen? Dann geht es schneller«, schlug sie mit einer einladenden Handbewegung zur kleinen Wendeltreppe, die in den darunterliegenden Archivbereich führte, vor.

Hier war sie seit dem vergangenen Jahr nicht mehr gewesen, und Tina sah sich staunend in den langen Reihen um. Immer wieder beeindruckte sie die Würde und Gelassenheit, die das gesammelte Wissen in Archiven ausstrahlte. Vollkommene Stille umgab sie in den niedrigen Räumen, die zur optimalen Haltbarkeit der aufbewahrten Werke konstant bei einer Luftfeuchtigkeit von etwa fünfundvierzig Prozent und einer Zimmertemperatur von sechzehn bis achtzehn Grad gehalten werden mussten. »Ich hatte ganz vergessen, wie schön du es hier hast«, sagte sie. »Vor allem, wenn ich an den bevorstehenden Sommer denke.«

»So ist es. Aber für dich wäre das auf Dauer doch nichts, viel zu langweilig. Zu viel Ruhe und zu viel Ordnung für dich«, witzelte Tanja und ging zielstrebig auf ein Regal zu, zog drei dicke Bände heraus und lud sie auf Tinas ausgestreckten Armen ab.

Tina stöhnte theatralisch auf und schleppte die Wälzer zu einem kleinen Lesetisch an der Seitenwand.

»Zweimal König Ludwig und einmal Königin Katharina.

Dann viel Spaß!« Als Tanja sich verabschiedete, hatte Tina sich bereits in die Werke vertieft.

13

München, Maximilianeum, Tiefgarage, 13:50 Uhr

Elendig lang dauerte es, bis sich das Gittertor vor der Einfahrt zur Tiefgarage öffnete und der schwarze BMW in die oberste Ebene einbiegen konnte. Vor den Drehtüren wartete der Landtagsdirektor bereits ungeduldig auf Bergmann, der sofort die Hecktür aufstieß und ausstieg, die Schatulle in der Hand. Löwenthal hielt ihm die blaue Stofftasche mit dem Schriftzug des Bayerischen Landtages entgegen, in der Bergmann die wertvolle Fracht verstaute.

»Sollen nicht doch besser wir die Übergabe übernehmen?«, fragte er den sichtlich nervösen Direktor. Es machte ihm Sorgen, wie sehr die Situation dem Amtschef zusetzte.

Dieser schüttelte jedoch energisch den Kopf. »Haben Sie vielen Dank, Herr Kommissar. Ihr Angebot weiß ich sehr zu schätzen, aber die Ansage des Erpressers war eindeutig. Und ich fühle mich für die Entführten persönlich verantwortlich«, entgegnete Löwenthal und umfasste entschlossen die Tragegriffe der Tasche.

»Wo ist eigentlich Lena?«, fragte Bergmann und bekam prompt die Antwort.

»Hier bin ich«, rief ihm eine Joggerin zu, die die enge Treppe zur Durchgangsschleuse herabtrippelte.

»Wie siehst du denn aus?«, fragte er überrascht.

Schwartz lachte. »Meintest du vorhin nicht, ich sei die junge Sportliche und du der alte Denker? Tina hat mir mit ihren Laufsachen ausgeholfen. Wusstest du, dass der Landtag sogar einen Fitnessraum hat?« Sie zwinkerte ihm zu, während sie sich – in Shorts, Top mit Laufjacke und Laufschuhen plus Kappe kaum wiederzuerkennen – durch die Drehtür schob. »So ganz allein lassen wir den Herrn Löwenthal nicht nach draußen.« Sie tätschelte ihm aufmunternd den Arm. »Ich werde zufällig wie so viele andere heute bei diesem schönen Wetter durch die Maximiliansanlagen laufen.«

Bergmann nickte anerkennend. Dagegen konnte er nichts einwenden, auch wenn es ihm lieber gewesen wäre, seine Kollegin hätte sich mit ihm abgesprochen. Aber mit ihrer Forschheit erinnerte sie ihn an ihn selbst in seinen Sturm- und Drangzeiten bei der Kripo. Für Nostalgie war jetzt jedoch keine Zeit. Mit Blick auf seine Uhr trieb er die beiden zur Eile an.

»Herr Löwenthal, Sie nehmen den Ausgang durch die Tiefgarage, richtig? Dann schlage ich vor, dass du, Lena, über die Ostpforte hinausläufst. Ich halte die Stellung, und wir treffen uns im Anschluss in Ihrem Büro, Herr Löwenthal!«

Löwenthal schaute kurz von Bergmann zu Schwartz, holte tief Luft und ging zielgerichtet quer durch die Tiefgarage zum kleinen Treppenhaus an deren Vorderseite. Durch eine unscheinbare Tür verließ er das Maximilianeum. Bergmann und Schwartz gingen zurück Richtung Altbau, wo sich ihre Wege im Erdgeschoss trennten.

»Wir halten Kontakt«, verabschiedete sich Bergmann und winkte mit seinem Smartphone.

Schwartz lief los, umkurvte den Nordbau und passierte das Drehkreuz an der Ostpforte. Schnell überquerte sie den gepflasterten Vorplatz und die Straße, bevor sie in die Maximiliansanlagen eintauchte. Eine von vielen Joggerinnen, die einen der ersten warmen Tage des Jahres ausnutzten.

∗∗∗

Auf der anderen Seite des Gebäudekomplexes hatte der Landtagsdirektor ebenfalls gerade die Straße Richtung Park überschritten. Kurz musste er sich orientieren, war es doch schon einige Zeit her, dass er in einer Mittagspause an der Isar spazieren gegangen war. Viel zu selten nutzte er den Luxus, die Grünanlage vor seinem Arbeitsplatz genießen zu können.

Nach einem Moment hatte er jedoch den abschüssigen Weg

zum Isarufer entdeckt, der ihn unter schattenspendenden Bäumen zur beliebten Promenade führte. Die Parkbänke, von denen aus man nicht nur die Maximiliansbrücke, sondern auch die Silhouette der Stadt betrachten konnte, waren beliebt und wie immer um diese Uhrzeit dicht besetzt.

14

München, Maximiliansanlagen, Maxwerk, 13:59 Uhr

Weder für die Stadtkulisse noch den Stadtpark hatte der ernst blickende ältere Herr mit Aktentasche in der linken und blauer Stofftasche in der rechten Hand einen Blick übrig. Er schlängelte sich zwischen Joggern, schwatzenden Gruppen und kinderwagenschiebenden Müttern hindurch. Immer wieder sah er auf die Uhr.

Als er sich dem Maxwerk näherte, verlangsamte er seinen Schritt. Vor dem schief hängenden grünen Abfalleimer an der Frontseite blieb er stehen und ließ die Stofftasche mit einer schnellen Bewegung in die Öffnung fallen.

Nachdem er sich vergewissert hatte, dass die Tasche vollständig verschwunden war, ging der Direktor weiter, umrundete das Gebäude und schlug, ohne sich umzudrehen, einen Pfad ein, der ihn über eine kleine Anhöhe zurück zum Maximilianeum führte.

✳✳✳

Die schlanke Joggerin mit den zu einem Pferdeschwanz gebundenen blonden Haaren unter einer Baseballkappe beendete einen Steinwurf von ihm entfernt ihre Dehnübungen auf der Wiese hinter dem Maxwerk. Eine Hand an einem Baumstamm abgestützt, holte sie ihr Smartphone aus der Seitentasche und drückte auf eine Kurzwahltaste.

»Ja, ich bin's«, flüsterte sie ins Telefon, während sie betont teilnahmslos auf die Uferpromenade blickte. »Ich habe den Abfalleimer im Blick. Seit zehn Minuten ist nichts passiert. Niemand hat etwas geholt. Nur ein paar Kids haben ihre leeren Trinkbecher entsorgt. Sonst nichts.«

So unauffällig wie möglich setzte sie ihre Übungen fort und entschied sich dann dafür, sich wie viele andere auf eine freie Parkbank in Sichtweite des Abfalleimers zu setzen. Aber nichts geschah, und mit jeder Minute, die verstrich, wurde Schwartz unruhiger. Das Gefühl beschlich sie, dass etwas nicht stimmte.

15

München, Maximilianeum, Büro des Landtagsdirektors, 14:15 Uhr

Dieses Mal war es Bergmann, der unruhig auf und ab lief. Den Kaffee, den ihm die freundliche Vorzimmerdame zum wiederholten Mal angeboten hatte, lehnte er dankend ab. Nervös checkte er seine Armbanduhr.

Viertel nach zwei schon. Langsam müsste er doch zurück sein, überlegte er. Ich hätte doch an seiner Stelle gehen sollen.

Selten in seiner Karriere war er so unsicher gewesen, ob er die richtige Entscheidung getroffen hatte. Schwartz' Anruf hatte ihn zusätzlich ins Grübeln gebracht. Er hatte nicht erwartet, dass die Entführer so viel Zeit verstreichen lassen würden, um sich die Schatulle zu holen.

Bergmann betrachtete sein Handy. Martin Sennebogen, sein früherer Partner, hatte ihn noch nicht zurückgerufen. Kurz entschlossen drückte er die Wiederwahltaste. Als erneut nur die Mailbox drang, schilderte Bergmann in kurzen Worten die Situation. »Sprich bitte nur im engsten Kreis darüber. Ich melde mich, sobald ich etwas Neues habe.« Er legte auf und setzte sich.

Als sich die Bürotür einen Moment später öffnete, trat Direktor Löwenthal etwas verschwitzt, aber sichtlich erleichtert ins Zimmer.

Bergmann begrüßte ihn erfreut. »Gut, dass Sie zurück sind. Meine Kollegin hat mich angerufen. Sie hatte Sie die ganze Zeit im Blick. Was mich überrascht, ist, dass bislang nichts passiert ist. Es wurde noch nicht abgeholt.« Löwenthal legte seufzend seine Aktentasche sowie das Sakko ab und lockerte seine Krawatte. Zum ersten Mal sah Bergmann den Direktor, der sich den Schweiß von der Stirn wischte, in einem etwas legereren Aufzug. Die Übergabe hatte ihn offensichtlich mitgenommen, und er trank einen großen Schluck aus dem Wasserglas vor ihm. Überhaupt kam er ihm ausgemergelt und seine Haut fahl vor.

»Ich glaube, ich habe alles ohne Fehler ausgeführt, Herr Kommissar«, berichtete er. »Die Stofftasche ist im Abfalleimer, und ich bin sofort danach hierher zurück. Hoffen wir das Beste.«

Bergmann setzte sich auf einen Stuhl am Besprechungstisch, um seine Gedanken zu sortieren, als das Telefon auf dem Schreibtisch klingelte. Mit einer Mischung aus Hoffnung und Furcht blickte Löwenthal auf den Hörer. Zaghaft hob er ab.

»Direktor Löwenthal«, meldete er sich und bestätigte Bergmann mit einem Nicken, dass es der Entführer war. Mit einer Geste deutete Bergmann an sein Ohr, um Löwenthal zu signalisieren, dass er den Lautsprecher einschalten solle. Dieser zögerte und drückte dann den Knopf, sodass krächzend eine Stimme mit charakteristischem Akzent zu hören war.

»Geschätzter Herr Direktor, ich bin ein Ehrenmann und habe Ihnen ein faires Geschäft angeboten, mit klaren Bedingungen. Ich halte mich daran.«

Löwenthal und Bergmann sahen sich mit Erleichterung an.

»Sie haben Ihren Teil aber nicht erfüllt. Sie waren zu spät.«

Bergmann traute seinen Ohren nicht. Zu spät? Das konnte unmöglich sein. Als Löwenthal protestieren wollte, unterbrach ihn der Anrufer.

»Sparen Sie sich Ihre Ausflüchte. Lesen Sie mein Schreiben: Ich verhandle nicht. Und wir haben Sie im Auge. Sagen Sie das Ihrer Freundin in den Sportsachen beim Maxwerk. Unterschätzen Sie unsere Entschlossenheit nicht. Das erste Leben haben

Sie verwirkt, Herr Direktor. Das zweite können Sie noch retten. Nutzen Sie Ihre Chance.«

Ungläubig und mit offenem Mund starrten sich Löwenthal und Bergmann an. Damit hatten sie nicht gerechnet. »Wa… was meinen Sie damit?«, stotterte Löwenthal in den Hörer.

»Hören Sie genau zu, Herr Direktor.« Die tiefe Stimme sprach ohne einen Hauch von Erregung oder Nervosität. »Es ist jetzt kurz vor vierzehn Uhr dreißig. Ich will großzügig sein und gebe Ihnen eine Stunde. Dann bringen Sie pünktlich die Pläne des Maximilianeums von 1857 zur U-Bahn-Station Max-Weber-Platz. Auf der rechten Seite befindet sich ein Sofortbildautomat. Sie setzen sich, machen Porträtbilder und lassen im Anschluss die Pläne hinter dem Sitz liegen. Keine Kopien. Die Originale. Sind Sie unpünktlich, kommen Sie ohne die Pläne oder rufen Sie die Polizei, dann stirbt er. Vergessen Sie nicht: Wir haben Sie im Auge.«

Es klickte in der Leitung, und Stille trat ein. Einen Moment blieben Löwenthal und Bergmann regungslos sitzen.

»Zu spät? Das ist doch unmöglich, Herr Kommissar«, ergriff der Direktor als Erster das Wort. »Ich war so schnell dort, wie ich konnte. Meinen Sie, sie haben … ihn …?« Er tat sich schwer, das Unfassbare zu formulieren.

Bergmann antwortete nicht. Seine Gedanken rasten. Sie hatten Schwartz bemerkt! Hastig wählte er ihre Nummer.

»Lena? Sie haben dich entdeckt, halten dich zum Glück aber nicht für eine Polizistin. Pass trotzdem auf. Hast du etwas bemerkt? Komm sofort zurück zu uns in den Landtag«, sagte er mit gepresster Stimme und legte auf.

Dann kam ihm noch ein viel ungeheuerlicherer Gedanke: Was, wenn sie ihn auch bemerkt hatten? Er fasste sich an die Stirn und tippte eilig eine SMS an Sennebogen.

> Stopp! Behalte die Mailbox-Nachricht für dich!
> Ich melde mich. Harry

***

Einige hundert Meter entfernt in den Maximiliansanlagen steckte Lena Schwartz verwirrt das Handy weg und blickte von ihrer Parkbank aus möglichst unauffällig zum Abfalleimer. Nichts war passiert. Schwartz atmete durch, legte den Kopf in den Nacken und dehnte sich, als ob sie ihre Runde fortsetzen wollte, und lief Richtung Eimer. Dort blieb sie stehen und täuschte vor, etwas hineinzuwerfen. Etwas Blaues schimmerte ihr aus der Öffnung entgegen. Schwartz griff hinein und zog an den Trägern der Stofftasche. Sie war überraschend leicht und raschelte. Als Schwartz einen Blick hinein wagte, zuckte sie zusammen.

16

München, 14:30 Uhr

Zufrieden legte Nikolaus Attenbach auf und lehnte sich zurück. Alles lief nach Plan, und er konnte nicht verhehlen, dass es ihm Spaß machte, mit Menschen zu spielen. Die erste Hürde war genommen.

»Ich bin sicher, dass sie auch über die nächsten Stöckchen springen werden, Dimitri«, sagte er. »Alles in Ordnung bei euch?«

»Ja, Sergej und ich sind bereit«, versicherte Dimitri eifrig.

»Gut so, dann gehen wir auf Nummer sicher und widmen uns wieder unserem Wächter hier.« Der Oligarch zog an seiner Zigarette und blickte zu Ferdinand Rademacher, der ihm mit aufgerissenen Augen und schwer atmend gegenübersaß. Die Arme und Beine waren mit Kabelbindern an den Stuhl gefesselt, der Mund geknebelt.

»Nun, Wächter«, sprach Nikolaus ihn abschätzig an. »Du bist ohne ein Geschenk zu mir gekommen. Wie unhöflich von dir, wie dumm. Von einem Träger des Georgsordens hätte ich mir mehr Anstand erwartet. Und mehr Verstand. Nun sag mir, was du weißt, und dann rettest du vielleicht dein Leben, wenn du schon deinem Schüler nicht helfen konntest.«

Die Leiche des erdrosselten zwanzigjährigen Studenten, die zusammengekrümmt neben Rademacher auf dem Boden lag, würdigte Attenbach keines Blickes.

17

München, Maximilianeum, Steinerner Saal, 14:15 Uhr

Entspannt schob Stefan Huber den dunkelroten Lederstuhl im Plenarsaal des Landtages vor und zurück. Vor einigen Minuten hatte der Ministerpräsident seine Regierungserklärung zur wirtschaftlichen Lage und zu einem neuen Hightechprogramm beendet. Nun war es an den jeweiligen Fraktionsvorsitzenden, die Rede je nach politischer Couleur entweder zu attackieren oder zu verteidigen. Redner der Regierungs- und der Oppositionsfraktionen wechselten sich mit ihren Argumenten ab. Stefan stand, als junger Abgeordneter in seiner ersten Legislaturperiode noch ohne herausgehobene Funktion, dieses Mal nicht auf der Rednerliste.

»Heute ist die Stunde der alten Hasen«, meinte seine Kollegin Dorothee Multerer neben ihm. Schon manches Mal hatte sie ihm aus der Patsche geholfen, und Stefan wusste, dass sie seine Beziehung mit Tina von Beginn an mit Argusaugen beobachtet hatte. Dennoch hatten sie es geschafft, ihre kollegiale Freundschaft aufrechtzuerhalten. Und ein wenig Eifersucht konnte Tina auch nicht schaden, freute Stefan sich insgeheim, als er sich an den kleinen Disput beim Mittagessen erinnerte.

Das ist ja Gedankenübertragung, dachte Stefan, als vor ihm eine WhatsApp-Nachricht seiner Freundin aufleuchtete.

> Kannst du kurz aus dem Plenum raus? Ich muss dir was erzählen. Bin in einer Minute im Steinernen Saal. ☺

Stefan blickte prüfend auf die Anzeige der großen Bildschirme neben dem Rednerpult in der Mitte des Saals. Mehrere Redner waren noch angekündigt, und eine namentliche Abstimmung stand nicht an, sodass er den Sitzungssaal verlassen konnte.

Da Gesetzesvorlagen, Anträge und Abstimmungen in den vierzehn Fachausschüssen – vom Europaausschuss bis zum Haushaltsausschuss – vorbereitet und beraten wurden, ergab sich während der oftmals langen Plenardebatten die Gelegenheit für Termine, Absprachen oder Fachgespräche. »Am Rande des Plenums«, unter dieser Bezeichnung konnte so manches Problem eines Bürgermeisters aus dem Stimmkreis im direkten Austausch mit den zuständigen Ministern oder Staatssekretären besprochen oder sogar gelöst werden.

»Ich bin gleich wieder da, Dorothee«, sagte er zu seiner Sitznachbarin und wedelte grinsend mit dem Smartphone. »Die Pflicht ruft.«

Das etwas spöttische »Die Pflicht heißt Tina, oder?«, welches ihm Dorothee hinterherrief, überhörte er geflissentlich.

Stefan verließ den Plenarsaal durch eine der beiden Glastüren auf der Rückseite. Im Vorbeigehen grüßte er freundlich die Offizianten, die ihn wie alle insgesamt zweihundertfünf Abgeordneten mit Stimmkarten, Post und aktuellen Informationen versorgten, und betrat den hohen Vorraum, der sich zwischen Plenarsaal und dem früheren Senatssaal des Parlaments befand. Der eindrucksvolle Steinerne Saal diente nicht nur als Bereich für improvisierte Pressekonferenzen, sondern bot durch die hohen Glasfenster auch eine atemberaubende Aussicht über die Münchner Skyline. Wer die Landeshauptstadt mit ihren wichtigsten Sehenswürdigkeiten, allen voran den berühmten Türmen der Frauenkirche, auf einen Blick betrachten wollte, der war hier genau richtig.

An ereignisreichen Tagen wie heute wimmelte der Saal von Journalisten, Radio- und Fernsehteams sowie staunenden Besuchern, die durch die gläserne Seitentür in das Plenum spähen wollten. Allen Verschärfungen der Sicherheitsvorkehrungen in den letzten Jahren zum Trotz war die Landtagspräsidentin bemüht, das Parlament als offenes und transparentes Haus zu erhalten. Eine kurze Begegnung oder ein Foto mit ihr oder dem

Ministerpräsidenten sollte ohne aufwendiges Prozedere möglich bleiben.

Tina wartete bereits auf einer der Sitzbänke an den Seitenwänden, über denen monumentale Wandgemälde aus der bayerischen, deutschen und europäischen Geschichte hingen. Als sie ihn entdeckte, winkte sie ihm zu.

»Hallo, mein Lieber, du bist ja schneller als der Blitz«, sagte sie, als er sich neben sie setzte und seinen Arm um sie legte.

»Na, wenn du rufst, bin ich doch immer zur Stelle«, entgegnete er augenzwinkernd. »Was gibt's denn Neues bei dir?«

Tina holte tief Luft. »Da weiß ich gar nicht, wo ich am besten anfangen soll. Rate mal, wer gerade mit meinen Laufklamotten durch den Park joggt?« Als sie Stefans fragenden Blick sah, platzte es sofort aus ihr heraus. »Lena Schwartz! Sie durfte mir zwar nicht viel sagen, aber es sieht ganz danach aus, als ob dieser Student und der Betreuer entführt worden sind«, erzählte sie aufgeregt.

»Entführt? Komischer Zeitpunkt, um an Joggen zu denken, findest du nicht?«, warf Stefan ungläubig ein.

Tina klapste ihm auf den Arm und rollte mit den Augen. »Natürlich macht sie das nicht zum Spaß!« Sie senkte die Stimme und flüsterte: »Zur Tarnung natürlich. Mehr weiß ich auch nicht. Auf jeden Fall ist hier sprichwörtlich einiges am Laufen. Ihr habt noch nichts mitgekriegt?«

Stefan schüttelte den Kopf. »Nein, und so etwas hätte sich sofort herumgesprochen, das kannst du mir glauben.«

»Sie hat mich zwar um absolutes Stillschweigen gebeten, aber dass ich dir Bescheid sage, ist doch klar.« Seine hübsche Freundin blickte ihn mit funkelnden Augen an. »Wobei: Deswegen bin ich nicht hier«, fuhr sie in verschwörerischem Tonfall fort. »Beim Mittagessen hat Lena ja nach dieser Zarentochter Katharina gefragt, erinnerst du dich?«

Zaghaft nickte Stefan und versuchte zu überspielen, dass er mit den Gedanken zu diesem Zeitpunkt woanders war. Tina kannte ihn mittlerweile gut genug, sodass sie seufzend darüber hinwegging.

»In der Studienstiftung hatte Lena doch das Porträt von Katharina Pawlowna entdeckt und sich gewundert, dass dort eine württembergische Königin hängt. Ich habe also recherchiert, und in der Tat war sie nicht nur eine Tochter des russischen Zaren Paul und damit eine Romanow, wie ich übrigens gleich vermutet hatte, sondern später auch Königin Württembergs.«

Sie klopfte Stefan auf die Hand, mit der er nebenbei sein Smartphone hervorgeholt hatte, um seine Nachrichten zu checken. »Halte durch, es wird gleich spannend!«

Er verdrehte die Augen und hörte weiter zu.

»Also, unsere Katharina hätte eigentlich eine bayerische Königin werden sollen. Es war sogar schon fest vereinbart, dass sie Kronprinz Ludwig, den späteren König und Vater unseres Königs Maximilian II., der dem schönen Gebäude hier seinen Namen gegeben hat, heiraten sollte. Kein Geringerer als Napoleon war jedoch auch an ihr interessiert und warb um sie. Nun war aber wiederum Katharinas Vater, der russische Zar, dagegen. Das Ende vom Lied war dann, dass sie keinen von beiden heiraten durfte, sondern sich mit einem gewissen Herzog von Oldenburg begnügen musste.«

Sie erzählte mit einer Begeisterung, die Stefan nur bedingt nachvollziehen konnte. »Das klingt für mich ein wenig nach einer Vorabend-Soap. Ich weiß ehrlich gesagt nicht, was das soll«, entgegnete er seufzend.

»Jaja, nun warte doch ein bisschen. Ich war gerade im Archiv. Und jetzt pass auf: Angeblich hat Napoleon der jungen Zarentochter, als er ihr Avancen machte, einen furchtbar teuren Edelstein in einem Collier geschenkt, um sie zu beeindrucken.«

Nun horchte Stefan auf. »Schon wieder ein Diamant?«

»Man weiß nicht hundertprozentig, ob es stimmt, und vor allem nicht, wo der Stein dann abgeblieben ist. Glück brachte er ihr auf jeden Fall nicht, ganz im Gegenteil. Ihr erster Mann starb ziemlich bald an Typhus. Mit ihrem zweiten Gatten, dem württembergischen Kronprinzen Wilhelm, hatte sie auch wenig zu lachen, da man ihm ein Verhältnis mit einer italienischen Adligen nachsagte. Und dann starb Katharina auch noch mit nur knapp dreißig Jahren an einer Grippe, die sie sich eingefangen hatte, als sie ihrem untreuen Ehemann nachgereist war. Manche Quellen sprechen auch von einer Sepsis. Traurig, oder? Vor allem, da sie überaus beliebt war. Sogar Lady Diana des 19. Jahrhunderts wird sie genannt.«

Nun war es an ihm, einzuhaken. »Ja, da hast du schon recht. Das klingt ja fast wie beim Hope-Diamanten. Weißt du noch? Da kam vor einiger Zeit eine Dokumentation auf ARTE. ›Der Fluch des Hope-Diamanten‹ oder so ähnlich. Es ging darum, dass er einer indischen Göttin gestohlen wurde und seinen Besitzern nur Unglück gebracht hat.«

Tina sah ihn an. »Ja, ich erinnere mich, stimmt! Aber jetzt pass auf: Was es für uns hier doppelt spannend macht, ist, dass man unserem König Ludwig und Katharina nachsagte, dass sie allen Widrigkeiten der Geschichte zum Trotz heimlich an ihrer Liebe festhielten. Und zum Zeitpunkt ihres Todes soll sie vielleicht sogar schwanger gewesen sein. Ob mit dem lange ersehnten Thronfolger oder einer weiteren Tochter, das liegt im Dunkeln.« Sie blickte ihn mit glänzenden Augen an.

»Das hört sich für mich jetzt schon wieder ein bisschen nach Soap an«, entgegnete Stefan trocken.

»Es sind nur Spekulationen. Kam aber öfter vor, als du glaubst, mein Lieber.« Sie küsste ihn auf die Wange und stand auf. »Jetzt denk doch bitte mal mit. Gehen wir einmal davon aus, da ist etwas dran und sie war seine Geliebte. Welchen Grund sollte es sonst geben, ein Porträt von ihr ausgerechnet im Maximilianeum aufzuhängen? Dazu kommt etwas Ungewöhnliches. Man findet zwar jedes Gemälde der Historischen Galerie im Internet, sowohl die öffentlichen Bilder wie die hier hinter uns als auch die nicht öffentlichen in der Studienstiftung. Jedes außer …?«

»Außer Pawlowna?«, vervollständigte Stefan ihren Satz.

»Genau. Was das zu bedeuten hat, weiß ich nicht, aber Lena und Harald meinten beim Mittagessen, dass sich der verschwundene Student besonders mit dem Blauen Wittelsbacher und der Geschichte der bayerischen Könige beschäftigt hat. Das sind schon viele Zufälle, oder?«

»Du wirfst ja Fragen auf, meine Liebe. Mir brummt schon der Kopf«, sagte Stefan.

»Ich treffe gleich Lena Schwartz, sie muss ihre Sportsachen

zurücktauschen. Ihr erzähle ich das auch, mal sehen, ob sie mehr Sinn für Romanzen hat.« Tina zwinkerte ihm zu, doch Stefan spürte, dass die Recherche ihren Jagdtrieb nach historischen Geheimnissen angefacht hatte.

✳✳✳

Als sie aufstanden und gemeinsam den Steinernen Saal durchquerten, blieben sie an der großen Vitrine stehen, in der einige sehenswerte Stücke aus dem Grundstein des Maximilianeums, den 1998 zufällig zwei Bauarbeiter entdeckt hatten, ausgestellt waren. Unter zwei Nymphenburger Porzellantafeln mit Porträts des königlichen Stiftereehepaars war ein Modell einer Lokomotive platziert, umrandet von Münzen der damaligen Zeit.

»Weißt du noch, wie uns die griechische Münze im letzten Jahr auf die Spur brachte, dass König Maximilian hier einen zweiten Blauer-Wittelsbacher-Diamanten für seinen Bruder Otto, König der Griechen, versteckt haben könnte?«, sagte Tina nachdenklich.

Stefan nickte. »Hast du eigentlich mal nachgeschlagen, was die griechische Inschrift bedeutet hat?«, meinte er und deutete auf die Schriftzeichen »Η τέχνη δείχνει τον τρόπο« auf einer Goldmünze.

Tina legte die Stirn in Falten und dachte angestrengt nach. »Ist schon etwas her, aber ich glaube, es bedeutet: ›Die Kunst bringt uns voran.‹«

»›Die Kunst bringt uns voran‹«, wiederholte Stefan, ging in die Hocke und betrachtete die Vitrine aus einer anderen Perspektive.

»Das passt schon zu Maximilian II., er sah sich ja selbst als Förderer der Kunst«, meinte Tina. »Und ein Faible für Geheimnisse und Rätsel hatten sowohl er selbst als auch sein Sohn Ludwig II., der Märchenkönig«, fügte sie hinzu.

Stefan blickte sie fragend an.

»Kennst du den bekannten Spruch Ludwigs II. nicht?«, sagte sie. »›Ein ewig Rätsel will ich bleiben mir und anderen.‹ Das hat er seiner Erzieherin geschrieben. Die Begeisterung für das Rätselhafte und die Kunst war ihm von seinem Vater eindeutig in die Wiege gelegt worden.«

Stefan zuckte mit den Schultern und wandte sich wieder der Vitrine zu. »Was ist denn das da unten?« Er deutete auf einen goldenen Zylinder, der etwas versteckt eine Ebene unter der Lokomotive lag. »Hat Bergmann vorhin nicht einen Zylinder erwähnt?«

Tina kniete sich neben ihn und kniff die Augen zusammen.

»Ja, du hast recht. Das stand auf dem Zettel, den er aus dem Zimmer des Verschwundenen mitgenommen hat: ›Hoffnung‹ und ›Zylinder‹. Mensch, Stefan, das ist mir noch gar nicht aufgefallen. Schau mal, hier ist auch etwas eingraviert. Ist das Dekor oder Schrift?«

Angestrengt versuchten sie, die winzige Gravur auf der Unterseite des Zylinders zu entziffern, aber sie war mit bloßem Auge nicht zu erkennen. Stefan drehte den Kopf und sah sich um. »Der halbe Saal fragt sich schon, was wir hier machen.«

»Ach, erklär ihnen einfach, deine schusselige Freundin hat einen Ohrring verloren«, antwortete Tina, und bevor Stefan reagieren konnte, legte sie sich auf den Boden und rutschte unter die Glasvitrine. Auf dem Rücken liegend hielt Tina ihr Smartphone nach oben und versuchte, ein Foto von der Unterseite des goldenen Zylinders zu machen. »Gib mir mal bitte dein Handy. Du hast eine bessere Kamera. Nun mach schon.« Sie winkte mit ihrer Hand unter der Vitrine hervor.

Stefan hatte seine Freundin ungläubig beobachtet und konnte die Blicke geradezu auf seinem Rücken spüren und hören, wie das Getuschel im Saal zunahm. Tina, Tina, stöhnte er innerlich, und er wusste, dass Diskutieren die peinliche Situation sogar noch in die Länge ziehen würde. Also blieb ihm nichts anderes übrig, als ihr sein Smartphone zu geben, mit dem sie mehrere Fotos von der Unterseite des Zylinders schoss.

Grinsend stand sie auf, klopfte sich die Bluse und den Blazer glatt und hielt für die neugierigen Blicke im Saal demonstrativ die Hand hoch. »Hier ist er ja! Gerade noch gefunden!«, rief sie lachend.

»Und, hast du neben deinem Ohrring etwas entdeckt?«, fragte Stefan leicht angesäuert.

»Ich bin sicher, das sind Buchstaben. Ich konnte sie nicht entziffern, aber mit den Fotos müsste es gehen.«

Sofort vertiefte sie sich in die Schnappschüsse und zoomte sie heran. »›Ars ... monstrat ... viam‹«, las sie angestrengt. »Das ist Latein. ›Kunst ... weist ... den ... Weg.‹ Ja, so heißt es. Unglaublich, das ist ja fast das Gleiche wie auf der Münze!« Sie blickte Stefan überrascht an. »Das müssen wir noch etwas aufhellen und vergrößern, aber es sind sechs Sprüche untereinander!«

ars monstrat viam
trinitas clavis est
paenitentiam fortuna sequitur
respice gladium justitiae
scientia aperit portam
spes mortifera est

»Stefan, schick mir das Foto bitte weiter«, sagte Tina. »Ich muss ins Büro. Das will ich mir in Ruhe ansehen, okay? Danke.« Sie verabschiedete sich mit einem Küsschen von ihm.

»Hast du keine Besuchergruppe heute Nachmittag?«, fragte Stefan erstaunt.

Tina blieb ruckartig stehen und sah auf die Uhr. »Oh mein Gott, du hast recht. Sie warten schon in der Bürklein-Halle auf mich. Danke für die Erinnerung!«

Und weg war sie, flitzte über die Rote Treppe nach unten. Stefan schüttelte lächelnd den Kopf und ging zurück in den Plenarsaal.

18

München, Maximilianeum, Büro des Landtagsdirektors, 14:40 Uhr

»Die Stofftasche leer? Das ist doch unmöglich«, wiederholte Harald Bergmann.

Lena Schwartz, immer noch in Laufklamotten, hatte sich auf einen der Stühle gesetzt und nahm einen kräftigen Schluck Wasser. Ratlos zuckte sie mit den Schultern. »Nur eine zerknüllte Zeitung, mehr nicht. Ich bin sicher, dass ich den Abfalleimer nicht aus den Augen gelassen habe. Außer den Kids war niemand dort.«

Landtagsdirektor Löwenthal saß am Schreibtisch und massierte erschöpft seine Schläfen. »Wir haben noch eine Dreiviertelstunde Zeit. Wir müssen ihnen geben, was sie wollen. Und das pünktlich«, sagte er eindringlich.

Bergmann räusperte sich. »Sie wollen die Originalpläne des Maximilianeums? Soweit ich mich erinnere, tauchten diese doch 1998 auf?«

»Ja, in der Tat. 1998 wurde der Grundstein des Maximilianeums per Zufall von zwei Bauarbeitern entdeckt, ausgerechnet in der Faschingswoche. Manche glaubten erst an einen Scherz, als das gemeldet wurde. Und der Landtagspräsident und der Stiftungsvorstand entschieden damals, einen neuen Grundstein zu setzen und die Pläne wieder einzumauern. Wir haben sogar eine Broschüre dazu.« Löwenthal wedelte mit einem kleinen Flyer.

Schwartz nahm sie ihm aus der Hand und studierte sie. »Wäre interessant, zu hören, wieso die Originalpläne damals nicht mit den anderen Sachen ausgestellt wurden. Das würde es uns nun leichter machen.«

»In der Tat«, sagte Bergmann. »Aber wie kommen wir jetzt in einer halben Stunde an den Grundstein? Wissen Sie, wo er ist?«

»Ungefähr schon«, erwiderte Löwenthal. »Im Übergang zur Tiefgarage hängt zwar die Plakette für den alten Grundstein, aber der neue wurde einige Meter davon entfernt eingemauert. Es gibt sogar eine Markierung.« Der Direktor erhob sich. Nervös ging er vor dem Schreibtisch auf und ab. »Aber wir können doch nicht an einem Plenartag die Seitenwände zur Tiefgarage aufbrechen!«

»Direktor Löwenthal ...«, setzte Schwartz an und hielt mitten im Satz inne. »Warten Sie mal, jetzt fällt mir etwas ein. Die

Sanierungsarbeiten im Keller, die letztes Jahr dort stattfanden, die laufen doch noch, oder? Ist dieser Koller noch Bauleiter?« Plötzlich leuchteten die Augen des Direktors auf. Er hastete zur Bürotür, riss sie auf und rief seiner Vorzimmerdame zu: »Holen Sie mir bitte sofort den Bauleiter ans Telefon. Andreas Koller. Schnell!«

Nur einen Moment später klingelte es auf Löwenthals Schreibtisch, und der Bauleiter wurde durchgestellt.

»Koller, Weber-Bau Ottobrunn, wie kann ich Ihnen helfen, Herr Direktor?«, meldete er sich fröhlich.

Löwenthal stellte den Apparat auf laut und begann ohne Umschweife. »Ich hoffe, Sie sind im Haus?«

»Selbstverständlich, Herr Direktor«, antwortete Koller. »Wir sind gerade unterhalb der Westpforte dabei, den Eingangsbereich des neuen Besucherzentrums abzustecken. Das wird eine grandiose Aufwertung, wenn ich mir die Bemerkung erlauben darf«, legte er los, und Schwartz und Bergmann wechselten wissende Blicke. Im letzten Jahr hatten sie seine Bekanntschaft gemacht, und seine gesprächige Art war unverkennbar.

»Entschuldigen Sie, dass ich Sie unterbrechen muss!«, fuhr ihm der Direktor ganz entgegen seiner sonst üblichen Zurückhaltung dazwischen. »Vielleicht habe ich mich nicht verständlich ausgedrückt. Wir haben einen Notfall und brauchen sofort den Grundstein des Maximilianeums. Sehen Sie eine Möglichkeit, uns dabei zu helfen? Jetzt?«

Eine kurze Pause entstand, dann antwortete Koller: »Ich glaube, das kriegen wir hin. Der alte Grundstein liegt ja dreißig Meter von der Plakette entfernt, und in den Plänen, die wir haben, habe ich gesehen, dass der neue gar nicht weit –«

»Keine langen Reden am Telefon!«, unterbrach ihn Löwenthal erneut energisch. »Nehmen Sie Ihre Männer samt Werkzeug und kommen Sie zum Übergang zur Tiefgarage. Sofort! Wir sind schon auf dem Weg.« Er legte auf.

Erschöpft, aber mit etwas Hoffnung in den Augen sah Löwenthal die beiden Beamten an. »Begleiten Sie mich? Sie waren im letzten Jahr doch auch in den Katakomben und kennen sich aus.«

»Keine Frage, los geht's!«

Sie sprangen auf und folgten Löwenthal aus dessen Büro zum Treppenhaus, als ihnen die Vorzimmerdame hinterherrief:»Herr Direktor, nicht dass Sie es vergessen, Sie wollten doch noch ins Plenum. Die Debatte zur Regierungserklärung ist gleich aus.« Löwenthal blieb stehen und war hin- und hergerissen.»Jetzt kommen gleich einige knifflige Anträge zur Geschäftsordnung von der Opposition. Da sollte ich anwesend sein.« Er sah Bergmann und Schwartz verzweifelt an.

Bergmann blickte auf seine Armbanduhr. Es war zehn vor drei.»Gehen Sie nur. Wir kennen Herrn Koller und wissen auch, wo wir hinmüssen. Sie klären das rasch im Plenum, und dann kommen Sie nach unten, in Ordnung?«

Löwenthal blickte sie dankbar an und machte sich eilig auf den Weg.

»Schnell, wir nehmen die Treppe«, meinte Schwartz,»die Aufzüge sind zu langsam.«

Sie drängten sich hastig über die alte Holztreppe abwärts, die nicht nur von Mitarbeitern und Abgeordneten, sondern auch Besuchergruppen benutzt wurde. Ein neuer, geräumiger Aufzug auf der anderen Seite des Gebäudekomplexes hatte diese beengte Situation zwar ein Stück weit entspannt, eine spürbare Verbesserung würde aber erst der moderne Besuchereingang bringen, für den Bauarbeiten sowohl im Untergrund des Maximilianeums als auch in der Friedrich-Bürklein-Halle im Erdgeschoss durchgeführt werden mussten.

»Hast du eigentlich das Dezernat informiert?«, fragte Schwartz.

»Ja, schon im Auto vorhin. Ich habe Sennebogen auf die Mailbox gesprochen. Aber ich habe ihm dann noch eine SMS geschrieben, dass er sich zurückhalten soll. Vergiss nicht, sie haben sogar dich bemerkt«, antwortete er mit ernstem Blick.

»Gut siehst du aus, Lena«, rief plötzlich eine bekannte Stimme hinter ihnen.

Schwartz drehte sich um und entdeckte Christina Oerding, die gerade eine Besuchergruppe aus dem Ausland durch das Treppenhaus lotste. Neben der Staatsregierung unterhielt auch der

Bayerische Landtag engen Kontakt zu seinen Partnerregionen in der ganzen Welt. Insbesondere an Plenartagen wie diesen waren internationale Gäste an der Tagesordnung. Als Zeichen der besonderen Wertschätzung wurden sie von der Präsidentin auf der mittleren Besuchertribüne persönlich begrüßt.

»Willst du meine Sachen etwa behalten und dich aus dem Staub machen?«, rief Tina verschmitzt, während sie sich über das dunkle Holzgeländer beugte.

Schwartz schüttelte den Kopf. »Wir müssen dringend im Keller etwas erledigen. Melde dich, wenn du freihast!«, antwortete sie, bevor sie weiterlief, um Bergmann einzuholen.

Die Zeit drängte. In einer halben Stunde mussten sie den Grundstein und die Pläne gefunden haben, oder ein zweites Opfer würde sein Leben verlieren.

19

München, Maximilianeum, Altbau, 14:55 Uhr

Normalerweise hatte Tina Spaß daran, Besucher durch den Landtag zu führen. Sie gab sich große Mühe, Interesse an den politischen Abläufen zu wecken, so schwierig sich das in manchen Fällen auch gestaltete. Vor allem bei Schülergruppen war es nicht immer einfach, die »Wählerinnen und Wähler von morgen«, die in einigen Jahren die Demokratie verteidigen sollten, zu erreichen. Aber wenn es ihr hin und wieder gelang, dass zunächst betont gelangweilte Schüler sich zum Schluss doch zu Fragen meldeten, freute sie dies mehr als jedes Lob.

Die internationalen Gäste wie diejenigen aus Moskau, welche sie soeben führte, waren meist von sich aus wissbegierig. Tina genoss es normalerweise bei diesen Führungen, die vielen Nachfragen zur Geschichte und Architektur des Gebäudes, aber auch zum politischen System in Bayern und Deutschland zu beantworten. Heute gelang ihr dies mehr schlecht als recht. Zu vieles ging ihr durch den Kopf. Der verschwundene Student. Ihre Entdeckung im Archiv. Die Ermittlungen der Kriminalpolizei. Und immer wieder war da der Blaue Wittelsbacher oder ein anderer Edelstein. Vor allem aber die rätselhaften Gravuren auf dem Zylinder beschäftigten sie. Daher war sie heilfroh, als sie die Gruppe im Konferenzsaal bei einem halbstündigen Informationsfilm zurücklassen und an ihren Kollegen übergeben konnte.

Bevor sie in den Keller schaute, wollte sie unbedingt die lateinischen Sprüche fertig übersetzen. In ihrem Büro schwang sie sich auf ihren Stuhl, rief die Mails auf und klickte das Foto an, das Stefan ihr durchgeschickt hatte. Der Drucker ratterte, und sie betrachtete die sechs Zeilen, die sie vergrößert hatte.

Am auffälligsten war die oberste, die mit etwas breiteren Buchstaben eingraviert war: »ars monstrat viam.«

»Die Kunst weist den Weg«, schrieb Tina auf. Sie kam immer wieder auf diese Übersetzung. Unterhalb dieses Spruches folgten mittig fünf weitere, dünner geschliffene.

Tina kniff die Augen zusammen und versuchte in der Eile, so gut wie möglich zu übersetzen. Ein wenig war ihr Latein eingerostet, aber mit Hilfe des Internetwörterbuchs kam sie schnell voran. Nur beim dritten Spruch war sie nicht ganz sicher.

ars monstrat viam.	*Die Kunst weist den Weg.*
trinitas clavis est.	*Dreieinigkeit ist der Schlüssel.*
paenitentiam fortuna sequitur.	*Der Buße folgt das Glück. Oder: Die Buße bringt die Lösung.*
respice gladium justitiae.	*Achte das Schwert der Gerechtigkeit.*
scientia aperit portam.	*Wissenschaft öffnet die Tür.*
spes mortifera est.	*Die Hoffnung ist tödlich.*

Nachdenklich betrachtete Tina die Übersetzung auf dem Blatt vor ihr. Der Spruch »Die Kunst weist den Weg« war eindeutig hervorgehoben. Für seine Bedeutung sprach auch, dass er auf Griechisch in die Münze geprägt war. Tina stützte ihr Kinn auf der rechten Hand ab und dachte nach. Auf jeden Fall war dieser Satz jemandem sehr wichtig. Aber wem? Und was bezweckte er damit?

Sie seufzte, und nach einem Blick auf die Uhr sprang sie auf. Schon fünf nach drei. Sie steckte den Zettel ein und nahm die Treppe Richtung Tiefgarage, zu den Katakomben, in denen sie vor einem Jahr unangenehme Stunden verbracht hatte. Ein beklemmendes Gefühl erfasste sie, aber die Neugier war stärker.

20

München, Maximilianeum, Untergeschoss, 15:00 Uhr

»Herr Kommissar, Frau Kommissarin, wir haben uns ja lange nicht gesehen. Ermitteln Sie etwa wieder?«, empfing Andreas Koller sie in seiner gewohnt jovialen Art, als Bergmann und Schwartz über die Rolltreppe vom Untergeschoss des Altbaus zu dem schmalen, aus Backstein gemauerten Durchgang kamen, der zur Tiefgarage führte. Mit zwei etwas unschlüssig herumstehenden Bauarbeitern wartete Koller auf halber Strecke vor der kleinen Plakette, die den groben Standort des Grundsteines in der Wand markierte.

»Ermitteln nicht direkt«, erwiderte Bergmann, »aber wir sind dem Direktor behilflich. Dringende Sache. Sie wissen ja, um was es geht.« Er zeigte auf die Inschrift »Grundstein«, die in einen leicht hervorstehenden Stein in der Seitenwand gehauen war. »Der Direktor kommt nach«, erklärte er, als er den fragenden Blick des Bauleiters sah. »Wir haben noch zwanzig Minuten!«

Koller zog einen Bauplan heraus. »Ich habe mir schon Gedanken gemacht, Herr Kommissar. Wissen Sie, wir sanieren hier ja insgesamt sechstausend Quadratmeter. Ein ungeheuer spannender Auftrag. Wir arbeiten uns Schritt für Schritt durch die Katakomben hindurch, inspizieren jeden Gang, jede Kaverne. In der nächsten Zeit festigen wir die Fundamente, um darauf das neue Besucherzentrum sicher aufbauen zu können.« Bergmann und Schwartz wechselten nervöse Blicke. »Ja, schön und gut, aber was hilft uns das hier?«, blaffte Bergmann. »Wir müssen zum Grundstein, und zwar jetzt!«

Koller, dem die Begeisterung für das Sanierungsprojekt, das er als Höhepunkt seiner Karriere sah, bei jedem Wort anzumerken war, sprach ungerührt weiter und faltete dabei den Plan auseinander.

»Wir gehen hier unten sehr vorsichtig vor, vieles steht auch unter Denkmalschutz. Aber im Keller haben wir ganz schön Handlungsbedarf, da ist manches morsch. In den nächsten Tagen haben wir einige Maßnahmen zur Stabilisierung des Gebäudekomplexes vor. Bevor wir etwas verändern oder zubetonieren, schauen wir zweimal nach. Die sensiblen Bereiche sind daher rot markiert«, erklärte Koller. »Ich bin aber nicht sicher, ob der Grundstein unmittelbar hinter dem Schild hier ist oder etwas tiefer in der Wand. Dann wäre es besser, wir stemmen von den Katakomben her von der Rückseite auf. Das Schild mit der Inschrift weiter unten weist zum Beispiel darauf hin, dass der erste Grundstein dreißig Meter entfernt gefunden wurde. Hat Ihnen der Direktor nichts gesagt? Er könnte es doch genauer wissen …«

»Leider nicht.« Bergmann schnaufte entnervt durch.

»Wenn wir im Keller erst noch den richtigen Weg suchen müssen, schaffen wir es unmöglich«, wandte Schwartz ein.

»Ja, dann geht das schief«, bestätigte Bergmann mit ernstem Blick auf die Uhr.

»Ihr sucht den Grundstein? Der ist genau hinter der Wand hier, ganz sicher. Einen Meter oder so«, unterbrach sie die helle Stimme Christina Oerdings. Die Historikerin sprang die letzten Stufen von der Rolltreppe herunter und gesellte sich zu ihnen.

Koller sah sie mit großen Augen an. »Und woher wissen Sie das, Frau …?«

»Oerding, Besucherdienst«, ergänzte sie seinen Satz flapsig. »Ganz einfach, wir haben vor Kurzem den Internetauftritt des Landtages neu gestaltet, und ich bin ganz sicher, ein Foto von der Grundsteinlegung 1998 gesehen zu haben. Mit einer Lokomotive, die genau hier in eine Röhre geschoben wurde. Also ist der Grundstein genau hinter dieser Mauer, darauf verwette ich meine Sportklamotten.« Grinsend sah sie zu Schwartz.

Koller zögerte kurz. »Gut, das heißt dann, dass diese Kennzeichnung hier den Grundstein markiert«, sagte er.

»Ja, wenn Sie in die Röhre schauen wollen, dann sind Sie hier richtig«, scherzte Tina.

»Dann brechen wir direkt hier auf!«, rief Schwartz und zeigte auf ihre Uhr. »Wir haben keine Zeit zum Diskutieren. Schon kurz nach drei!« Hoffentlich hat Tina recht, dachte sie.

Koller gab den beiden Bauarbeitern einen Wink, und sie machten sich, schwer bepackt mit Schlagbohrer, Hammer und Meißel, bereit. Plötzlich hielt der Bauleiter inne. »Heute ist aber doch Sitzung, oder? Wir sind angehalten, Stemmarbeiten nur an sitzungsfreien Tagen durchzuführen. Das wird jetzt schon laut und dreckig, und das auch noch hier im Durchgang, wo jeder auf dem Weg in die Tiefgarage vorbeikommt!«

»Das nehme ich auf mich. Nur fangen Sie bitte an!«, erwiderte Bergmann ungehalten.

Tina bekam große Augen. »Ihr meint das ernst? Ihr wollt den Grundstein jetzt und hier aus der Wand brechen?« Sie sah Bergmann und Schwartz ungläubig an.

»Wir wollen nicht, wir müssen. Erklären wir dir nachher, versprochen«, entgegnete Schwartz, und Bergmann trieb den Bauleiter nochmals zur Eile an.

Der zuckte mit den Schultern. »Radu, Marian, stemmt hier bitte schnell mal auf.«

Wortlos setzten die rumänischen Hilfskräfte den Schlagbohrer knapp unterhalb der Inschrift an der Wand an und begannen mit vereinten Kräften, die dunkelrote Backsteinmauer zu bearbeiten. Ohrenbetäubender Lärm setzte ein, und eine Mischung aus Staub und Steinsplittern umhüllte sie. Schwartz, Bergmann und

Tina Oerding hoben schützend die Ellenbogen vors Gesicht und wichen einen Schritt zurück, um der Staubwolke zu entgehen.

Eine Weile war nur lautes Rattern zu hören, immer wieder unterbrochen von rumänischen Schimpfwörtern.

Erschrocken standen einige Mitarbeiter des Landtagsamtes, die den Weg zur Tiefgarage nehmen wollten, am Fuß der Rolltreppe und schützten ihr Gesicht mit den Händen. »Kurzfristige Bauarbeiten, bitte einen Moment Geduld«, rief ihnen Kriminalhauptkommissar Bergmann zu, der brüllen musste, um den Krach zu übertönen.

Lautes Poltern unterbrach die Lärmkaskade, als die ersten Backsteine aus der Wand zu Boden fielen. Bergmann und Schwartz eilten geistesgegenwärtig Koller zu Hilfe, der begann, die angrenzenden Steine zu lösen und herauszureißen.

Schneller als gedacht tat sich vor ihnen ein ansehnliches Loch auf, das Koller durchleuchtete. Schwer kämpfte sich zunächst der grelle Strahl der Stablampe durch die Staubpartikel, die durch die Luft tanzten. Als sich die Staubwolke gelegt hatte, erhellte der Lichtkegel einen runden Metalldeckel, der eine Röhre verschloss.

»Aufstemmen!«, forderte Koller seine Helfer auf, und die beiden Rumänen setzten den Meißel an. Laute Schläge hallten durch den engen, hohen Gang, bis der Deckel endlich nachgab und sie die Röhre öffnen konnten. Zu ihrer Überraschung stand ihnen die Vorderseite einer schwarz-grün-rot lackierten Lokomotive mit hohem schwarzen Schornstein gegenüber. Nachdem im Grundstein 1998 zur Überraschung aller das Modell der Dampflokomotive mit Schlepptender gefunden wurde, die nun im Steinernen Saal ausgestellt war, hatte man dem neuen Grundstein offenbar ein Modell einer Adler-Eisenbahn beigefügt.

Unterhalb der Lokomotive stapelten sich in unterschiedlichen Fächern Zeitungen, Münzen und Briefmarken.

Bergmann sah auf die Armbanduhr. »Fünfzehn Uhr sechzehn!« Er zog, umringt von seinen Begleitern, die Papiere aus den Fächern und gab sie weiter.

»Wir brauchen die Originalpläne des Maximilianeums, schnell!«, rief Schwartz.

Hastig riss er heraus, was er fassen konnte. Eine CD fiel gemeinsam mit einigen bunten Broschüren über das Maximilianeum zu Boden. Schwartz und Tina Oerding blätterten Zeitungen durch, aber von den Plänen keine Spur.

»Das gibt es ja nicht. Hier müssen die Originalpläne und die Originalurkunde sein!«, rief Tina aus, während der Bauleiter und seine Arbeiter sie kopfschüttelnd beobachteten.

Bergmann nahm Koller die Stablampe ab und leuchtete noch einmal in die Röhre.

»Stopp, da ist etwas!«, schrie Schwartz. Im untersten Fach blitzte etwas auf, und sie fasste hinein. Sie spürte Glas. »Ein Glasrahmen«, stellte sie fest und hob ihn heraus. »Zwei sogar!«

Erleichtert zogen sie zwei Bilderrahmen aus der Röhre, die passgenau in den Fächern lagen. Einer schützte die Urkunde zur Grundsteinlegung, der zweite zeigte unübersehbar einen Grundriss des Gebäudes. Erleichtert stöhnten Bergmann und Schwartz auf. »Da ist er! Endlich!«

»Wo bleibt Löwenthal?« Bergmann sah sich suchend um. Sie hatten nur noch etwas mehr als zehn Minuten. Er hatte hier unten keinen Empfang und konnte ihn nicht anrufen. »Ich gehe ihm entgegen«, entschied er und lief, den Rahmen unter dem Arm, zur Rolltreppe, nahm zwei Stufen auf einmal und sprintete um die Ecke.

Dort stieß er so heftig mit jemandem zusammen, der gerade in vollem Lauf die Treppe herunterkam, dass er sich an der Wand festhalten musste. »Direktor!«, keuchte er erleichtert. »Wir haben ihn, hier!« Er hielt den Plan hoch.

Löwenthal, der ebenfalls zurückgetaumelt war, fing sich und griff erleichtert danach. »Was bin ich froh, Herr Kommissar. Ich bin so schnell gekommen, wie ich konnte. Stammte der Lärm von Ihnen? Man hat ihn bis ins Plenum gehört«, sagte er und warf einen Blick auf den Bilderrahmen.

Bergmann atmete durch. »Sie wissen, wohin? U-Bahn Max-Weber-Platz. Eingang, Sofortbildautomat.«

Löwenthal nickte. »Ja, und dort lege ich den Plan hinter den Sitz«, stieß er hervor und schob den Rahmen in eine blaue Stofftasche, die er aus seinem Anzug hervorholte. Eindringlich sah er Bergmann in die Augen. »Ich danke Ihnen, Herr Kommissar. Aber wir sollten nichts riskieren. Ich gehe dieses Mal allein. Auf keinen Fall will ich dafür verantwortlich sein, dass ein Weiterer sein Leben verliert. Wir treffen uns in meinem Büro.«

Bergmann verzog das Gesicht, aber der Direktor hatte sich bereits umgedreht. Es waren nur wenige hundert Meter bis zur U-Bahn-Station. Bergmann sah auf die Uhr. Fünfzehn Uhr dreiundzwanzig. Es war knapp, aber er würde es schaffen, hoffte er inständig.

**

Ein Stockwerk unter ihnen halfen Lena Schwartz und Tina Oerding, den Schutt notdürftig zu beseitigen und die Fundstücke des Grundsteines in Sicherheit zu bringen. Schwartz sammelte gerade die herumliegenden Zeitungen ein, als etwas Goldenes auf dem Boden aufblitzte. Sie kniete sich hin, wischte Steinsplitter und Staub zur Seite und hob ein kleines ovales Medaillon auf.

Hatte das jemand verloren, oder war es beim Ausräumen des Grundsteins auf den Boden gefallen?, überlegte sie. Vorsichtig strich sie mit den Fingern darüber. Unscheinbar und dennoch hochwertig erschien es ihr.

Das goldene Medaillon ließ sich öffnen und gab zwei kleine gemalte Porträtbilder frei, wie Schwartz erstaunt feststellte. Eine traurig wirkende junge Frau und ein Knabe schauten sie an. Schwartz stutzte. Die Dame kam ihr bekannt vor.

»Was hast du denn da gefunden?« Tina Oerding sah ihr über die Schulter. »Das ist doch die Zarentochter, oder? Sieht aus wie Katharina Pawlowna. War das etwa im Grundstein?«

Schwartz stand auf und reichte ihr das Medaillon. »Ja, ich glaube schon. Es lag hier am Boden. Unglaublich, oder? Das Porträt in der Stiftung war ganz ähnlich.«

»Aber wer ist das Kind daneben, und was macht das Medaillon im Grundstein?«, fragte Tina. »Das sind mir jetzt langsam zu viele Fragen. Pass auf: Ich sage den Hausmeistern Bescheid, dass sie den Bereich hier ein wenig in Ordnung bringen, und dann erklärt ihr mir, was genau los ist.«

21

München, Maximilianeum, Büro des Landtagsdirektors, 15:40 Uhr

Tina hatte sich auf manches eingestellt, aber was sie nun hörte, war dann doch zu viel auf einmal, und sie musste sich setzen. Zwei Entführte, einer davon wohl schon ermordet. Irrwitzige Forderungen der Geiselnehmer. Ein Wettlauf um Leben oder Tod. »Und das alles inoffiziell?«, fragte sie ungläubig nach.

Schwartz und Bergmann nickten. »Wir hatten keine Wahl.«

Einen Moment trat Stille in ihrem Rückzugsort ein, zu dem sich das Büro des Landtagsdirektors mittlerweile entwickelt hatte. Auch Schwartz und Bergmann setzten sich und atmeten tief durch. Die Ereignisse der letzten Stunden hatten ihnen viel abverlangt, und im Moment konnten sie nur hoffen und bangen, dass bei der Übergabe dieses Mal alles gut ablief.

Es klopfte, und die Vorzimmerdame unterbrach das Schweigen mit dem Angebot, ihnen frischen Kaffee zu bringen. Mit einem Lächeln stellte sie Kanne und Tassen auf dem Besprechungstisch ab, um den sich das ungewöhnliche Trio platziert hatte. Ein Mittfünfziger mit Dreitagebart, eine junge Joggerin mit etwas schief sitzender Laufkleidung und eine Mitarbeiterin des Besucherdienstes in dunkler Hose und Blazer. Alle drei waren von rötlichem Staub bedeckt und leicht verschwitzt. So etwas sah man offenbar nicht alle Tage im Büro des Direktors, verriet ihr Schmunzeln, als sie das Büro wieder verlassen wollte.

»Entschuldigen Sie«, rief ihr Bergmann hinterher. »Jetzt sind wir heute schon zum vierten Mal bei Ihnen zu Gast und wissen noch nicht einmal Ihren Namen.«

»Nett, dass Sie fragen, Herr Kommissar. Mein Name ist Astrid

Tiefensee. Ich bin sogar schon länger hier als der Direktor. Fast drei Jahrzehnte.« Sie lächelte Bergmann an.

»Na, das sieht man Ihnen aber wirklich nicht an«, versuchte dieser sich an einem Kompliment, das die Vorzimmerdame ein wenig erröten ließ. Mit einem geflüsterten »Danke schön« schloss sie die Tür.

Als Bergmann sich zum Tisch zurückdrehte, um sich Kaffee einzuschenken, blickte Schwartz ihn mit leicht vorwurfsvollem Blick an.

»Was ist los? Hat sich der Direktor etwa schon gemeldet?«, fragte Bergmann irritiert.

»Nein, aber mich wundert, dass du dich genau jetzt im Flirten versuchst.« Sie schüttelte den Kopf. Vor ihr lagen ein goldenes Medaillon und ein Stück Papier, das Tina Oerding ausgebreitet hatte.

»Was habt ihr denn da?«, brummte Bergmann.

»Das haben wir auf dem Boden vor dem Grundstein gefunden. Ein Medaillon mit dem Bild einer Frau und eines Jungen. Wir sind ziemlich sicher, dass es die Zarentochter und württembergische Königin ist, die wir in der Studienstiftung heute gesehen haben«, erläuterte Schwartz.

»Ja, verrückte Geschichte«, ergänzte Tina. »Ich habe vorhin dazu recherchiert. Diese Katharina war dem bayerischen Kronprinzen Ludwig versprochen, durfte ihn dann aber nicht heiraten. Laut Legende hatte sie dennoch ein Techtelmechtel mit ihm.«

»Und der Knabe im Medaillon, was sollte das?«

»Na ja, was, wenn er ein heimliches Kind von beiden war?«, warf Schwartz ein.

»Möglich, aber alles vage. So wie auch die andere Legende, dass Napoleon um sie warb und ihr einen Diamanten schenkte. Stefan und ich hatten den Eindruck, dass es der Geschichte des Hope-Diamanten ähnelte. Also ein Diamant, der offenbar Unglück brachte. Hope-Diamant heißt er nach einem seiner Besitzer.«

Bergmann blickte plötzlich auf. »›Hope‹ wie ›Hoffnung‹?«

»Ja, hier ist zwar ein Nachname gemeint, aber so würde man es aus dem Englischen übersetzen«, pflichtete ihm Tina bei.

»›Hoffnung‹, das hatte Andreas Schechtner auf dem Zettel mit dem Blauen Stern notiert.« Bergmann holte das Blatt heraus, das er im Zimmer eingesteckt hatte.

Tina hielt inne und schob ihrerseits die Notizen mit den lateinischen Sprüchen und der deutschen Übersetzung nach vorne. Sie deutete auf den untersten Satz. »›Hoffnung‹ steht auch hier. ›Spes‹. ›Spes mortifera est.‹ Auf Deutsch: ›Die Hoffnung ist tödlich.‹«

»Jetzt sprichst du aber in Rätseln, Tina«, sagte Schwartz.

»Entschuldigt. Das habe ich gemeinsam mit Stefan vorhin auf der Unterseite des goldenen Zylinders aus dem Grundsteinfund von 1998 entdeckt. Insgesamt sind es sechs lateinische Sprüche«, berichtete Tina, als plötzlich die Tür aufgerissen wurde und die Sekretärin sie mit nervösem Unterton unterbrach.

»Entschuldigen Sie, Herr Kriminalhauptkommissar. Telefon für Sie. Ein Herr, der Sie sprechen will. Ich stelle zum Schreibtisch von Herrn Direktor durch. Einfach abheben, wenn es läutet.«

Die drei blickten sich perplex an. »Wer weiß denn, dass wir hier sind?«, fragte Schwartz.

Bergmann zuckte mit den Schultern und stand auf. »Die Zentrale wahrscheinlich. Aber warum rufen sie mich nicht am Handy an?«

Tina und Schwartz hielten den Atem an, als er den Hörer abhob.

»Ja, Bergmann hier.«

»Geschätzter Herr Kommissar«, begann eine tiefe Stimme mit einem leichten, osteuropäisch klingenden Akzent. »Welche Freude, dass wir uns persönlich sprechen können.«

Bergmanns erschrockener Blick signalisierte Schwartz, dass etwas nicht stimmte. Geistesgegenwärtig sprang sie auf, ging um den Schreibtisch und schaltete den Anruf auf laut, sodass sie mithören konnten. Als die Stimme aus dem Lautsprecher krächzte, erkannte Bergmann den Anrufer. Es war der Entführer, dessen Telefonat mit dem Direktor er vorhin mitgehört hatte.

»Wir haben Herrn Direktor Löwenthal ein ehrenwertes Angebot gemacht. Alles, was wir erwartet haben, war Pünktlichkeit und keine Polizei. Da er sich an beides nicht gehalten hat, mussten wir leider, zu unserem tiefsten Bedauern, auch das zweite Menschenleben auslöschen. Er hat unser Vertrauen enttäuscht. Die Verantwortung trägt er. Und nun tragen Sie Verantwortung für ihn. Er ist in unserer Gewalt.«

Der Boden unter Bergmanns Füßen schien zu wanken, als er die gleichmütig vorgetragenen Worte hörte. Er stützte sich mit beiden Händen auf dem Schreibtisch ab und ließ den Kopf hängen. Tina und Schwartz sahen sich erschrocken an.

»Was wollen Sie? Was soll das?«, fragte Bergmann mit gepresster Stimme.

»Unterbrechen Sie mich nicht, Herr Kommissar!«, tadelte ihn die sonore Stimme. »Ich bin kein Unmensch. Der Herr Direktor hat mir geschworen, dass Sie zufällig im Hause waren. Nun denn: Sein Leben ist in Ihrer Hand. Im Steinernen Saal des Landtages steht eine Glasvitrine mit Ausstellungsstücken. Dort befinden sich Porträts des bayerischen Königs und seiner Gemahlin auf vergoldeten Porzellantafeln. Sie bringen die Tafel mit dem Bildnis von König Maximilian II. an sich. Sie kennen das Maxwerk? Im ersten Stock befindet sich eine ungenutzte Wohnung. Dort liefern Sie die Porzellantafel einschließlich des vergoldeten Rahmens ab. Allein. Hat das auch Ihre sportliche Kollegin gehört? Sie ist sicherlich mit Ihnen im Raum.«

Schwartz riss überrascht die Augen auf, und Bergmann deutete mit der Hand an, dass sie Ruhe bewahren solle.

»Ich warte, Frau Kommissarin«, meldete sich der Anrufer erneut.

Schwartz seufzte leise und sagte dann: »Ich bin hier und habe alles gehört.«

»Na wunderbar. Sie bleiben gut sichtbar vor dem Fenster sitzen, öffnen jetzt den Vorhang ganz und lassen ihn geöffnet. Rufen Sie Verstärkung oder bewegen Sie sich aus dem Raum, dann stirbt der Direktor. Nicht irgendwann, sondern unverzüglich.«

Die drei hielten den Atem an, und Bergmann sah sich suchend im Raum um. Der Vorhang des Fensters vor dem Besprechungstisch war fast vollständig zugezogen. Bergmann fixierte Tina Oerding und deutete auf den Boden hinter ihr. Einen Moment zögerte die Historikerin, dann verstand sie. Der Entführer hatte nur Schwartz erwähnt. Es war daher möglich, dass er sie nicht bemerkt hatte. So leise wie möglich rutschte sie mit dem Stuhl nach hinten, stand auf und kauerte sich an die Wand neben dem Fenster, um vor Blicken von außen geschützt zu sein. Bergmann hielt den Daumen hoch, und Schwartz stand auf, um den Vorhang schwungvoll aufzuziehen.

Es rauschte in der Leitung, und erneut krächzte die Stimme. »Geschätzter Herr Kommissar. Ich kann verstehen, wenn Sie berufsbedingt Zweifel an unserer Entschlossenheit haben. Diese will ich gerne ausräumen. In diesem Augenblick erhalten Sie eine Nachricht vom Handy des armen Direktors Löwenthal mit einem leider nicht besonders ansehnlichen Foto von Ferdinand Rademacher. Oder soll ich besser sagen: davon, was noch von ihm übrig ist. Herr Kommissar, machen Sie es besser. Geben Sie sich Mühe. Die Porzellantafel Maximilians II. um sechzehn Uhr dreißig im ersten Stock des Maxwerks. Allein. Keine Spielchen.«

Es knackte kurz, und der Anrufer hatte aufgelegt. Stille machte sich in dem Raum breit, bis sie durch ein leises Piepen unterbrochen wurde. Bergmann holte sein Handy hervor, und eine MMS-Nachricht blinkte auf. Er schloss die Augen, atmete durch und klickte sie an.

In jahrzehntelanger Tätigkeit bei der Kripo hatte er so manches Mal in die Abgründe dessen geblickt, wozu der Mensch fähig war. Der Tod konnte dennoch nie Routine werden. Auch jetzt nicht, als er ihn aus dem verdrehten Kopf einer Männerleiche anstarrte. Das Gesicht war blutverschmiert, aber er erkannte ihn eindeutig.

Bergmann sah auf seine Uhr. Fünfzehn Uhr vierundfünfzig. Ihm blieb nur eine halbe Stunde.

22

München, Maximilianeum, Büro des Landtagsdirektors,
15:55 Uhr

Wem konnte er in dieser Situation vertrauen? Was konnten die
Entführer sehen? Oder konnten sie sogar mithören? Was würden sie in diesem Moment an Informationen aus dem Direktor
herauspressen? Dass sie zu allem fähig waren, hatten sie unter
Beweis gestellt. Zum ersten Mal in seiner langen Karriere fühlte
Bergmann sich der Lage nicht gewachsen. Aber er hatte keine
Wahl. Er musste alles daransetzen, Ullrich Löwenthal zu retten,
wollte aber keinesfalls weitere Leben gefährden. Nun galt es,
keine Zeit zu verlieren. Er überlegte fieberhaft.

Was wollten sie? Eine vergoldete Porzellantafel? Damit
konnte er im Vergleich zu den früheren Forderungen wenig
anfangen. Ratlos blickte er von Lena Schwartz am Tisch zu Tina
Oerding an der Wand und legte den Zeigefinger auf die Lippen.
Beide hoben ihre Smartphones hoch, und Schwartz nickte in
Tinas Richtung.

Einen Moment dauerte es, dann begriff Bergmann, was sie ihm
signalisieren wollten. Es war zwar unwahrscheinlich, dass die
Entführer mithörten, aber sie mussten auf Nummer sicher gehen
und mit Tina Oerding über das Smartphone kommunizieren.

Bergmann wandte sich demonstrativ an Lena Schwartz und
verwickelte sie in ein Gespräch. »Lena, bleib hier, wie sie gesagt
haben. Halte einfach die Stellung. Ruf niemanden an, verstanden?
Ich gehe hoch in den Steinernen Saal und versuche, die Porzellantafel zu organisieren.«

Währenddessen begann Tina zu tippen, und einen Augenblick
später leuchtete eine WhatsApp-Nachricht bei ihm auf.

Ich kenne die Porzellantafel. Glasvitrine. Eingeschlossen.

Bergmann blickte flüchtig auf die Nachricht und antwortete
etwas umständlich. Genau wie andere technische Neuerungen

waren ihm WhatsApp-Chats zuwider, und SMS schrieb er nur in Ausnahmefällen.

> Wie komme ich da dran?

Tina lehnte an der Wand und dachte angestrengt nach, während sie zu ihm herübersah. Sie schloss die Augen und spielte offenbar in Gedanken ein Szenario durch. Dann atmete sie einmal tief durch, und ihre Finger flogen über den Bildschirm ihres Smartphones.

> Schlüssel haben die Hausmeister. Die bekomme ich.

Ein Hoffnungsschimmer blitzte in Bergmann auf. Wie sie die Vitrine unbemerkt öffnen und die wertvolle Tafel, ohne Aufmerksamkeit zu erregen, herausnehmen sollten, blieb ihm jedoch ein Rätsel. Möglichst unauffällig tippte er eine Antwort.

> Ich gehe als Erster. Du kurz nach mir.
> Aber aufpassen. Ich weiß nicht, ob der Direktor
> ihnen von dir erzählt hat.

> O.k. Kann er nicht. Mit dem Direktor hatte ich noch
> keinen Kontakt heute.

> Gut. Wie sollen wir die Leute im Saal ablenken?

> Das lass mal meine Sorge sein, Kommissar. Ich
> habe da eine Idee. Stefan muss uns helfen.

Sie zwinkerte ihm zu.

Bergmann erhob sich von der Schreibtischkante und wandte sich Richtung Tür. »So, ich muss los«, rief er Schwartz zu. »Es ist jetzt schon kurz vor vier. Ich rufe dich an, wenn ich die Tafel habe, Lena. Und nichts riskieren.«

»Alles klar, ich bleibe hier, Harry«, antwortete sie.

Nach einem kurzen prüfenden Blick auf das Fenster verschwand Bergmann durch die Tür, die er hinter sich nur anlehnte. Im Vorzimmer hob Astrid Tiefensee erstaunt den Kopf und lächelte ihn an.

»Müssen Sie schon weg, Herr Kommissar? Herr Löwenthal ist leider noch nicht zurück.«

Bergmann räusperte sich und rang sich ebenfalls ein Lächeln ab. »Ich bin gleich zurück, Frau Tiefensee. Ich muss für ihn noch etwas Dringendes erledigen. Aber wenn es Ihnen nichts ausmacht, dann bleibt meine Kollegin solange hier.«

»Ich weiß«, erwiderte die Sekretärin. »Herr Direktor hat mich soeben informiert, dass er aufgehalten wurde, und mich gebeten, Sie und Frau Schwartz gut zu versorgen.«

Bergmanns Lächeln gefror für einen kurzen Augenblick. Hatten sie Löwenthal gezwungen, sie anzurufen? Oder gehörte Frau Tiefensee zu den Entführern, und sie signalisierten ihm gerade, dass sie alles kontrollierten? In jedem Fall musste er vorsichtig sein.

Hastig verabschiedete er sich von der Dame und trat auf den roten Teppich hinaus, mit dem die Flure im Altbau ausgelegt waren. Bergmann atmete durch und tippte sofort eine weitere Nachricht an Tina Oerding.

Bei Vorzimmer aufpassen. Und wir reden weiter nur über WhatsApp.

Bergmann wandte sich zum Treppenhaus und lief über die breite Treppe zum Steinernen Saal. Skeptisch sah er sich um, bis er den rechteckigen Glaskasten auf der linken Seite erspähte. Hier musste die Porzellantafel sein, welche die Entführer wollten. Einen Augenblick betrachtete Bergmann die beiden kunstvoll gefertigten Nymphenburger Porzellantafeln des königlichen Ehepaares, die von vergoldeten Metallrahmen eingefasst wurden und gut sichtbar über der Lokomotive aufgehängt waren.

Wie um Himmels willen sollte er in dem Trubel, der hier herrschte, die fest verschlossene Vitrine öffnen und unter den

Augen der Kollegen, die über den Eingang zum Plenarsaal wachten, das wertvolle Stück an sich bringen?

23

München, Maximilianeum, 16:00 Uhr

Vereinbarungsgemäß hatte Tina noch ein wenig im Büro des Landtagsdirektors gewartet, bis sie sich an der Wand entlang, möglichst weit außerhalb des Blickwinkels durch das Fenster, zur Tür drückte. Vorsichtig öffnete sie sie einen Spalt und warf einen Blick in das Vorzimmer. Die Sekretärin war in Schreibarbeiten vertieft. Als sie aufstand und Papier im Drucker nachfüllte, nutzte Tina den Moment, um leichtfüßig vorbeizuhuschen.

Nicht einmal eine halbe Stunde Zeit. Das war unmöglich!, ging es ihr durch den Kopf. Schnell wischte sie den Gedanken weg und tippte, während sie das Treppenhaus hinablief, eine Nachricht an Stefan Huber.

> Stefan, das ist jetzt KEIN SCHERZ. Es geht um Leben und Tod. Erinnere dich daran, was du letztes Jahr für mich riskiert hast, als ich entführt war. Harald Bergmann braucht jetzt genauso unsere Hilfe. Ich bin in 5 Minuten vor dem Plenum. Dann musst du dafür sorgen, dass alle abgelenkt sind. UNBEDINGT! Z.B. SCHWÄCHEANFALL.

Etwas skeptisch betrachtete Tina den Text, als sie ihn an ihren Freund abschickte. Sie war nicht sicher, ob er es sofort lesen und dann überhaupt ernst nehmen würde, aber es war die einzige Möglichkeit, die ihr einfiel. Doch selbst wenn es klappte, war das nur die halbe Miete. Zuerst musste sie die Hausmeister überzeugen.

Als sie vor der Rolltreppe zum Übergang zur Tiefgarage ankam, blieb sie kurz stehen und holte einmal tief Luft, um sich zu sammeln. Dann stellte sie sich betont lässig auf die Stufen und fuhr hinab.

Im Durchgang waren die Hausmeister gerade damit beschäftigt, das Loch in der Wand notdürftig abzudecken, das die Bauarbeiter vorhin herausgebrochen hatten. Als Tina die beiden erblickte, überkam sie Erleichterung. Mit einem der beiden, Martin Scherer, war sie bekannt, und sie hatte noch etwas gut bei ihm. Erst letzte Woche hatte sie ihm mit seinen Kindern und seiner Frau eine Führung durch das Maximilianeum samt Familienbrunch auf der Terrasse organisiert. Das könnte es ein wenig erleichtern, überlegte Tina, als sie betont schwungvoll auf die beiden zuging.

»Martin, Markus, super, dass ihr das Durcheinander in Ordnung bringt. Ausgerechnet hier, wo so viele Leute durchmüssen.« Demonstrativ empört schüttelte sie den Kopf. »Aber hat euch der Direktor nicht Bescheid gegeben?«, fragte sie die beiden, die sie überrascht ansahen. »Heute geht auch alles drunter und drüber. Wir brauchen ein paar Sachen für eine Ausstellung. Und in dem Durcheinander haben sie vergessen, sie zu holen. Aber da ist sie ja zum Glück noch«, plapperte sie redselig und zeigte auf den Glasrahmen in der Röhre. »Könnt ihr mir bitte schnell mit dem Schlüssel für die Vitrine im Steinernen Saal aushelfen? Der Direktor ist schon genervt genug gerade. Plenarsitzung, Regierungserklärung, internationaler Besuch und das auch noch. Wenn wir ihn damit behelligen, kriegt er die Krise.« Tina rollte mit den Augen.

Die beiden Hausmeister sahen sich unschlüssig an.

»Wir wussten von der Aktion hier vorher auch nichts. Keiner hat uns Bescheid gesagt«, meinte Martin Scherer, der Jüngere der beiden.

»Das ist es ja. Ein Durcheinander in der Verwaltung heute. Schicken die ausgerechnet mich da runter. Ich hätte auch was anderes zu tun, aber was macht man nicht alles, dass der Laden am Laufen bleibt. Ich sehe schon: Euch geht's genauso.« Tina zuckte mit den Schultern und lächelte die beiden an.

Nach einer kurzen Pause gab sich Scherer einen Ruck, nestelte seinen Schlüsselbund hervor und entfernte einen kleinen Schlüssel. Er hielt ihn Tina entgegen. »Na gut, aber du bringst ihn gleich zurück. Eine halbe Stunde sind wir noch hier.«

»Du bist ein Schatz.« Tina nahm den Schlüssel und den Bilderrahmen mit der Grundsteinurkunde und ging betont entspannt zur Rolltreppe zurück. »Und macht bitte den Deckel auf die Röhre«, rief sie ihnen noch zu.

Kaum war sie außer Sichtweite, sprintete sie um die Ecke und die drei Stockwerke zur Plenarebene hinauf. Oben angekommen, sah sie sich im Steinernen Saal um und entdeckte Bergmann vor der Glasvitrine. Er betrachtete konzentriert die Ausstellungsstücke.

Nach wie vor herrschte geschäftiges Treiben, und der Raum hallte von den vielen Gesprächen. Wie an Plenartagen üblich hatte die Polizei sowohl den Eingang zum Parlament als auch die Gänge im Blick. Ohne Ablenkungsmanöver könnte es unangenehme Fragen geben, die sie aufhalten würden.

Endlich antwortete Stefan.

Was ist los? Ich komme raus.

JA. KOMM RAUS. SCHNELL.

Betont lässig lehnte Tina sich neben Bergmann an eine Steinsäule, reichte ihm unauffällig den Schlüssel und deutete mit dem Kopf auf die Vitrine. »Gib mir noch fünf Minuten. Dann sind alle abgelenkt, versprochen«, flüsterte sie leise. »Und wenn du die Porzellantafel herausnimmst, häng das hier an den Haken. Dann fällt es weniger auf, dass sie weg ist.« Sie drückte ihm den Rahmen mit der Grundsteinurkunde in die Hand.

Den fragenden Blick des Ermittlers sah sie nicht mehr, da sie sich schon zum Eingang des Plenarsaals aufgemacht hatte. Sie konnte Stefan nicht entdecken und bat daher einen der Offizianten, den Abgeordneten Stefan Huber dringend herauszuholen. Sechzehn Uhr zehn zeigte ihre Armbanduhr an. Das wurde knapp.

Ihr Herz schlug ihr bis zum Hals, und sie musste sich zusammennehmen, um nicht vor Nervosität auf und ab zu laufen. Die Sekunden verrannen, und als Stefan endlich auftauchte, packte sie ihn erleichtert am Arm und zog ihn zur Seite.

»Jetzt erklär mir doch mal, was los –«, begann er, aber Tina unterbrach ihn mit ernstem Blick.

»Nein, dafür ist keine Zeit. Dort drüben steht Harald Bergmann. Es geht um das Leben des Landtagsdirektors, und er braucht die Porzellantafel von König Maximilian aus der Vitrine. Bis halb fünf«, presste sie halblaut zwischen ihren Lippen hervor.

Stefan wurde blass, offenbar begriff er, dass es sich weder um einen Scherz noch um eine Mutprobe handelte. Er sah auf seine Uhr. »Sechzehn Uhr zwölf. Nun gut. An was hast du gedacht?«, fragte er leise und sah zu Bergmann hinüber, der sie unruhig von der Säule aus beobachtete.

Tina atmete aus. »Lass dir was einfallen, Stefan. Was zieht die meiste Aufmerksamkeit auf sich? Wenn du eine Schlägerei beginnst oder einen Schwächeanfall hast. Da wir hier in keinem polnischen oder italienischen Parlament sind, ist Zweiteres wohl am einfachsten umsetzbar.«

»Dir ist schon klar, was das dann für meinen Ruf bedeutet? Letztes Jahr die Vorfälle mit dir in den Katakomben, und dieses Jahr falle ich im Plenum um?« Er seufzte.

Tina grinste. »Es heißt doch, man muss irgendwann in der ersten Legislaturperiode auffallen. Das ist deine Chance, mein Lieber.« Sie verabschiedete ihn mit einem kurzen Kuss und schob ihn Richtung Plenarsaal. Einen Moment hielt Stefan inne und gab sich dann einen Ruck, sah zu Bergmann, nickte ihm zu und ging zurück an seinen Platz.

Wortlos setzte Stefan sich in die letzte Reihe des Plenums. Die Rede des Ministerpräsidenten und die darauffolgende Debatte mit Beiträgen aller Fraktionen waren beendet, nun standen Dringlichkeitsanträge auf der Tagesordnung. Der Ministerpräsident hatte den Saal zwar bereits verlassen, dennoch war er noch gut gefüllt, und Stefan war unwohl bei dem Gedanken, jetzt die

Aufmerksamkeit auf sich zu lenken. Er sah auf die Uhr, und als der Zeiger um eine weitere Minute vorrückte, wurde ihm bewusst, dass er jetzt handeln musste. Nun gut, ist ja hoffentlich wirklich für einen guten Zweck, dachte er und stöhnte innerlich. Er schloss die Augen und versuchte, sich an die Zeit beim Laientheater in seiner oberbayerischen Heimat zurückzuerinnern, bei dem er als Komparse kleinere Rollen übernommen hatte.

Er versuchte, immer hörbarer zu schnaufen, und griff sich an die Brust, sodass seine Sitznachbarin Dorothee Multerer auf ihn aufmerksam wurde.

»Stefan, geht es dir gut?«, fragte sie besorgt.

»Es geht schon, mir ist nur nicht ganz wohl«, antwortete er mit gepresster Stimme. Dann schob er den Stuhl zurück, rutschte theatralisch nach vorne und krachte auf den Boden.

Wie erwartet, schrie Dorothee vor Schreck auf, und die Abgeordneten im Plenum drehten den Kopf zu ihm.

»Ein Arzt, schnell, jemand soll einen Arzt rufen!«, flehte Dorothee nun lauthals und ernsthaft besorgt um ihn.

Türen wurden aufgerissen, und Rufe hallten durch den Gang und den Steinernen Saal.

***

Harald Bergmann auf der anderen Seite des Steinernen Saals beobachtete die Aufregung beim Eingang zum Plenarsaal. Rettungssanitäter stürmten hinein, Polizeibeamte begleiteten sie zur Sicherheit, und Besucher drängelten sich neugierig um einen Platz am hohen Glasfenster, um zu sehen, was im Plenarsaal gerade vor sich ging. Um ihn, der als Einziger vor der Glasvitrine stehen geblieben war, kümmerte sich niemand. Nun war sein Moment gekommen.

Schnell zückte er den kleinen Schlüssel und steckte ihn in das Schloss, drehte ihn und schob die Glasscheibe auf der Rückseite der Vitrine auf. Zielgerichtet griff er nach der rechten der beiden Porzellantafeln, die an dünnen Stahlseilen aufgehängt waren. Umständlich riss Bergmann an dem goldenen Rahmen und schaffte es erst im zweiten Anlauf, ihn auszuhaken. Hastig zog er die Porzellantafel heraus und stieß dabei mit der Ecke an die Schiebetür. Es klirrte, und Bergmann zuckte zusammen. Schweißperlen tropften ihm von der Stirn, als er sich vergewisserte, dass er keine Aufmerksamkeit erregt hatte.

Zwei Anzugträger am hohen Fenster ihm gegenüber, die in ein Gespräch vertieft waren, hatten sich umgedreht und sahen zu ihm. Nun war es höchste Zeit, aus dem Blickfeld zu kommen. Kurz kontrollierte er, ob er die richtige Tafel hatte, und ließ sie in der Tasche verschwinden.

Mit einem zweiten Handgriff versuchte er, die Urkunde am frei gewordenen Platz über der Lokomotive zu platzieren. Mit großer Mühe schaffte er es, die Haken auf der Rückseite des Glasrahmens zu befestigen, und die Urkunde hing etwas schief über der Lokomotive. Aber das würde erst auf den zweiten Blick auffallen, hoffte er, als er die Scheibe zurückschob und den Schlüssel wieder umdrehte.

Es war schwieriger gewesen als gedacht. Dennoch waren nicht einmal zwei Minuten vergangen, und als er sich umsah, stellte Bergmann erleichtert fest, dass die Aufmerksamkeit im Saal immer noch dem Plenum galt. Schnell hatte sich herumgesprochen, dass ein Abgeordneter offenbar einen Kreislaufkollaps erlitten hatte. Nur die beiden Männer, die ihn vorher bemerkt hatten, beäugten ihn immer noch misstrauisch.

Jetzt war es höchste Zeit, zu verschwinden. Bergmann atmete durch und drückte sich um die Säule neben der Vitrine.

Den älteren Mann in Jeans und kariertem Hemd, der mit schnellen Schritten durch das Treppenhaus nach unten lief, beachtete im allgemeinen Trubel niemand. Ebenso wenig fiel auf, dass neben dem Bildnis von Prinzessin Marie Friederike von Preußen nicht mehr ihr Gatte, sondern eine vergilbte Urkunde der Grundsteinlegung von 1857 hing. Etwas schief aufgehängt, schwang sie fast unmerklich vor und zurück.

24

München, Maximilianeum, Büro des Landtagsdirektors,
16:15 Uhr

Schwartz war angespannt wie selten zuvor. Am Besprechungstisch vor dem großen Fenster hatte sie das Gefühl, wie auf dem Präsentierteller zu sitzen. Soeben hatte Bergmann sie per SMS gewarnt, dass sie sich vor der Vorzimmerdame in Acht nehmen solle. Überhaupt zweifelte sie daran, dass es richtig gewesen war, ihren Kollegen allein gehen zu lassen. Aus gutem Grund waren Ermittler der Kripo im Team unterwegs, und nun waren sie auseinandergerissen. Aber hatten sie eine Wahl gehabt? Sie hatten nichts falsch gemacht, und dennoch waren zwei Menschen tot. Wir sind Getriebene, seit wir heute hier angekommen sind, dachte sie.

Das Läuten ihres Mobiltelefons riss sie aus den Gedanken. Der Name ihres Kollegen leuchtete auf, und Schwartz nahm erleichtert ab. »Hallo, Harry, was gibt es Neues?«

Bergmann schnaufte hörbar, offensichtlich rannte er gerade. »Ich habe es! Ich bin gerade auf dem Weg zum Maxwerk«, rief er ins Telefon.

»Pass auf dich auf. Wir treffen uns dann wieder hier im Büro«, sagte sie.

»Ja, ich melde mich.« Bergmann legte auf.

Schwartz blickte auf ihre Uhr. Sechzehn Uhr siebenundzwanzig. Er würde es schaffen, es sah gut aus. Aber das hatten sie heute auch bei den anderen Übergaben gedacht.

Die Minuten vergingen. Unruhig wippte sie mit dem Stuhl und schaute sich im Büro um. Als persönlicher Farbtupfer auf dem Schreibtisch, der sonst von akkurat gestapelten Aktenmappen dominiert war, stach ein Bilderrahmen neben dem Telefon hervor. Neugierig beugte Schwartz sich vor, nahm das Bild und drehte es um. Eine junge Frau lächelte sie aus einem schlichten weißen Holzrahmen an. Für seine Gattin war sie zu jung. Vielleicht seine Tochter? Sie wusste nicht einmal, ob Löwenthal verheiratet war.

Ihr Lächeln war sympathisch, aber über ihrem Gesichtsausdruck lag ein trauriger Schleier.

Als ihr Smartphone, das sie auf dem Besprechungstisch abgelegt hatte, mit dem Namen ihres Kollegen aufleuchtete, stellte Schwartz das Bild zurück. Endlich ein Zeichen von Bergmann! Er fand wohl langsam Gefallen daran, sich per SMS zu melden, stellte Schwartz fest. Ungeduldig rief sie die Nachricht auf.

> Bin schon wieder im Maximilianeum. Bitte komm in den Keller. Wir treffen uns unten, vor der Tiefgarage links. Dort überprüfe ich noch etwas. Ich habe gute Nachrichten. Mach dir keine Sorgen wegen den Entführern. Du kannst raus aus dem Büro. Rest sage ich dir gleich. Harald

Das klang gut, freute sich Schwartz und riss die Bürotür so abrupt auf, dass Astrid Tiefensee überrascht aufblickte. »Ich bin sofort wieder da«, rief Schwartz ihr zu und lief, so schnell sie die Laufschuhe trugen, Richtung Untergeschoss.

Als sie an der Plenarebene vorbeikam, blieb sie kurz stehen und überlegte, sich bei Tina Oerding zu melden. Es wäre gut, mal die Sportklamotten loszuwerden. Einen Moment war sie unschlüssig, entschied sich dann aber dafür, sich später umzuziehen. Zunächst wollte sie zu Bergmann in die Katakomben. Harry geht vor, dachte sie, drehte sich um und nahm die Treppe abwärts.

Und beging damit einen verhängnisvollen Fehler.

25

München, Maximiliansanlagen, Maxwerk, 16:28 Uhr

Harald Bergmann schnaufte hörbar, als er den Pfad durch die Maximiliansanlagen Richtung Isarufer lief, und schob das Smartphone, mit dem er Lena Schwartz soeben informiert hatte, in die Gesäßtasche. Ausgerechnet er musste sich jetzt den Weg zwischen Joggern hindurchbahnen, während seine sportliche Kollegin in Laufkleidung im Landtag war.

Schneller als gedacht war er in Sichtweite des Maxwerkes gekommen, das sich rechts vom Maximilianeum idyllisch zwischen einige Bäume einfügte. Das im Stil eines Jagdschlösschens errichtete Bauwerk war eines der ältesten Wasserkraftwerke der Stadt, und wohl die wenigsten der Pärchen, Sportler oder Mütter mit Kinderwägen, die an ihm vorbeikamen, wussten, dass es bis vor einigen Jahrzehnten sogar noch bewohnt war. Ein Jahr war es her, dass er gemeinsam mit Schwartz an der Rückseite des mit Graffiti verunstalteten Gebäudes einen toten Bauarbeiter und einen verstörten jungen Abgeordneten Stefan Huber aufgefunden hatte.

Ausgerechnet hier wollen die Entführer die Übergabe stattfinden lassen, überlegte Bergmann argwöhnisch, als er seine Schritte endlich verlangsamen konnte und um die Ecke bog. Kurz vor halb fünf, stellte er erleichtert mit Blick auf seine Armbanduhr fest und holte tief Luft, während er sich umschaute. Sein Blick fiel auf den dunkelgrünen Abfalleimer vor dem Maxwerk, wanderte über die Rasenflächen hinter dem Schlösschen und endete bei den ovalen Fenstern über ihm. Von dort aus konnte man sowohl den Abfalleimer als auch die Umgebung unauffällig observieren. Sicher hatten die Entführer von dort aus bemerkt, wie Lena Schwartz dem Direktor gefolgt war.

Ich hätte sie nicht gehen lassen sollen. Und erst recht nicht den Direktor, wurden die Vorwürfe in seinem Hinterkopf lauter. Ausgerechnet Löwenthal, der sich ihm anvertraut und um Hilfe gebeten hatte, hatte er in Gefahr gebracht! Aber jetzt war die Chance da, alles wieder ins Lot zu bringen. Entschlossen wandte er sich dem Hintereingang zu.

Bevor er die Türklinke nach unten drückte, sah Bergmann sich nochmals um. Aber niemand nahm Notiz von ihm. Mit leisem Quietschen ließ sich die Tür öffnen. Sechzehn Uhr neunundzwanzig zeigte seine Uhr an, und er schlüpfte so leise wie möglich in den Eingangsbereich. Routiniert griff er zu seiner Dienstwaffe, einer eigentlich ausgemusterten Walther PPK. Während alle Kollegen mit neuen Modellen von Heckler & Koch ausgerüstet worden waren, hatte er es bislang nicht geschafft, sich von seiner Pistole zu trennen, die ihm über viele Jahre treue Dienste geleistet hatte. Dafür hatte sich Bergmann manchen Rüffel von seinen Vorgesetzten eingehandelt, aber er war stur geblieben. Die blaue Tasche mit der Porzellantafel in der linken und seine Waffe in der rechten Hand, schlich er die Holztreppe hinauf. Wie im letzten Jahr, so erinnerte er sich, knarzten die Stufen bei jedem Schritt. Sonst war kein Laut zu hören. Im ersten Stock blieb er zunächst unschlüssig stehen und sah sich in dem heruntergekommenen Gebäude um. Auf dem Boden lagen Fetzen von polizeilichen Absperrbändern, die wohl im vergangenen Jahr bei der Untersuchung des Tatorts verwendet worden waren. Die Farbe an der Wohnungstür vor ihm blätterte ab, und das Türschloss wies deutliche Kratzspuren auf. Hier hatte sich jemand zu schaffen gemacht, das erkannte Bergmann auf einen Blick.

Er atmete tief durch. Sechzehn Uhr dreißig. Es war an der Zeit, hineinzugehen. Auf keinen Fall wollte er zu spät kommen. Bergmann klopfte an die Wohnungstür. Erst leise und vorsichtig und dann lauter. Das Klopfen hallte durch das Treppenhaus, und er horchte. Keine Antwort.

Siedend heiß ging es ihm durch den Kopf: Was, wenn er Zeit oder Ort der Übergabe in der Aufregung falsch verstanden hatte? Selbst wenn: Er hatte keine Wahl. Bergmann holte kurz Luft und drehte den Türknauf. Es war offen.

»Kommen Sie nur schnell herein, Herr Kommissar. Wir sind hier vorne«, empfing ihn eine Stimme mit leichtem Akzent, den Bergmann aber nicht genau zuordnen konnte. Ein wenig erinnerte sie ihn an den Anrufer.

Bergmann tat einen Schritt nach vorne. Den Schatten neben der Tür bemerkte er aus dem Augenwinkel, aber es war zu spät. Mit brachialer Gewalt sauste ein Knüppel auf seinen Hinterkopf herab. Mehr als ein Röcheln brachte er nicht hervor, und er sank kraftlos zu Boden.

Das Scheppern der wertvollen Fracht in der Tasche, die ihm

aus der Hand fiel, hörte er schon nicht mehr, als er auf den Dielen aufschlug.

Neben ihm blickte ein junger Mann mit vollem Bart auf den Schlagstock und wiegte ihn in der Hand.

»Klein, aber höchst effizient. Immer wieder erstaunlich«, sagte er zu sich selbst und ging in die Hocke, um den Mann in Jeans und Lederjacke zu durchsuchen.

26

München, Maximilianeum, Kreuzgang, 16:25 Uhr

Der Aufruhr war größer, als sie es geplant hatten. Dass eine ältere Dame einer Besuchergruppe im Sommer wegen Hitzschlags behandelt werden musste, kam immer wieder vor. Aber ein Abgeordneter mit Kreislaufproblemen im Plenarsaal, noch dazu ein jüngerer, hatte Seltenheitswert. Entsprechend groß fiel die Hilfsbereitschaft und in gleichem Maße auch die Neugier der Kolleginnen und Kollegen sowie der Gäste im Steinernen Saal aus. Die Rettungssanitäter, die unmittelbar am Eingang zum Plenarsaal die Stellung hielten, waren in wenigen Sekunden bei Stefan Huber und brachten ihn in die stabile Seitenlage.

Einige Zeit hielt er es mit geschlossenen Augen aus, aber als er den Eindruck hatte, lange genug die Aufmerksamkeit auf sich gelenkt zu haben, öffnete er die Augen und gab mit ausgestrecktem Arm ein Lebenszeichen von sich.

»Danke, vielen Dank. Es geht schon wieder. Mir wurde nur kurz schwarz vor Augen. Ich glaube, ich habe heute zu wenig getrunken«, versuchte er eine halbwegs glaubhafte Erklärung.

Die Sanitäter halfen ihm auf, und Dorothee Multerer wich ihm nicht von der Seite, während sie ihm unter die Arme griffen und ihn aus dem Plenarsaal begleiteten. Dort stürzte Tina auf sie zu.

»Stefan, geht es dir gut? Ich war gerade in der Nähe, und sie haben mir erzählt, dass es dich umgehauen hat.« Sie nahm ihn gleich demonstrativ in Beschlag und komplimentierte Dorothee Multerer geschickt zur Seite. »Vielen Dank, dass Sie alle ihm geholfen haben. Stefan, ich glaube, wir beide gehen besser ein wenig an die frische Luft.«

Dorothee quittierte dies mit einem aufgesetzten Lächeln und kehrte in den Plenarsaal zurück, während Tina sich bei Stefan unterhakte. So schnell wie erhofft ließ der Sanitäter aber nicht locker und nötigte Stefan, sich zumindest den Blutdruck messen zu lassen. Im Kreuzgang, der den eindrucksvollen Treppenaufgang von der Friedrich-Bürklein-Halle zum Steinernen Saal abschloss, setzten sie sich in eine der schlichten Sitzecken, die gerne für spontane Besprechungen genutzt wurden. Stefan nahm einen großen Schluck aus einer Wasserflasche, die ihm jemand gereicht hatte.

»Alles in Ordnung«, stellte der Sanitäter fest. »Der Blutdruck ist sogar etwas erhöht, eigentlich ungewöhnlich, wenn Ihnen schwarz vor Augen geworden ist. Beobachten Sie es am besten ein wenig.«

⁕⁕⁕

Als der Sanitäter außer Hörweite war, atmete Stefan erleichtert aus. »Soso, erhöhter Blutdruck. Wolltest du nicht wieder regelmäßig Sport treiben?«, neckte sie ihn.

»Die morgendlichen Laufrunden sind mir irgendwie vergangen, seitdem ich dabei mal eine Leiche entdeckt habe, weißt du«, konterte er. »Also, Spaß hat das jetzt nicht gemacht. Hat es denn wenigstens etwas gebracht?«

Tina legte den Arm um seine Schulter. »Du warst super, geradezu filmreif. Bergmann ist weg, und noch ist keinem aufgefallen, dass jetzt statt der Nymphenburger Porzellantafel die Grundsteinurkunde in der Glasvitrine hängt. Sie macht sich dort aber auch gut«, sagte Tina lachend.

»Na, dann bin ich beruhigt, dass es wenigstens seinen Sinn hatte, dass ich mich zum Affen gemacht habe. Was hättest du denn getan, wenn es nicht funktioniert hätte?«

Tina griff sich ans Kinn und überlegte kurz. »Dann hätte eben ich die Vitrine aufgesperrt. Das hätte wahrscheinlich auch geklappt, aber es hätte sein können, dass uns die Polizei oder sonst jemand aufhält. Außerdem wäre es sicher aufgefallen, wenn ich da schon wieder so lange an der Vitrine herumhantiere. So war es sicherer und ging schneller«, meinte sie und schlug ihm aufmunternd auf den Oberschenkel.

Stefan verzog das Gesicht und wurde das unbestimmte Gefühl nicht los, dass seine Freundin ihn zumindest ein klein wenig hereingelegt hatte.

Tina sah auf die Uhr. »Hoffentlich geht alles gut bei der Übergabe.«

»Welche Übergabe denn? Du bist mir noch die eine oder andere Erklärung schuldig!«

Tina hob abwehrend die Arme, holte kurz Luft und schilderte Stefan, in welch verzwickter Lage sie waren.

»Der Direktor entführt, zwei Geiseln tot, sagst du? Und eine verrückte Forderung nach der anderen. Was haben sie alles? Die Schatulle aus den Katakomben, den Originalplan aus dem Grundstein und jetzt die Porzellantafel«, wiederholte Stefan nachdenklich.

»Ja, so ist es. Was wollen sie nur damit?«, sinnierte Tina und legte den Kopf in den Nacken.

Nach einer kurzen Pause sagte sie: »Sag mal, Stefan, wie lange arbeite ich jetzt schon hier im Landtag? Drei Jahre. Und jeden Tag sehe ich nach oben an die Decke hier über dem Kreuzgang.«

Stefan setzte sich auf und blickte ebenfalls nach oben. Über ihnen schmückten mehrere weiße Fresken auf hellbraunem Grund in Rundbögen den hohen Raum.

»Das Bildprogramm Maximilians II. umfasste neben monumentalen Ölgemälden auch die Ausschmückung der Räume mit Sgraffitomalerei von Engelbert Seibertz«, leierte Tina herunter. »So sage ich es den Gruppen immer. Aber was die Allegorien genau zeigen, habe ich ehrlich gesagt nie so recht hinterfragt. Sag mal, fällt dir an den Fresken etwas auf?«

Stefan kniff die Augen zusammen, und sein Blick wanderte von Fresko zu Fresko. »In jedem Bild ist eine Frau mit Kind im Zentrum«, meinte er. »So, wie es sein sollte, oder? Genau genommen seid ihr Frauen es ja, um die sich alles dreht«, ergänzte er provokativ.

»Jaja, und wie immer sind wir es, die sich um die Kinder kümmern. Oder siehst du irgendwo einen Mann?«, konterte sie. »Aber das meinte ich nicht. Nun schau doch mal genau«, forderte sie ihn auf und erklärte ihre Beobachtung mit wachsender Begeisterung selbst. »Jeweils eine Dame mit Kind. Nun gut. Aber noch etwas ist bemerkenswert: In jedem Bild taucht noch ein Gegenstand auf. Hier eine Schriftrolle und ein Buch. Dort auf dem zweiten Fresko ein Kästchen oder eine Truhe. Und schau dort, ein leuchtender Stern!«

»Du hast recht«, meinte Huber.

»Das sind typische Allegorien, wie man sie seit der Antike in der bildenden Kunst verwendet. Also bildliche Darstellungen von Weisheiten oder Eigenschaften. Passt zu König Maximilian II. als Kunstfreund«, erklärte Tina. Als sie Stefans fragenden Blick sah, fügte sie hinzu: »Am bekanntesten ist wohl Justitia, also die Gerechtigkeit. Sie wird häufig als Frau mit einer Augenbinde dargestellt, die in der linken Hand eine Waage und in der rechten Hand ein Richtschwert trägt.«

Stefan rollte etwas genervt mit den Augen. »Ja, so verstehe sogar ich das. Und was bedeuten die Allegorien hier?«

»Die Schriftrolle beispielsweise könnte für Bildung stehen«, meinte Tina. »Die Truhe könnte Reichtum symbolisieren. Und der Stern den Himmel oder vielleicht die Wissenschaft.«

»Klingt logisch. König Max baute das Maximilianeum als Hort der Wissenschaft, oder?«

»Quasi ein Tempel der Bildung für das bayerische Volk«, sagte Tina theatralisch. »Steht sogar im Flyer.« Sie zog einen Zettel aus der Innentasche des Blazers und räusperte sich. »»Ein zweihundert Stimmen starker Chor sang das von Generalmusikdirektor Franz Lachner komponierte Festlied: Auf den Höhen soll es ragen, edler Bildung sicher Hort, reiche Geistesfrucht zu tragen, als ein stiller Musenort, Bayerns hoffnungsvollen Söhnen bauet Max hier ein Asyl, alles Wahren, Guten, Schönen Sterne sind ihr leuchtend Ziel«, las sie melodramatisch vor.

Da Stefan sie mit großen Augen ansah, lachte sie und deutete auf die Broschüre. »Das steht hier wirklich. Das sang der Chor bei der Grundsteinlegung 1857. Vor allem Gäste aus dem Ausland finden den Text immer spannend, weil er so pathetisch ist.«

Einen Augenblick lang ließen sie ihren Blick über die Bildnisse über ihnen schweifen, als Stefan sich umdrehte und dann überrascht hinter sich zeigte. »Und hier sind alle in einem Bild zusammengefasst, sieh mal.«

Das Fresko zeigte eine Frau mit Kind, das eine Schriftrolle in der Hand hielt. Auf der anderen Seite stand eine geöffnete Truhe, und über ihnen strahlte ein Stern. »Alle drei Allegorien einig zusammen«, murmelte Stefan.

Plötzlich fasste Tina ihn am Unterarm. »Was hast du gerade gesagt?«

»Alle drei Allegorien einig zusammen«, wiederholte er überrumpelt, während Tina hastig einen gefalteten Zettel hervorzog und rief: »›Trinitas clavis est.‹ ›Dreieinigkeit ist der Schlüssel‹!«

»Was meinst du?« Er musterte sie ratlos.

»Erinnerst du dich an unsere Entdeckung?«, erwiderte Tina aufgeregt. »Auf dem goldenen Zylinder, die lateinischen Sätze. Ich habe sie auf die Schnelle übersetzt.« Sie legte den Zettel auf den Holztisch vor ihnen.

ars monstrat viam.	*Die Kunst weist den Weg.*
trinitas clavis est.	*Dreieinigkeit ist der Schlüssel.*
paenitentiam fortuna sequitur.	*Der Buße folgt das Glück. Oder: Die Buße bringt die Lösung.*
respice gladium justitiae.	*Achte das Schwert der Gerechtigkeit.*
scientia aperit portam.	*Wissenschaft öffnet die Tür.*
spes mortifera est.	*Die Hoffnung ist tödlich.*

»Der zweite Spruch, siehst du? ›Trinitas clavis est.‹ ›Dreieinigkeit ist der Schlüssel.‹« Aufgeregt zeigte sie nach oben. »Drei Symbole. Zuerst sind sie getrennt, und dann sind sie gemeinsam. Quasi dreieinig.«

Stefan wiegte den Kopf skeptisch hin und her. Noch wusste er nicht, worauf Tina genau hinauswollte. Sie war aufgestanden und tigerte auf und ab, wie gewöhnlich, wenn sie nachdachte.

»Wir sind uns einig, dass die sechs lateinischen Sätze nicht zufällig im Zylinder eingraviert worden sind, oder? Jemand wollte damit auf etwas aufmerksam machen.«

Stefan nickte. »Aber wer? Und auf was?«

Tina antwortete nicht, sondern nahm den Zettel mit den lateinischen Sprüchen und ihrer Übersetzung zur Hand. »›Ars monstrat viam.‹ ›Die Kunst weist den Weg.‹ In dicken Lettern eingraviert. Und zur Sicherheit noch einmal auf der Münze, erinnerst du dich? Der Spruch war dem Urheber wohl der wichtigste«, überlegte sie.

»Oder er soll der Ausgangspunkt sein«, ergänzte Stefan.

Tina pfiff durch die Zähne und deutete zustimmend mit dem Zeigefinger auf ihn. »Du hast recht. Die Kunst weist den Weg. Fangen wir mal ganz vorne an. Unser König Maximilian II. lässt als großer Förderer der Kunst vor hundertfünfzig Jahren das gesamte Maximilianeum hier mitten in München bauen. Es sollte übrigens zunächst Athenäum heißen. Aber nicht nur das. Er gibt auch die Historische Galerie mit mindestens dreißig monumentalen Ölgemälden mit bedeutenden Ereignissen der Weltgeschichte in Auftrag. Das heißt, Maximilian II. bestimmte, was gemalt werden sollte. Sowohl an die Wand oder Decke als auch auf die Leinwände der Gemälde.«

»Klingt plausibel«, sagte Stefan.

»Bei den Fresken hier oben konnte Maximilian davon ausgehen, dass sie auf Dauer erhalten blieben und nicht fortgeschafft würden. Zumindest wahrscheinlicher als die hier.« Sie zeigte auf einige Büsten aus Carrara-Marmor an der Wand, von denen vierundzwanzig im Gebäude verteilt waren und die Feldherren, Staatsmänner oder Erfinder zeigten.

»Woher stammen sie eigentlich?«, fragte Huber.

»Hat auch Maximilian bestellt, soweit ich weiß«, sagte Tina und blickte dabei dem griechischen Rhetoriker Demosthenes in die marmornen Augen. »Ich glaube, sie wurden im Zweiten Weltkrieg in den Katakomben untergebracht und erst später wieder hochgeholt. Ganz ähnlich also wie die Gemälde der Historischen Galerie.« Sie wandte den Blick zum Steinernen Saal, in dem Wandgemälde gewaltigen Ausmaßes hingen, die Besucher immer wieder in Staunen versetzten.

»Aber wie passt das alles zusammen?«, fragte Stefan. »Und vor allem, warum machte er das?«

»Gute Frage. Warum legte Maximilian diese Spuren? Dass er ebenso wie sein Sohn Ludwig II. eine Affinität zu Kunst, der griechischen Mythologie und Rätseln hatte, wissen wir. Aber das allein ist noch zu wenig.« Tina sah auf die Uhr. »Schon drei viertel fünf, und Harald hat sich immer noch nicht gemeldet. Hoffentlich ist alles gut gelaufen.«

»Was für ein Durcheinander.«

»Da hast du recht. Nicht nur, dass ein Student der Studienstiftung, der sich noch dazu besonders für den Blauen Wittelsbacher interessiert, verschwindet und ermordet wird, auch seinem Betreuer widerfährt wenig später das gleiche Schicksal. Und die Entführer verlangen kein Geld, sondern Teile aus dem Grundstein des Gebäudes hier. Die töten dafür, Stefan. Morden, besser gesagt. Für eine Schatulle, einen Plan des Maximilianeums und eine Porzellantafel. Und wer weiß, was sie dem Direktor gerade antun!«

»Verrückt«, stimmte Stefan ihr zu und ließ seinen Blick über die Decke wandern. »Und wir haben vor einer Stunde noch über Liebschaften eines bayerischen Königs diskutiert. Ist jetzt nicht ganz ernst gemeint, Tina, aber bis auf die Porzellantafel könnte man mit ein bisschen gutem Willen dort oben alles erkennen, über das wir gerade gesprochen haben.«

Tina kniff die Augen zusammen. »So weit hergeholt ist das nicht. Das könnten der Plan, die Schatulle und der Stein sein, wenn man den funkelnden Diamanten als Stern dargestellt sieht.

Und natürlich Katharina von Württemberg mit dem Knaben aus dem Medaillon.«

Stefan sah sie fragend an. »Welches Medaillon?«

»Ach, das habe ich in dem ganzen Durcheinander vergessen zu erzählen. Im Grundstein ist ein Medaillon mit Bildern von Katharina und einem Kind aufgetaucht.«

Die beiden sahen sich an. Spielte ihnen gerade ihre Phantasie einen Streich?

Tina unterbrach die Stille. »Das ist kein Zufall, Stefan. Zwei von drei Gegenständen, die da oben dargestellt sind, wollten die Entführer. Die Schatulle und den Plan. Fehlt noch der Stern oder Stein«, meinte sie in leisem, fast verschwörerischem Tonfall. »›Ars monstrat viam.‹ Schauen wir doch mal, ob uns die Bilder der Historischen Galerie einen Weg zeigen«, sagte sie und wies auf die Gemälde im Steinernen Saal.

27

München, Maximilianeum, Katakomben, 16:40 Uhr

Notdürftig waren das Loch in der Wand abgedeckt und die Spuren des Aufbrechens beseitigt worden, stellte Lena Schwartz fest, als sie einen Blick in den Gang Richtung Tiefgarage warf. Schwungvoll nahm sie die letzte Stufe und schritt zum hohen Gewölbe vor den Drehtüren der Sicherheitsschleuse, von dem aus man links und rechts in das weit verzweigte Netz der Katakomben unter dem Maximilianeum gelangte.

Ihre Laufschuhe knarzten auf dem Steinboden, und Schwartz holte im Gehen ihr Smartphone hervor, um Tina Oerding anzurufen. Es wird wirklich Zeit, dass ich die Sportklamotten wieder gegen meine eintausche, dachte sie, während sie wählte. Aber nichts passierte, und bei einem Blick auf ihr Display stellte sie fest, dass sie hier unten im Keller kein Netz hatte. Nun gut, dann wird Harry noch auf dem Rückweg vom Maxwerk gewesen sein, als er mir geschrieben hat, dachte sie, zuckte mit den Schultern und wandte sich nach links zu dem kleinen Aufgang, der sie in die Katakomben brachte. Als sie den Griff der schweren Eisentür nach unten drückte und diese sich quietschend einen Spalt öffnete, blieb sie stehen.

Mit jedem Schritt, der sie näher an die dunklen Gänge hinter der Tür brachte, wurde sie unsicherer. Bei den Ermittlungen im vergangenen Jahr hatten sie die Erfahrung gemacht, wie schwierig es war, sich im Gewirr der Gänge, Kavernen und Gewölbe zurechtzufinden. Dass ihr Kollege sie dort treffen wollte, war ungewöhnlich. Aber »Ungewöhnlich« könnte der zweite Vorname von Harry Bergmann sein, sagte sie sich und öffnete die Tür.

»Harry, bist du hier?«, rief sie unsicher in das Halbdunkel und wollte ihre Dienstwaffe ziehen, griff aber ins Leere. Verdammt! Ihre Heckler & Koch war mit ihren Sachen im Schließfach der Umkleidekabine verstaut. »So was Blödes!«, fluchte sie leise und rief dann erneut nach Bergmann.

»Wir sind hier. Kommen Sie bitte um die Ecke«, erklang eine Stimme.

»Hallo? Ist Kommissar Bergmann bei Ihnen? Wer sind Sie?«, fragte Schwartz misstrauisch und kniff die Augen zusammen. In dem dunklen Durchgang, der nur von einigen flackernden Neonlampen erleuchtet wurde, konnte sie dennoch nichts erkennen.

»Ja, er ist hier, aber gerade beschäftigt. Gut, dass Sie kommen, er hat schon nach Ihnen gefragt. Ich bin der Hausmeister.«

Osteuropäischer Akzent, überlegte Schwartz, als sie sich gebückt unter staubigen Holzbalken nach vorne arbeitete. Am Ende des Ganges angekommen, bemerkte sie erstaunt, dass sie allein war. Das Gewölbe neben ihr war leer. Misstrauisch runzelte sie die Stirn. Plötzlich raschelte es hinter ihr, und noch bevor sie sich umdrehen konnte, wurde es dunkel.

28

München, Maximilianeum, 16:45 Uhr

Nach der Regierungserklärung und der Generaldebatte ebbte das Interesse der Medienvertreter ab. Die meisten Interviews waren aufgezeichnet, und nun stand die Nacharbeit in den Radio- und Fernsehstudios an. Die Korrespondenten der Printmedien waren im Pressebereich auf der anderen Seite des Altbaus damit beschäftigt, ihre Berichte, Kommentare oder Leitartikel zur Regierungserklärung in ihre Laptops zu tippen. Nur vereinzelt saßen Gäste, Mitarbeiter und Abgeordnete auf Sitzbänken.

Stefan kam es ganz gelegen, dass sich der Steinerne Saal etwas geleert hatte. Trotzdem hatte er das Gefühl, dass nach seinem vorgetäuschten Schwächeanfall aller Augen auf ihn gerichtet waren und über ihn getuschelt wurde.

»Siehst du? Das meinte ich. Jetzt redet jeder darüber, was mit mir ist. Die Gerüchteküche brodelt«, zischte er Tina zu, während sie zu den riesigen Wandgemälden gingen, die die beiden Seiten des Raumes zierten.

»Seit wann interessiert dich denn so was, mein Lieber? Wir haben jetzt Wichtigeres zu tun.«

Sie mussten einige Schritte zurücktreten, um das gewaltige Gemälde, das sich über mehrere Meter in der Breite erstreckte, zu überblicken. »Die Kaiserkrönung Ludwigs des Bayern in Rom«, dozierte Tina.

»Kaiserkrönung?«, fragte Stefan erstaunt nach.

»Ja, du hast richtig gehört. Ist schon ein wenig her, aber als einziger bayerischer Herzog aus dem Hause Wittelsbach wurde Ludwig der Bayer 1328 in Rom zum Kaiser gekrönt. Vielleicht hängt es zur Motivation für dich und deine Kollegen hier«, scherzte Tina. »Du siehst im wahrsten Sinne des Wortes einen strahlenden Wittelsbacher auf dem Höhepunkt seiner Macht.«

»Gut, danke dir für den historischen Grundkurs. Jetzt schauen wir mal, ob wir die Allegorien vom Kreuzgang hier finden.« Etwas skeptisch verschränkte Stefan die Arme.

Ihre Blicke wanderten über das Bild, bis Stefan innehielt und auf die Krönungszeremonie in der Mitte zeigte. Unterhalb des Kaisers kniete ein Knabe. »Er hält eine zweite Krone.«

»Ja, und sieh mal, er blickt nicht zur Krönung, sondern woandershin. Zu einer Frau am Boden«, sagte Tina leise.

Beide gingen nahezu zeitgleich näher an das Gemälde heran und kniffen die Augen zusammen.

»Wieso schaut der Knabe lieber zu einer Frau als zum Kaiser? Das ist schon etwas ungewöhnlich. Und wo liegt sie? Vor einer großen Truhe«, sagte Tina.

»Man sieht sie nur beim zweiten Hinsehen«, bestätigte Stefan. Sie war von zwei Männern verdeckt, die mit dem Rücken zum Betrachter standen.

Tina trat noch einen Schritt näher.

»Sie schauen sich etwas an, eindeutig. Einen Brief oder etwas Ähnliches!«, rief sie aus und zeigte mit dem Finger auf ein kleines Stück Papier, das unter dem Ellbogen des Mannes, der sich auf die Truhe gestützt hatte, hervorblitzte. »Eine Frau, ein Knabe, eine Schatulle und ein Plan. So könnte man es zusammenfassen. Alles im Gemälde.«

»Und über allem dein strahlender Wittelsbacher«, ergänzte Stefan.

»Er kann ja nicht nur vor Freude strahlen, sondern auch andere Wittelsbacher, wie den Blauer-Wittelsbacher-Diamanten, könnte man als strahlend verstehen.« Mit glänzenden Augen sah sie ihn an.

»Du hast recht. Erstaunlich.« Stefan rieb sich das Kinn und drehte sich um.

Nun betrachteten sie das Gemälde auf der gegenüberliegenden Seite des Steinernen Saals, das ebenso überlebensgroß eine historische Szene beschrieb. »Die Kaiserkrönung Karls des Großen zu Rom durch Papst Leo III. im Jahr 800«, erläuterte Tina.

Schnell wurden sie ebenfalls fündig.

»Erneut eine Krönung mit einer diamantenbesetzten Krone und einem Knaben beim knienden Kaiser.« Stefan deutete auf die Mitte des Bildes. Und wieder entdeckten sie eine Schriftrolle sowie eine Schatulle am unteren Rand. Besonders stach ihnen jedoch etwas anderes ins Auge.

»Sieh mal dort!« Tina stieß ihren Freund an. »Am Fuß der Treppe liegt eine junge Frau, offenbar todunglücklich. Und sie blickt zum Kaiser und zum Knaben. Es ist also genau andersherum als beim Gemälde gegenüber, als der Knabe vom Kaiser weg zur Frau geblickt hat.«

Stefan nickte, während Tina noch etwas näher an das Gemälde ging, um das Gesicht der am Boden liegenden Dame zu betrachten.

»Fühlst du dich besser, Stefan?«, riss ihn da die Stimme Dorothee Multerers aus seinen Gedanken. Er hatte sich so auf das Gemälde konzentriert, dass er nicht bemerkt hatte, dass sie neben ihn getreten war. Er stotterte: »Ähm, ja, war nur ein kurzer Schwächeanfall. Es geht schon wieder. Danke für deine Hilfe.«

Dorothee kniff die Augen zusammen. »Was macht ihr? Bewundert ihr die Kunst im Landtag?«

Tina drehte sich um und konnte kaum verbergen, wie ungelegen ihr die Störung kam. »Hast du kurz Zeit, Stefan? Ich würde gerne noch etwas mit dir besprechen«, sagte sie und bugsierte ihn von Dorothee weg.

»Das war unhöflich«, murmelte er, nachdem seine Kollegin sich kopfschüttelnd zurück in den Plenarsaal aufgemacht hatte.

Tina rollte mit den Augen. »Jaja, wir finden schon noch eine Entschuldigung. Aber jetzt hör mal zu: Ich finde, sie sieht Katharina Pawlowna total ähnlich!« Sie hielt ein Foto des Porträtgemäldes hoch, das sie gegoogelt hatte.

Er nahm ihr das Smartphone aus der Hand und betrachtete es. »Frappierende Ähnlichkeit. Und sie sieht wirklich so traurig aus, wie du sie beschrieben hast.«

»Zwei Gemälde, und in beiden sind die Symbole aus den Allegorien zu finden, etwas unterschiedlich, aber immer wieder taucht eine Frau mit ihrem Kind auf«, überlegte Tina. »Dazu stets die drei Symbole. ›Trinitas clavis est.‹ ›Dreieinigkeit ist der Schlüssel.‹ Schauen wir doch mal, ob es ein riesiger Zufall ist oder ob wir noch ein Beispiel finden«, rief sie und machte sich schnellen Schrittes in den angrenzenden Senatssaal auf.

Bis zu ihrer Auflösung per Volksabstimmung 1998 tagte dort die Zweite Kammer des bayerischen Parlamentes. Nun wurde der Saal für Veranstaltungen, Festlichkeiten oder Ausstellungen genutzt. Darüber hinaus bot er aufgrund seiner Weitläufigkeit Platz für das größte Wandgemälde im gesamten Gebäude.

»Wo willst du denn hin?«, rief Stefan, der Mühe hatte, seiner Freundin zu folgen.

»Zur ›Seeschlacht von Salamis‹«, rief sie ihm über die Schulter zu und zog die schwere Holztür zum Senatssaal auf. Seit dem späten Vormittag präsentierten sich dort Tourismusverbände aus ganz Bayern. Infostände, Tische und Roll-ups waren im Saal verteilt und verstellten den Ausblick auf die hohen Fenster auf der rechten sowie das riesige Gemälde auf der linken Seite. Tina wuselte an den Ständen vorbei und schlüpfte hinter ein Banner des Tourismusverbandes Ostbayern. Von dort aus konnte sie die eindrucksvolle Seeschlacht, die sich über die gesamte Breite der Wand zog, überblicken.

Eines stach sofort ins Auge: Neben Dutzenden Soldaten und Schlachtschiffen, die in Kämpfe verwickelt waren, waren überraschend viele weibliche Figuren vertreten. Das linke Drittel des Wandgemäldes zeigte mehrere Frauen, die dabei waren, sich in Sicherheit zu bringen. Mit fast schlafwandlerischer Sicherheit zeigte Tina nacheinander auf das Bild. »Hier, eine Frau auf der Flucht, die ihr Kind, einen Knaben, zu retten versucht. Und was ist neben ihr? Eine goldene Schatulle mit Edelsteinen.«

»Sogar mit blauen Edelsteinen«, ergänzte Stefan. »Wieder unsere Frau mit Kind plus eine Schatulle, Edelsteine und Papier.« Er deutete auf eine Schriftrolle. Drei Wandgemälde, und auf allen fanden sich die Symbole wieder.

»Das ist schon erstaunlich«, meinte Tina. »Aber wohin die Kunst jetzt genau den Weg weist, das ist mir noch nicht ganz klar.«

Stefan fuhr sich durchs Haar. »Ja, mir auch nicht. Und ich frage mich, wie die Porzellantafel von König Maximilian dazu passt.«

»Da stimmt wohl etwas noch nicht ganz zusammen. Es waren ursprünglich übrigens dreißig Gemälde der Historischen Galerie, die die wichtigsten Ereignisse der Weltgeschichte umfassen sollten. Siebzehn sind immerhin noch erhalten. Was hältst du davon, wenn wir sie uns ansehen?«

»Gute Idee, aber kommen wir an alle ran?«, fragte er zweifelnd.

»Klar geht das«, erwiderte Tina schmunzelnd, »dem Internet sei Dank!«

29

München, Kriminalfachdezernat 1, K 11, 16:50 Uhr

Seit er in die Führungsetage der Kripo gewechselt war, hatte sich Martin Sennebogen daran gewöhnt, den Großteil seines Arbeitstages in Besprechungen, mit dem Beantworten von E-Mails oder in Telefonkonferenzen zu verbringen. Sosehr er auch die Einsätze und Ermittlungen an Ort und Stelle vermisste, war er sich doch sicher, dass es die richtige Entscheidung gewesen war, mit Anfang fünfzig auf das Angebot einzugehen, stellvertretender Leiter der Kripo zu werden.

Die Stimme von Harry Bergmann auf seiner Mailbox hatte Erinnerungen bei ihm geweckt. Jahrzehntelang waren sie ein unzertrennliches Ermittlungsduo gewesen, das mit unkonventionellen Methoden, Hartnäckigkeit und Eigensinn so manchen kniffligen Fall gelöst hatte. Aber gleichzeitig hatte es ihn auch beunruhigt. Zuerst der Anruf, in dem er ihn dringend um Rückruf bat. Irgendwas musste da vorgefallen sein. Noch weniger schlau war er aus der SMS geworden, die später bei ihm aufgepoppt war. »Stopp! Behalte die Mailbox-Nachricht für dich! Ich melde mich«, hatte er geschrieben.

Sennebogen lehnte sich in seinem Schreibtischstuhl zurück und betrachtete die SMS. Harry schrieb so etwas nicht ohne

Grund. Zweieinhalb Stunden war es nun schon her. Einen Moment überlegte Sennebogen, dann wählte er Bergmanns Nummer. Es läutete durch, aber er ging nicht dran. Sennebogen tippte mit dem Telefon an sein Kinn und entschloss sich, ihm eine SMS zu schicken.

> Hallo, Harry, ich habe deine Nachricht bekommen. Konnte vorhin leider nicht rangehen. Geht es dir gut? Alles in Ordnung? VG Martin

Nachdenklich sah er aus dem Fenster, als sein Smartphone aufleuchtete. Eine Antwort von Harry!

> Hallo, Martin, hat sich erledigt. Bei mir alles in Ordnung, ich bin nur etwas angeschlagen und lege mich hin. Ich melde mich in den nächsten Tagen.

Nun gut, offensichtlich war es doch nicht so eilig, dachte Sennebogen erleichtert. Morgen oder übermorgen würde er bei Harry nachfragen, was da los war, nahm er sich vor. Die nächste Besprechung stand in wenigen Minuten an, sodass er sich wieder dem PC-Bildschirm auf seinem Schreibtisch zuwandte. So ganz konnte sich Sennebogen aber nicht konzentrieren, und der Ermittler in ihm meldete sich. Irgendetwas passte nicht zusammen.

Das ist doch nicht Harrys Art, nicht ans Telefon zu gehen und dann eine Kurznachricht zu schreiben, dachte er. Im Gegenteil: SMS waren ihm früher immer eher zuwider. Er griff nochmals nach dem Handy und betrachtete die Nachricht stirnrunzelnd. Etwas machte ihn stutzig. »Harry Bergmann angeschlagen, und er legt sich hin? Das gab es doch noch nie«, murmelte Sennebogen.

Einen Augenblick lang dachte er nach, bis er eine Idee hatte. Wenn jemand sagen konnte, was mit ihm los war, dann sie! Soweit er wusste, war sie immer noch tätig. Spontan hob er den Hörer der Telefonanlage ab und ließ sich in sein Vorzimmer durchstellen.»Geben Sie mir doch bitte mal das Sekretariat der K 11. Genauer gesagt Inge Schroll.«

30

München, Maximilianeum, Katakomben, 16:55 Uhr

Der Boden unter ihr schien zu schwanken, als Lena Schwartz zu Bewusstsein kam. Über ihr tanzten Lichtpunkte, und Lampen bewegten sich ruckartig hin und her. Wo war sie? Im ersten Moment meinte sie, sich in einem Schiffsbauch auf hoher See zu befinden. Als sie nach mehrfachem Blinzeln den Schleier vor ihren Augen durchdringen konnte, realisierte sie, dass sie sich noch in den dunklen Katakomben des Maximilianeums befand.

Ihre Arme und Beine waren gefesselt, und zwei Gestalten schleppten sie gerade durch die engen Gänge. Schwartz stöhnte vor Schmerz auf. Ihr Kopf dröhnte von dem Schlag, der sie zuvor niedergestreckt hatte. Der Mann vor ihr zerrte an ihren Füßen, während sie von hinten grob an den Schultern gepackt wurde.

»Она проснулась!«, hörte sie den Mann hinter ihr zischen, und der Vordermann drehte sich kurz um, warf ihr einen drohenden Blick zu und antwortete etwas auf Russisch. Diese Stimme hatte sie heute schon einmal gehört!

Ihre Gedanken wurden unsanft unterbrochen, als die beiden sie wie einen Sack auf den Boden vor dem Eingang zu einem Gewölbe plumpsen ließen. Ein Schmerzensschrei entkam ihr, der sofort brutal von einer Hand unterdrückt wurde. Im nächsten Moment wurde ihr ein Tuch um den Mund gezogen und fest hinter ihrem Kopf verschnürt.

Ein wenig hatten sich ihre Augen mittlerweile an die Dunkelheit gewöhnt, und sie konnte Umrisse der Männer erkennen. Sie waren nicht die Einzigen. Im Gewölbe vor ihnen bewegte sich etwas.

Jemand kniete sich vor sie und stülpte ihr einen Sack über

den Kopf. Entsetzen und Panik ergriffen sie, als der Stoff über ihre Augen und ihr Gesicht rutschte. Zunächst hatte sie den Eindruck, nicht mehr atmen zu können, so stickig war es. Sie rang nach Luft und keuchte. Es dauerte einige Augenblicke, bis sich ihre Atmung beruhigt hatte und sie genügend Sauerstoff durch das Gewebe einsaugen konnte.

An die Wand gelehnt, versuchte Schwartz, so gut es ging, zur Ruhe zu kommen und ihre Gedanken zu sortieren. Sie war in den Katakomben. Jemand hatte sie entführt. Das Einzige, was sie hatte erkennen können, war, dass ihre Entführer Anzug und Hemd trugen. Und irgendwo hatte sie beide heute schon einmal gesehen, schoss es ihr durch den Kopf. Aber wo? Und was wollten sie von ihr?

31

München, Maximilianeum, Altbau, 17:10 Uhr

»Hast du die Blicke auf dem Gang gesehen?«, fragte Tina lachend, als sie mit Stefan in ihr Büro kam. »Die dachten, wir haben hier drin sonst was vor.«

»Und schon haben wir für das nächste Gerücht heute gesorgt. Ich habe nicht nur einen Kreislaufkollaps, sondern halte auch noch die Mitarbeiterinnen des Besucherdienstes von ihrer Arbeit ab.« Stefan konnte sich ein Grinsen nun nicht mehr verkneifen. »In der Tat könnte ich mir jetzt Schöneres mit dir vorstellen, als im Internet irgendwelche Gemälde anzusehen.«

Tina, die schwungvoll auf ihrem Drehstuhl Platz genommen hatte, verdrehte die Augen und deutete auf den Bildschirm. »Ein andermal, Herr Abgeordneter. Jetzt haben wir Wichtigeres zu tun«, sagte sie in übertrieben strengem Ton, während Stefan sich auf die Schreibtischkante setzte und ihr über die Schulter sah.

»Komisch, dass wir weder von Schwartz noch von Bergmann

etwas gehört haben, findest du nicht?«, sagte er mit Blick auf die Uhr.

»Ruf doch einmal an«, forderte Tina ihn auf, während sie die Seite der Studienstiftung Maximilianeum aufrief, auf der sie vorhin bereits recherchiert hatte. »Siehst du? Hier sind alle Gemälde in einer Slideshow aufgereiht. Echt praktisch und noch dazu in guter Auflösung.«

Stefan hatte inzwischen sein Smartphone herausgezogen und festgestellt, dass er Bergmanns Nummer nicht mehr hatte.

»Du hast sie doch noch, wie ich heute Mittag erfahren habe, oder?«, sagte er mit süß-säuerlichem Blick zu seiner Freundin.

Tina überhörte den sarkastischen Unterton und suchte die Nummer aus ihrer Adressliste heraus. »Hier, versuch die hier.« Sie legte ihr Smartphone auf den Schreibtisch, und Stefan tippte die Nummer ein. Es läutete, aber Bergmann hob nicht ab.

»Wahnsinn«, entfuhr es Tina neben ihm.

»Was meinst du? Dass er nicht rangeht?«

»Nein, ich meine das hier«, antwortete Tina aufgeregt. Sie durchforstete die einzelnen Bilder. »Überall finden sich Edelsteine, Truhen und Papier oder Schriftrollen. Und auch junge Damen mit Kind oder Knabe«, stieß sie hervor und drehte sich zu Stefan. »Schau mal selbst!«

Er folgte dem Pfeil auf dem Bildschirm, mit dem Tina im Schnelldurchlauf zwischen den einzelnen Bildern hin- und herklickte und ihm ihre Entdeckungen aufzeigte.

Tina lehnte sich zurück und blickte nachdenklich an die Zimmerdecke. »Damit sind wir noch nicht wirklich schlauer. Alles, was wir wissen, ist, dass ständig mehr oder weniger die gleichen Symbole auftauchen. Aber wohin die Kunst uns den Weg weist, wissen wir eben noch nicht.«

Immer wieder klickte sie durch die Abbildungen der Gemälde, als Stefan einwarf: »Schauen wir doch einmal, was uns sonst noch auffällt, abseits der Symbole.«

»Du hast recht«, pflichtete sie ihm bei. »Ein guter Ansatz ist manchmal, nach dem zu suchen, was überhaupt nicht dazu passt.«

Stefan nickte. »Oder was heraussticht.«

Beide konzentrierten sich, als sie die Bilder noch einmal betrachteten. »Zum Beispiel fällt mir auf«, sagte Stefan nach einer Weile, »dass alles ja mehr oder weniger historische Prachtgemälde sind. Also Krönungen, Empfänge oder Schlachten.«

»Ja, sie sollten historische Wegmarken der Menschheitsgeschichte zeigen.«

»Und es sind eigentlich immer Gruppenbilder«, überlegte Stefan weiter. »Bis auf zwei, wenn ich es richtig sehe. Hier, ›Peter der Große gründet Petersburg‹. Sogar mit einer übergroßen Schriftrolle im Vordergrund. Und dann passt das hier für mich optisch gar nicht zu den anderen.« Stefan deutete auf ein unscheinbares Gemälde. »Keine Schlachten, keine Krönung, keine knalligen Farben. Nur ein einfacher Mann vor einem Stadttor.«

Tina klickte darauf und vergrößerte das Bild. »Das ist König Heinrich IV. als Büßer zu Canossa im Jahr 1077«, erklärte sie ihm. »Kennst du ja bestimmt, den Gang nach Canossa. Das sagt man jetzt ja noch, wenn jemand zu Kreuze kriechen und sich entschuldigen muss.«

Stefan nickte.

»Büßer …«, wiederholte Tina nachdenklich. »Moment mal«, rief sie dann aus und zog den Zettel mit den lateinischen Sprüchen hervor, die sie auf dem goldenen Zylinder entdeckt hatten. »›Paenitentiam fortuna sequitur.‹ Da war ich beim Übersetzen nicht sicher, ob das bedeutet: ›Der Buße folgt das Glück‹ oder ›Die Buße bringt die Lösung‹.«

»Könnte ja sein, dass uns der Büßer zu Canossa weiterbringt«, folgerte Stefan.

Tina sprang auf und lief auf und ab. »Canossa, warte mal. Da war doch letztes Jahr auch etwas. Erinnerst du dich noch an unsere Recherchen? König Maximilian II. ist 1864 ganz überraschend innerhalb von drei Tagen an einer mysteriösen Krankheit gestorben. Wir hatten den Verdacht, dass er da ein Geheimnis mit ins Grab genommen hat«, rief Tina aufgeregt und zog ein Ablagefach auf ihrem Schreibtisch zu sich.

»Irgendwo hier müsste ich noch eine Kopie aus dem Geschichtsband haben. Mensch, meine Unordnung nervt mich manchmal«, grummelte sie, während sie Blätter durchsah und achtlos zu Boden warf.

Stefan beobachtete den wachsenden Haufen und atmete erleichtert auf, als Tina endlich aufjubelte.

»Ah, hier ist es!« Sie zeigte ihm eine etwas zerknitterte Kopie. »Also hier steht es: Einer der Leibärzte berichtete, der König habe ihm auf dem Sterbebett etwas zugeflüstert, er hatte ihn aber nicht verstanden. Er gab an, der König habe etwas von einem Gang nach Canossa und Ottos großem blauen Stein gesagt. Das wurde mit dem Fieberwahn des schwerkranken Königs erklärt, oder man vermutete, er wollte seinem Bruder den Blauen Wittelsbacher vermachen. Wir haben uns damals so auf den großen blauen Stein, also den Blauen Wittelsbacher, konzentriert, dass wir über den Gang nach Canossa überhaupt nicht nachgedacht haben!«

»Du hast recht«, stimmte ihr Stefan zu.

»Das war ein Hinweis auf das Bild, da bin ich mir sicher«, sagte sie. »Halten wir doch einmal fest: Die Kunst soll den Weg weisen. Der Schlüssel ist die Dreieinigkeit, also wohl von Stein, Truhe und Plan. Und Buße bringt die Lösung. Das einzige Bild mit klarem Bezug zu Buße ist das hier. Das Canossa-Bild sticht hervor. Und auf dem Sterbebett hat König Maximilian II., der die Bilder und das gesamte Maximilianeum in Auftrag gegeben hat, auch noch darauf hingewiesen.« Sie atmete tief durch.

»Nun gut, aber was genau soll das Bild uns zeigen?«, fragte Stefan.

Tina drehte sich auf dem Schreibtischstuhl und vergrößerte das Gemälde. »Hm, im Vordergrund steht König Heinrich IV., im Tor hinter ihm sind Wachen, und der Bote neben dem Papst über ihm sieht auffällig aus wie eine Frau, finde ich. Immer wieder ähnliche Hinweise. Aber mehr sehe ich hier nicht«, sagte Tina, während beide auf das Bild starrten.

Da fiel Stefan noch etwas auf. »Was sind das für Zeichnungen auf der Säule hinter ihm?«, fragte er.

Tina kniff die Augen zusammen. »Das sind Fresken oder Steinreliefs. Im Prinzip wie im Kreuzgang, aber eben hier direkt in Stein gehauen«, erklärte sie. »Man erkennt kaum etwas, findest du nicht?«

»Ja, du hast recht, schade, dass es ausgerechnet an dieser Stelle unscharf ist.«

»Blöder Zufall«, meinte Tina und korrigierte sich gleich selbst. »Wenn es Zufall ist!«

»Was meinst du?«, fragte Stefan.

»Laut Homepage ist das Bild im nicht öffentlichen Bereich in der Studienstiftung ausgestellt. Was, wenn das Relief absichtlich so unscharf gemacht worden ist?«

Stefan strich sich übers Kinn und überlegte. »Das heißt, wenn wir es genau wissen wollen, dann müssen wir es im Original sehen. In der Stiftung. Dort haben wir aber keinen Zugang.«

Ein Moment der Stille trat ein. »Vielleicht habe ich da eine Idee«, rief Tina und sprang von ihrem Stuhl auf.

32

München, in der Nähe des Maximilianeums, 17:10 Uhr

Abschätzig blickte Nikolaus Attenbach durch die verspiegelten dunklen Scheiben seiner Limousine auf die Menschen, die an ihm vorbeieilten. Frauen mit Einkaufstaschen, Männer mit Aktenkoffern und Jugendliche auf Fahrrädern passierten den Gehweg, vor dem der schwarze Mercedes seit einigen Minuten parkte. Mit dem einfachen Volk, das sich tagtäglich wie in einem Hamsterrad abmühte, wollte er nichts zu tun haben.

Wie sich diese »Arbeitsbienen« jeden Morgen ohne Perspektive auf ein besseres Leben aufraffen und zur Arbeit gehen konnten, blieb ihm ein Rätsel. Er strebte nach Höherem. Zu Reichtum, Geld und Luxus hatte er es gebracht. Attenbach aber wollte mehr: Anerkennung, Wertschätzung und Stellung.

Unverständlicherweise hatten ihm das alle verwehrt. Selbst seine Mutter hatte seinen Bruder schon von Kindesbeinen an in den Himmel gehoben, weil er anständig, ehrlich und aus ihrer Sicht der Klügere von ihnen beiden war. Das hatte sie ihn spüren lassen, noch mehr, als Antolin im Unterschied zu ihm eine ehrbare Karriere an einer Universität gemacht und seine Frau ihr Enkel geschenkt hatte, während er einen anderen, dunkleren Weg eingeschlagen hatte.

Wie profan, wie lächerlich, wie schwächlich war sein Bruder doch im Vergleich zu ihm! Wie konnte es da sein, dass er, Nikolaus, weniger wert war? Er würde ihr eine Familie mit höherem Wert schenken, koste es, was es wolle. Er war ein Romanow. Sie waren Romanows.

»Ich werde die Grundlagen für einen neuen Stammbaum legen, der diesem Namen wieder Ehre macht«, flüsterte er, während er die mit teurem Leder umspannte Mittelarmlehne im luxuriösen Fond des Fahrzeuges umfasste.

Als sein Smartphone, ein in Gold eingefasstes Einzelstück, in der Vertiefung der Mittelkonsole zu blinken begann, wartete er einige Sekunden. Jemand wie er ging nie sofort ans Telefon, sondern der Anrufer hatte zu warten. Nach dem fünften Lauten hob er schließlich ab.

»Dimitri, was hast du mir zu berichten?«

»Ich habe gute Nachrichten. Es ist alles wie geplant ausgeführt worden«, versicherte ihm sein Helfer. »Wir haben den Kommissar.«

Attenbach nickte zufrieden. »Lasst ihn so lange am Leben wie notwendig, hast du verstanden? Um sein Mobiltelefon habt ihr euch gekümmert?«

»Selbstverständlich, alles erledigt. Er wird seine Rolle spielen. Auch die Kommissarin haben wir.«

»Das heißt, wir haben jetzt alles, was wir benötigen?«

»So ist es.«

»Gut, mein treuer Dimitri. Deine Dienste werden belohnt werden. Wir dürfen jetzt aber nicht leichtsinnig werden. Wir gehen weiter strikt nach Plan vor.«

Fast liebevoll strich Attenbach über den teuren Goldrahmen des Smartphones und betrachtete die Detailarbeiten mit seinen

Initialen N.A.R. auf der Rückseite, bevor er es in die Konsole zurücklegte.

Dann drehte er sich nach links und sah seinem Sitznachbarn, der sich erkennbar unwohl fühlte, in die Augen. Drohend hob er den Zeigefinger. »Sie, Herr Direktor, erfüllen jetzt Ihre Aufgabe. Und nun raus hier.«

Für einen kurzen Moment herrschte Stille im Fond des Wagens, und Ullrich Löwenthal atmete tief durch. Die Hecktür wurde geöffnet, und Sonne fiel auf sein Gesicht. Mit sorgenvoller Miene rutschte der Spitzenbeamte aus dem Sitz und trat auf den Gehsteig hinaus. Dann machte er sich auf den kurzen Weg durch einige Seitenstraßen zurück zum Maximilianeum.

Als die Tür wieder geschlossen war, holte Attenbach ein vergoldetes Etui hervor und drehte es in der Hand. Vorsichtig öffnete er es und tastete behutsam hinein. Fast andächtig betrachtete er das Innere, das ihm blau entgegenschimmerte, und ein Lächeln breitete sich auf seinem Gesicht aus.

33

München, Maxwerk, 17:15 Uhr

Harald Bergmann versuchte, die Augen zu öffnen, doch er blickte ins Dunkel. Sein Schädel brummte, er fühlte sich benommen. Erst nach und nach realisierte er, dass er gefesselt auf einem Holzboden lag. Seine Hand- und Fußgelenke steckten in zwar gepolsterten, aber eng anliegenden Handschellen. Er war geknebelt, und eine stinkende Kapuze verhüllte seinen Kopf. Das einzige Sinnesorgan, das ihm blieb, war sein Gehör. Doch außer einem Schlurfen im Nebenraum und leisem Flüstern war nichts zu vernehmen.

Wo war er? Das Letzte, an das er sich erinnern konnte, war der Flur der Wohnung im ersten Stock des Maxwerks. Jetzt fiel es ihm wieder ein: die Übergabe! Die Porzellantafel! Jemand hatte ihn niedergeschlagen, das bestätigte ihm auch der stechende Schmerz in seinem Hinterkopf.

Bergmann stöhnte auf und wand sich auf dem Boden, aber er kam nur einige Zentimeter voran. Wieder lauschte er, konnte jedoch keine Geräusche zuordnen. Mühsam rutschte er noch ein Stück und stieß an etwas. Bergmann überlegte. Vielleicht war es etwas, an dem er sich aufrichten konnte.

Er drückte seine Arme durch, aber die Fesseln bewegten sich keinen Millimeter. Warum hatten sich die Entführer die Mühe gemacht, ihm gepolsterte Handschellen anzulegen?

Umständlich versuchte er, nach hinten zu greifen. Endlich ertastete er etwas. Es war kühl, aber weich und fühlte sich eigenartig vertraut an. Trotzdem konnte er es nicht zuordnen. Dann griff er zu, und urplötzlich wurde Bergmann klar: Er umklammerte eine Hand. Eine menschliche Hand.

Reflexartig ließ er los und zog seine Finger zurück, an denen etwas Klebriges hängen geblieben war. Sein Atem ging schneller, er keuchte

Er war nicht allein. Hinter ihm lag noch jemand. Seine Gedanken rasten.

War das eine weitere Geisel? Löwenthal? Oder etwa der Student? Oder der Betreuer? Oder waren dort etwa alle drei?

Mühsam drehte er sich auf den Rücken, aber er konnte durch die Kapuze nach wie vor nichts erkennen. Erschöpft lag er da und lauschte.

Nach einer kleinen Ewigkeit knarzte es, und hinter dem Stoff vor seinem Gesicht wurde es etwas heller. Eine Tür wurde geöffnet, und jemand trat in den Raum.

»Mach dir keine Mühe, Kommissar«, sagte die gleiche Stimme, die ihn angesprochen hatte, bevor er niedergeschlagen wurde. »Dir wird es genauso ergehen wie den anderen hier«, höhnte der Mann, während er den Sitz seiner Fesseln kontrollierte.

Einen Moment später fiel die Tür wieder ins Schloss.

34

München, Maximilianeum, 17:25 Uhr

Stefan Huber kannte seine Freundin mittlerweile gut genug, um zu wissen: Wenn sie für etwas Feuer gefangen hatte, war sie kaum zu stoppen. Umso mehr galt dies für geschichtliche Fragestellungen. Häufig vergrub sie sich in Büchern oder im Internet, um zu einer Detailfrage zu recherchieren. Aber dieses Mal hatte er Mühe, mit ihrer Begeisterung Schritt zu halten, als sie schnurstracks aus ihrem Büro lief und erst vier Stockwerke tiefer im Treppenhaus vor dem Ausgang zum Nordhof innehielt. Dort zeigte sie auf einen der Übersichtspläne, die im gesamten Gebäude die jeweiligen Rettungswege markierten.

»Bevor ich es dir lange erkläre, dachte ich mir, ich zeige dir direkt, was ich meine.« Sie grinste ihn an. »Die Räume der Studienstiftung sind ja alle im Südbau dort drüben auf der anderen Seite des Innenhofes untergebracht. Dort müsste es im Treppenhaus ebenfalls Infotafeln zu den Rettungswegen geben. Vielleicht finden wir da ja einen Hinweis, wo wir am besten hineinkommen.« Ohne Stefans Antwort abzuwarten, ging sie schnellen Schrittes voran über den Hof.

Nach wenigen Metern kamen sie am Aufgang zum Nordbau und an der Ostpforte vorbei, wo sich in diesem Augenblick die Schranke hob und eine Limousine mit Diplomatenkennzeichen über das Pflaster auf den Innenhof rollte. Freundlich winkte Tina den Angestellten an der Pforte zu.

»Das müsste der Delegationsleiter der Besuchergruppe von heute Nachmittag sein.« Tina sah auf die Uhr. »Etwas komische Truppe, sag ich dir. Für Russen hatten sie erstaunlich viele Fragen zum Parlament. Bleibt nur zu hoffen, dass es was bringt. Ein bisschen mehr Demokratie wäre da ja nicht verkehrt. Fast schade, dass ich sie an meinen Kollegen abgegeben habe, aber das hier ist spannender.« Sie knuffte ihn in die Seite und wandte sich zum Südbau auf der anderen Seite des Hofes.

Schnell nahmen sie die Stufen des Aufganges zum modernen

Gebäudetrakt, der den Altbau nahezu vollständig umschloss, und zuvorkommend hielt Stefan seiner Freundin die schwere Glastür auf.

»Ha! Das meinte ich.« Tina zeigte erleichtert auf einen Stockwerksplan, der neben dem Aufzug hing. Dort waren die unterschiedlichen Gänge, Zimmer und Büros der Etage gekennzeichnet und die Rettungswege gut sichtbar markiert. »Soweit ich weiß, ist die Stiftung im ersten bis dritten Stock untergebracht.«

Sie nahmen die Treppe hinauf und studierten dort den Überblicksplan für das Gebäude. Wie eine eigene, autarke Wohneinheit war die Studienstiftung zwar mit Speisesaal, Aufenthaltsräumen und Zimmern ausgestattet, aber dennoch mitten in den Gebäudekomplex integriert und schloss zumeist direkt an die Büros der Abgeordneten und Fraktionen im Südbau an.

Im ersten Stock versperrte ihnen unmittelbar neben dem Aufzug eine große Glastür mit der Aufschrift »Stiftung Maximilianeum« den Zugang, und der Plan ließ auf keine weiteren Eingänge schließen.

Ihnen blieb nur, einen Blick durch die Glastür zu werfen. Den Eingangsbereich säumten mehrere weiße Marmorbüsten. Wie der Plan anzeigte, waren auf dieser Ebene ausschließlich kleine Appartements untergebracht.

»Siehst du? Dort an den Wänden sind die Bilder.« Stefan deutete mit dem Zeigefinger auf mehrere Gemälde, die im Gang vor ihnen hingen.

»Versuchen wir unser Glück eins weiter oben«, schlug Tina vor.

Dort schritten sie zunächst durch einen langen Flur mit Büros einer Landtagsfraktion, der jedoch ähnlich wie im ersten Stock an einer fest verschlossenen Glastür mit Hinweis auf die Studienstiftung endete. Etwas enttäuscht biss Tina sich auf die Lippen und überlegte. »Zwischen den Stockwerken innerhalb des Bereichs der Stiftung gibt es offenbar noch ein Treppenhaus. Das wäre ja gut, wenn wir mal drin wären. Aber wie kommen wir hinein?«

In der dritten Etage bot sich ihnen ein ähnliches Bild. Plötzlich

hielt Stefan inne und zeigte auf einen Bereich im Altbau. »Hier
sieht es so aus, als ob ein Übergang vom Altbau hierher zum
Neubau auch zur Stiftung gehört.«

Tina trat näher. »Du hast recht. Das ist nur auf diesem Stock-
werk so. Warte, lass mich mal überlegen. Wir sind hier im dritten
Stock. Verwirrenderweise sind die Ebenen zwischen Alt- und
Neubau ja nicht gleich. Das heißt, wir sind jetzt auf Höhe der
Friedrich-Bürklein-Halle und der Landtagsgaststätte«, überlegte
sie.

Immer wieder waren Besucher überrascht, wenn sie wegen der
Verschachtelung von Alt- und Neubau des Gebäudes aus dem Innenhof zunächst einige Stockwerke überwinden mussten, bevor
sie in der Bürklein-Halle im Erdgeschoss des Altbaus ankamen.
Von dort mussten sie über die Rote Empfangstreppe mit dem
obligatorischen Erinnerungsfoto noch zwei Stockwerke hoch-
steigen, bevor sie den Plenarsaal erreichten. Nahm man von der
ersten Etage des Altbaus den Übergang in den Neubau, landete
man dort im vierten Stock.

»Es könnte wirklich sein«, fuhr sie fort, »dass es einen weiteren
Übergang von der Bürklein-Halle zum Südbau gibt. Er ist sogar
als Notausgang oder Rettungsweg gekennzeichnet. Und damit
kommt man direkt in den Bereich der Studienstiftung. Aber wo
ist das?«

Stefan schloss die Augen und dachte angestrengt nach, bis er
plötzlich ausrief: »Ich glaube, ich weiß es, Tina. Das muss die
Poststelle sein! Rechts von der Roten Treppe sind in der Bürklein-Halle die Landtagsgaststätte und die Garderobe, links ist
der Ausstellungsbereich. Also direkt unterhalb des Plenarsaales.
Und derzeit ist da auch noch die Poststelle! Da bin ich ganz
sicher, weil wir letzte Woche in der Fraktionssitzung die Info
bekommen haben, dass der neue Besucherbereich in diese Ebene
kommt und deswegen die Poststelle auch einen neuen Standort
erhalten wird!«

»Ja, stimmt! Aber hilft uns das weiter?«, fragte Tina.

»Jeder von uns hat einen Schlüssel, um abends oder an den
Wochenenden die Post abzuholen, verstehst du?« Stefan hielt

seinen Schlüsselbund hoch. »Von da aus kommen wir vielleicht rein.«

Zunächst mussten sie aber etwas umständlich erst einen Stock hoch und nahmen von dort den Übergang zum Altbau, um über die Besuchertreppe in die Friedrich-Bürklein-Halle zu gelangen. In der Mitte des Übergangs blieb Stefan stehen und spähte aus dem Fenster in den Innenhof. Mit dem Zeigefinger deutete er auf einen kleinen Anbau auf der Seite, der an einen Wintergarten erinnerte. »Ist das nicht der Speisesaal der Stipendiaten? Dort scheint einiges los zu sein.«

Tina blickte ebenfalls durch das Fenster. »Ja, da wird es jetzt wohl Abendessen geben. Ich glaube, die Stipendiaten treffen sich möglichst vollzählig zu den einzelnen Mahlzeiten. Alles sehr geordnet, nicht wie in der Landtagskantine. Sie haben sogar ihre eigenen Stoffservietten mit Initialen.«

»Dann haben wir einen guten Zeitpunkt erwischt, um uns halbwegs ungestört umsehen zu können. Das sollten wir ausnutzen«, rief Stefan und eilte in Richtung Bürklein-Halle. Dort drängelten sich mehrere Besuchergruppen vor der Westpforte Zugangsbändchen wurden eingesammelt, Handtaschen aus Schließfächern geholt und die letzten Fotos geschossen, bevor es zurück zu den Bussen ging, die in einer Parkbucht neben dem Maximilianeum im Schatten der Bäume warteten.

»Ganz schön viel los hier«, raunte Tina, als sie sich durch die Menge drückten und nach links wandten.

Stefan sah auf die Uhr. »Schon fünf nach halb sechs und von Bergmann und Schwartz noch immer keine Spur. Langsam mache ich mir Sorgen.«

Nachdem sie sich durch eine Schlange an Besuchern vor der Pforte gequetscht und einige Kommentare der Wartenden ignoriert hatten, die meinten, sie würden sich vordrängeln, gingen sie durch den unscheinbaren Eingang in den Ausstellungsbereich. Ein Gang bog scharf links zur Poststelle ab. Dort standen sie vor einer Wand an einzelnen Fächern, auf denen die Namen der Abgeordneten in alphabetischer Reihenfolge angebracht waren.

»Hubers gibt es ja wirklich einige«, sagte Tina lachend, als sie gleich drei Namenskollegen ihres Freundes entdeckte. »Dieses Problem hätte ich nicht.«

»Soll ich das so verstehen, dass ich eher mal deinen Namen annehmen sollte, oder wie?«, versuchte sich Stefan an einem halb ernst gemeinten Scherz.

»Na, da haben wir schon noch ein bisschen Zeit«, antwortete Tina grinsend.

Neugierig sahen sie sich um. Die weiß gestrichene Tür auf der linken Seite hätten sie dabei fast übersehen. Nur die Türklinke und das grün-weiße Notausgangssymbol ließen auf den Zugang schließen.

»Das hier müsste es dann sein, oder?«, fragte Tina.

Stefan nickte und sah sich um. Die Gelegenheit erschien günstig. »Wenn es ein Notausgang von hier zum Neubau ist, dann haben wir vielleicht Glück. Sollen wir es versuchen?«, fragte er. »Warte aber noch, nicht dass wir einen Alarm –«

Doch Tina hatte die Klinke bereits heruntergedrückt.

Er hielt den Atem an und sah sie vorwurfsvoll an. Aber nichts passierte. Kein hörbarer Alarm wurde ausgelöst. Tina legte den Finger auf die Lippen und winkte.

Sie würden sich eine gute Erklärung einfallen lassen müssen, wenn sie erwischt würden, überlegte Stefan. Doch als er seine Freundin im Türspalt verschwinden sah, wischte er den Gedanken beiseite und folgte ihr. Leise, fast unmerklich fiel die Tür hinter ihnen zu, und sie standen am Beginn eines dunklen Ganges. Stickige Luft umfing sie.

35

München, Maximilianeum, 17:25 Uhr

Langsam hob sich die Schranke der Ostpforte und gab der dunklen Mercedes-Limousine den Weg in den Innenhof des Bayerischen Landtages frei. Das war eine Anfahrt ganz nach dem Geschmack von Nikolaus Attenbach. Sosehr ihn die Herablassung in den höheren Kreisen ärgerte, er hatte die Erfahrung gemacht, dass man mit Geld vieles kaufen konnte, gerade in seinem Heimatland Russland. Auch drei Jahrzehnte nach dem Ende des Kommunismus durchzog Korruption noch den gesamten Staat, die Wirtschaft und das öffentliche Leben des Landes. Anders als nach mehreren Antikorruptionskampagnen zu Beginn des 21. Jahrhunderts erhofft, war der Anteil der Schattenwirtschaft Russlands, die manche auf fast ein Fünftel des Bruttosozialproduktes schätzten, in den letzten Jahren sogar noch angestiegen. Für nahezu jeden Verwaltungsakt gab es eine inoffizielle Preisliste. Diese begann bei der Zulassung eines einfachen Kfz und zog sich bis hinauf zu einer Ernennung als Honorarkonsul, für die Attenbach einige Jahresgehälter an »Bakschisch« bezahlen musste. Der Titel brachte zwar keine uneingeschränkte Immunität wie bei offiziellen Diplomaten mit sich, aber er öffnete Türen.

Attenbach grinste zufrieden, als der Fahrer im Nordhof zum Stehen kam, wo sie bereits erwartet wurden. Er ließ sich Zeit und stieg betont langsam aus. Neben dem Landtagsdirektor, der mit verkniffenem Blick an der Tür stand, begrüßte ihn die Protokollchefin Kerstin Huthmacher herzlich.

»Sehr geehrter Herr Konsul, schön, dass Sie es einrichten konnten«, sagte sie, reichte ihm die Hand und wies zur Eingangstür. »Herrn Direktor Löwenthal kennen Sie bereits, glaube ich? Der Kontakt wurde ja über sein Büro hergestellt«, plauderte Huthmacher, als sie hineingingen.

»Flüchtig, wir hatten noch nicht persönlich das Vergnügen.«

»Gerade in diesen angespannten politischen Zeiten ist der Austausch mit Vertretern der Russischen Föderation für uns in Bayern und Deutschland wichtiger denn je«, meinte die Protokollchefin. »Und Moskau ist schließlich eine unserer Partnerregionen.«

»Da haben Sie recht. Wir wollen selbstverständlich Gesprächskanäle abseits der allerhöchsten politischen Ebenen aufrechterhalten. Es betrübt mich, wie sehr das Verhältnis unserer Länder seit der Krimkrise belastet ist.« Er lächelte ihr höflich zu.

»Ihre Begleiter sind übrigens bestens versorgt«, berichtete Huthmacher, während sie in den Aufzug traten. »Wie gewünscht haben wir eine ausgiebige Führung durch das Haus organisiert, Herr Honorarkonsul.«

»Ich danke Ihnen, sehr liebenswürdig«, säuselte Attenbach. »Wann treffen wir denn auf die Frau Präsidentin?«

Huthmacher verzog das Gesicht. »Leider ist sie kurzfristig im Plenum bei der Sitzungsleitung gefordert. Aber Herr Vizepräsident Jürgen Stellwag wird uns empfangen. Er hat großes Interesse an den internationalen Beziehungen und stets eine enge Beziehung zum diplomatischen Korps. Vielleicht ist er Ihnen ein Begriff? Er war früher Staatsminister für Europaangelegenheiten in der Staatskanzlei.«

»Soso, sehr schade. Ich hätte die Frau Landtagspräsidentin gerne persönlich getroffen.« Attenbachs Miene verdunkelte sich, und er warf Löwenthal einen strafenden Blick zu.

Als sie die Ebene der Friedrich-Bürklein-Halle und der Landtagsgaststätte erreicht hatten, kam ihnen Vizepräsident Jürgen Stellwag bereits mit ausgebreiteten Armen entgegen. Stellwag war seit seiner Zeit als »bayerischer Außenminister« in der Staatskanzlei für seine Herzlichkeit bekannt, mit der er so manche knifflige Situation im Ausland bewältigt hatte. Die fast sprichwörtliche bayerische Lebensart und Gastfreundschaft verkörperte er nun wie kein Zweiter im Präsidium des Bayerischen Landtages.

»Herr Honorarkonsul Attenbach!« Er schüttelte ihm betont lange die Hand. »Es freut mich ungemein, dass ich Sie hier im bayerischen Parlament begrüßen darf. Wir haben das Bayernzimmer für unsere Begegnung vorbereitet«, sagte er und zeigte auf die Landtagsgaststätte. Vorbei an kleineren Gruppen im Gartensaal, denen Kaffee und Kuchen serviert wurden, erreichten sie zügig den Rückbereich, der den Abgeordneten und ihren Gesprächspartnern vorbehalten war.

Daran schloss sich, von außen kaum einsehbar, das Bayernzimmer an, in dem internationale Besucher traditionell bewirtet wurden. Die holzgetäfelte Zirbelstube war gemütlich und fühlte sich »urbayerisch« an, war aber dennoch repräsentativ. Auf den im Halbrund aufgestellten Tischen waren dekorativ bayerisch-russische Fähnchen positioniert, und eine Gruppe von ernst dreinblickenden Männern in dunklen Anzügen hatte sich bereits niedergelassen. Der Kopf der größten Tafel war frei.

»Ah ... Ihre Begleiter sind pünktlich. Bestens. Dann können wir ja mit einer kleinen Stärkung beginnen und uns austauschen, Herr Konsul«, meinte Stellwag redselig.

Attenbach nickte den Anwesenden betont würdevoll zu und setzte sich. »Ich danke Ihnen für die freundliche Aufnahme in Ihrem beeindruckenden Parlament, Herr Vizepräsident«, sagte er und neigte den Kopf, während die übrigen Gäste stumm den Blick erwiderten. Attenbach legte sein goldverziertes Smartphone vor sich auf den weiß gedeckten Tisch und tippte auf das Display.

»Wir haben eine knappe Dreiviertelstunde Zeit. Geben Sie uns doch einen Einblick in die Untiefen der bayerischen Politik«, sagte er gönnerhaft.

Stellwag stutzte kurz, als er das teure Stück sah, und räusperte sich, bevor er aufstand und sich an seine Besucher wandte. Sein Bauchgefühl sagte dem Politiker, dass mit seinen Gästen irgendetwas nicht stimmte. Selten in seiner langen Laufbahn hatte er derart kälteverströmende Gesprächspartner erlebt. Dass ihn, den Vizepräsidenten des Bayerischen Landtages, ein Gast bereits zu Beginn eines Gesprächs auf das knappe Zeitbudget hinwies, war ihm noch nicht passiert. Aber er war Profi genug, um den Affront zu überspielen.

36

München, Maximilianeum, 17:40 Uhr

Bis auf ein dumpfes Grundrauschen, das aus der Friedrich-Bürklein-Halle zu ihnen durchdrang, war es hier, im Herzen des Maximilianeums, überraschend ruhig. Während sich ihre Augen langsam an die Dunkelheit gewöhnten, tasteten sie sich an der Wand entlang. Plötzlich durchbrach blechernes Scheppern die Stille, und etwas rollte über den Boden. Stefan, der mit seinem Fuß an etwas gestoßen war, verzog seine Miene und blieb stehen. Er zuckte nochmals zusammen, als über ihm mehrere Deckenlampen aufflammten, und drückte sich instinktiv an die Wand.

Tina stand zwei Meter vor ihm und zeigte feixend auf einen Lichtschalter. »Alles in Ordnung, mein Lieber. Entspann dich«, flüsterte sie.

Der Durchgang war mittlerweile hell erleuchtet, und Stefan konnte die Ursache des Lärms identifizieren. Vor ihnen rollte ein Eimer und blieb in der Mitte des Ganges liegen. Neben Farbeimern waren Kisten mit Werkzeugen und Arbeitsmaterial an der Seite abgestellt.

Sie gingen einige Schritte weiter, bis der Durchgang nach rechts abknickte.

»Meinst du, uns hat jemand gehört?«

»Das werden wir gleich sehen«, antwortete Tina, die an einer weiteren Tür angekommen war.

Sie hielten die Luft an, als sie sie einen Spaltbreit öffnete. Wieder lag ein schlauchartiger Durchgang vor ihnen, an dessen Ende nun Tageslicht aufschien.

»Das muss der Übergang zum Südbau sein«, flüsterte Tina. Kurz entschlossen schlüpfte sie hinein und trippelte den kurzen Weg entlang.

Was machen wir hier nur?, überlegte Stefan. Er hatte den Eindruck, dass seine Freundin sich da gerade in etwas verrannte. Dennoch war ihm klar, dass er sie nicht allein weitergehen lassen würde, und folgte ihr.

Eine Glastür mit dem weißen Schriftzug »Stiftung Maximilianeum« bestätigte, dass sie richtig waren. Sie war offen.

Tina zwinkerte Stefan zu, und er konnte förmlich die Neugier spüren, die sie antrieb. »Wenn wir erwischt werden, sagen wir, dass wir uns verlaufen haben, okay?«, raunte er ihr zu, als sie in den dritten Stock des Stiftungsbereichs traten. Vor ihnen lag ein kleiner, spartanisch eingerichteter Aufenthaltsraum, der mit einem Tisch, einer Sitzecke und einem Fernsehgerät ausgestattet war.

»Sehr ruhig hier«, stellte Stefan fest.

»Ja, ich glaube, wir haben Glück. Die Maximer sind wirklich schon beim gemeinsamen Abendessen. Unglaublich. Wenn ich da an meine eigene Studienzeit zurückdenke … Da gab es Kommilitonen, die um diese Uhrzeit erst aufgestanden sind.« Tina lachte leise.

Beim Blick an die Wand pfiff sie leise durch die Zähne, und sie deutete auf den Flur vor ihnen. Mehrere eindrucksvolle Gemälde schmückten den Gang.

»Na, da haben wir es ja«, sagte Tina. Neben »Kaiser Friedrich Barbarossa und Herzog Heinrich der Löwe in Chiavenna« war auch die »Völkerschlacht bei Leipzig« zu sehen.

»Einrichtung spartanisch, Kulturausstattung höchstes Niveau«, resümierte Tina sichtlich beeindruckt.

Stefan legte den Finger auf den Mund. Gleich an der zweiten Tür blieb Tina stehen und tippte mit dem Zeigefinger auf das Schild: »Ferdinand Rademacher«. Offenbar waren die Betreuer hier im hinteren Bereich der Stiftung untergebracht.

Vor ihnen zeichnete sich bereits die Glastür ab, die den Fraktionsbereich absperrte, und Stefan sah sich nach dem Treppenhaus um, als ihn Tina am Ärmel festhielt.

»Wo willst du denn hin?«, zischte sie und zeigte auf ein weiteres Türschild. »Andreas Schechtner«, stand dort in geschwungenen Lettern auf einer auffallend glänzenden Bronzetafel.

Stefan hob die Augenbrauen. »Die beiden wohnten nicht weit voneinander entfernt.«

»Ja, stimmt, und schau dir mal an, was ihm gegenüber an der Wand zu finden ist«, erwiderte Tina und drehte den Kopf.

Neben den größeren Wandgemälden hing das Porträt einer jungen, traurig blickenden Frau.

»Tatsächlich, ich hatte mich so auf den Gang nach Canossa konzentriert, dass ich die russische Zarentochter fast vergessen hätte«, gab Stefan zu. »›Königin Katharina Pawlowna‹«, las er auf dem kleinen Schild.

Tina holte das Medaillon hervor und verglich die Bilder. Sie ähnelten sich verblüffend. »Das ist es«, stellte sie fest. »Und wie Lena meinte, hängt es wirklich fast gegenüber von Schechtners Zimmer.«

Leise raschelte es in einem der Appartements.

»Wir müssen weiter. Hoffentlich finden wir das Canossa-Bild bald«, flüsterte sie.

Stefan wies mit dem Kopf auf einen unscheinbaren Treppenabgang vor dem Aufenthaltsbereich, den er vorhin entdeckt hatte. »Schauen wir doch mal ein Stockwerk unter uns nach!«

Auf Zehenspitzen nahmen sie die Treppe. Dort bot sich das gleiche Bild: Holztüren mit selbst gestalteten Namensschildern der Bewohner, die für farbliche Auflockerung sorgten. Ein einfacher Aufenthaltsraum und eindrucksvolle Kunst an der Wand. Jedoch keine Spur von einem Gemälde, das den Büßer zu Canossa zeigte.

»Das war ja klar!«, stieß Tina etwas genervt hervor. »Wir müssen in den ersten Stock. Dort sind auch die meisten Zimmer.«

Erneut schlichen sie die Treppe hinab und lauschten in den langen Gang. Auch dieser lag ruhig vor ihnen da. Stefan sah auf die Uhr. Es war bereits zehn Minuten vor sechs, und weder Bergmann noch Schwartz hatten sie zurückgerufen.

»Wir müssen uns beeilen, Tina. Selbst wenn sie beim Essen sind, ewig dauert das nicht«, raunte er Tina zu, die bereits den Gang entlanghuschte. Als ihr ein leises Quietschen entkam, wusste Stefan, dass sie es gefunden hatte. Flink schloss er zu Tina auf, die vor einem Gemälde stand. Unscheinbar erschien es im Vergleich mit den anderen, farbenprächtigen Werken.

»Das ist es, Stefan! Der Gang nach Canossa von König Heinrich VI. im Jahr 1077. Damals musste er bei Papst Gregor VII. antreten, um die Aufhebung des Kirchenbanns zu erbitten, mit dem dieser ihn im Investiturstreit belegt hatte«, flüsterte sie.

Ein Unterschied zum Foto, das im Internet veröffentlicht wurde, fiel Stefan sofort auf. »Das Foto auf der Homepage der

Stiftung war nur ein Ausschnitt! Siehst du?« Er zeigte auf die linke Seite des Bildes, das eine reich verzierte Säule im Hintergrund der Stadtmauer aufwies. »Hier sind Figuren, die auf dem Foto unscharf waren. Hatten wir also richtig vermutet«, flüsterte er.

Tina beugte sich vor. Die Fresken waren fein gemalt und zeigten eine kleine Gruppe, die sich um etwas versammelt hatte.

»Das ist eine Schriftrolle, würde ich sagen«, meinte Stefan.

»Eine der Figuren kniet vor einer Truhe«, ergänzte Tina. »Und holt etwas daraus hervor. Einen Stern«, sagte sie aufgeregt.

»Du hast recht. Es sieht fast so aus, als ob er auf die Schriftrolle leuchten würde.«

»Und sie stehen vor einem halb geöffneten Tor«, sagte Tina. »Wirklich erstaunlich. Kann es sein, dass jemand verhindern wollte, dass man das auf den offiziellen Fotos sieht?«

»Und das?« Stefan zeigte auf mehrere Schriftzeichen, die in die Säulen gehauen waren.

Tina stutzte. »Sieht wie Griechisch aus. Zu einem Bild eines deutschen Königs in Canossa, also in Italien, passt das ja überhaupt nicht. Deutsch, Italienisch oder Latein wäre verständlich. Aber Griechisch?« Sie schüttelte den Kopf.

»Kannst du es übersetzen?«, fragte Stefan, als plötzlich eine Tür knarzte.

Sie hatten sich so auf das Bild konzentriert, dass sie kaum auf ihre Umgebung geachtet hatten.

»Hier ist jemand«, fluchte Stefan leise.

Hastig holte Tina ihr Smartphone heraus und machte einige Fotos vom Gemälde, insbesondere von dem Relief im Hintergrund und der Säule mit der griechischen Inschrift.

»Beeil dich«, zischte Stefan.

Das Treppenhaus lag am nächsten, und sie sprinteten so schnell wie möglich hinauf. Gerade als sie im dritten Stock um die Ecke biegen wollten, rief jemand hinter ihnen: »Hallo? Wer ist da?«

Nervös sah sich Stefan um. Das Appartement von Rademacher! Er drückte auf die Türklinke. Es war offen. Blitzschnell verschwand er im Raum und zog seine Freundin hinterher. Er biss die Zähne zusammen, während er die Tür so leise wie möglich schloss. Dann lehnte er sich daran. Nur einen Moment später hörten sie Schritte auf dem Flur. Leise unterhielten sich zwei Personen. Die Stimmen gingen an ihnen vorbei.

»Das war knapp«, flüsterte er Tina zu.

Sie reagierte jedoch nicht, sondern betrachtete angestrengt den griechischen Satz, den sie fotografiert hatte.

Όταν το φως της Μαρίας χτυπά το στεφάνι της Νίκης
και η μέρα και η νύχτα είναι όμοια,
τότε η φώτιση είναι κοντά.

37

München, Maximilianeum, Bayernzimmer, 18:10 Uhr

Vizepräsident Stellwag gab sich alle Mühe, einen anschaulichen Einblick in das aktuelle Politikgeschehen in Bayern und Deutschland zu geben. Immer wieder reicherte er seinen kurzen Vortrag mit persönlichen Anekdoten an.

»Wissen Sie, Herr Honorarkonsul«, schloss er lächelnd mit einem Blick auf dessen vergoldetes Smartphone auf dem Tisch, »dass ich es vor einigen Jahren fertiggebracht habe, mein Handy bei einer Delegationsreise in Russland in einem Bus in Jaroslawl liegen zu lassen? Zweihundertfünfzig Kilometer nordöstlich von Moskau! Ich hatte es schon abgeschrieben. Aber am nächsten Tag, wir waren mittlerweile wieder in Moskau, wurde es beim stellvertretenden Gouverneur der Provinz abgegeben.« Er zwinkerte seinem Gast zu.

Attenbach hob etwas pikiert die Augenbrauen. »Erstaunliche Geschichte, Herr Vizepräsident. So viel Ehrlichkeit hätte ich meinen Landsleuten gar nicht zugetraut. Ich gehe davon aus, dass der Finderlohn höher war als der Schwarzmarktpreis«, kommentierte der Konsul trocken und nutzte die Gelegenheit, um zum wiederholten Mal auf die Uhr zu schauen. Mit aufgesetztem

Lächeln erhob er sich und blickte in die Runde, die schweigend zugehört hatte.

»Herr Vizepräsident«, sagte er, »erlauben Sie mir, dass ich zum Abschluss unseres Gesprächs das Wort ergreife und Ihnen für die überaus spannenden und tiefgehenden Einblicke danke.«

Stellwag blickte zufrieden um sich. Attenbach schnipste mit der linken Hand, und einer seiner Begleiter sprang herbei und übergab ihm eine nicht allzu große Kiste.

»Als Dank für Ihre Gastfreundschaft möchte ich Ihnen einen kleinen Beweis russischer Handwerkskunst überreichen. Soweit ich weiß, legen Sie Wert auf Kunst.«

Die Kiste enthielt ein exklusives Kaffeeset. Stellwag blickte staunend auf die mit edlen Blumen und goldenem Rand verzierten Keramiktassen.

»Sehr passendes weiß-blaues Muster, Herr Konsul«, sagte er. »Fast bayerisch. Damit fügt es sich sicherlich bestens in die Sammlung hier im Landtag ein. Haben Sie vielen Dank.« Er deutete eine Verbeugung an.

»Aus der kaiserlichen Porzellanmanufaktur«, erklärte Attenbach. »Vielleicht ist ja ein Platz in einer Ihrer Vitrinen frei«, fügte er hinzu und schüttelte Stellwag die Hand, der das augenscheinlich sehr teure Geschenk betrachtete.

Sein Gegengeschenk war ebenfalls aus Porzellan, wenn auch deutlich profaner. »Wir liegen auch farblich auf einer Wellenlänge, Herr Konsul«, scherzte er, als er ihm einen bayerischen Porzellanlöwen mit einem weiß-blauen Wappen aushändigte, wie sie häufig als Gastgeschenk verwendet wurden.

Attenbach bedankte sich und gab seinen Begleitern einen Wink, aufzustehen. Als sich Stellwag, da der Termin nun offiziell beendet war, zur Tür wenden wollte, räusperte sich Attenbach.

»Herr Vizepräsident«, sagte er, »ich hoffe, ich verletze jetzt keine diplomatischen Gepflogenheiten und verlange nicht zu viel von Ihnen. Aber Ihre mitreißende Darstellung der Arbeit des Parlaments und der Geschichte des eindrucksvollen Gebäudes hier hat mich neugierig gemacht. Ich habe in der Zeitung gelesen, dass das Dach des Maximilianeums derzeit saniert wird und man von oben einen herausragenden Blick über die Landeshauptstadt hat. Wäre es denn möglich, dass Sie uns einen kurzen Abstecher hinauf ermöglichen könnten?«

»Auf das Dach, meinen Sie, Herr Konsul?«, fragte Stellwag verblüfft. So abweisend der Konsul zu Beginn des Gesprächs gewesen war, nun freute es ihn, dass er das Eis offenbar ein wenig hatte brechen können. Darüber hinaus fühlte er sich durch das exklusive Geschenk ein Stück weit in der Pflicht, sich zu revanchieren. Fragend blickte er zur Protokollchefin und zum Direktor. »Was meinen Sie, können wir es ausnahmsweise machen?«

Löwenthal musste sich offenkundig einen Ruck geben, doch dann sagte er: »Ja, Herr Vizepräsident, es gibt einen Aufgang zur Lichtdecke über dem Plenum, und von dort kommt man auf das Dach.«

Stellwag nickte. »Seien Sie doch so gut und bringen Sie unsere Gäste hinauf. Und danach bitte auch sicher wieder nach unten«, scherzte er.

»Haben Sie herzlichen Dank, Herr Vizepräsident«, sagte Attenbach.

»Der Dank ist ganz auf meiner Seite. Es ehrt uns, wenn Sie Interesse am Bayerischen Landtag haben.« Stellwag schüttelte dem Konsul noch einmal die Hand und verabschiedete sich freundlich von der Gruppe. »Dann überlasse ich Sie der Obhut unseres Direktors!« Er winkte zum Abschied und nahm die Rote Treppe in Richtung Plenarsaal.

Die Protokollchefin, die den ungewöhnlichen Wunsch stirnrunzelnd verfolgt hatte, wandte sich zu Löwenthal. »Soll ich Sie unterstützen, Herr Direktor?«

Löwenthal sah auf die Uhr. »Vielen Dank, Frau Huthmacher, aber ich glaube, das ist nicht nötig. Es ist ja bereits nach sechs Uhr. Sie haben Ihren Feierabend verdient. Ich bringe unsere Besucher schnell nach oben, wir genießen den Ausblick, und dann verabschiede ich sie. Sonderwünsche der Gäste erfüllt der Direktor hier immer selbst.«

Huthmacher blieb kurz unschlüssig stehen, da der als Spaß

gemeinte Kommentar nicht ganz zu seinem verkniffenen Gesichtsausdruck passen wollte, aber mit Blick auf die Uhr willigte sie ein und verabschiedete sich höflich per Handschlag von der Delegation. Löwenthal wusste, dass sie als alleinerziehende Mutter froh war, halbwegs pünktlich nach Hause zu kommen.

Als sie durch die holzgetäfelte Tür des Bayernzimmers ging, flüsterte sie ihm noch zu: »Viel Erfolg. Ganz einfach erschien mir die Gruppe ja nicht, aber der Vizepräsident hat das gut bewerkstelligt.«

38

München, Maximilianeum, Altbau und Dach, 18:20 Uhr

Als sie allein waren, atmete Löwenthal kurz durch und blickte dann zu Attenbach. »Zwanzig nach sechs. Wir sollten uns beeilen!«

Der Direktor ging voran. Durch das Maximilianszimmer an plaudernden Abgeordneten vorbei, durchschritt er, gefolgt von Honorarkonsul Attenbach und seinen Begleitern, den Gartensaal und die angrenzende Friedrich-Bürklein-Halle. Auf der gegenüberliegenden Seite hielt Löwenthal an dem neuen, geräumigen Aufzug an und drückte auf den Knopf.

Bis auf den Konsul und einen seiner Begleiter, mit dem dieser sporadisch tuschelte, hatte während der letzten Stunde keiner aus der Gruppe ein Wort verloren. Auch im Aufzug sprach niemand. Löwenthal zuckte zusammen, als sie mit fast unmerklichem Ruckeln im obersten Stockwerk zum Stehen kamen.

»Wir sind jetzt über dem Plenum«, erklärte er Attenbach und sah sich einen Augenblick lang suchend um, bis er den unscheinbaren Aufstieg zum Dach entdeckte. Über einen engen Aufgang, der an eine Wendeltreppe erinnerte, zwängten sie sich nach oben. Licht umstrahlte sie, als sie am Hohlraum über der frei hängenden Lichtdecke des Plenarsaals ankamen.

Mit Stahlträgern war die moderne Deckenkonstruktion, die möglichst viel Tageslicht im Saal darunter ermöglichen sollte, befestigt. Da an manchen Stellen Wasser eintrat, musste sie derzeit erneuert werden. Halb volle Eimer und Werkzeug deuteten darauf hin, dass bereits gewerkelt wurde.

»An Plenartagen wie heute ruhen die Arbeiten. Außer uns ist keiner hier«, erklärte Löwenthal und zeigte auf eine kleine Luke vor ihnen. »Hier müssen wir weiter.«

»Sie gehen voran, Herr Direktor«, befahl Attenbach mit schneidender Stimme. »Dimitri, du kommst mit. Der Rest bleibt hier und sichert den Zugang. Wir wollen nicht gestört werden.«

Löwenthal schnaufte kurz durch, kletterte dann die weiße Leiter hinauf und öffnete die Luke. Ein Windhauch umgab sie, und die warme Abendsonne war sofort im Gesicht zu spüren. Der Fahnenmast, um den eine weiß-blaue Rautenflagge wehte, war mit einem Geländer geschützt. Vorsichtig kletterte der Direktor auf den kleinen Steg neben dem Glasdach. Er musste seine Augen schützen, so geblendet war er vom Licht der tief stehenden Sonne, das vom Glasdach reflektiert wurde.

Löwenthal sah sich um, während sich Attenbach und sein Helfer ebenfalls nach oben hievten und Sonnenbrillen aufsetzten.

Das Panorama war überwältigend. Sie konnten die gesamte Maximilianstraße vor ihnen überblicken. Hinter dem Maxmonument, einem Denkmal für den königlichen Bauherrn Maximilian II. im Zentrum des Straßenzuges, erstreckten sich an beiden Seiten Prachtgebäude. Rechts war die Regierung von Oberbayern untergebracht, gegenüber lag das Völkerkundemuseum. Nahezu alle Sehenswürdigkeiten Münchens waren zu sehen. Vom Rathaus am Marienplatz über die weltbekannte Frauenkirche und die Staatskanzlei schweifte ihr Blick bis hin zum Olympiaturm und dem charakteristischen, in Form eines Vierzylinders gestalteten Verwaltungssitz von BMW.

Einen Moment lang ließen sie die Eindrücke auf sich wirken, bis Attenbach auf die Uhr sah und die Stille unterbrach.

»Wir haben nur noch fünf Minuten«, rief er seinem Helfer zu. Dimitri begann, über den Steg zur Mitte des Daches zu balancieren. Eingerahmt von insgesamt vierzehn Viktorien, über zwei Meter hohen Terrakottafiguren aus der Nymphenburger Porzellanmanufaktur, gipfelte das majestätische Dach in einer viereinhalb Meter hohen Zinkfigur der Siegesgöttin Nike, die sich auf einem erhöhten Gebäudeteil befand. Während die Viktorien zu ihren Seiten, ausgestattet mit Girlanden oder Palmzweigen, flügellos waren, breitete die monumentale griechische Siegesgöttin weithin sichtbar ihre Flügel über das Maximilianeum aus. In der rechten, hoch erhobenen Hand hielt sie einen Lorbeerkranz. In der linken bewahrte sie einen weiteren Kranz, der symbolisch für die besten Studenten Bayerns vorgesehen war.

Dimitri erklomm das höhergelegene Dach über eine an der Wand befestigte Leiter und kletterte auf den höchsten Punkt des Maximilianeums. Wind pfiff um seine Haare, und er streckte Attenbach eine Hand hin, um ihm ebenfalls hinaufzuhelfen, während Direktor Löwenthal das Schauspiel mit offenem Mund verfolgte. Vorsichtig rutschten beide Männer über das ungesicherte Dach hinter die Statue und standen auf.

Dimitri entledigte sich seiner Umhängetasche, holte eine kleine Schatulle hervor und gab sie Attenbach. Dieser nahm sie mit spitzen Fingern entgegen. Mit glänzenden Augen betrachtete er den filigran eingearbeiteten blauen Stern auf dem Deckel, öffnete ihn und tastete in das mit Samt ausgelegte Innere. Dann fasste er in die Einbuchtung in der Mitte und drückte mit den Fingern, so fest er konnte, nach unten, bis sich die metallene Halterung in der Schatulle mit einem leisen Knacken löste. Vorsichtig zog er die Halterung mit dem ovalen Loch in der Mitte heraus. An der Außenseite waren fein säuberlich winzige Buchstaben und Ziffern eingraviert.

Fast andächtig hielt Attenbach die Halterung mit dem Oval gegen die Sonne und griff dann in seine Jackentasche. Ebenso vorsichtig wie zuvor holte er ein vergoldetes Etui hervor und klappte es auf. Etwas Tiefblaues spiegelte sich auf seiner dunklen Sonnenbrille, und Attenbach lächelte zufrieden.

Mit Zeigefinger und Daumen fasste er hinein, nahm den großen blauen Diamanten und hielt auch ihn gegen die Sonne. Sofort begann dieser, hell zu strahlen, als ob er das Licht in sich aufnähme und verstärkte.

»Du warst jeden Cent wert«, flüsterte Attenbach zu dem Blauen Wittelsbacher in seiner Hand, den er im vergangenen Jahr für über hundert Millionen Dollar von einem Scheich erstanden hatte. Hundert Millionen Dollar, die ihm den Weg zu noch größerem Reichtum, Ruhm und vor allem Ehre und Anerkennung ebnen würden. Herzhaft hatte er auflachen müssen, als er vom Gerücht gehört hatte, dass beim Gemälderaub im vergangenen Jahr vielleicht ein zweiter Blauer Wittelsbacher gestohlen worden war und nur die Schatulle gefunden wurde.

»So nah waren sie dran und haben dein Geheimnis nicht verstanden. Diese Dummköpfe, dabei hatten sie einen wichtigen Schlüssel die ganze Zeit in der Hand.« Attenbach schmunzelte und drückte den Stein in die Öffnung in der Mitte der Halterung. Ein Klicken signalisierte ihm, dass er festsaß.

Etwas piepte leise, und der Honorarkonsul sah auf seine Uhr. Es war so weit. Ein Blick bestätigte ihm, dass die Sonne gerade über der Frauenkirche stand.

»Dimitri, gib mir den Plan«, rief Attenbach seinem Helfer zu und reichte ihm mit ernstem Blick den Stein in der Halterung. Dieser nahm ihn konzentriert in die Hand, zog ein gefaltetes Papier aus seiner Tasche und überreichte es Attenbach, der auffordernd zur Siegesgöttin zeigte.

Vorsichtig ging Dimitri zur Zinkfigur vor ihnen, kletterte auf ihre Toga, die sich hinter ihr wölbte, und fasste mit der linken Hand ihren Unterarm, der einen Lorbeerkranz hielt. Langsam, Zentimeter für Zentimeter, rückte er mit dem Diamanten in der Halterung näher an den hocherhobenen Kranz heran. Schweißperlen liefen ihm über die Stirn. Seine Hand zitterte vor Anstrengung und Aufregung.

Endlich erreichte Dimitri den Kranz, er musste die Halterung ein Stück weit drehen und etwas nachhelfen, aber sie passte! Er drehte sie um eine Winzigkeit. Erneut klickte es leise, und sie saß fest.

Währenddessen hatte Attenbach den Originalplan aus dem Grundstein des Maximilianeums aufgefaltet und beobachtete den Verlauf der Sonne. Immer weiter sank sie herab, bis sie genau zwischen beiden Türmen der Frauenkirche stand und ihr Licht auf den Edelstein traf. Gleißend leuchtete er in intensivem Blau auf.

Nicht nur der Wind, sondern auch die Zeit schien plötzlich stillzustehen, und die Andeutung eines hellblauen Schleiers umgab den Kranz der Siegesgöttin. Attenbach kniete sich auf den Boden und fixierte mehrere Punkte in der Stadtkulisse. Auch Dimitri blickte zum Stein, der nun direkt über dem Spalt zwischen den beiden Türmen der Kirche zu schweben schien.

Aufgeregt rutschte Attenbach mit dem Plan zur Statue und hielt ihn dem bläulichen Lichtschimmer entgegen. Mit ausgestreckter Hand reichte er seinem Helfer das Papier nach oben, der es so nah wie möglich vor den Kranz hielt.

Nichts passierte.

Waren sie zum falschen Zeitpunkt hier? War seine Information falsch? Hatten sie etwas übersehen?

Nie gekannte Zweifel überkamen Nikolaus Attenbach urplötzlich, und seine Augen flackerten. Ärger stieg in ihm hoch über das Unvermögen Dimitris, und er setzte an, zu ihm zu klettern, um es selbst in die Hand zu nehmen.

Plötzlich aber veränderte sich die Oberfläche des Planes, und mehrere Punkte, dann Linien und schließlich Buchstaben und Ziffern schimmerten auf der Rückseite des vom phosphorischen Strahlen des Diamanten hellblau erleuchteten Papiers auf. »Es klappt, Dimitri«, flüsterte Attenbach. »Mach weiter, schnell!«

Dimitri zeichnete die Linien und Zeichen nach und schrieb Angaben ab. Zur Sicherheit fotografierte er zum Schluss, die Beine an die Statue gepresst, den hellblau schimmernden Plan mit den Kennzeichnungen. Nur eine Minute später war die Sonne hinter dem Nordturm der Frauenkirche verschwunden, und die besondere Konstellation war vorüber. Wind zog wieder auf.

»Wir haben es«, flüsterte Attenbach mit fast ebenso intensiv leuchtenden Augen, als Dimitri ihm den Plan, vor Anstrengung schwitzend, nach unten reichte. Aufgeregt faltete er ihn zusammen und befahl Dimitri, den Brillanten samt Halterung von der Siegesgöttin zu holen.

Dieser kletterte hinauf und zog an der Halterung, aber sie ließ sich nicht bewegen. Dimitri stutzte und versuchte es noch einmal. »Sie sitzt fest«, rief er ihm zu. Ruckartig riss er daran, aber ohne Erfolg.

»Beeil dich, wir haben keine Zeit«, drängte Attenbach.

Dimitri wischte sich den Schweiß von der Stirn und beugte sich vor. Keuchend versuchte er, den Stein aus der Halterung zu lösen. Dabei schob er sich, so weit er konnte, nach vorne. Der Wind pfiff um seine Haare, und ein Blick nach unten ließ ihn erschauern. Etwa sieben Stockwerke unter ihm lag der Vorplatz des Maximilianeums. Als er sich am Arm der Nike festhalten wollte, rief Attenbach ihm erbost zu: »Nun hol schon den Stein heraus, du Schwächling, oder du wirst dafür büßen!«

Das brachte Dimitri für einen Sekundenbruchteil aus dem Konzept. Er verlor das Gleichgewicht. Der Russe rutschte ab und wollte sich an der Statue festklammern, aber er fand keinen Halt und glitt nach vorne. Seine Hand griff ins Leere, und Dimitri stürzte kopfüber von der Dachkante.

Einen Moment lang war es still. Dann landete er hart auf dem Rücken zwischen zwei Containern auf der Baustelle vor der Auffahrt zum Maximilianeum. Mehr als ein dumpfes Ploppen war bei seinem Aufprall nicht zu hören. Lediglich eine kleine Staubwolke wurde aufgewirbelt.

Attenbach rutschte vor bis an die Kante, betrachtete den verdrehten Körper seines Helfers und drehte dann den Kopf zur Statue, die den immer noch bläulich schimmernden Edelstein augenscheinlich nicht freigeben wollte.

Mit seinem lautlosen Sturz hatte der treue Helfer seinem Dienstherrn einen letzten Dienst erwiesen. Und da die Arbeiten an Plenartagen ruhten, würde es mit ein wenig Glück eine Weile dauern, bis die Leiche entdeckt wurde.

Plötzlich drangen leise Stimmen nach oben und zerstörten Attenbachs Hoffnungen. Er spitzte die Ohren und lugte nach unten.

Aber er konnte nichts entdecken. Kurz entschlossen robbte er über das Dach zurück, kletterte die Leiter hinab und stieß den Direktor, der den Sturz mit weit aufgerissenen Augen verfolgt hatte, beiseite.

»Keine Zeit, zu trauern, Direktor. Wir müssen hier weg.« Unsanft packte er ihn an der Schulter und lief über den Steg zur Luke.

39

München, Maximilianeum, Südbau, 18:20 Uhr

Während Tina in das Foto der Inschrift auf ihrem Smartphone vertieft war, sah sich Stefan in Rademachers Zimmer um. Höchstens fünfzehn Quadratmeter war es groß, schätzte er, mehr nicht. Der spartanische Einrichtungsstil des Studienheimes setzte sich auch im Appartement des Betreuers fort. Ein Bett an der Wand, ein Schreibtisch am Fenster und ein großes, prall gefülltes Bücherregal auf der gegenüberliegenden Seite. Lediglich ein abgewetzter Lesestuhl und einige Bilder an den weiß gestrichenen Wänden sorgten für etwas Behaglichkeit in der winzigen Wohnung. Auf Zehenspitzen, um keinen unnötigen Lärm zu verursachen, ging er durch den Raum.

»Lass mich mich bitte mal kurz hinsetzen.« Tina drückte sich an ihm vorbei und nahm auf dem hölzernen Schreibtischstuhl Platz.

»Ein bescheidener Mann, der Ferdinand Rademacher«, stellte Stefan fest.

Tina reagierte nicht, sondern zog ein Blatt Papier aus dem Druckerfach neben dem Tisch und begann mit Bleistift daraufzukritzeln. Immer wieder schaute sie auf, überlegte kurz und notierte sich dann etwas. Einen Moment lang beobachtete Stefan, wie sie sich an der Übersetzung aus dem Altgriechischen abmühte, und wandte sich dem Bücherregal zu.

Griechische Mythologie, altrömische Geschichte und eine ganze Reihe Bücher über das Königshaus der Wittelsbacher füllten die Regale. Stefan nahm einige Werke heraus und blätterte sie durch, aber er konnte nichts Auffälliges entdecken. Immer wieder zückte er sein Telefon und kontrollierte die Anrufe und Nachrichten, aber weder Bergmann noch Schwartz hatten sich bislang gemeldet. Besorgt ging er auf und ab.

Über dem schmalen Bett war neben einem einfachen Holzkreuz ein Bild mit dem Wappen des bayerischen Königshauses angebracht. Stefan blieb stehen und betrachtete es nachdenklich. Der Glasrahmen hing etwas schief, und gewohnheitsmäßig versuchte er, ihn gerade zu rücken. Aber er rutschte immer wieder ab, also fasste Stefan an die Unterseite, um ihn auszurichten. Dabei klapperte etwas. Er stutzte. Vorsichtig zog er den Rahmen ein wenig zu sich heran, und ein schwarzes Gerät fiel auf die Bettdecke.

»Komisch. Wer versteckt denn ein Handy hinter einem Bild über dem Bett? Sieh mal, Tina!« Nachdenklich drehte er es in der Hand und zeigte es ihr. Es war durch eine PIN gesichert, aber das Display leuchtete auf, als er darauf tippte. Auf dem Hintergrundbild war ein lächelnder junger Mann vor dem Maximilianeum zu sehen. Der fast sechzigjährige Betreuer war es nicht. Aber wer konnte es dann sein?

»Kennst du den?« Er hielt Tina das Foto hin.

Sie hob kurz den Kopf und warf einen flüchtigen Blick darauf. »Nein, habe ich noch nie gesehen«, antwortete sie kurz angebunden und widmete sich wieder der Übersetzung. »Gib mir noch eine Minute, Stefan.«

Er überlegte angestrengt und untersuchte das Smartphone, konnte aber nichts entdecken, was ihn weitergebracht hätte.

Ein Seufzer Tinas riss ihn aus den Gedanken. »So, das hat länger gedauert als gedacht. Mein Altgriechisch ist etwas eingerostet. Mit der Grammatik stand ich schon in der Schule beim Graecum auf Kriegsfuß. Aber es könnte etwa das heißen, schau mal!« Stolz hielt sie den Zettel hoch.

Όταν το φως της Μαρίας χτυπά το στεφάνι της Νίκης
Wenn das Licht Mariens die Krone des Sieges trifft
και η μέρα και η νύχτα είναι όμοια,
und Tag und Nacht sich gleichen,
τότε η φώτιση είναι κοντά.
dann ist das Licht nahe.

»Was meinst du dazu?«, fragte sie.

Stefan las den Satz mehrfach und hob die Schultern. »›Licht Mariens‹ könnte auf die Muttergottes hinweisen. Und ›Krone des Sieges‹ könnte sich auf eine der Krönungen beziehen«, dachte Tina laut nach.

Stefan verzog das Gesicht. »Heißt es wirklich zweimal ›Licht‹, Tina? Wenn das Licht von Maria auf eine Siegeskrone trifft, dann ist das Licht nahe. Das ist nicht ganz schlüssig.«

Tina kaute an ihrem Bleistift. »Du hast schon recht. Man könnte es im übertragenen Sinne auch als ›Erleuchtung‹ übersetzen. Das hieße dann: ›Wenn das Licht Mariens die Krone des Sieges trifft, dann ist die Erleuchtung nahe.‹ Zunächst ›Licht‹ im eigentlichen Sinn und dann ›Erleuchtung‹ im Sinne einer Erkenntnis.« Sie schrieb den Satz neu.

Stefan stützte sich auf dem Tisch ab und sinnierte. »›Licht Mariens‹. Soll das ein Marienbild sein, mit dem Heiligenschein der Muttergottes?«

Tina wiegte den Kopf hin und her. »Könnte man so sehen, aber gehen wir mal einen Schritt zurück. Es heißt ja: ›Ars monstrat viam‹, ›Die Kunst weist den Weg‹. Und wir sind mit dem Hinweis auf die Buße, die ja laut Inschrift die Lösung bringt, auf das Gemälde mit dem Gang nach Canossa gestoßen. Was folgt dann als Nächstes? Wieder ein Gemälde?«

»Na ja, die ›Krone des Sieges‹ ist schon recht eindeutig. Wir hatten doch vorhin bei den Gemälden im Steinernen Saal zwei Krönungen.«

Tina drehte den Stuhl. »Ja, Karl der Große und Ludwig der Bayer.« Wie sie es gewohnt war, stand sie auf und ging auf und ab, während sie nachdachte. »Aber damit würden wir uns im

Kreis drehen, finde ich. Ich weiß nicht …« Erschöpft ließ sie sich in den Stuhl fallen.

»›Licht Mariens‹ muss doch nicht zwangsläufig ein Bild sein«, überlegte Stefan laut, »sondern könnte auf etwas anderes hinweisen. Eine Muttergottes, also eine Madonnenstatue, zum Beispiel.«

»Auf jeden Fall«, stimmte sie ihm zu.

»Aber wo haben wir hier eine Madonna? Es gibt doch keine Kirche oder Kapelle hier im Maximilianeum, oder?«

»Nicht dass ich wüsste. Stopp, warte. Doch, so etwas gibt es: den Raum der Stille.«

»Raum der Stille? Meinst du den Fraktionssaal der Opposition?«, scherzte Stefan.

Tina verdrehte die Augen. »Nein, aber er ist gar nicht weit weg. Neben dem Weiße-Rose-Saal. Ich bin mir zwar nicht ganz sicher, aber darin könnte eine Madonna sein!«

Neben dem größten Ausschusssaal, der seit Kurzem den Namen der Widerstandskämpfer in der NS-Zeit trug, war ein Raum für regelmäßig in den Sitzungswochen stattfindende interfraktionelle Gottesdienste eingerichtet worden. Stefan musste sich zu seiner Schande eingestehen, dass er noch an keiner der Andachten teilgenommen hatte.

»Okay, schauen wir mal hin«, sagte er. »Aber noch mal zum zweiten Teil des Satzes: ›Wenn Tag und Nacht sich gleichen‹ … Was heißt ›Erleuchtung‹ genau? Und wie ist die ›Krone des Sieges‹ zu verstehen?«

Tina seufzte auf und tippte auf ihr Handy. »Gute Fragen. Vielleicht hilft uns das Relief hier ja weiter. Das sieht mir ganz wie eine Anleitung aus. Sie halten den Stein vor die Schriftrolle.«

»Um eine Tür zu öffnen. Nur welche?«, ergänzte Stefan und zeigte auf das Tor im Hintergrund.

»Und noch interessanter: Was verbirgt sich hinter ihr?«

»Mich würde wirklich interessieren, was Harald Bergmann und Lena Schwartz dazu sagen«, meinte Stefan. »Er müsste schon lange zurück sein von der Übergabe. Und dass Lena immer noch im Büro des Direktors sitzt, kann ich mir nicht vorstellen. Es ist schon weit über eine Stunde her, seit wir zuletzt etwas gehört haben.«

»Zeig mal das Handy, das du gefunden hast«, sagte Tina. Stefan griff hinter sich auf das Bett und warf es ihr zu. Tina betrachtete es mit kritischem Blick und gab es ihm dann achselzuckend zurück. »Nein, leider kann ich weder mit dem Telefon noch mit dem Mann auf dem Bild etwas anfangen. Wo hast du es gefunden?«

»Hier, hinter dem Rahmen. Er hing schief, und du kennst ja meinen Spleen, alle Bilder gerade zu rücken«, sagte er und drehte das Bild in der Hand. Zu seiner Überraschung war die Rückseite jedoch nicht weiß, sondern wies einen Schriftzug auf.

Dem Wächter des Maximilianeums
Ferdinand Rademacher.
In Treue dem Bayerischen Volke
und dem Königshause verbunden.
Mit Gottes Segen und unserer Hilfe sollen die
Grundfesten des Hauses auf immer fest stehen
und seine Geschichte ruhen.
Unter den Augen der Siegesgöttin schützen die drei
Tempel der schönen Künste, des Geistes und des
königlichen Gedenkens das Monument Maximilians.
Unser Auftrag ist, zu bewahren und zu schützen.

Nachdem er die Sätze vorgelesen hatte, runzelte Tina die Stirn. »›Wächter des Maximilianeums‹? Was soll das denn heißen? Was sollen sie denn beschützen? Und vor wem?«

»Und die Geschichte soll ruhen? Was ist damit gemeint?« Stefan bewegte den Rahmen ein Stück, als Tina ihn am Arm fasste.

»Halt ihn mal so!« Vorsichtig drehte sie ihn ein wenig, und schwach wurde ein Wasserzeichen hinter dem Text sichtbar, das mit bloßem Auge kaum auffiel: ein Stern in der Mitte, eingerahmt von geschürzten Männern.

»Das gleiche Wappen wie auf der Schatulle«, sagte Stefan überrascht, »und der gleiche Stern, den Bergmann und Schwartz heute auf dem Zettel im Zimmer des entführten Studenten gefunden haben!«

»Unglaublich. Und dann der Satz darunter: ›Unter den Augen der Siegesgöttin schützen die drei Tempel der schönen Künste, des Geistes und des königlichen Gedenkens das Monument Maximilians.‹« Rasch fotografierte sie die Urkunde ab. »Welche Siegesgöttin? Mit jedem Schritt, den wir tun, stoßen wir auf neue Fragen.«

»Eines können wir sagen: Rademacher hat nicht nur Stipendiaten betreut, sondern hatte noch eine andere Aufgabe.« Nachdenklich rieb Stefan sich das Kinn. »Und ausgerechnet er wird heute entführt, ebenso einer seiner Schützlinge und der Direktor. Dann fordern die Entführer kein Geld, sondern Utensilien. Wofür?«

»Es scheint, dass man den Edelstein, die Schatulle und den Plan braucht, um eine Tür zu öffnen. Nur was hinter der Tür ist, da tappen wir im Dunkeln.«

»Aber wofür wollten sie dann die Porzellantafel, die Bergmann besorgen sollte?«, warf Stefan ein.

»Gute Frage. Sie kam in keinem Hinweis vor, weder hier noch im Steinernen Saal noch im Kreuzgang, in keiner Inschrift und in keinem Bild. Nirgends«, sagte Tina. »Dabei war es gar nicht einfach, sie vor aller Augen aus der Glasvitrine zu stehlen. Und das auch noch unter dem Zeitdruck. Eine halbe Stunde. Eigentlich unmöglich. Apropos Zeit. Wir sind schon viel zu lange weg. Wir sollten zum Büro des Direktors, und zum Raum der Stille wollten wir ja auch noch. Und dann muss ich mir das alles mal in Ruhe ansehen.«

Tina blickte auf die Uhr und steckte die Notizen ein. Als sie die Schreibtischschublade schließen wollte, blieben ihre Augen an einem himmelblauen, am Rande weiß und dunkelblau eingefassten Band hängen, das um etwas Gezacktes gewickelt war. Neugierig griff Tina hinein und zog das kleine Bündel heraus. »Interessant«, rief sie aus und ließ ein achtspitziges goldenes Kreuz mit kleinen Kugeln auf den Kreuzspitzen nach unten baumeln, das durch einen Löwenkopf gehalten wurde.

Stefan betrachtete ihn neugierig. »Sieht ja aus wie ein sternförmiger Orden.«

»Das ist nicht irgendein Orden, Stefan«, korrigierte Tina ihn. »Warte kurz.« Sie hob ihr Smartphone und tippte flink einige Begriffe ein. Einen Moment später zeigte sie ihm das Foto eines nahezu identischen Ordens. »Das ist er, eindeutig. Der Ordensstern eines Bayerischen Georgsritters. Der Hausritterorden vom heiligen Georg ist der bekannteste der dreizehn Ritterorden, die nach dem heiligen Georg benannt wurden. Er wurde bereits während der Zeit der Kreuzzüge im 12. Jahrhundert gegründet, und unter König Ludwig II. wurde ihm ein neuer Ordenszweck zugewiesen, wie hier steht. War es vorher die Verteidigung des Glaubens, so ist es seitdem die Ausübung von Barmherzigkeit«, zitierte sie aus dem Interneteintrag.

»Seitdem?«, hakte Stefan erstaunt ein. »Bedeutet das, es gibt ihn noch?«

Tina nickte heftig. »Oh ja. Er existiert nach wie vor, und er ist sogar der Hausorden des Hauses Wittelsbach.«

»Und unser Herr Rademacher soll ein Mitglied des Ordens sein? Komisch.«

»Da hast du recht, Stefan. Er ist zwar nur ein Ritter, das heißt, er gehört zur untersten Stufe. Es geht hoch bis zum Großmeister, der immer der jeweilige König war. Da gibt es doch das berühmte Bild von Ludwig II. im prächtigen Ordensgewand mit Schwert, das auf Schloss Herrenchiemsee hängt. Kennst du sicher. Auch aktuell ist immer der Vorsteher der Wittelsbacher-Familie der Großmeister. Aber …« Sie verstummte.

»Was ist denn?«, fragte Stefan neugierig nach.

»In den Orden werden neben Geistlichen nur Adlige aufgenommen. Man muss als Ordenskandidat sogar eine Ahnenprobe nachweisen. Das passt doch gar nicht zu Rademacher, oder?«

Plötzlich wurde es laut auf dem Flur. Fußgetrappel und Stimmen erfüllten den Gang.

40

München, Maxwerk, 18:20 Uhr

Sein Rücken schmerzte, und sosehr er sich auch anstrengte: Die Gurte, mit denen der Schaumstoff um seine Hände gespannt war, saßen fest. Harald Bergmann rutschte dennoch unruhig hin und her. Er hatte gehofft, sein Handy zu ertasten, aber es war nirgends zu finden.

»Dir wird es genauso ergehen wie den anderen hier.« Der Satz seines Entführers ging ihm nicht aus dem Kopf. Das würde bedeuten, dass ich wirklich neben mehreren Leichen auf dem Boden liege, überlegte Bergmann. Seine Vermutung nahm schreckliche Realität an. Soviel er in seinem Berufsleben bei der Mordkommission bislang gesehen hatte, sooft er in die Abgründe der menschlichen Seele geblickt hatte: Im Dunkeln neben leblosen Körpern zu liegen war ein Erlebnis, das für ihn alles in den Schatten stellte. Bei jedem Knarzen des Bodens hatte er das Gefühl, doch ein Lebenszeichen neben sich zu spüren. Aber kein Finger bewegte sich, kein Atmen war zu hören, und seine Hoffnung zerschlug sich immer wieder. Er wurde sich bewusst, dass er der einzige Lebende im Raum war. Noch.

Bergmann versuchte, tief durchzuatmen, soweit dies die Kapuze über seinem Kopf zuließ, und sammelte seine Gedanken. Zum ersten Mal seit dem Mittagessen hatte er Zeit, darüber nachzudenken, was passiert war. In was war er hier nur hineingeraten? Zwei Übergaben gescheitert und die beiden Entführten tot. Wahrscheinlich lagen beide neben ihm. Vielleicht auch Löwenthal, der sich auf seine Hilfe verlassen hatte. Bergmann hatte zwar die Schatulle organisieren können, aber selbst da waren sie zu spät gewesen, ärgerte er sich, ebenso wie er sich Vorwürfe machte, die Entführer unterschätzt zu haben. Dabei hatte er es in der Hand gehabt: Wenn sie nicht zufällig im Maximilianeum gewesen wären, hätte der Direktor überhaupt keine Chance gehabt, die Forderung der Entführer zu erfüllen, überlegte Bergmann. Aber war es wirklich zufällig? Vielleicht war es geplant, dass sie herkommen sollten? Aber warum? Bergmann tappte sprichwörtlich im Dunkeln.

Das Quietschen der Tür und schlurfende Schritte rissen ihn aus seinen Gedanken. Jemand näherte sich und kniete sich auf den Boden, drehte ihn dann unsanft auf die Seite und packte seine rechte Hand. Urplötzlich spürte Bergmann etwas Festes, Kühles, Metallisches. Automatisch griff er zu und zuckte zusammen. Es war der Griff einer Pistole, den er aus dem Unterbewusstsein heraus sofort ergriffen hatte! Es dauerte einen kleinen Moment, bis er verstand, um was es ging. Seine Fingerabdrücke sollten darauf zu finden sein. Er wehrte sich, aber sein Zeigefinger wurde mit brachialer Gewalt auf den Abzug gedrückt.

»Spar dir die Mühe, Kommissar. Du hast Glück, dass du unversehrt bleiben sollst, sonst hätte ich dir schon jeden Knochen gebrochen«, raunte ihm eine Stimme ins Ohr.

Bergmann verzog das Gesicht. Ein Gemisch aus Zwiebeln und Knoblauch stieg ihm in die Nase, und er stöhnte. Dann hörte er Geräusche, die ihm von jahrzehntelangen Übungen im Schießraum der Münchner Polizei bekannt waren. Jemand schraubte einen Schalldämpfer auf die Pistole und kniete sich neben ihn.

Das charakteristische Ploppen ließ Bergmann aufschrecken. Die Kugel hatte aber nicht ihn, sondern den Körper neben ihm getroffen. Ein weiteres Mal ploppte es dumpf, nun ein Stück weiter entfernt.

Bergmann begann zu zappeln und zu stöhnen. War er der Nächste in der Reihe? Kampflos würde er nicht aufgeben!

Etwas drückte an seine Wange, und er rüttelte wütend an seinen Fesseln. Bergmann hatte immer gewusst, dass er nicht in einem Schaukelstuhl oder im Bett eines Pflegeheimes sterben würde. Aber nicht so, die Hände unwürdig gefesselt, mit einer stinkenden Kapuze über dem Kopf, im Dunkeln. Nein, das wollte er nicht akzeptieren, und er stieß die Waffe mit dem Kopf von sich weg. Eine flache Hand klatschte auf seine Stirn, und sein Hinterkopf schlug auf dem Boden auf. Mit wütendem Griff packte ihn der Entführer an der Gurgel und bohrte den Schalldämpfer in seine Wange.

»Was für ein jämmerlicher Versuch! So schwach wie euer Rechtsstaat!«, spie die Gestalt über ihm hasserfüllt hervor. Er sprach heiser und mit unüberhörbarem osteuropäischen Akzent. Der charakteristische Klingelton eines iPhones ertönte und ließ den Mann aufstöhnen. Er hob ab, und nach einer kurzen Pause hörte Bergmann ihn leise auf Russisch sprechen.

Der Mann legte auf und atmete tief durch. »Freu dich nicht zu früh, Kommissar. Das ist nur eine Gnadenfrist«, raunte er. Er sammelte die Patronenhülsen auf, versetzte ihm einen kräftigen Tritt in die Magengrube und ging dann über die knarzenden Dielen aus dem dunklen Raum. Die Tür fiel zu, und ein Schlüssel drehte sich im Schloss.

41

München, Maximilianeum, Altbau, Obergeschoss, 18:50 Uhr

Attenbach hasste es, wenn etwas nicht nach seinen Vorstellungen verlief. Dass sie den wertvollen Edelstein auf dem Dach zurücklassen mussten, ärgerte ihn. Was ihn aber zur Weißglut brachte, war der Absturz von Dimitri. Von den Wirren der wilden 1990er Jahre in der ehemaligen Sowjetunion, als er mit Glück und Skrupellosigkeit die Führung des Ölkonzerns ergatterte, bis hin zum heutigen Tag war ihm Dimitri stets treu zu Diensten gewesen. Aber das zählte nichts.

»Mit seinem Leichtsinn hat er alles aufs Spiel gesetzt«, schimpfte er, als er über die Leiter nach unten kletterte.

»Was ist mit ihm?«, fragte Wassili Truchow, der gemeinsam mit seinen Begleitern auf Attenbach gewartet hatte.

»Frag nicht. Er liegt tot auf der Baustelle«, blaffte ihn Attenbach unwirsch an und hielt den Plan hoch. »Aber wir haben, was wir wollten. Das ist alles, was zählt. Jetzt müssen wir schnell sein. Runter in den Keller!«

Den Direktor, der unschlüssig neben ihm stand, packte er an

der Schulter. Er sah ihm in die Augen. »Der Sturz ist bemerkt worden. Gehen Sie in Ihr Büro und seien Sie ganz der überraschte Direktor. Das können Sie doch gut.« Attenbach grinste und tätschelte ihm die Wange, bevor er mit seinen Begleitern das Treppenhaus nahm.

Zurück blieb ein sichtlich verstörter Mann, der hin- und hergerissen schien. Einen Moment blickte Löwenthal zur Luke Richtung Dach und überlegte. Dann gab er sich einen Ruck und folgte den Russen über die Wendeltreppe hinab. Bereits ein Stockwerk tiefer bog er jedoch ab, nahm einen langen Gang und näherte sich seinem Eckbüro. Die Tür war bereits abgeschlossen, da sich Astrid Tiefensee in den wohlverdienten Feierabend verabschiedet hatte.

42

München, Maximilianeum, Südbau, 18:50 Uhr

Sie drückten sich an die Tür und horchten, was auf dem Flur passierte. Eine ganze Gruppe war es, die dort draußen herumlief und sich unterhielt. Suchten sie nach jemandem? Vielleicht nach ihnen? Stefan und Tina wechselten nervöse Blicke und fuhren zusammen, als plötzlich etwas krachte und dumpf durch das Treppenhaus hallte. Als Lachen zu hören war, runzelten sie verwirrt die Stirn. Tina lauschte, lehnte sich dann an die Wand und atmete auf.

»Das war nur ein Basketball. Da werden wohl ein paar Leute auf den Sportplatz gleich drüben in den Maximiliansanlagen gehen«, flüsterte sie ihrem Freund erleichtert zu.

Das Gemurmel und Gelächter auf dem Flur entfernte sich und verlagerte sich ins Treppenhaus, bis es nach einigen Sekunden ganz verschwunden war. Vorsichtig öffnete Stefan die Tür und blickte durch den Spalt.

»Alles ruhig«, raunte er Tina zu.

Diese hob den Daumen. Auf Zehenspitzen traten sie in den

Gang hinaus und zogen die Tür so leise wie möglich zu. Dennoch ließ es sich nicht verhindern, dass sie leicht schepperte, als sie ins Schloss fiel. Tina verzog das Gesicht und sah sich um. Aber nichts rührte sich.

»Dann nichts wie los«, forderte sie Stefan auf, und sie schlichen zum Übergang zur Bürklein-Halle, aus der sie zuvor gekommen waren.

Dabei streifte Tinas Blick eine schmale, halb geöffnete Tür. »Bibliothek«, stand in dezenten Lettern an der Wand neben ihr. Sie erinnerte sich, einmal gelesen zu haben, dass den Bewohnern des Studienheimes eine kleine Sammlung zu geistes- und naturwissenschaftlichen Themen sowie zur Rechtskunde zur Verfügung stand. Sie konnte es nicht lassen und spähte durch die Tür. Die hohen Regale, der Geruch von Papier und die gedämpfte Atmosphäre in Bibliotheken, ganz egal, wie groß oder klein sie waren, hatten sie schon immer fasziniert.

Sie wollte schon weitergehen, da verharrte sie in der Bewegung. Irgendetwas stimmte nicht. Sie wusste nicht, was es war, aber unterbewusst schrillten ihre Alarmglocken. Tina wandte sich zurück zur Tür und warf einen zweiten Blick in die Bücherei. Mit einem Schlag erkannte sie, was sie zuvor irritiert hatte: Über den einzelnen Regalen, die nach Fachrichtungen sortiert waren, waren Wappen angebracht, die nicht nur die Königshäuser, sondern auch die Regionen des Landes symbolisierten. Auf der linken Seite hing jedoch ein Wappen, das sie erst vor Kurzem gesehen hatte: ein blauer Stern, eingerahmt von geschürzten Männern. Tina blieb wie angewurzelt stehen.

»Was ist los? Nun komm schon!«, zischte Stefan ungeduldig, der vor dem Übergang auf sie wartete.

Tina überlegte kurz, dann entschied sie sich. Sie musste es sich ansehen. »Stefan, ich brauche hier ein paar Minuten«, flüsterte sie und zeigte auf das Wappen. Als sie seinen ungläubigen Gesichtsausdruck sah, legte sie nach: »Es ist wichtig. Geh du voraus zum Büro des Direktors und schau, was mit Lena ist. Ich komme in zehn Minuten nach, und wir treffen uns beim Raum der Stille, versprochen!«

Stefan stöhnte leise auf. »Nun gut, in zehn Minuten. Aber pass auf dich auf!«, raunte er ihr zu, bevor er um die Ecke verschwand.

Vorsichtig ging Tina durch die Tür und sah sich um. Fein säuberlich eingeräumte weiße Bücherregale füllten den gesamten Raum. Sie sog die typische trockene Luft ein und vergewisserte sich, dass außer ihr niemand da war. Dann betrachtete sie staunend die Wappen über den Regalen. Ein Unterschied im Vergleich mit den anderen Räumen fiel ihr auf. Während in den anderen Zimmern Schlichtheit vorherrschte, waren die Decken hier mit Stuck verziert. Filigran und in geschwungenen Lettern geschrieben, konnte Tina mehrere Sätze erkennen. Griechischen folgten lateinische und schließlich deutsche, immer abwechselnd.

Πιστός στον βαυαρικό λαό και τη βασιλική οικογένεια.
Semper fidelis erga regem bavaricum et populum
bavaricum.

Tina gab sich Mühe, den griechischen Satz zu übersetzen. Die Worte »Treue«, »Bayern« und »Volk« erkannte sie, auch in Latein. Alle drei Worte tauchten im deutschen Satz ebenfalls auf:

In Treue dem Bayerischen Volke und dem Königshaus
verbunden.

Den Kopf in den Nacken gelegt, ging sie die Regale entlang und entzifferte die weiteren Sprüche. Mit jedem Satz wurde ihre Aufregung größer.

Auf …

Mit Gottes Segen und unserer Hilfe sollen die
Grundfesten des Hauses auf immer fest stehen und seine
Geschichte ruhen.

… folgte:

*Unter den Augen der Siegesgöttin schützen die drei
Tempel der schönen Künste, des Geistes und des
königlichen Gedenkens das Monument Maximilians.*

Das war der Text auf der Urkunde im Zimmer Rademachers!
Eindeutig war es der gleiche, schoss es Tina durch den Kopf.
Über der Bücherwand mit dem Blauen Stern im Wappen blieb
sie stehen. Hier endete die geschwungene Schrift im Stuck.

*Η αποστολή μας είναι να προστατεύσουμε και να
διατηρήσουμε.*
Mandatum nostrum tueri et conservare.
Unser Auftrag ist, zu bewahren und zu schützen.

»›Unser Auftrag ist, zu bewahren und zu schützen‹«, wiederholte sie die einprägsamen Worte und fixierte die Bücherwand
vor ihr. Sie war etwas auf der Spur. Etwas, wofür andere bereit
waren, zu töten.

»›Unter den Augen der Siegesgöttin‹«, murmelte sie. »Das
Monument Maximilians« konnte man am ehesten zuordnen.
Das war sicher das Maxmonument auf der Maximilianstraße.
Vielleicht war mit der Siegesgöttin die Siegessäule gemeint, die
an der Stirnseite der Prinzregentenstraße stand. Das Friedens-
denkmal unweit des Maximilianeums war zu Ehren des Sieges
im Deutsch-Französischen Krieg von der Stadt München dem
bayerischen Herrscherhaus gestiftet worden. Aber von welchen
drei Tempeln war da die Rede, die das Maximiliansmonument
schützten?

Tina schaute auf ihre Armbanduhr. Es war kurz nach sieben.
So neugierig sie auch auf den Raum der Stille war, sie musste
trotzdem zumindest einen kurzen Blick in das Bücherregal vor
ihr werfen. Es musste schließlich einen Grund haben, wieso
ausgerechnet dieses mit dem Wappen des Blauen Sterns gekennzeichnet war.

Schnell überflog sie die Buchtitel, die sich hauptsächlich mit
der Geschichte der bayerischen Königsfamilien beschäftigten.

Insbesondere dem Haus Wittelsbach war ein großer Teil gewidmet. Eine illustre Auswahl an teils jahrhundertealten Büchern war es. Sogar ein Sagenbuch war dabei, stellte sie schmunzelnd fest. »Die Legende vom Unglücksstein am Königsschloss« entzifferte sie auf einem abgegriffenen Einband.

In normalen Zeiten hätte sie die Gelegenheit genutzt und in manchen Werken geschmökert, aber dazu war jetzt keine Zeit. Kurz entschlossen zog sie eine der Bibliotheksleitern heran und stieg hinauf, um sich das Wappen genauer anzusehen. Sie wollte sichergehen, und in der Tat: Der blaue Stern in der Mitte und die leicht geschürzten Männer ähnelten dem Wasserzeichen der Urkunde ebenso wie auf der Schatulle.

Sie rückte so nah wie nur möglich an den Stuck der Decke und blinzelte. Was war das? Die Lettern von »Auftrag« schienen ein Stück weit hervorzustehen!

Tina streckte sich nach Kräften und griff an die Decke. Ein Stück des Gipses ließ sich bewegen, stellte sie überrascht fest. Sie hob ihn ein wenig an. Er gab den Blick auf ein schmales Fach frei, in dem einige Blätter Papier zu sehen waren. Etwas leuchtete auf. Sie tastete neugierig mit den Fingerspitzen in das Fach. Einige Male musste sie nachfassen, bis sie eine blaue Ledermappe herauszog. In feinen, vergilbten Buchstaben stand darauf:

Βιβλίο των κηδεμόνων.
Liber custodum.
Buch der Wächter.

»»Buch der Wächter««, wiederholte Tina stirnrunzelnd und schlug es auf. Auf der ersten Innenseite sprangen ihr die gleichen Sätze in Griechisch, Latein und Deutsch entgegen, die sie im Stuck an den Decken umgaben. Auf den nächsten Seiten waren Namen, Bezeichnungen und Daten zunächst von »Anwärtern« und dann von »Wächtern« aufgelistet.

Tina blätterte vorsichtig weiter. Ihr stockte der Atem, als sie den letzten Namen las.

Eine Tür im Flur knarzte, und Tina erschrak. Sie versuchte, die Ledermappe zurückzuschieben, aber das gestaltete sich in der Eile schwieriger als gedacht. Immer wieder spreizte sich der Einband, und es raschelte.

Erneut knarzte es, nun ganz nah. Hastig schloss sie den Deckel über ihr und nahm die Mappe unter den Arm, stieg die hölzerne Bibliotheksleiter hinab und schob sie ein Stück weg. Auf Zehenspitzen schlich sie an den Regalen vorbei und wollte durch die Tür verschwinden, als die Schritte wieder deutlich zu hören waren.

Tina war hin- und hergerissen und blickte zum Durchgang Richtung Bürklein-Halle. Das Risiko war zu groß, entschied sie und huschte hinter die Regale. In der hintersten Ecke drehte sie sich, scheinbar vertieft in ein Buch, an die Wand und hielt den Atem an.

Die Schritte kamen näher. Sie hörte, wie jemand laut hörbar schnaufend auf der Schwelle zur Bibliothek stehen blieb. Ihr Herz schlug bis zum Hals.

Einen Augenblick lang war es still. Dann quietschten Kunststoffsohlen auf dem Boden, und die Schritte entfernten sich.

Tina atmete auf und schlich geduckt am Regal entlang nach vorne.

Niemand war mehr zu sehen oder zu hören. Zweiter Versuch, dachte sie, gab sich einen Ruck und sprintete aus der kleinen Bibliothek durch den Aufenthaltsraum zum Durchgang. Erst als sie die dortige Dunkelheit umfing, atmete sie durch und tastete sich nach vorne. Sie versuchte, sich an den Weg zu erinnern, und war froh, nach einigen Metern die Abzweigung zur Rettungstür erreicht zu haben. Hastig drückte sie die Klinke der Tür nach unten und schlüpfte hindurch.

Eine Sekunde später stand sie, eine dunkelblaue Ledermappe unter dem Arm, inmitten schwatzender Besuchergruppen in der Eingangshalle des Bayerischen Landtages.

München, Maximilianeum, Büro des Landtagsdirektors,
19:00 Uhr

Als niemand auf sein Klopfen antwortete, drückte Stefan Huber vorsichtig gegen die angelehnte Tür des verwaisten Vorzimmers.

»Lena? Hallo?«, rief er, aber er erhielt keine Antwort.

Im Büro nebenan unterhielt sich jemand aufgeregt. Einen Moment wartete er und steckte dann den Kopf durch den Türspalt. Am Schreibtisch saß Löwenthal, sichtlich aufgewühlt, und telefonierte.

»Sie gehen jetzt sofort zur Baustelle und stellen sicher, dass niemand hineinkommt. Vor allem die Presse nicht, haben Sie verstanden?«, kommandierte er im Befehlston. »Sie meinen, jemand hat schon die Polizei gerufen? Nein, ich rufe auf jeden Fall sofort selbst bei der Kripo an!«

Stefan blieb wie vom Donner gerührt stehen. Der Direktor? Hier, in seinem Büro? Wie konnte das sein? Er war so überrumpelt, dass er keinen Ton herausbrachte.

Erst als Löwenthal auflegte und sich den Schweiß von der Stirn wischte, bemerkte er den Gast. »Herr Abgeordneter. Bitte entschuldigen Sie, ich hatte Sie nicht bemerkt. Ich habe leider viel zu erledigen.«

Stefan hob die Hände und stotterte: »Ähm, ja. Ich wollte nicht stören, Herr Löwenthal. Aber waren nicht die Kommissare Bergmann und Schwartz bei Ihnen? Wir haben sie zufällig heute Mittag getroffen, und sie meinten, dass sie Sie bei einem Problem unterstützen …«

Löwenthal stutzte für einen Moment. »Ja, in der Tat. Die beiden waren dankenswerterweise hier und haben mich beraten. Keine besonders große Sache.«

»Das verwundert mich aber. Ich dachte, es gehe um vermisste Personen und die Kommissarin sei hier im Büro«, sagte Stefan verblüfft. »Und waren Sie nicht auch in einer, nun ja … Notlage? Oder täusche ich mich?«

Löwenthal schüttelte den Kopf. »Notlage? Ich? Wer sagt das? Da irren Sie sich. Heute ist viel los, aber das bin ich ja gewohnt.« Er setzte ein gequältes Lächeln auf. »Und die Ermittler haben sich schon lange verabschiedet. Aber jetzt, wo Sie es sagen, Herr Abgeordneter, ein wenig auffällig war es schon. Ich habe mich gewundert, dass Herr Bergmann innerhalb weniger Minuten hier war, als ich ihn vormittags angerufen habe. Er schien mir wie vernarrt in den Vorfall vom vergangenen Jahr. Sie wissen schon, die Sache mit dem Gemälderaub. Der angebliche verschollene Diamant und die Schatulle haben ihn nicht recht losgelassen. Danach hat er sich immer wieder bei mir erkundigt.«

Stefan blieb etwas unschlüssig stehen, während der Direktor auf die Uhr sah.

»Tut mir leid, dass ich Ihnen nicht weiterhelfen konnte, aber entschuldigen Sie mich bitte. Ich muss die Präsidentin und die Polizei in einer dringenden Sache informieren. Wir beide könnten morgen einen Kaffee trinken, ganz in Ruhe, Herr Huber, wenn Sie möchten?« Löwenthal hob den Hörer ab.

Stefan nickte und entschied sich, Tina nicht zu erwähnen, als er sich verabschiedete. Im Türstock blieb er nochmals stehen und fragte: »Sie sagten etwas von Polizei? Was ist passiert, wenn ich fragen darf?«

Löwenthal blickte mit gehetztem Gesichtsausdruck auf. »Wir wissen es noch nicht genau. Jemand ist vom Dach gestürzt. Vielleicht ein Arbeiter. Ein bedauernswerter Unfall.«

»Oh, das ist schrecklich«, antwortete Stefan und zog die Tür hinter sich zu.

»Ach, warten Sie doch noch kurz«, rief Löwenthal ihm nach.

»Ja?« Stefan drehte sich um.

Einen Moment hielt der Direktor inne, doch dann winkte er ab. »Ach, nichts«, sagte er lächelnd. »Ich freue mich auf einen Kaffee morgen!«

Vor dem Büro atmete Stefan erst einmal tief durch. Was war das denn jetzt gerade? Er wusste nicht, wo die Kommissare waren? Von den Entführungen hatte er ebenfalls nichts gesagt. Auch nicht von seiner eigenen. Hier stimmte eindeutig etwas nicht.

Und er wurde das Gefühl nicht los, dass Löwenthal ihm bei der Verabschiedung noch etwas Wichtiges hatte mitteilen wollen.

Ein Gong riss ihn aus seinen Gedanken. In einer Lautsprecherdurchsage, die im gesamten Gebäude und in allen Abgeordnetenbüros im Umkreis des Landtages zu hören war, wies eine sonore Stimme darauf hin, dass in wenigen Minuten eine namentliche Abstimmung im Plenarsaal anstand. Die Mehrzahl der Anträge oder Gesetze wurden zwar per Hand abgestimmt, aber jede Fraktion im Parlament hatte die Möglichkeit, zu einzelnen Tagesordnungspunkten namentliche Abstimmung zu beantragen. Stefan blickte auf seine Uhr. Er musste sich sputen, um rechtzeitig ins Plenum zu kommen und dort mit dem einer Fernbedienung ähnlichen Kästchen abzustimmen, welche die altherkömmlichen Stimmkarten im Zuge der Coronapandemie abgelöst hatten. Eilig nahm er das Treppenhaus und trabte durch den Steinernen Saal.

Im selben Augenblick starrte Löwenthal mit traurigen Augen an die weiße Bürotür, seufzte und holte einen Briefumschlag aus der Schreibtischschublade.

44

München, Maximilianeum, Katakomben, 19:00 Uhr

Immer tiefer hatten die Entführer sie in die Katakomben getragen. In den ersten Minuten hatte Lena Schwartz sich bemüht, genügend Sauerstoff durch die Kapuze zu erwischen, und hatte bei jeder Gelegenheit nach Luft geschnappt. Mittlerweile hatte sie sich an den engmaschigen Stoff über ihrem Gesicht gewöhnt und atmete flach ein und aus. Erneut war sie an einer Steinmauer abgesetzt worden. Schwartz spürte schmerzhaft, wie ihr die scharfen Kanten der Backsteine in den Rücken drückten. Offenbar lehnte sie gegen eine halb abgebrochene Mauer.

Waren es zuvor nur zwei Männer gewesen, die sie durch die Gewölbe geschleppt hatten, so waren nun weitere zu ihnen gestoßen. Erst hörte sie Schritte, dann erfüllte Stimmengewirr den Raum. Schwartz beugte sich vor und versuchte zu verstehen, was auf der anderen Seite gesprochen wurde. Sie verstand jedoch nur russische Wortfetzen.

Sie zuckte vor Schmerz zusammen, als ihr die Spitze eines Backsteins in den Rücken stieß. Diese verdammten scharfen Kanten! Da kam ihr eine Idee. Sie war mit Kabelbindern gefesselt, die ihr zwar tief ins Fleisch schnitten, aber sie waren aus Kunststoff. Vielleicht konnte sie sie an den Kanten des Steins aufschneiden?

So unauffällig wie möglich beugte sich Schwartz nach vorne, und als sie den Widerstand auf dem Kunststoffband fühlte, bewegte sie die Hände erst langsam, dann schneller vor und zurück. Sie biss die Zähne zusammen. Je fester sie auf die Steinkante drückte, umso tiefer schnitten die Fesseln in ihre Handgelenke ein. Schwartz spürte, wie etwas Warmes über ihre Haut lief. Aber sie ignorierte das Brennen, das sich in ihre Glieder ausbreitete, so gut sie konnte, und überwand sich, weiterzumachen.

Endlich knackte es leise, und ihre Fesseln gaben nach. Es kam so unvermittelt, dass sie nach hinten abrutschte und mit dem Rücken auf die Steinkante krachte.

Mehrere spitze Steine bohrten sich in ihre Haut. Ausgerechnet der Knebel in ihrem Mund war es jedoch ironischerweise, der verhinderte, dass ihr Schmerzensschrei gehört wurde. Nur ein dumpfes Keuchen drang nach draußen.

Ihre Hände waren frei! Zentimeter für Zentimeter rutschte sie nach vorne, und Schwartz täuschte in gebückter Haltung vor, weiter gefesselt zu sein. Vorsichtig tastete sie über den Boden, bis sie einen Steinsplitter fand. Diesen klemmte sie zwischen ihre Fußknöchel und drückte mit der Kante auf den Kabelbinder. Schwartz schob die Füße, so fest sie konnte, auseinander, um Druck auf das Kunststoffband aufzubauen, und schon nach einigen Sekunden sprang es auseinander.

Wieder hielt sie bewegungslos inne und harrte für einige Zeit in der Position aus. Aber die Entführer kümmerten sich nicht um sie. Das machte sie mutig, und sie schob die Kapuze langsam nach oben, zunächst über den Mund, dann die Nase und schließlich über ihre Augen. Sie musste blinzeln, so hell kam ihr das schummrige Licht der wenigen Deckenlampen vor, das kaum den staubigen Boden des Gewölbes erreichte.

Schwartz kniff die Augen zusammen und versuchte, zu erkennen, was wenige Meter von ihr entfernt vor sich ging.

Mehrere Männer knieten auf dem Boden und zogen an etwas, das an eine Falltür erinnerte. Vor ihnen stand ein Mann im Anzug, der ein großes Blatt in der Hand hielt. Neben ihm richtete eine Gestalt mit zitternden Händen den Strahl einer Taschenlampe darauf. War das etwa der Plan aus dem Grundstein? Schwartz überlegte fieberhaft, was sie tun sollte.

Aus dem Augenwinkel sah sie sich im Gewölbe um. Irgendwie kam es ihr bekannt vor. Die Form der Decke. Die niedrige Öffnung auf der Seite. Der Boden mit einer Holzluke. Es erinnerte sie an etwas ... Waren sie über dem geheimen Raum, in dem die Gemälde des Raubes vom vergangenen Jahr versteckt gewesen waren? Wenn sie sich nicht irrte, hatten sie hier auch den Täter Arthur Streicher gestellt. Ihre Gedanken rasten.

Wenn das hier das Gewölbe war, dann war auch der Geheimgang nicht weit. Durch den Geheimgang, der vor einigen Jahren durch Zufall entdeckt worden war und der von den Katakomben des Maximilianeums zum fünfhundert Meter entfernten Müller'schen Volksbad an der Isar führte, war Streicher geflüchtet. Der nur halb mannshohe Tunnel konnte ihre Chance sein! Außer sie wussten davon ... Schwartz überlegte hin und her, aber ihr war klar, dass sie es riskieren musste. Du hast keine Wahl, sagte sie sich: Sie lassen dich nicht am Leben, mach dir nichts vor.

Sie versuchte, sich zu erinnern, wo der versteckte Eingang zum Geheimtunnel lag. Unter dem rechten Torbogen hindurch, dann um die Ecke, spielte sie den Ablauf durch. Sie musste den richtigen Zeitpunkt abwarten, aber ihr war bewusst, dass sie nicht allzu lange Zeit hatte. Angestrengt beobachtete sie und hoffte inständig, dass keiner der Entführer ausgerechnet jetzt auf die Idee kommen würde, ihre Fesseln zu überprüfen.

Ächzend hoben zwei Männer die Holzluke an und hielten sie auf. Die anderen stiegen in das dunkle Gewölbe darunter.

Auch der Mann im dunklen Anzug, der ständig zur Eile antrieb, drückte einem der Begleiter den Plan in die Hand und machte Anstalten, hinabzuklettern.

Das war ihre Chance! Nur einer der Entführer war übrig, und er war noch dazu abgelenkt! Schwartz spannte die Muskeln an und verfolgte jede Bewegung vor ihr.

In dem Moment, in dem der Anführer sich auf der Schulter seines knienden Helfers abstützte und im Boden verschwand, spuckte sie den Knebel aus und sprang auf. Ihre steifen Glieder gehorchten ihr jedoch nur halbherzig, und sie geriet ins Stolpern, stürzte nach vorne und stieß an den Helfer. Schwartz' Knie prallte auf seine Wange, sein Kopf schleuderte herum. Seine rechte Hand, mit der er den Plan festhielt, schnellte nach oben, als er den Halt verlor. Intuitiv griff sie nach dem Papier. Sie krallte sich hinein, und mit einem Ratschen zerriss der Plan in zwei Teile. Begleitet von einem lauten Schrei krachte der Mann durch die Luke.

»Was soll das? Wer ist da?«, dröhnte es nach oben. Eine Millisekunde stand Schwartz wie erstarrt da, blickte zunächst auf den Papierfetzen in ihrer Hand und dann auf die Holzluke. Eine Hand tauchte an der Kante der Öffnung auf, und ihr war bewusst, dass es zu spät war, um die schwere Klappe zuzuwerfen und die Entführer einzusperren. Ihr blieb nicht viel Zeit.

Sie sprintete los, drückte sich nach rechts durch eine Öffnung und blickte sich suchend um. Hinter ihr hörte sie wütende Rufe, und Panik ergriff sie.

Da sah sie es. Unmerklich zeichnete sich eine dunkle, halbhohe Öffnung ab. Schwartz tastete die Wände ab und stürzte sich ins Ungewisse. Sie versuchte, so schnell wie möglich voranzukommen, und krabbelte auf dem unebenen Untergrund in einen stockdunklen Gang.

Ihr Herz raste, und sie schwitzte. Die Handballen, auf denen sie sich abstützen musste, brannten wie Feuer. Da sie noch immer Tinas Laufshorts trug, waren ihre Knie in kürzester Zeit aufgeschürft.

Nachdem sie ein wenig Strecke hinter sich gebracht hatte, drehte sie sich auf den Rücken und holte keuchend Luft. Dumpf erklangen aufgeregte Schreie. Inständig hoffte sie, dass sie den Gang nicht entdecken würden. Die Dunkelheit war zwar hilfreich, gleichzeitig würde sie ohne Licht nicht weit kommen.

Vor Schmerzen stöhnend durchsuchte sie ihre Taschen. Vielleicht hatte sie Glück, und sie hatten es übersehen. Sie hatte nicht nur ihr Diensthandy, sondern auch ihr privates Smartphone dabei. Neben dem großflächigen Dienstgerät war ihr unscheinbares Handy in der vorderen Seitentasche der leichten Laufjacke, die sie noch immer trug, vielleicht nicht aufgefallen.

Da war es! Schwartz atmete erleichtert auf. Sie tippte vorsichtig darauf, und das kleine Display erwachte zum Leben. Wie befürchtet hatte sie keinen Empfang, konnte sich mit dem Licht des Displays aber zumindest ein wenig orientieren. Die Taschenlampenfunktion war zu hell, damit lief sie Gefahr, sich zu verraten. Ich muss so weit kommen, dass ich um Hilfe rufen kann!, trieb sie sich selbst an.

Schwartz robbte voran und leuchtete immer wieder in den niedrigen Tunnel vor ihr. Gedämpft, aber nicht weit von ihr, hörte sie Stimmen. Hatten sie den Geheimgang entdeckt?

Schwartz mobilisierte alle Kräfte und schob sich Meter für Meter voran. Beim Blick auf ihr Display stockte ihr vor Schreck der Atem: Die Akkuanzeige leuchtete rot auf.

45

München, Maximilianeum, Raum der Stille, 19:15 Uhr

Im Plenarsaal stand mit einer Vielzahl an Einzelanträgen und der Debatte der von den Fraktionen eingereichten Dringlichkeitsanträge nun eher das parlamentarische Alltagsgeschäft auf der Tagesordnung. Die Sitzung neigte sich langsam dem Ende zu, und Abgeordnete und ihre Gesprächspartner nutzten nach der namentlichen Abstimmung die Gelegenheit, um sich in der Landtagsgaststätte zu stärken. Sowohl die Zahl der Gäste auf der

Besuchertribüne als auch im Steinernen Saal war daher merklich zurückgegangen.

Nachdem Tina sich durch die Grüppchen in der Empfangshalle geschlängelt hatte, erreichte sie die Ebene der Ausschusssäle im Altbau. Zum Weiße-Rose-Saal, in dem neben manchen Fraktionen vor allem der Haushaltsausschuss als zahlenmäßig größter und wichtigster Ausschuss tagte, waren es nur wenige Schritte. Tina bog flink um die Ecke und sah sich, die Ledermappe und ihre Notizen unter den Arm geklemmt, im Vorraum um. Neben Fächern für die Abgeordneten, in denen Post abgegeben werden konnte, war ein großer Kopierapparat positioniert, der auf arbeitsreiche Sitzungen hinwies.

Es war ruhig, und die schwere Eingangstür stand offen. Etwas versteckt lag daneben am Ende eines engen Ganges der Raum der Stille. Eingerahmt von holzgetäfelten Wänden, war lediglich ein Holzkreuz zu sehen. Weder Bilder noch Statuen oder andere Kunstgegenstände schmückten den Raum. Tina trat ein, konnte aber nichts entdecken, was ihnen weitergeholfen hätte. Enttäuscht griff sie nach der Türklinke, als diese sich unvermittelt öffnete. Tina verlor das Gleichgewicht, die Ledermappe fiel ihr aus der Hand und schlitterte über den Boden. Überrascht blickte sie auf.

»Oh, zu viel Schwung«, entschuldigte Stefan sich und stützte Tina.

Sie blies eine Haarsträhne aus dem Gesicht und holte Luft. »Na, du bist aber stürmisch. Wo bleibst du denn?«, sagte sie und hob die Mappe auf.

»Die Opposition hat bei ihrem Dringlichkeitsantrag zum Breitbandausbau eine Namentliche beantragt. War ganz schön knapp, aber ich habe es geschafft«, schnaufte Stefan.

Tina hob die Augenbrauen und deutete frustriert hinter sich. »Immerhin. Hier gibt es keine so guten Nachrichten. Leider keine Madonna.«

»Hm, da kommen wir mit dem ›Licht Mariens‹ wohl nicht so richtig weiter«, erwiderte Stefan und fuhr fort: »Ich war ja vorhin im Büro des Direktors. Eine sehr merkwürdige Begegnung war das.«

»Wieso?«

»Lena Schwartz war nicht da. Dafür aber Direktor Löwenthal.«

Tina stutzte. »Wie kann das sein? Er war doch entführt, ich habe es selbst mitgehört.«

Stefan zuckte mit den Schultern. »Ich weiß es nicht. Er meinte, Bergmann und Schwartz seien schon lange nicht mehr bei ihm. Und er hat nichts von den Erpressern gesagt, sondern dass ihm Bergmann und Schwartz komisch vorgekommen sind. Ich bin nicht wirklich schlau geworden daraus ... Habt ihr euch eigentlich heute mal getroffen?«

»Nein, wieso? Hast du ihm etwas von unseren Erkenntnissen berichtet?«, fragte Tina.

»Vorsichtshalber mal nicht. Aber ich hatte den Eindruck, dass er mir eigentlich noch was sagen wollte. Hier stimmt etwas nicht, Tina«, sagte Stefan. »Das Einzige, was er bestätigt hat, war, dass Schechtner und Rademacher verschwunden sind –«

Tina unterbrach ihn, als sie die Namen hörte. »Apropos Rademacher. Du wirst nicht glauben, was ich in der Bibliothek in der Studienstiftung entdeckt habe. Jeder Satz aus der Urkunde des Betreuers taucht da im Stuck an der Decke auf. Dreisprachig. Deutsch, Griechisch, Latein«, erzählte sie aufgeregt. »Und in einem Geheimfach habe ich dann das hier gefunden: ein ›Buch der Wächter‹.«

Stefan hob die Augenbrauen, als Tina auf die Ledermappe zeigte. »›Buch der Wächter‹? Was soll denn das sein?«

Tina zitierte: »›Unser Auftrag ist, zu bewahren und zu schützen.‹ So steht es dadrin.«

»Das klingt ja wie ein Geheimbund!«

»In königlichem Auftrag.« Tina zeigte auf das Wappen. »Und jetzt rate mal, wer ganz am Schluss der Liste aufgeführt ist?«

Stefan überlegte. »Ferdinand Rademacher, stimmt's? Es hieß ja auf der Urkunde: ›Dem Wächter des Maximilianeums Ferdinand Rademacher.‹«

Tina nickte. »Du sagst es. Er steht in einer Reihe, die weit zurück ins 19. Jahrhundert reicht. Und ausgerechnet er wurde heute entführt und höchstwahrscheinlich ermordet. Was machen wir nun? Ich hatte jetzt so viel Hoffnung in eine Madonna gesetzt. Sonst komme ich nicht weiter, geschweige denn weiß ich, wie wir die Inschriften der Urkunde oder an der Decke in der Bibliothek verstehen sollen.« Sie ging ruhelos auf und ab.

»Vielleicht verrennen wir uns da aber auch gerade in etwas«, sagte Stefan skeptisch.

Tina holte den Zettel heraus, auf den sie den griechischen Satz im Hintergrund des Canossa-Gemäldes und ihre Übersetzung notiert hatte. Leise las sie vor:

Όταν το φως της Μαρίας χτυπά το στεφάνι της Νίκης
Wenn das Licht Mariens die Krone des Sieges trifft
και η μέρα και η νύχτα είναι όμοια,
und Tag und Nacht sich gleichen,
τότε η φώτιση είναι κοντά.
dann ist ~~das Licht~~ die Erleuchtung nahe.

Ratlos lehnte sie sich an einen der Tische mit Informationsmaterial, das für die Besucher der Ausschüsse gedacht war. Da fiel ihr Blick auf einige der neuen Broschüren zum Maximilianeum, die in den vergangenen Monaten von der Öffentlichkeitsarbeit des Landtagsamtes erstellt worden waren. »Maximilianeum: Einblicke – Ausblicke«, war ein Faltblatt überschrieben, das sowohl die historischen Räume als auch die Sicht aus dem Steinernen Saal über die Stadt München darstellte. Tina schlug es auf und starrte einen Moment darauf. Dann tippte sie auf das Panoramabild in der Mitte.

»Was, wenn mit dem ›Licht Mariens‹ keine Marienfigur oder ein Bild gemeint war, sondern etwas ganz anderes Charakteristisches in Sichtweite des Maximilianeums?«

Stefan legte die Stirn in Falten.

»Sag mal: An was denkst du bei München, Stefan?«, fragte sie.

»Das Oktoberfest, den Landtag natürlich, dann an den FC Bayern, die Frauenkirche, den Marienplatz …«, zählte er an den Fingern auf.

»Stopp. Eins zurück.« Tina zeigte auf das Faltblatt und die beiden Türme der Frauenkirche, die zu einem der Wahrzeichen der Landeshauptstadt geworden waren. Auf keiner Postkarte Münchens durften die beiden Türme, von denen der Nordturm um etwas mehr als zehn Zentimeter höher war als der Südturm, fehlen. »Wie heißt die Frauenkirche genau? Dom zu Unserer Lieben Frau.«

»Schön und gut, aber worauf willst du hinaus, liebe Frau?«, fragte Stefan etwas genervt von den historischen Exkursen seiner Freundin.

Diese ging darüber hinweg und konfrontierte ihn mit der nächsten Frage, die sie dann aber gleich selbst beantwortete. »An der Stelle der heutigen Frauenkirche wurde im 13. Jahrhundert was errichtet? Eine Marienkapelle und im Anschluss eine Marienkirche.« Sie grinste. »Weil man meistens ›Frauenkirche‹ sagt, vergisst man, dass wir es mit einer Marienkirche zu tun haben.«

»Das mag ja sein. Aber was bedeutet dann der Rest des Spruches? Worauf strahlt das Licht der Frauenkirche? Wenn eine Kirche überhaupt strahlt«, sagte er.

»Ja, eine etwas schiefe Formulierung«, überlegte Tina und sah abwechselnd auf die altgriechische Inschrift, ihre Übersetzung und das Faltblatt. Dann klatschte sie urplötzlich an ihre Stirn. »Du sagst es, Stefan. Nicht die Kirche selbst leuchtet, sondern vielleicht wird sie ja angestrahlt. Wir sollten manches nicht zu wörtlich nehmen. Anderes vielleicht schon. Hier steht: ›Νίκης‹ – also Nike. Das muss vielleicht gar nicht mit ›Sieg‹ übersetzt werden, weil es auch ein Name ist. Es gibt nämlich eine Nike hier im Maximilianeum!«

»Meinst du etwa die Statue auf dem Dach?«

»Genau die meine ich. Die griechische Siegesgöttin Nike mit den Lorbeerkränzen. Ich dachte zunächst ja an die Siegessäule zum Deutsch-Französischen Krieg. Aber die Nike ist auch eine Siegesgöttin«, rief sie aufgeregt. »Und ›Krone‹ war falsch, ›Kranz‹ müsste es heißen!«

Auf einen neuen Zettel schrieb sie:

Trifft Mariens Licht auf Nikes Kranz,
so ist die Erleuchtung nah.

»Das muss es sein!«, rief sie. »Vom Landtag aus hat man einen perfekten Blick über die Stadt, einschließlich Frauenkirche. Und wann ist es am romantischsten? Bei Sonnenuntergang natürlich. Wenn das Licht der Abendsonne von den Türmen der Frauenkirche auf den Landtag oder den Lorbeerkranz der Nike trifft. So ergeben auch manche Inschriften Sinn!« Sie zeigte auf einen Zettel.

Unter den Augen der Siegesgöttin schützen die drei
Tempel der schönen Künste, des Geistes und des
königlichen Gedenkens das Monument Maximilians.

»Vom Dach aus sieht man nicht nur die Frauenkirche, sondern auch das Maxmonument. Das Monument Maximilians«, sagte sie aufgeregt und tippte nochmals auf das Faltblatt mit der Panoramaübersicht. »Das passt.«

»Das Bild hier ist zwar nicht das gleiche wie in echt, aber es klingt logisch.«

»Moment! Das gleiche? ›Wenn Tag und Nacht sich gleichen‹. Der zweite Teil des griechischen Satzes. Wieso habe ich da nicht vorhin dran gedacht? Wenn sie gleich lang dauern. Gibt es nicht eine Tagundnachtgleiche?«

Stefan zückte sein Smartphone und googelte es. »Du hast recht. Die Tagundnachtgleichen, auch Äquinoktien genannt, kommen zweimal im Jahr vor. Und an diesen entfallen auf Tag und Nacht genau zwölf Stunden«, berichtete er. »Das ist quasi der astronomische Frühlings- oder Herbstanfang. Mit besonderen Konstellationen der Sonneneinstrahlung. Überall auf der Welt geht die Sonne an diesem Tag daher fast genau im Osten auf und im Westen unter. Für die Maya, aber auch für Juden oder Christen hat das für die Feiertage eine große Bedeutung.«

»Frühlingsanfang?«, hakte Tina ein. »Der ist doch diese Woche, oder? Da ist wohl weniger Romantik wichtig als eine besondere Sonnenstellung. Vielleicht haben wir ja Glück und können auf dem Dach noch etwas erkennen!«

Da zuckte Stefan zusammen und packte sie am Arm. »Das Dach! Das hatte ich vorhin noch gar nicht erzählt! Der Direktor meinte, jemand sei vom Dach des Maximilianeums gestürzt! Er war gerade dabei, die Polizei zu informieren!«

»Das sagst du erst jetzt?«, rief Tina aus. »Dann bleibt uns vielleicht nicht lange, bevor alles gesperrt ist. Also, nichts wie hinauf! Schnell!«

Ohne seine Antwort abzuwarten, sprintete Tina los.

46

München, Maximilianeum, Baustelle, 19:20 Uhr

Mit gemischten Gefühlen fuhr Kriminalrat Martin Sennebogen über das Kopfsteinpflaster der Maximiliansbrücke Richtung Landtag. Er hatte sich auf einen Abend mit seiner Lebensgefährtin eingestellt, den er ihr eigentlich hoch und heilig versprochen hatte. Waren es früher die gefährlichen Einsätze und die nächtlichen Observierungen gewesen, die sie beunruhigt hatten, so hielten ihn jetzt öffentliche Veranstaltungen oder Besprechungen im Polizeipräsidium regelmäßig davon ab, pünktlich zu Hause zu sein.

»Hätte ich mir doch einen Lehrer gesucht«, pflegte Carolin Heidensegger stets zu sagen, wenn er mit beachtlicher Verspätung nach Hause kam. Ihm war bewusst, dass sie nachsichtig war, weil er auch ihretwegen die Arbeit »auf der Straße« gegen einen sicheren Schreibtischjob eingetauscht hatte. Aber ausgerechnet heute wollten sie in ihr Lieblingsrestaurant gehen, und er hatte bereits einen Tisch für zwanzig Uhr reserviert. Nur ungern hatte er ihr vorgeschlagen, sich direkt dort zu treffen, und er hatte noch ihre Worte »Schaffst du es überhaupt?« im Ohr.

Eher zufällig hatte Sennebogen fünf Minuten zuvor mitbekommen, dass eine Person vom Dach des Landtages gestürzt war. »Weiß man, wer es ist?«, hatte er seine Kollegen bei ihrer Besprechung durch die offen stehende Tür jäh unterbrochen. Sie schüttelten den Kopf. Das waren schon verdammt viele Ungereimtheiten heute, dachte er. Aber es bestärkte ihn nur noch mehr darin, dass er sich vor Ort ein Bild machen musste. Vor allem nach dem beunruhigenden Gespräch mit Inge Schroll.

Loyal zu ihrem Chef, hatte sie ihn mit einer lapidaren Antwort abspeisen wollen.

»Inge«, hatte er erwidert, »wir kennen uns jetzt seit Jahrzehnten. Ich bin mit Harry durch dick und dünn gegangen, und ich will ihm helfen. Da stimmt etwas nicht. Erst ruft er an, dann schreibt er eine kryptische SMS, und dann folgt eine weitere Nachricht, dass alles in Ordnung sei und er sich nicht wohlfühle.«

Schroll seufzte auf und zog ihn schließlich ins Vertrauen. »Es begann heute Morgen mit einem Telefonat aus dem Landtag«, erzählte sie.

»Weißt du, wer der Anrufer war?«

Schroll atmete tief durch. »Nein, aber er war aufgeregt wie ein Kind, hat alles stehen und liegen gelassen und ist mit Lena Schwartz los. Ich glaube, es geht um diesen Fall vom letzten Jahr.«

Sennebogen horchte auf. »Welchen Fall?«

»Na, den in den Katakomben des Maximilianeums. Der Sommerempfang mit den Bombendrohungen und dem Kunstraub. Harald war ja überzeugt davon, dass da viel mehr dahinter war. Immer wieder hat er damit angefangen. Und als er sie am Nachmittag holte, war ich mir sicher.«

»Sie? Was meinst du damit? War er etwa noch mal hier im Dezernat?« Sennebogen straffte den Rücken.

»Hier im Dezernat nicht …« Inge Schroll berichtete stockend von der ungewöhnlichen Bitte des Kriminalhauptkommissars. Ungläubig hörte Sennebogen zu.

»Er wollte, dass du ihm eine Schatulle aus der Asservatenkammer bringst?«

Inge Schroll zuckte etwas hilflos mit den Schultern.

»In die Bäckerei um die Ecke?«

Sie bestätigte mit einem ratlosen Nicken. »Ja. Und dazu ein Notizbuch des Täters von damals. Das hat er sich bestimmt schon ein Dutzend Mal ausgeliehen.«

Sennebogens Augen verengten sich, und er sah sie ernst an. »Das ist alles?«

»Mehr weiß ich wirklich nicht. Er wollte mir nicht sagen, um was es ging. Du kennst doch Harald, wenn er sich etwas in den Kopf gesetzt hat.«

Sennebogen nickte. Und wie er ihn kannte. Er war eigensinnig. Kompromisslos. Manchmal nur bedingt teamfähig. Aber keiner, der auf eigene Rechnung spielte. Doch was er heute vorhatte, war ihm ein echtes Rätsel.

»Meinst du, Harald ist in Schwierigkeiten?«, fragte Schroll zaghaft.

»Nein, er hat sich bestimmt nur in einen Fall verbissen«, beruhigte Sennebogen sie und verabschiedete sich.

Mittlerweile bin ich mir da aber nicht mehr sicher, dachte er, als er in seinem anthrazitfarbenen Dienst-BMW die Auffahrt zur Westpforte des Maximilianeums erreichte, welche die Baustelle einrahmte. Sennebogen bremste ab und hob den Blick zur prachtvollen Fassade, die in einer überlebensgroßen Statue gipfelte. Wenn der Gestürzte nun Harry war? Innerlich wischte er den Gedanken weg, landete jedoch gleich beim nächsten. Oder was, wenn er am Sturz beteiligt war?

Nachdenklich umkurvte Sennebogen den obligatorischen Polizeiwagen vor dem Landtag, der an jedem Plenartag dort platziert war, parkte und betrat die Baustelle. Dort standen bereits ein weiterer Streifen- und ein Rettungswagen. Einsam blinkte Blaulicht. Baumaschinen, Container und Material bestätigten, dass hier an Arbeitstagen kräftig gewerkelt wurde. Bauarbeiter konnte er jedoch keine erkennen, als er eine kleine Gruppe erreichte, die einen Halbkreis gebildet hatte.

Die zwei Sanitäter knieten auf dem Boden und bemühten sich um den Gestürzten. Die starr nach oben blickenden Augen ließen aber keinen Zweifel daran, dass jede Hilfe zu spät kam.

Der Mann, etwa Mitte vierzig, war tot. Die übrigen Anwesenden, zwei Polizeibeamte, zwei Kollegen der Kripo, ein älterer Herr in Dreiteiler, ein Pförtner und ein kaugummikauender Hausmeister betrachteten schweigend den Toten. Sie waren so fixiert auf den verdrehten Körper, dass sie seine Ankunft erst bemerkten, als Sennebogen zu sprechen begann.

»Schwarzer Anzug, weißes Hemd. In diesem Aufzug steigt man normalerweise nicht auf das Dach.«

Die Männer blickten überrascht auf.

»Die Kollegen der Spurensicherung sind im Anflug. Martin Sennebogen, Kripo«, stellte er sich vor. »Die Ermittlungen führen die Kollegen ja bereits. Wer von Ihnen hat die Polizei gerufen?«

Der ältere, angespannt wirkende Herr mit grau meliertem Haar räusperte sich. »Das war ich, Herr Kommissar.« Er streckte ihm die Hand entgegen. »Landtagsdirektor Ullrich Löwenthal. Mir wurde von dem Sturz berichtet. Ich glaube, eine Besucherin hat ihn zuerst entdeckt, Herr Scherer, oder?«

Der Mann neben ihm nickte, während der Direktor ihn vorstellte. »Herr Scherer ist einer unserer Hausmeister und wurde hinzugeholt. Ich bin gekommen, so schnell es ging. Schrecklich!« Löwenthal schüttelte traurig den Kopf.

»Wer ist der Tote, gibt es dazu schon Erkenntnisse?«, fragte Sennebogen. Er wollte zwar den zuständigen Ermittlerkollegen, die den Tatort inspizierten, nicht vorgreifen, dennoch aber die Gelegenheit nutzen, um sich so schnell wie möglich ins Bild zu setzen.

»Er hat einen Gruppenbesucherausweis. Mehr wissen wir noch nicht, aber wir sind dran«, berichtete ein junger Streifenbeamter mit aufgeregter Stimme.

Die beiden Ermittler waren unübersehbar überrascht von der Anwesenheit eines Vertreters der Führungsebene.

»Herr Kriminalrat, welche Ehre. Vermissen Sie den Staub der Straße?«, fragte Robert Mallinger scherzend und hob zur Begrüßung ein edles Notizbuch aus Leder. Schon rein optisch unterschied sich der Kriminalhauptkommissar von den anderen Anwesenden, er war mit einem dunkelblauen Maßanzug und feinen Lederschuhen bis hin zur farblich perfekt passenden Krawatte tadellos gekleidet.

Sein Kollege Carsten Zeitler kniete in Jeans und Lederjacke unprätentiös auf dem Boden und inspizierte den Tatort. »Lassen Sie sich nicht stören. Ich war nur gerade in der Nähe«, sagte Sennebogen. Den wahren Grund seiner Stippvisite behielt er vorerst für sich. Er blickte sich um.

»Ein Besucher, der sich auf das Dach verirrt hatte, vielleicht?«, mutmaßte Mallinger mit skeptischem Gesichtsausdruck. »Herr Direktor, ist Ihnen heute etwas aufgefallen?«

»Eine Gruppe wollte am frühen Abend einen Blick von dort oben über die Stadt werfen. Aber die sind bereits weg, soweit ich weiß«, berichtete Löwenthal und zuckte zusammen, als sein Mobiltelefon klingelte. »Bitte entschuldigen Sie mich.«

Sennebogen brummte und sah sich nach Mallinger um. »Schon Spuren?«, fragte er.

Mallinger hob die Schultern. »Noch nicht, aber eines ist komisch: Ausgerechnet unsere Kollegen Bergmann und Schwartz legen ein absonderliches Verhalten an den Tag. Vor allem Bergmann.«

Sennebogen runzelte die Stirn. »Wieso? Was meinen Sie?«

Mallinger hob die Schultern. »Beide sind hier am Mittag aufgetaucht, haben wir gehört. Aber nicht offiziell. Und seitdem treiben sie sich herum. Mit seltsamen Aktionen. Angeblich waren sie im Wohnheim dort in der Stiftung im Landtag.« Er zeigte auf das Gebäude vor ihnen. »War er nicht früher einmal Ihr Partner?«

Als Sennebogen nicht reagierte, fuhr er fort: »Und Bergmann hat sich an einer Glasvitrine vor dem Plenarsaal zu schaffen gemacht, hören wir. Aber das Unglaublichste ist: Sie haben angeblich eine Wand im Keller aufgebrochen.«

»Ernsthaft? Wer sagt das?«, entgegnete Sennebogen ungläubig.

Mallinger zeigte auf den Hausmeister.

Kurz entschlossen stapfte Sennebogen zu Scherer, der sich sichtlich unwohl fühlte und von einem Bein auf das andere wippte. »Haben Sie eine Minute?« Er machte mit ihm einen Schritt beiseite. »Nur, dass ich es richtig verstanden habe: Sie meinten, zwei Kollegen von uns haben hier eine Wand ... aufgestemmt?«

Der Hausmeister trat nervös auf der Stelle. »Ich kann Ihnen nur sagen, was ich vom Bauleiter mitbekommen habe. Die Schäden habe ich vorhin erst notdürftig beseitigt und den Weg gesichert. Eine Mitarbeiterin vom Besucherdienst hat mich da ganz schön hereingelegt und gemeint, sie komme im Auftrag des Direktors. Christina Oerding. Aber gerade stellt sich heraus, dass er gar nichts davon wusste«, erklärte er und drehte den Kopf zum Landtagsdirektor, der spürbar aufgeregt in sein Telefon sprach und ihnen abwehrend zuwinkte.

»Ich bin gleich bei Ihnen. Nur noch eine Minute!«

Plötzlich zeigte Scherer nach oben und rief: »Da oben bewegt sich etwas. Wer ist denn jetzt noch auf dem Dach?«

Sennebogen blinzelte und kniff die Augen zusammen. Kurzzeitig konnte er Bewegungen hinter der Statue in der Mitte erkennen. Der Hausmeister hatte recht! Dort war jemand! »Mallinger, sind unsere Leute schon oben?«

»Sie sind noch auf dem Weg.«

Sennebogen schüttelte den Kopf. »Stehen Sie nicht herum, ich will wissen, was die da oben suchen!«, blaffte er die beiden Streifenpolizisten an, die sich sofort zur Westpforte aufmachten.

47

München, Maximilianeum, Dach, 19:32 Uhr

»Du bist verrückt!«, rief Stefan seiner Freundin zu, als sie durch die Luke auf das Dach kletterte. Mit den Abendstunden war etwas Wind aufgekommen, der einige Stockwerke unter ihnen angenehme Frühlingsfrische brachte, sie hier oben jedoch heftig umwehte. Tinas Haare flatterten, und die Bayernflagge über ihnen klapperte immer wieder gegen den Mast, so stark rüttelte der Wind an ihr. Das Panorama der Millionenstadt in der einbrechenden Dunkelheit war überwältigend. Überall flammten Lichter auf, und die Maximilianstraße erstrahlte in warmem Gelb.

»Grandios«, schwärmte Tina. »So viel an Geschichte, die uns zu Füßen liegt, Stefan.« Sie zeigte auf die Frauenkirche, die sich mit ihren beiden charakteristischen Türmen abzeichnete. »Das meinte ich! ›Das Licht Mariens‹! Aber die Sonne ist weg, Mist! Das hätte ich zu gern gesehen!« Tina lehnte sich zurück und betrachtete die Siegesgöttin. »Halt das mal! Ich bin gleich wieder da.«

Sie drückte ihm die Ledermappe in die Hand und kletterte, ohne zu zögern, über die Leiter auf den höher gelegenen Gebäudeteil. Ihre Jacke wehte, und sie musste sich gegen den Wind schützen. Hinter der Statue richtete sie sich vorsichtig auf.

»›Trifft Mariens Licht auf Nikes Kranz, so ist die Erleuchtung nah‹«, murmelte sie und blickte angestrengt über die Kulisse. Ihr Blick wanderte zum Maxmonument in der Mitte der lang gestreckten Maximilianstraße direkt unterhalb. »Drei Tempel schützen dich also. Was wollte derjenige, der von hier gestürzt ist?« Tina ging einen Schritt weiter.

»Vorsicht«, warnte Stefan, aber sie war bereits an der übergroßen Zinkstatue angekommen.

Tina musste sich festhalten, so stark blies mittlerweile der Wind. Sie blinzelte nach oben. »Siehst du«, rief sie Stefan zu, »der Kranz des Sieges!« Sie blickte hinauf zu den Lorbeerkränzen in den Händen der griechischen Göttin. Irgendetwas am Kranz in der linken Hand der Nike war ungewöhnlich und irritierte sie. Da fiel es ihr auf: Ganz leicht schimmerte er bläulich. Tina rutschte noch etwas nach vorne.

»Pass auf«, schrie Stefan.

Sie wagte einen Blick nach unten, und erst jetzt, ganz am vorderen Rand des Daches, realisierte sie, in welch schwindelerregender Höhe sie sich befand. Ein Rettungswagen und ein Polizeiauto blockierten die Ausfahrt der mit einem Bretterzaun abgesperrten Baustelle. Stimmengewirr drang zu ihr nach oben. Die Rufe wurden lauter, und einige der Menschen setzten sich in Bewegung.

»Stefan, ich glaube, wir sollten schleunigst verschwinden. Die da unten haben mich bemerkt. Sieht ganz so aus, als ob sie hochkommen!« Sie rutschte abrupt nach hinten und fiel in Stefans Arme, der sie vorwurfsvoll ansah.

»Das hätte ich dir gleich sagen können. Wenn sie uns hier erwischen, müssen wir erst einmal stundenlang unangenehme Fragen beantworten!«

So schnell sie konnten, kletterten sie über die Leiter hinab, balancierten über den kleinen Steg zur Luke und waren einen Moment darauf wieder unterhalb des Dachs.

»Wo sollen wir denn jetzt am besten hin?«, überlegte Stefan fieberhaft.

Tina lauschte ins Treppenhaus. Auf den knarzenden Holzstufen waren bereits Schritte zu hören.

»Ich hab's. Wir sind ja genau über dem Plenarsaal!«, rief sie aus, bog um die Ecke und zog eine schwere Holztür auf. Vor ihnen lag die lang geschwungene Besuchertribüne, auf der nur noch einige wenige Interessierte die Stellung hielten. Auf der Seite, an der sie die Tribüne betraten, waren Arbeitsplätze für die Presse reserviert. Auch sie waren um diese Uhrzeit fast durchgehend verwaist.

Tina legte den Finger auf die Lippen und zog Stefan auf eine der hinteren Sitzbänke. Ein Journalist drehte sich kurz um und hob eine Hand. Die beiden erwiderten den Gruß und setzten sich. Ganz leise atmeten sie durch und gaben sich Mühe, so entspannt wie möglich zu wirken.

48

München, Maximilianeum, Baustelle, 19:45 Uhr

Martin Sennebogen blickte den Streifenpolizisten hinterher, die in vollem Lauf die geschwungene Auffahrt zur Westpforte des Maximilianeums hinaufsprinteten, und zog sein Telefon hervor.

Zum wiederholten Male wählte er Harrys Nummer, aber vergeblich. Sorgenvoll rieb er sich übers Kinn und rief in der Zentrale an.

»Sennebogen hier. Kleine Bitte: Schaut doch bitte mal bei Kommissar Bergmann zu Hause vorbei. Er wohnt in Berg am Laim.« Etwas erleichtert legte er auf. Wahrscheinlich lag Harry auf der Couch und war eingeschlafen. Hoffentlich.

Als er sich zum Tatort umdrehte, waren zwei Kollegen der Spurensicherung, die mittlerweile eingetroffen waren, bereits bei der Arbeit und tasteten mit Handschuhen und in Schutzkleidung den Toten ab. Die Rettungssanitäter waren zurückgetreten und beobachteten die Szene. Der Landtagsdirektor hatte zwischenzeitlich sein Telefonat beendet und stand mit ernster Miene vor dem Toten.

Sennebogen gesellte sich zu ihm und verschränkte die Arme. »Herr Direktor, Sie haben jetzt sicher viel zu klären, aber gestatten Sie mir eine Nachfrage. Kollege Mallinger sagte, Sie hätten heute merkwürdige Begegnungen mit zwei unserer Kollegen gehabt?«

Löwenthal seufzte auf. »Etwas skurril, um es so zu nennen. Herr Bergmann hat in der letzten Zeit öfter bei mir angerufen und Fragen gestellt. Er hat sich in höchstem Maße um uns verdient gemacht im vergangenen Jahr. Ich schätze ihn«, begann er vorsichtig, und Sennebogen nickte.

»Heute tauchte er mit Frau Schwartz dann überraschend bei mir im Büro auf und legte großen Wert darauf, einige Räume in der Studienstiftung zu besichtigen. Das hat mich schon sehr verwundert. Vor allem, da die Stiftung nicht unmittelbar zu uns gehört. Ich habe ihn aber gewähren lassen, da es sich um Ermittlungen handelte, wie er meinte. Er kam dann noch ein paarmal in mein Büro und hatte Fragen zum Grundstein. Außerdem wurde mir gleich mehrfach ungewöhnliches Verhalten zugetragen.«

Ein Ruf eines Kollegen der Spurensicherung unterbrach sie. Der Beamte winkte und hielt ein kleines schwarzes Mobiltelefon hoch. »Etwas beschädigt, aber es müsste noch funktionieren.«

Sennebogen und der Direktor machten fast gleichzeitig einen Schritt nach vorne, sodass sie sich beinahe auf die Füße traten.

Gleichzeitig griffen beide nach dem Handy. Entschuldigend

hob der Direktor die Arme und ließ Sennebogen den Vortritt. Der Kriminalrat klickte auf das Display, über das sich wie ein Spinnennetz Risse zogen. An der rechten oberen Seite war es offensichtlich durch den Sturz in Mitleidenschaft gezogen worden.

»Ich befürchte, es ist hinüber. Man kann die Schrift kaum erkennen.« Sennebogen zeigte dem Direktor das zerkratzte Display mit den seltsam verschobenen Buchstaben.

»Das ist Kyrillisch, meine Herren«, unterbrach sie eine sonore Stimme mit vernehmbarem Akzent.

Überrascht blickten Sennebogen und Löwenthal auf. Sie waren so in das Handy vertieft gewesen, dass sie den Hinzugetretenen nicht bemerkt hatten.

Lässig griff der etwa gleichaltrige Mann in die Innentasche seines teuren dunkelblauen Anzugs und zog eine silberne Dose hervor. Sein Blick wanderte zwischen den Ermittlern und dem Direktor hin und her, während er sie öffnete und eine dünne Zigarette hervorholte. Gönnerhaft hielt er ihnen die Dose hin. »Zigarette?« Ohne eine Antwort abzuwarten, klappte er die Dose zu und schnippte ein goldenes Feuerzeug an, das ebenso wie die Silberdose mit den Initialen N.A.R. verziert war. Zunächst nahm er einen tiefen Zug und betrachtete die Glut, bevor er sich vorstellte. »Konsul Nikolaus Attenbach. Abgesandter der Russischen Föderation. Es steht zu befürchten, dass es sich hier um einen meiner Mitarbeiter handelt.«

Sennebogen legte die Stirn in Falten. »Woher wissen Sie das, Herr Konsul?«

»Ich durfte heute die Ehre haben und mich mit Herrn Vizepräsidenten Stellwag im Hohen Haus treffen. Unglücklicherweise meinte einer meiner Mitarbeiter wohl, ein besonders schönes Erinnerungsfoto schießen zu müssen«, erklärte er und blies eine bläuliche Rauchwolke in Richtung der Leiche. »Herr Direktor hatte bereits die Vermutung und mich soeben kontaktiert. Ich war bereits abgereist, habe aber den Fahrer sofort angewiesen, umzudrehen.«

»Wieso war denn Ihr Mitarbeiter noch im Gebäude, wenn Sie schon weg waren?«, fragte Sennebogen misstrauisch nach.

Attenbach lachte auf. »Sie werden doch wohl nicht glauben, dass ich jedes Mitglied der Delegation in meiner Limousine mitnehme, Herr Kommissar?«

»Wir hatten vorher einen kleinen Rundgang«, schaltete sich der Direktor ein. »Und ich vermute, er war so fasziniert, dass er auf eigene Faust aufs Dach wollte.«

»Soso …«, meldete sich Kommissar Mallinger zu Wort. »Können Sie uns mit seinem Namen weiterhelfen?«

Attenbach würdigte den Toten keines Blickes. »Sie werden verstehen, dass ich nicht jeden meiner vielen Mitarbeiter persönlich kenne. Ich kann daher nur bestätigen, dass er in der Delegation war. Aber das werden Sie ja sicher bald herausfinden, wenn Sie mit der russischen Botschaft in Berlin sprechen.« Er lächelte ihn an. Eisige Stille breitete sich aus.

»Dürfte ich Ihren Diplomatenpass sehen?«, fragte Sennebogen.

Einen Augenblick fixierte Attenbach ihn, so als ob er die Frage fast als persönliche Beleidigung auffassen würde. Dann lachte er leise. »Vertrauen ist gut, Kontrolle ist besser, so sagt man bei Ihnen doch, Herr Kommissar?« Er griff in die Innentasche seiner Jacke, reichte dem Kommissar einen dunkelblauen Pass mit dem charakteristischen russischen Doppeladler auf dem Einband.

Bevor er den Ausweis losließ, fügte er hinzu: »Wenn Sie mir das Handy geben, versuche ich Ihnen zu helfen und es zu entsperren.«

Zögernd reichte Sennebogen ihm das Handy. Während er den Diplomatenpass durchblätterte, tippte der Honorarkonsul auf dem Telefon. Immer wieder seufzte Attenbach auf, und Sennebogen blickte ihn misstrauisch an. »Können Sie es entziffern?«

Umständlich hantierte der Honorarkonsul mit dem Gerät und drehte sich zur Seite, bis es Sennebogen zu lange dauerte. »Geben Sie es mir bitte zurück.« Er streckte Attenbach auffordernd die Hand hin.

Eine Sekunde lang taxierte ihn der Deutschrusse, als ob er austesten wollte, wie weit er gehen konnte. Dann zuckte er mit den Schultern und händigte das Gerät aus. »Leider nichts zu machen.«

Sennebogen reichte den Pass, der Attenbach zweifelsfrei als Diplomaten auswies, an Kommissar Mallinger weiter. Stirnrunzelnd kontrollierte auch dieser ihn, nahm das Handy und gab das Dokument postwendend zurück.

»Dann muss da wohl die Spurensicherung ran. Dauert halt ein wenig länger«, seufzte Mallinger. Beim Blick auf das Display stutzte er. »War das Display vorhin auch schon schwarz?«

»Es ging plötzlich aus. Vielleicht der Akku, Herr Kommissar.« Der Konsul hob demonstrativ die Schultern und zückte eine Visitenkarte. »Mein Büro steht bei Nachfragen zur Verfügung. Ich habe einen Anschlusstermin und empfehle mich daher den Herren.« Attenbach nickte ihnen zu, drehte sich um und stolzierte über die Baustelle zum Ausgang, wo er mit ausladender Geste in eine dunkle Limousine stieg.

»Diplomaten«, murmelte Sennebogen, als er beobachtete, wie der Wagen um die Ecke bog. Er musste ihn zwar jetzt ziehen lassen, aber auch als Honorarkonsul würde er an einer Befragung nicht vorbeikommen. Nachdenklich klopfte Sennebogen mit der Seitenkante der Visitenkarte auf seine Handfläche und blickte ihm nach.

Dann reichte er Mallinger die Karte, der sie eindringlich betrachtete. »Ihn sollten wir im Auge behalten«, sagte Mallinger. »Aber wissen Sie was, Herr Kriminalrat? Was man da vom Kollegen Bergmann hört, klingt auch nicht gut. Zeitler und ich gehen jetzt rauf. Wir müssen uns umsehen.« Er deutete auf das Dach.

»Gehen Sie ruhig«, sagte Sennebogen. Er drehte sich um und wählte die Nummer seines früheren Partners.

49

München, Maximilianeum, Plenum, 19:47 Uhr

Stefan Huber beugte sich auf der Zuschauertribüne vor. Er schmunzelte über den Perspektivwechsel und beobachtete seine

Kollegen, die mehr oder weniger interessiert der Debatte folgten. Niemand nahm Notiz von ihnen. Nur eines der beiden Mitglieder des Landtagspräsidiums an der Seite der Präsidentin, die die Sitzung leitete, blickte kurz nach oben.

»Sehr gute Idee, Tina«, flüsterte er seiner Freundin zu, die ihm zulächelte und die Ledermappe auf den freien Platz neben ihr legte.

»Ist ja eine ganz gute Tarnung, wenn wir vortäuschen, etwas zu lesen.« Tina nahm die Ledermappe und betrachtete sie.

Βιβλίο των κηδεμόνων.
Liber custodum.
Buch der Wächter.

Sie fuhr mit den Fingerspitzen über den Einband und öffnete ihn vorsichtig. »Schau, hier steht er. Ferdinand Rademacher. Und ein Datum: 10. Mai 1992.«

»Sein Geburtsdatum? Oder sein Antrittsdatum als Wächter?«, flüsterte Stefan. »Und was kommt danach?«

»Ich glaube, eine Urkunde.« Tina blätterte um. »Sieht wie die Gründungsurkunde der Studienstiftung aus.«

»So etwas gibt es?«, fragte Huber.

»Ja natürlich, davon habe ich schon einmal gelesen«, erklärte sie.

Sie überflogen gleichzeitig das Dokument. »Siehst du, dort werden bereits die Gemälde erwähnt«, wisperte Tina. »Und weil König Maximilian II. so überraschend verstarb, konnte er die Stiftung nicht mehr gründen. Also hat das sein Sohn Ludwig II. übernommen. Das ist übrigens der Märchenkönig, der Neuschwanstein erbaut hat. Und mysteriös im Starnberger See ums Leben kam.«

»Hier ist von ›mitfolgenden Grundbestimmungen‹ die Rede. Was das wohl ist?« Stefan zeigte auf den dritten Punkt der Urkunde.

»Stimmt«, meinte Tina und blätterte um. Auf den nächsten Seiten wurden in mehreren Punkten weitere Einzelheiten festgehalten, von »I. Benennung und Bestimmung der Stiftung« über »II. Vom Stiftungsvermögen« und »III. Von der Aufnahme in das k. Maximilianeum« bis hin zu »VIII. Protektorat des Königs«.

»Aber zu etwaigen Wächtern steht hier kein Wort«, sagte Stefan. Er blätterte in den vergilbten Seiten. »Was ist denn das?« Er zeigte auf den Einband der letzten Innenseite. Das Leder war oben eingerissen und gab die Ecke eines etwas helleren Stückes Papier darunter frei.

Tina stutzte. Ihr Smartphone begann in der Jackentasche zu summen, aber sie ignorierte den Anruf. »Das muss passiert sein, als mir die Mappe vorhin aus der Hand gefallen ist«, flüsterte sie.

Der Einband auf der Rückseite ließ sich weiter lösen, und nach und nach wurde ein sorgfältig gefaltetes und mehrfach gesiegeltes Schriftstück sichtbar.

Es war mit königlichem Wappen verziert und überschrieben mit:

Grundbestimmung Abschnitt X.:
Der Codex der Wächter

Die beiden sahen sich an. Tina zögerte. Ihr Smartphone begann ein weiteres Mal in der Jackentasche zu summen, aber das musste warten.

Vorsichtig brach sie das Siegel auf. Ihr war bewusst, dass sie ein Schriftstück öffnete, das seit dem vorvergangenen Jahrhundert verschlossen war, und ihre Finger zitterten, als sie etwas spröde gewordenes Wachs wegwischte und das Papier auseinanderfaltete.

Gebannt starrten sie auf das Papier. Die einzelnen Abschnitte der Grundbestimmung waren in fortlaufende Paragrafen unterteilt, und die vorliegenden knüpften nahtlos an die neun Abschnitte vor ihr an.

»Der Codex der Wächter«, raunte Tina.

X. Abschnitt: Codex der Wächter.

§ 38 Integrität des Königs und Bewahrung der Ruhestatt
1) Die Bewahrung der Integrität des Königshauses hat allerhöchste Bedeutsamkeit.
2) Die Ruhestatt des königlichen Sprosses in den Grundfesten der Anstalt ist vor den Augen der Öffentlichkeit zu bewahren.

§ 39 Der Kreis der Wächter und seine Aufgaben
1) Aus den Kreisen der Zöglinge werde ein Wächter der Ruhestatt des Sprosses und des k. Maximilianeums ausgewählt.
2) Nach sorgfältiger Prüfung seiner Moral, Integrität und Eignung verpflichte er sich zur Treue gegenüber dem bayerischen Volke, dem Königshause und der Ruhestatt und widme sich ausschließlich dem Wohle der Zöglinge der Anstalt.
3) Er setze sein Leben zur Bewahrung der Integrität des Königshauses und der Ruhestatt des Sprosses und seines Erbes ein.
4) Aufgabe des Wächters ist es weiterhin, einen Anwärter auf seine Nachfolge aus dem Kreise der Zöglinge heranzuziehen.
5) Dem Wächter stehe freie Kost und Logis in den Räumlichkeiten der Anstalt zu. Mit Vollendung seines sechzigsten Lebensjahres erhalte er das Hundertfache des Lohns des höchsten ministerialen Würdenträgers im Ministerium als Dank für seine Dienste.
6) Der Wächter werde nach fünf geleisteten Dienstjahren in den Stande eines Ritters des Königlich-Bayerischen Hausritterordens vom heiligen Georg erhoben.

§ 40 Die Instanz
1) Die Instanz leiste dem Wächter Hilfe in Not und werde vom Vorstand der Stiftung auf Lebenszeit benannt.

2) Die Kenntnis ihrer Identität bleibe dem Hausvorstande vorbehalten.

Semper fidelis.
Lapis caeruleus sanguinem caeruleum custodit.

»Wow«, platzte es aus Tina heraus. »Wie wir vermutet hatten: Die Wächter beschützen ein Geheimnis in den Grundfesten des Maximilianeums«, sagte sie fast andächtig.

»Und Ferdinand Rademacher war einer von ihnen«, ergänzte Stefan. »Aber ›königlicher Spross‹? Und ›sein Erbe‹? Was ist damit gemeint?«

Tina reagierte zunächst nicht, wie gebannt starrte sie auf das Dokument.

Endlich sagte sie: »Ich wette darauf, dass es mit Katharina Pawlowna und ihrer Affäre zu tun hat. Jetzt wissen wir auch, wieso Rademacher ein Ritter des Georgsordens war. Unglaublich … Und wieder ein lateinischer Satz! Dieses Mal ist es aber leichter zu übersetzen.«

»Für dich vielleicht«, erwiderte Stefan augenrollend.

»›Semper fidelis‹. ›Immer treu‹. Das kennen wir ja. Und darunter kommt zweimal ›caeruleum‹. Also ›blau‹. ›Ein blauer Stein schützt blaues Blut.‹«

In diesem Moment summte ihr Smartphone. Genervt von der Störung wollte sie die Nachricht schon wegklicken, als sie den Namen des Absenders auf dem Display erkannte. Es war Lena Schwartz! Sie hatte auch schon versucht, sie anzurufen, stellte Tina überrascht fest und tippte darauf.

Eine Nachricht, die offensichtlich in Eile geschrieben worden war, leuchtete auf.

HILFE. Sie kommmenn. Geheimgang Volksbad.

»Hilfe?«, wiederholte Stefan und riss die Augen auf. »Sie meint den Geheimgang von den Katakomben des Landtages zum Müller'schen Volksbad!«

Tina sah ihn erschrocken an und raffte die Unterlagen in der Mappe zusammen. »Wir müssen ihr helfen!«

»Weißt du denn, wo genau der Tunnel endet?«, raunte Stefan, als sie sich den Weg durch die Sitzbänke auf der Pressetribüne bahnten.

»Nur so ungefähr. Aber irgendwo an der Isar südlich vom Maximilianeum. Nicht weit weg. Auf jeden Fall müssen wir so schnell wie möglich hier raus«, zischte Tina. Wohl etwas zu laut, denn einige Kollegen drehten sich in ihren weinroten Lederstühlen im Plenarsaal um und schauten neugierig nach oben. Auch der Offiziant, der den Besucherbereich überwachte, blickte sie vorwurfsvoll an, als sie zur Treppe kamen, über die man zur Plenarebene gelangte.

Vorsichtig stiegen sie die mit Teppich ausgelegten Stufen hinab. Galant drückte Stefan die schwere Holztür auf, durch die sie zum Eingang des Plenarbereichs gelangten. Linker Hand war das Hörfunkstudio des Bayerischen Rundfunks untergebracht, daran schlossen sich die gläsernen Türen an, die in den modernen, jetzt hell erleuchteten Plenarsaal fuhrten.

Sie wollten sich gerade nach rechts zum Ausgang in den Steinernen Saal wenden, als Stefan etwas erblickte. Abrupt blieb er stehen.

»Zurück, schnell«, zischte er Tina zu, drehte sich um und lief die Wandelhalle entlang, vorbei an kleinen Besprechungstischen, die Kollegen am Rande der Plenarsitzung für Telefonate nutzten. Im Lesesaal, einem der beiden repräsentativen Empfangsräume auf dieser Ebene des Maximilianeums, zog er Tina in eine Sitzecke unter einem der hohen Fenster.

»Was war denn los?«, fragte sie.

»Hast du ihn nicht gesehen? Im Steinernen Saal war ein Polizist, der ganz offensichtlich jemanden gesucht hat. Vielleicht war es Zufall, das Risiko wollte ich aber nicht eingehen. Wir müssen einen anderen Weg nehmen«, erklärte er ihr und sah sich um.

Ein Summen unterbrach sie, und Tina zog ihr Telefon heraus. »Die Mailbox«, rief sie aus und hob ab. »Schwartz!«, flüsterte sie.

Zunächst war nur Rauschen zu hören. Sie hatte offenbar kaum Empfang. Eine leise Stimme stöhnte. »Bin Ausgang … Staustufe Isar. Sie sind –«

Dann brach die Nachricht ab. Tina blickte Stefan erschrocken an. »Hör selbst.« Sie hielt ihm das Handy hin und fragte: »Sollen wir den Direktor doch informieren?«

»Lieber nicht. Keine Zeit!« Sein Blick blieb bei der Glastür zum Plenarsaal hängen, und er pfiff durch die Zähne. »Mir fällt was ein. Wir gehen durchs Plenum, und dann weiß ich auch, wie wir gut rauskommen!«

»Meinst du das ernst?«, fragte Tina überrascht.

»Na, so zurückhaltend kenne ich dich gar nicht. Man könnte dich doch locker für eine Oppositionshinterbänklerin halten.« Er zwinkerte ihr zu.

Tina zuckte mit den Schultern und folgte Stefan. Möglichst unauffällig schlängelten sie sich durch die hinteren Reihen. Die Debatte im Saal neigte sich gerade dem Ende zu, und die Abgeordneten waren in ihre Unterlagen vertieft, sodass kaum jemand von ihnen Notiz nahm. Lediglich Dorothee Multerer, die einige Reihen vor ihnen saß, hob die Augenbrauen und drehte sich mit fragendem Gesichtsausdruck zu ihnen um. Stefan grüßte mit einer Handbewegung, beeilte sich aber, um ihr nicht direkt zu begegnen.

Als die beiden sich der linken Seite des geschwungenen Saals näherten, erkannte Tina, welchen Fluchtweg Stefan im Auge hatte. Ein schwarzes Symbol an der Wand wies auf einen Zugang für Rollstuhlfahrer hin, durch den man den Saal seitlich verlassen konnte. Lediglich eine kleine Hürde hatten sie noch vor sich: Vor dem Ausgang war eine transparente Glaswand mit eingraviertem Wappen des Freistaats angebracht, durch die man vom Steinernen Saal aus das Geschehen im Plenarsaal beobachten konnte. Stefan lugte um die Ecke. Nur einige Besucher waren zu sehen.

Stefan drückte die Klinke herab, sie huschten durch den Spalt und schlossen die schwere Tür so leise wie möglich. Nach wenigen Schritten erreichten sie den Vorraum zum Weiße-Rose-Saal und den neuen Aufzug. Kurz wog er ab, ob sie ihn nehmen konnten, aber er wollte auf Nummer sicher gehen. Er betrat den weitläufigen Ausschusssaal, umrundete die in U-Form aufgestellten Holztische und blieb vor der Fensterreihe auf der anderen Seite stehen. Er zog am Griff eines hohen Fensters, und mit etwas Ruckeln und Krafteinsatz ließ es sich öffnen.

Prüfend blickte Stefan in die Nacht hinaus und stieg dann auf eine schmale Rettungstreppe aus Stahl. »Hier kommen wir direkt in den Innenhof«, rief er Tina zu.

»Nicht schlecht!«, erwiderte sie und folgte ihm die klappernden Metallstufen hinab. Mit einem Sprung nahmen sie die letzten Stufen und landeten schließlich im Rückbereich zwischen Alt- und Südbau. Im Dunkeln an die Hauswand gelehnt, beobachtete Stefan das Kommen und Gehen an den Drehkreuzen, als Tina ihn antippte.

»Mir fällt gerade etwas ein«, flüsterte sie. »Du läufst voraus, ich hole nur schnell etwas. Dauert bloß eine Sekunde. Wir treffen uns auf der anderen Straßenseite Richtung Isar!«

Er wollte protestieren, aber es war schon zu spät. Statt nach rechts zur Pforte bog sie links ab.

»Dann hätten wir auch gleich die große Treppe nehmen können!«, schimpfte er, während er sich mit gesenktem Kopf durch das rechte Drehkreuz drückte.

Draußen beschleunigte er den Schritt und verschwand im abendlichen Dunkelgrün der Maximiliansanlagen. Auf dem Gehweg, auf dem sich die Spur von Andreas Schechtner weniger als vierundzwanzig Stunden zuvor urplötzlich verloren hatte, wippte er nervös auf den Fußballen auf und ab.

Währenddessen hastete Tina durch die um diese Uhrzeit leeren Gänge des Erdgeschosses im Nordbau, in dem vor allem Büros des Landtagsamtes untergebracht waren. Im Laufen nestelte sie ihre Mitarbeiterkarte und den kleinen Schlüssel zum Schließfach im Sportbereich heraus.

50

München, Max-Planck-Straße, 20:05 Uhr

»Polizisten! Spielen sich als Hüter des Gesetzes auf, und dabei sind sie doch nur Handlanger«, spie Nikolaus Attenbach voller Abscheu heraus, als der Fahrer die Tür des schwarzen Mercedes schwungvoll geschlossen hatte. »Einmal um das Gebäude, und dann nehmen wir die Tiefgarage. Der Direktor hat uns angemeldet«, kommandierte er und klickte sein goldenes Smartphone an.

Wie erwartet, leuchtete eine Nachricht mit einem Foto auf, das er sich soeben vom Handy seines unglückseligen Helfers gesendet hatte, bevor er es gelöscht und das Gerät ausgeschaltet hatte. Erleichtert vergrößerte er das Bild des Plans. Das Foto Dimitris war Gold wert. Vielleicht würde er seiner Witwe eine kleine Aufmerksamkeit zukommen lassen, überlegte Attenbach, während er aus dem Fenster in die Dunkelheit blickte.

Er konnte es immer noch nicht fassen, dass die Kommissarin sich befreien und sie dann derart überrumpeln konnte. Bis ins kleinste Detail hatte er den Ablauf des heutigen Tages geplant. Seit Monaten. Und der Kommissarin war dabei nur eine unbedeutende Nebenrolle zugedacht gewesen. Wir hätten sie gleich töten sollen!, ärgerte sich Attenbach. Gut, dass seine Männer jetzt gerade dabei waren, diesen Leichtsinnsfehler zu korrigieren.

»Diese Amateure!«, brach es aus ihm heraus, und er schlug mit der Hand auf die Mittelkonsole. Im selben Moment bremste der Wagen abrupt, die Bremsen quietschten, und Attenbach wurde so heftig nach vorne geschleudert, dass er sich am Vordersitz abstützen musste. Der Mercedes blieb knapp vor einer schlanken Frau stehen, die mit wehenden Haaren über die Straße sprintete. Sie stoppte und riss erschrocken die Augen auf.

»Кровавый ад!« Der Fahrer fuchtelte verärgert mit den Händen und begann wild zu schimpfen.

Als die Frau seine obszönen Gesten sah, schlug ihr Blick urplötzlich in Wut um, und ihre Augen funkelten angriffslustig. Kurz war die Möglichkeit fast greifbar, dass sie um den Wagen kam und die Autotür aufriss. Die junge Frau begnügte sich jedoch damit, mit der flachen Hand auf die Motorhaube zu schlagen, und rannte dann weiter auf die andere Straßenseite.

»Wohin des Weges, du Furie?« Attenbach sah ihr irritiert und beeindruckt nach. Zu einem anderen Zeitpunkt hätte er sie mit noch mehr Interesse bedacht, denn so herrisch er im Umgang mit Untergebenen war, so sehr zogen ihn eigensinnige Frauen an.

Eine Sekunde verharrte sein Blick auf ihrer Gestalt, die im angrenzenden Wäldchen verschwand, dann besann er sich auf ihr Ziel und trieb den Fahrer zur Eile an. »Los, weiter!«

Er hieb auf das Lederpolster des Vordersitzes, und die Limousine setzte sich wieder in Bewegung. Wo blieb nur der Rückruf seiner Schergen, um Vollzug bei der Liquidierung der Kommissarin zu melden? Ungeduldig trommelte Attenbach auf das Polster, während sie an der Ampel vor dem Max-Weber-Platz erneut anhalten mussten. Als sie endlich auf Grün schaltete, drehte der Wagen um hundertachtzig Grad und fuhr auf der gegenüberliegenden Seite um den nahezu vollständig von einer Mauer eingerahmten Gebäudekomplex des Landtags herum.

Wenig später rollte der Mercedes die Abfahrt zur Tiefgarage des Maximilianeums hinab, die sich über drei Ebenen erstreckte. Die Plenarsitzung war mittlerweile beendet, und manche Abgeordneten, die noch zu einem Anschlusstermin in einen der näher gelegenen Stimmkreise mussten, eilten zu ihren Autos. Die Stellplätze leerten sich daher spürbar, und der Wagen mit den verdunkelten Scheiben fand zügig eine Lücke.

Kein Empfang, stöhnte Attenbach beim Blick auf sein Telefon. Das hatte ihn von Anfang an gestört, als sie den Tag geplant hatten. Aber nun musste es auch so gehen. Mit zusammengekniffenen Lippen stieg er aus und schritt zur Sicherheitsschleuse, von der aus man zum Übergang des Altbaus kam. Sie waren nun im Herzen des Gebäudes, mehrere Stockwerke unterhalb des Steinernen Saales.

Auf der anderen Seite der beiden Drehtüren wartete bereits eine Gestalt mit hängenden Schultern auf ihn. Direktor Löwenthal schien nur noch ein Schatten seiner selbst zu sein und hob müde die Hand zum Gruß. Als der Konsul in die linke Drehtür trat und ihn auffordernd ansah, zögerte der Direktor einen Moment, bevor er den Türöffner auf seiner Seite drückte.

»Nun sagen Sie nicht, Sie hätten gerade überlegt, ob Sie eine Wahl hätten, Direktor.« Er legte ihm die Hand auf die Schulter.

»Bringen wir es hinter uns!« Attenbach zeigte auf den hohen Vorraum, von dem aus man links wie rechts über schmale Steintreppen in die weit verzweigten Katakomben des Maximilianeums gelangte. »Und Sie«, wandte er sich an Löwenthal, während er seine Uhr checkte, »Sie gehen nach oben, wie besprochen. Wir brauchen eine halbe Stunde.«

51

München, Maximiliansanlagen, 20:07 Uhr

Stefan hörte die Bremsen quietschen und befürchtete schon das Schlimmste. Er rannte Richtung Straße. Als er an der Weggabelung des Pfades ankam, konnte er gerade noch sehen, wie eine dunkle Limousine davonbrauste. Da erkannte er Tina, und Erleichterung machte sich in ihm breit. Mit einer kleinen Sporttasche in der Hand kam sie schnaufend und schimpfend bei ihm an.

»Was war denn das für ein arroganter Typ? Vom Fahrdienst des Landtages war er ganz sicher nicht!«

»Was hast du denn da?«, fragte er sie und zeigte auf die Tasche.

»Erklär ich dir unterwegs!«, stieß sie hervor. »Wir laufen am besten den Weg am Isarufer entlang. Schwartz ist gegenüber der Staustufe, glaube ich.«

So schnell sie konnten, tauchten sie in das kleine Wäldchen ein, nahmen den geschlängelten Pfad und rannten die mit Holzstufen eingefasste Treppe Richtung Isarufer hinab. Im Zwielicht der Abenddämmerung waren sie bald kaum mehr zu erkennen.

52

München, Maximiliansanlagen, Isarufer, 20:08 Uhr

Davor hatte sie sich gefürchtet. Bereits während sie Tina Oerding auf die Mailbox sprach, piepte das Smartphone in immer kürzeren Abständen, und mitten im Satz erlosch das Display. Einen Moment lang blickte Lena Schwartz fast ungläubig darauf. Sein schwacher Schein hatte ihr zuvor wertvolle Dienste geleistet, während sie sich durch den engen Tunnel geschoben hatte. Als ein kleiner Balken auftauchte und endlich wieder Mobilfunkempfang anzeigte, hatte sie Hoffnung geschöpft, dass sie es zum Ausgang schaffen würde. Sie konnte bereits das Rauschen der Isar von der Staustufe gegenüber dem Müller'schen Volksbad hören, und wenige Meter vor ihr wurde es schon ein wenig heller. Nur noch um eine Biegung, und dann hatte sie es hinter sich gebracht!

Die dumpfen Stimmen, die sie die ganze Zeit über angetrieben hatten, wurden lauter. Sie kamen näher! Hätte sie doch in der Zentrale und nicht bei Tina anrufen sollen? Aber wer hätte ihr Gestammel dort richtig einordnen können?

Schwartz atmete tief durch und wischte sich den Schweiß aus den Augen. Plötzlich erfasste ein Lichtstrahl ihren rechten Laufschuh und strahlte auf ihre rötlich gefärbten Knöchel, auf denen Blut von ihren zerkratzten Knien klebte. Ein weiterer Strahl tauchte auf. Es sind zwei! Und sie sind fast da!, ging es ihr durch Mark und Bein.

Mühsam drehte sie sich wieder um und krabbelte voran. Meter für Meter schob sie sich dem Licht am Ausgang entgegen. Dort würde sie sich durch die Öffnung rollen, dann so schnell wie möglich einige Meter nach links laufen und auf die Promenade über ihnen klettern. Ihr war bewusst, dass Schnelligkeit und jede Bewegung über Leben und Tod entscheiden könnten. Über ihr Leben. Vielleicht hatte sie Glück, und auf der Uferpromenade waren Spaziergänger unterwegs, die sie zu Hilfe rufen könnte. Sobald ich draußen bin, schaffe ich es!, machte sie sich Mut.

Lena Schwartz nahm alle Kraft zusammen und drückte sich mit blutenden Händen voran. Matt fiel die Abenddämmerung auf ihr Gesicht. Doch was sie dann sah, löste blankes Entsetzen in ihr aus. Die halbrunde Öffnung am Tunnelende, über die von oben herab Pflanzen wucherten, war mit dicken Eisenstangen gesichert. Das darf nicht wahr sein!, dachte sie. Verzweifelt rüttelte sie am Gitter. Aber es saß fest. Offensichtlich war es erneuert und verstärkt worden.

Panik stieg in ihr hoch. Das Gitter war undurchdringlich, und ihre Verfolger kamen mit jeder Sekunde näher. Das Grollen der bedrohlich klingenden Stimmen im Tunnel hinter ihr schwoll an, und die Lichtkegel wanderten durch den engen Gang. Erde, Wurzeln und zerbrochene Backsteine leuchteten schlaglichtartig an den Wänden auf. Die Taschenlampen blendeten Schwartz. Jetzt waren sie so nahe, dass sie die Anwesenheit ihrer Verfolger fast körperlich spüren konnte.

Ihr Herz schlug ihr bis zum Hals, aber kampflos würden sie sie nicht kriegen, entschied sie. Schwartz hielt sich mit einer Hand an den Gitterstäben fest und spannte ihre Beine an. Mit der anderen Hand suchte sie den Boden ab und bekam einen scharfkantigen Backstein zu fassen.

Keuchen signalisierte ihr, dass ein Verfolger unmittelbar hinter ihr war. »Haben wir dich, сука!«, stieß er mit unüberhörbarem osteuropäischen Akzent aus, und eine Hand griff nach ihrem Schuh. Da ließ sie ihren Fuß vorschnellen und trat mit voller Wucht zu. Die Sohle des Laufschuhs landete mitten im Gesicht ihres Angreifers, und Schwartz legte mit dem anderen Bein sofort nach.

Der Mann schrie vor Überraschung und vor Schmerzen auf. Mit derart energischer Gegenwehr hatte er anscheinend nicht gerechnet. Es knackte, offenbar hatte sie das Nasenbein ihres Verfolgers getroffen. Von der Wucht des Stoßes wurde er zurückgeschleudert und schlug mit dem Hinterkopf hart an der niedrigen Decke an. Dumpf war der Aufprall zu hören, und ihm entkam ein Stöhnen. Dann trat Stille ein, und er bewegte sich nicht mehr.

Schwartz' Puls raste, und sie strampelte panisch den Körper des bewusstlosen Angreifers weiter von sich weg. Sie holte Luft und versuchte, etwas im Tunnel zu erkennen. Aber beide Taschenlampen waren aus, und der Gang verschwand im Dunkeln vor ihr. Nur leises Rascheln war zu hören, aber sie konnte nicht zuordnen, woher genau es kam. Sie blinzelte und kniff die Augen zusammen.

Näherte sich das Geräusch?

Genau in diesem Moment spürte sie etwas an ihren Beinen. Was war das?

Weiter kam sie nicht mit ihren Gedanken, denn wie aus dem Nichts schlug ihr eine Faust ins Gesicht. Ihr Kopf schleuderte zurück, und zwei Hände packten sie am Hals. Unerbittlich drückten sie ihr die Kehle zu. Schwartz bäumte sich auf und brachte nur noch ein Röcheln heraus.

Der zweite Verfolger hatte sich an seinem bewusstlosen Komplizen vorbeigedrückt und sie überrumpelt! Grell blitzten Sternchen vor ihren Augen auf, und Kaskaden von Schmerzen durchzogen sie.

Mit letzter Kraft klammerte sie sich an den Stein in ihrer Hand und schlug wahllos zu. Sie erwischte etwas Weiches. Wieder und wieder holte sie aus, doch sie war zu schwach. Sein Griff wurde nicht schwächer.

Ihre Kräfte ließen nach, und der Stein fiel aus ihrer Hand. Schwartz kämpfte gegen den übermächtigen Gegner an, aber sie merkte, wie ihr Bewusstsein schwand. Das Letzte, was sie wahrnahm, war sein schweißgetränkter, stinkender Atem.

53

München, Maximiliansanlagen, Isarufer, 20:15 Uhr

Hart drückte der Lauf der Pistole durch das Gitter an den Kopf des russischen Söldners.

»Lass sie sofort los!«, presste Tina heraus, während sie nach Luft schnappte. Die Sporttasche lag aufgerissen neben ihr, und Stefan rüttelte an den Gitterstäben.

Seit einigen Minuten waren die beiden zunehmend verzweifelt am Isarufer auf und ab gelaufen, aber im Dunkeln hatten sie zunächst keine Spur vom Ausgang des Tunnels entdecken können. Nur durch Zufall hatte Stefan das Klacken des Steines auf dem Gitter gehört, das vom Rauschen der Isar fast übertönt worden wäre.

Die Pistole zitterte in der Hand der Historikerin. »Ich sage das nur noch ein einziges Mal. Loslassen, oder du bist tot!«

Tina entsicherte die Heckler & Koch und sah in die weit aufgerissenen Augen des Schergen. Ihre Blicke trafen sich, und er sah sie abschätzig an.

»Хуй с горы«, hörte sie ihn flüstern. »Хуй с горы!«

Seine Augen verengten sich, und er machte keine Anstalten, den stahlharten Griff um den Hals der Kommissarin zu lockern. Ihre Bewegungen ließen nach, und ihre Gegenwehr erschlaffte.

Ein dumpfer Knall durchzog die Maximiliansanlagen, hallte durch den Tunnel und zurück, bevor er vom Wald verschluckt wurde. Nur einige Vögel flogen aufgeschreckt auf.

Tina war durch den Rückstoß von Schwartz' Dienstwaffe zurückgetaumelt. Mit zitternden Fingern hielt sie den Griff der Pistole und sah sie staunend an, als könne sie selbst nicht glauben, was sie soeben getan hatte.

Vorsichtig legte Stefan eine Hand auf ihren Unterarm und schob ihn nach unten, sodass der Lauf auf den Boden zeigte.

»Das hast du also unbedingt noch holen müssen!«, stellte er atemlos fest.

Tina antwortete nicht. Hatte sie gerade auf einen Menschen geschossen? Wie in Trance gab sie die Waffe an ihren Freund weiter, der sie sorgsam in der Sporttasche verstaute. Auf der anderen Seite des Gitters war kein Laut zu hören.

54

München, Maximilianeum, 20:10 Uhr

Das Gespräch lief wie erwartet unerfreulich, als er ihr erklärte, dass es später werden würde.

»Das ist das letzte Mal, dass ich den Fehler mache und mich auf einen gemeinsamen Abend zu zweit mit dir freue! Dann hättest du ja auch gleich mit deinem alten Partner auf Achse bleiben können«, keifte Carolin in das Telefon.

Sennebogen atmete tief durch, während sie weiterschimpfte. Dass er ausgerechnet wegen Harry zu spät kam, verheimlichte er tunlichst, wohl wissend, dass das Gespräch dann nicht entspannter ablaufen würde.

»Carolin ...«, setzte er an, als ein weiterer Anrufer anklopfte. Es war die Leitzentrale, erkannte er mit Blick auf die Nummer. »Carolin, die Zentrale ruft an. Ich muss leider rangehen. Ich melde –«

Weiter kam er nicht. Es klickte in der Leitung, und sie hatte aufgelegt. Sennebogen seufzte und nahm den zweiten Anruf an.

»Herr Sennebogen, eine Streife war bei der Wohnung von Harald Bergmann. Er öffnet nicht, auch nicht nach mehrfachem Klingeln. Und seine Nachbarn haben ihn seit gestern nicht mehr gesehen«, berichtete eine Beamtin.

Sennebogen legte die Stirn in Falten. Das hatte er befürchtet. Es wäre auch zu schön gewesen, wenn sich alles in Wohlgefallen aufgelöst hätte. »Danke für die Mühe. Gibt es sonst etwas Neues?«

»Nur das Übliche. Keine besonderen Vorkommnisse, Herr Kriminalrat. Ach doch, eins: Zwei Vermisstenmeldungen sind neu hereingekommen. Beide aus dem Landtag.«

Sennebogen stutzte. Irgendwo in der Umgebung knallte etwas dumpf.

»Im Landtag? Sagen Sie schon, um was es geht!«, rief er aufgeregt.

»Nun, ein Bewohner des Studienheimes wurde gerade vom Landtagsamt als vermisst gemeldet. Und dazu ein Betreuer. Andreas Schechtner und … warten Sie bitte kurz … und Ferdinand Rademacher. Den Kollegen Mallinger informieren wir parallel. Er leitet ja die Ermittlungen zum Sturz von heute Nachmittag.«

Die Lage wurde immer unübersichtlicher. »Halten Sie mich auf dem Laufenden!« Er beendete das Gespräch und fuhr sich mit der Hand durch die kurzen Haare. Es wurde Zeit, dass er mit Mallinger redete. Harry war nach wie vor nicht erreichbar. Und wo war seine Partnerin Schwartz?

Mit schnellen Schritten lief Sennebogen die geschwungene Auffahrt zur Westpforte hoch, zeigte seinen Dienstausweis und betrat die Friedrich-Bürklein-Halle. Während hier bis vor Kurzem noch reges Treiben geherrscht hatte, war nach dem Ende der Plenarsitzung Ruhe eingekehrt. Kriminalhauptkommissar Mallinger nutzte die gesamte Breite der Halle und ging gestikulierend auf und ab, während er telefonierte. Als er ihn sah, hob er kurz die Hand. Etwas war passiert.

»Haben Sie es gehört, Herr Kriminalrat?«, begann Mallinger ohne Umschweife. »Wir haben zwei Vermisste aus dem Wohnheim.«

Sennebogen nickte. »Die Zentrale hat mich informiert. Haben Sie auf dem Dach jemanden entdeckt?«

»Nichts. Es ist zu dunkel. Ich habe es absperren lassen«, antwortete Mallinger. »Aber noch etwas, Herr Sennebogen. Das war gerade der Kollege Zeitler. Er war in den Zimmern der Vermissten. Und was glauben Sie, was er im Appartement des Studenten gefunden hat? Die Visitenkarte von Bergmann.« Er sah ihn ernst an. »So ungern ich das über einen Kollegen sage, aber wir müssen in Betracht ziehen, dass er etwas damit zu tun hat.«

Sennebogen zog die Augenbrauen hoch. »Es hieß, das Landtagsamt habe die Vermissten gemeldet. Wer ist denn um diese Zeit noch da? Der Direktor hat vorhin noch nichts davon erwähnt.«

Mallinger nickte. »Fragen wir ihn. Wir treffen uns mit dem Kollegen Zeitler gleich bei ihm im Büro.«

55

München, Maximilianeum, Katakomben, 20:20 Uhr

Als er den dumpfen Knall in den Tiefen der Katakomben des Maximilianeums hörte, hob Nikolaus Attenbach den Kopf. Woher genau das Geräusch aus dem Gewirr an Gängen, Gewölben und Kavernen zu ihm vordrang, konnte er nicht zuordnen. Er blickte verärgert zu seinen beiden verbliebenen Helfern, die ihm gerade durch die Luke in das Kellergewölbe hinabhalfen. Er hatte ihnen doch aufgetragen, die Kommissarin ohne großes Aufheben zu erledigen! Das hörte sich jetzt aber anders an!

»Du bleibst oben, Wassili«, zischte er einem der beiden Männer scharf zu. »Pass auf, dass wir nicht wieder überrascht werden!«

Auf dem feuchten Lehmboden angekommen, leuchtete Attenbach die unebenen Wände ab. Grobe Steine und notdürftig verputzte Backsteine wechselten sich ab. Das Gewölbe war offenbar in großer Eile in den Boden getrieben worden.

Endlich fand er an einer Seite die rechteckige Öffnung, nach der er gesucht hatte. Bis zu ihrer Entdeckung im letzten Jahr war dort die mit einem blauen Stern verzierte Schatulle versteckt gewesen, die Arthur Streicher an sich gebracht hatte. Attenbach musste unwillkürlich lächeln. Alle hatten sie sich so auf einen verschwundenen Edelstein in der Schatulle konzentriert, dass sie andere Möglichkeiten außer Acht ließen.

Prüfend betrachtete er die Wand.

»Da!«, rief er plötzlich aus und entriss seinem Helfer eine Taschenlampe. Ganz untypisch für ihn rieb er aufgeregt mit der rechten Hand über den Putz und leuchtete auf die Mauer. Kleine Lehmbrocken, Backsteinsplitter und Staub rieselten herab und gaben den Blick auf einen schweren schwarzen Stahlring frei, der sich kaum von der Wand abhob.

Attenbach trat näher und wischte um den Ring.

»Hilf mir«, wies er seinen Begleiter an, und Stück für Stück legten sie eine Metallscheibe mit Einkerbungen an der Außenseite frei. Im Inneren war ein zweiter gezackter Ring zu erkennen. Während sich auf dem äußeren Ring Zahlen vermeintlich willkürlich abwechselten und die Scheibe vollständig umrandeten, waren es im Inneren Buchstaben.

Attenbach tippte auf das Display seines Smartphones und vergrößerte das Bild des Plans, das er sich vorhin von Dimitris Handy geschickt hatte. Mit prüfendem Blick las er und begann, den Eisenring zu drehen.

Quietschend setzte dieser sich in Bewegung und ratterte an den Einkerbungen entlang. Einige Male schob ihn Attenbach hin und her, bis er mit seiner winzigen Spitze bei »25« einrastete. Das Gleiche wiederholte er beim inneren Ring, dieses Mal bei der Einkerbung »A«.

Triumphierend schaute Attenbach zu seinem Gehilfen. »Das war der erste. Beeilen wir uns. Wir haben noch Arbeit vor uns!«, rief er ihm zu. »Runter mit dir, hilf mir rauf!«

Wassili kniete sich auf den Boden, sodass Attenbach auf seine Schultern und von da durch die Luke steigen konnte.

Attenbach klopfte sich den Staub von der Kleidung. So nah war er seinem großen Ziel noch nie gewesen. Wer sollte ihn jetzt noch aufhalten?

56

München, Maximiliansanlagen, Isarufer, 20:25 Uhr

Das Grollen war zunächst ganz fern. Dann schwoll es an und wurde immer wieder von einem unangenehm hellen Klirren unterbrochen. Unwillig verzog Lena Schwartz das Gesicht und blinzelte. Es war stickig und nahezu stockdunkel. Ihre Glieder schmerzten höllisch, und sie bekam kaum Luft. Über ihr lag ein schwerer Sack. Sie konnte sich kaum bewegen.

Langsam lichtete sich der Nebelschleier, der sie umgab. War das ihr Name, der sich in das Grollen mischte?

»Lena! Aufwachen!«, schrie jemand. »Lena!« Wieder und immer wieder. Dazu trommelte etwas hinter ihr.

Aber sie war müde, unendlich müde, und sie wollte weiterschlafen. Urplötzlich durchfuhr sie die Erinnerung wie ein Blitzschlag. Die Hände um ihren Hals! Die Schmerzen! Die Todesangst!

Schwartz riss die Augen auf und wollte aufschreien. Aber sie bekam nur ein Krächzen heraus und bäumte sich auf. Als sie realisierte, dass der Sack über ihr ein lebloser Körper war, entkam ihr ein heiseres Röcheln, und sie drückte den Toten zur Seite.

Instinktiv drehte sie den Kopf und erkannte im Zwielicht zwei bekannte Gesichter. Sie atmete auf, als sie Stefan Huber und Tina Oerding auf der anderen Seite des Gitters sah, die an den Stäben rüttelten.

»Gott sei Dank lebst du!«, rief Stefan und rutschte so nah wie möglich heran.

Schwartz schnappte nach Luft und drehte sich auf die Seite. »Ihr … ihr habt mich gerettet.« Mehr brachte sie nicht heraus.

Tina nickte wortlos und schaute auf ihre zitternden Hände. Stefan zog besorgt die Augenbrauen hoch und legte den Arm um sie.

»Was ist denn passiert, Lena?«, fragte er und machte sich nochmals daran, die Gitterstäbe zu lockern.

Mit stockenden Worten schilderte sie, wie sie mit der SMS in den Keller gelockt und dort überwältigt worden war.

»Unglaublich«, flüsterte Tina, die langsam ihre Sprache wiederfand. »Von Harald haben wir seit dem Nachmittag nichts mehr gehört. Meinst du, er hat dir wirklich geschrieben?«

Schwartz schüttelte den Kopf.

»Was … wenn die Porzellantafel bei ihm genau den gleichen Zweck erfüllte wie seine angebliche SMS bei dir?«, sagte Tina stockend. »Um ihn auf eine falsche Spur zu lenken.«

»Ein Ablenkungsmanöver? Aber wovon?«, entgegnete Schwartz, während sie keuchend versuchte, sich im engen Gang ein wenig aufzurichten.

»Hier stimmt etwas nicht. Wir glauben nach allem, was wir

heute herausgefunden haben, dass im Keller des Maximilianeums ein Geheimnis versteckt wurde«, sagte Tina eindringlich.

»Das von Wächtern des Maximilianeums gehütet wird, zu denen wohl auch Rademacher gehörte«, ergänzte Stefan.

»Was sind das für Typen?« Tina zeigte durch die Gitterstäbe.

»Das klang auf jeden Fall osteuropäisch, was er gesagt hat vorhin. Polnisch oder russisch, würde ich schätzen.« Schwartz stutzte. Da bewegte sich plötzlich etwas.

»Lena, pass auf, hinter dir!«

Der zweite Verfolger!, schoss es Schwartz in den Kopf. Ihn hatte sie ganz vergessen.

Stöhnend kam er zu Bewusstsein und rappelte sich auf.

»Stefan, schnell!« Tina zeigte auf die Pistole in der Sporttasche.

Stefan griff nach ihr und reichte sie weiter. So schnell sie konnte, schob Tina die Waffe durch die Gitterstäbe. Schwartz umfasste den Griff, drehte den Arm und hielt den Lauf an die Stirn des Angreifers, der in diesem Moment dabei war, nach vorne zu krabbeln.

»Keine Bewegung. Oder es ergeht dir wie deinem Freund«, krächzte Schwartz und zeigte mit dem Kopf auf die Leiche neben ihr. Um keine Zweifel an ihrer Entschlossenheit zu lassen, spannte sie hörbar den Abzug der Heckler & Koch.

Der Angreifer seufzte und deutete an, die Arme anzuheben.

»Und jetzt sagst du uns, was hier vorgeht«, forderte Schwartz ihn auf.

Er lachte leise. »Ihr habt keine Ahnung, mit wem ihr euch anlegt.«

»Wo ist Kommissar Bergmann?«, fragte Schwartz mit drohendem Unterton und drückte den Lauf der Waffe stärker an seine Stirn.

»Gib die Hoffnung auf. Es ist nicht vorgesehen, dass er überlebt«, antwortete der Mann und lachte erneut auf.

Kalte Wut packte Schwartz. Sie holte aus und schlug mit der Pistole zu. Hart prallte der Knauf zwischen Nase und Stirn des Mannes auf. Noch einmal schlug sie zu, als ob sie sich für die

Schmerzen, die ihr sein Komplize zugefügt hatte, revanchieren wollte.

Er schrie auf und wurde nach hinten geschleudert, stieß gegen die Decke und sackte in sich zusammen. Einen Moment lang blieb es ruhig, und Schwartz lehnte keuchend an der Wand.

»Alles in Ordnung, Lena?«, durchbrach Stefan die atemlose Stille.

»Es geht schon«, antwortete Schwartz heiser, tastete nach vorne und bekam die Taschenlampe zu fassen, die dem Angreifer zu Boden gefallen war. Voller Abscheu leuchtete sie auf den bewusstlosen Körper. Sein Gesicht war blutverschmiert, und er rührte sich nicht. Angewidert suchte sie mit dem Zeigefinger seinen Puls. Er schlug langsam, aber er lebte.

»Du musst ihn fesseln!«, rief Tina ihr zu.

Sie hat recht, aber wie?, überlegte Schwartz. Da fiel es ihr ein. Sie hatten sie vorhin doch mit Kabelbindern verschnürt! Schwartz schob sich stöhnend näher zu ihm heran. Jede ihrer Bewegungen brannte höllisch, aber sie ignorierte den Schmerz, so gut sie konnte. Hastig durchsuchte sie seine Jackentaschen und wurde fündig.

Ein kleines Bündel an Kunststoffbändern war mit einem zerknitterten Zettel in der Außentasche seines Sakkos verstaut. Schwartz zog sie heraus und sah sich um. Das Einzige, woran sie ihn festmachen konnte, war das Gitter vor ihr. Sie musste es schaffen, bevor er wieder aufwachte!

Schwartz nahm all ihre Kraft zusammen und packte den Bewusstlosen am Gürtel. Unter lautem Ächzen schob sie ihn an sich vorbei zum Gitter. Unendlich langsam, kam es ihr vor, aber schließlich gelang es ihr.

»Helft mir!«, rief sie Tina und Stefan zu und gab ihnen die Kabelbinder durch das Gitter. Zunächst packte sie die rechte Hand des Schergen und hielt sie an eine Seite des Gitters. Stefan umspannte das Handgelenk mit dem Kunststoffband und zog es an einem Gitterstab fest. Zur Sicherheit fesselte er ihn mit einem zweiten, während es ihm Tina auf der linken Seite gleichtat. Schwartz knüllte in der Zwischenzeit zwei Taschentücher zusammen und stopfte sie ihm mit gewisser Genugtuung in den Mund.

»So, das müsste reichen«, schnaufte Tina.

Erleichtert stützte sich Schwartz an der Seitenwand des Tunnels ab und holte Luft. Erst jetzt kam sie dazu, den zerknitterten Zettel, den sie im Sakko des Angreifers gefunden hatte, genauer zu betrachten. Sie strich das Papier glatt, hob die Taschenlampe und leuchtete darauf.

Was sie erblickte, verschlug ihr die Sprache. Sie selbst lächelte ihr entgegen! Daneben waren ihr Name und ihre Kontaktdaten, einschließlich Dienstgrad, festgehalten. Unter ihrem Porträtbild war Harald Bergmann mit ernstem Blick zu sehen. Auch bei ihm waren Dienstgrad und Informationen zu Alter, Wohnort bis hin zur Handynummer aufgeführt. Daneben befand sich eine Karte des Münchener Stadtzentrums. Zwei Orte waren dick umrandet: der Landtag und ein Gebäude ganz in der Nähe. Sie kniff die Augen zusammen. Das Maxwerk!

✳✳✳

Währenddessen blickte sich Stefan vor dem Ausgang des Tunnels unruhig um.

»Tina, ich habe kein gutes Gefühl hier«, flüsterte er seiner Freundin zu, als Schwartz ihnen entgegenrief.

»Ihr beide! Seht euch das an!« Sie schob den gefalteten Zettel zum Gitter. »Das hatte er in seiner Jackentasche! Harry und ich sind heute nicht zufällig hier. Sie wollten uns hier haben!«

Schwartz wiederholte, was der Mann vorhin zu ihr gesagt hatte. »›Es ist nicht vorgesehen, dass er überlebt.‹ Vielleicht sollen nicht wir von etwas abgelenkt werden, sondern sind selbst Teil der Ablenkung!«

»Auf jeden Fall ist Harald in höchster Gefahr!« Stefan blickte ungläubig auf den Zettel.

»Das Maxwerk!« Tina zeigte auf das umrandete Gebäude. »Das ist nur ein paar Minuten von hier! Ich wette mit dir, dass er dort ist.«

»Ruft die Polizei«, rief Schwartz ihnen stöhnend zu. »Ich krieche währenddessen zurück.«

Überrascht wechselten Stefan und Tina Blicke. »Zurück? Bist du sicher?«

»Habe ich denn eine Wahl? Hier kann ich ja nicht raus. Und ganz sicher bleibe ich nicht einfach hier sitzen. Vergesst mich aber nicht!«, kam es dumpf aus dem Tunnel. »Ach, wartet mal, ich habe hier noch etwas. Das habe ich einem in den Katakomben aus der Hand gerissen, als sie gerade in ein Gewölbe hinabstiegen. Sieht aus wie ein Grundriss.« Sie hielt einen Papierfetzen ans Gitter.

Stefan griff nach dem Papier und betrachtete es nachdenklich. Unterschiedliche Stockwerke und Ebenen waren eingezeichnet und durch Notizen ergänzt.

Tina runzelte die Stirn. »Das müssen wir uns näher ansehen, Stefan. Wo hast du es genau her?«, rief sie in den Tunnel. Aber Lena Schwartz war schon weg und antwortete nicht mehr.

»Na gut, dann tun wir mal, was die Kommissarin gesagt hat«, sagte Tina.

»Polizei? Hatten das die Entführer nicht verboten?«, zweifelte Stefan.

»Eben. Vielleicht war genau das ein großer Fehler, sie nicht gerufen zu haben«, entgegnete Tina und wählte die Notrufnummer. Sofort landete sie in der Leitzentrale, und hastig schilderte sie die Situation. »Kommissarin Lena Schwartz hat mich gebeten, Sie anzurufen. Wir haben hier einen Notfall beim Landtag. Einer Ihrer Beamten könnte in Gefahr sein. Beim Maxwerk. Die Täter sind gefährlich.«

Die Beamtin nahm den Fall auf. »Beim Maxwerk, sagen Sie? Haben Sie noch weitere Informationen? Um welchen Kollegen handelt es sich denn?«, fragte sie.

»Harald Bergmann.«

»Oh, Kommissar Bergmann!« Die Tonlage der Beamtin änderte sich merklich. »Würden Sie uns bitte Ihren Namen –«

Im selben Moment legte Tina unvermittelt auf.

Stefan sah sie erstaunt an. »Was ist denn los?«

Tina holte Luft und betrachtete einen Augenblick lang das Telefon. »Gut, dass meine Nummer immer unterdrückt ist. Ich kann es dir nicht sagen, Stefan, aber irgendwas war komisch. Sobald ich den Namen Bergmann gesagt habe, war ihr Tonfall anders. Ich habe für alle Fälle aufgelegt«, sagte sie nachdenklich.

»Und jetzt?«

»Zum Maxwerk!«, rief Tina.

57

München, Maximilianeum, Katakomben, 20:30 Uhr

Bevor er den Eisenring ein letztes Mal einrasten ließ, hielt Nikolaus Attenbach kurz inne. Über Monate hinweg hatte er bis ins kleinste Detail geplant, und nun stand der Moment der Wahrheit an. Hatte er die richtige Kombination aus Zahlen und Buchstaben entziffert und die Ringe in den drei Gewölben an die richtigen Stellen gedreht? War es richtig, was er in mühsamer Kleinarbeit herausgefunden hatte und was ihm endlich Genugtuung und Anerkennung verschaffen sollte? Oder würden seine Hoffnungen enttäuscht?

Attenbach schloss die Augen und drehte den gezackten Eisenring ein Stück weiter, bis er an einer Einkerbung einrastete. Er hielt den Atem an und trat in dem dunklen Gewölbe einen Schritt zurück. Aufgeregt blickte er auf die Wand. Aber nichts geschah. Er war hier doch genauso vorgegangen wie in den beiden Gewölben zuvor! Unruhig schritt er auf und ab.

»Verdammt noch mal«, fluchte Attenbach. Sollte alles umsonst gewesen sein? Die Mühe, die er aufgebracht hatte? Die Menschenleben, die er, ohne mit der Wimper zu zucken, ausgelöscht hatte? Das Geld, das er ausgegeben hatte? War er doch nicht gut genug, um ein Romanow zu werden?

Zunächst war es kaum spürbar, aber dann merkte er es: Ein leises Zittern ging durch die Wand und setzte sich hinter den angrenzenden Mauern fort. Etwas geriet in Bewegung.

»Das ist es, Wassili! Der Mechanismus, der den Eingang öffnet!«, rief Attenbach seinem Begleiter mit leuchtenden Augen zu. Eilig ergriff er die ausgestreckte Hand über ihm und ließ sich hinaufziehen.

In dem von Backsteinen gesäumten Durchgang leuchtete Attenbach abwechselnd auf den Abschnitt des zerrissenen Plans aus dem Grundstein, der ihm noch geblieben war, und auf das Foto auf dem Display seines vergoldeten Smartphones.

»Wassili, zeig noch mal die Pläne!«

Dieser zog einen gefalteten Zettel heraus, auf dem der Grundriss des Maximilianeums eingezeichnet war. Ein Wirrwarr an Gängen, Schächten und Gewölben tat sich auf, das sie mit den vier Punkten, die sie auf dem Dach markiert hatten, verglichen hatten.

»Es ist ganz in der Nähe«, sagte Attenbach zufrieden.

Vorsichtig hangelten sie sich von Durchgang zu Durchgang, bis sie am Ende eines niedrigen Ganges an einer Mauer ankamen. Auf den ersten Blick sah es so aus, als ob sie in einer Sackgasse gelandet wären. Es knackte dumpf, als sie auf Mörtelstücke traten. So dicht lag der Staub in der Luft, dass ihn der Schein ihrer Taschenlampen kaum durchdringen konnte.

Attenbach und seine Gehilfen hielten schützend die Arme vors Gesicht. Nur langsam konnten sie mehr erkennen. Aus der wackelig anmutenden Wand vor ihnen ragten Backsteine hervor, aus manchen von ihnen waren Stücke herausgebrochen. Es knackte wieder, als sie näher an die Wand traten, und sie leuchteten auf den Boden. Kratzer und Risse deuteten darauf hin, dass etwas Schweres bewegt worden war. War die Wand nach hinten gerutscht?

Attenbach schob mit dem Fuß Staub und Steinstücke zur Seite. Eine Rille im Boden wurde sichtbar. »Wassili, Sergej! Wischt alles weg!«, forderte er seine beiden Begleiter auf.

Sie knieten sich hin, schoben notdürftig die gröbsten Steine zur Seite und legten einen schweren Steindeckel frei, den zuvor wohl die Mauer verdeckt hatte. Bis auf vier Ziffern, die Jahreszahl »1857«, die in einem Haltegriff eingraviert waren, war der Deckel schmucklos.

Das war es! Attenbachs Herz schlug schneller. »Anheben!«, befahl er seinen Helfern. Sie zerrten am Griff. Stöhnend und mit vereinten Kräften zogen sie an der Platte und schoben sie beiseite. Eine enge Öffnung tat sich vor ihnen auf.

»Ich gehe allein!«, stellte Attenbach klar und ließ sich durch den Spalt hinab.

Mit dem Fuß fand er schnell Halt an einem Vorsprung, an dem er sich mühsam vorbeizwängte. Es war eng, die Luft war stickig. Attenbach konnte förmlich spüren, dass der Raum seit vielen Jahrzehnten nicht geöffnet worden war. Es herrschte Totenstille.

Attenbach wagte kaum, zu atmen. Er knipste die Taschenlampe an. Als er erkannte, wo er sich befand, zitterte seine Hand vor Aufregung. Er stand in einer kleinen Gruft. Vor ihm lag eine schwere Steinplatte auf einem steinernen Sarkophag.

Attenbach beugte sich vor, wischte den Staub zur Seite und fuhr über eine eingehauene Inschrift.

Semper fidelis.
Lapis caeruleus sanguinem caeruleum custodit.

»»Blauer Stein schützt blaues Blut‹«, murmelte Attenbach. Endlich war er am Ziel.

Er drückte gegen die Steinplatte und schob sie Zentimeter für Zentimeter zur Seite. Ein Spalt öffnete sich, und Attenbach lugte erwartungsvoll hinein. Ein weißes Leinentuch schimmerte auf. Eingeschlossen von Stein und konserviert in trockener Luft erschien es, als wäre es erst vor wenigen Tagen hineingelegt worden.

»Da ist er. Urahn Nikolaus«, flüsterte Attenbach ergriffen, als der Strahl der Taschenlampe über das Leinentuch wanderte. Einen Augenblick hielt er inne, dann drückte er nochmals gegen die Steinplatte, um den Spalt zu vergrößern, sodass er mit der ganzen Hand hineinfassen konnte. Vorsichtig berührte er den Stoff und streichelte darüber. Kurz zuckte er zusammen, als er darunter etwas Festes erspürte. Dann machte er sich bewusst, dass er die Gebeine seines Urahnen fühlte, und kniete sich spontan auf den Boden vor dem Sarkophag. Er lehnte die Stirn gegen den kühlen Stein und sprach leise ein Gebet.

Als er die Augen wieder öffnete und die Lampe zu Hilfe nahm, leuchtete in dem Sarkophag unvermittelt etwas bläulich auf. Mit den Fingerspitzen griff er noch tiefer hinein und holte einen riesigen blauen Edelstein heraus. Als er ihn anhob, knisterte darunter etwas. Er fühlte Papier.

Vorsichtig, um es nicht zu beschädigen, zog er es mitsamt dem Stein heraus. Geradezu andächtig betrachtete er das Juwel, das auf seltsame Art und Weise selbst im Dunkeln in intensiven Blautönen schimmerte. Dann betrachtete er das Papier in seiner Hand, das sich als fein säuberlich gefalteter Brief herausstellte. Er war versiegelt worden und mit einem kurzen Anschreiben versehen.

Meinem geliebten Ludwig ...

Glückselig blickte Attenbach auf seinen Fund. Die Erkenntnis überwältigte ihn.

Sein Urahn lag hier in dieser Gruft, umgeben von dickem Stein. Wie seine gesamte Familie vor der Öffentlichkeit versteckt. Vergessen. Wie aus der Erinnerung gelöscht. So heimatlos, so wertlos war er sich zeit seines Lebens vorgekommen. Aber das würde jetzt anders werden. Die Menschen sollten erfahren, wer der wahre Erstgeborene des bayerischen Königs gewesen war. Wer Anspruch auf den Thron hatte. Und wer sein Nachfahre war. Er, Nikolaus Attenbach Romanow. Mit blauem Blut der Wittelsbacher und der russischen Zarenfamilie. Am liebsten hätte er im Angesicht des Triumphes laut aufgeschrien.

Mit klopfendem Herzen verstaute er den Edelstein in dem Etui, in dem er zuvor dessen Zwillingsstein, den Blauen Wittelsbacher, mit sich getragen hatte, und schob den Brief vorsichtig in seine Jackentasche. Einen kurzen Moment hielt er inne, dann schnaufte er durch und rief nach seinen Begleitern.

»Wassili, Sergej! Holt mich nach oben!«, durchbrach seine Stimme die Stille in der engen Gruft.

Das leichte Zittern in den Wänden, das jetzt einsetzte, nahmen sie in der Eile nicht wahr. Ganz langsam, Millimeter für Millimeter, begann sich die Wand vor der Bodenplatte zu bewegen.

58

München, Maximiliansanlagen, Isarufer, 20:40 Uhr

Stefan packte die Sporttasche mit der Ledermappe und sprang auf. Gemeinsam mit Tina erklomm er die niedrige Böschung am Isarufer und bog in den Pfad ein, der sie am Fluss entlang zurück zu den Parkanlagen unterhalb des Maximilianeums führte. Im Dunkel des Waldes mussten sie aufpassen, nicht zu stolpern, und trabten über den sandigen Weg. Stefans Gedanken kreisten.

»Ich bin sicher, dass mir der Direktor vorhin etwas anvertrauen wollte!«, meinte er. »Und warum sagt er kein Wort zu den Entführern?«

»Als ob er gezwungen worden wäre! Harald und Lena wurden doch auch von Aufgabe zu Aufgabe geschickt«, erwiderte Tina. »Mit irrwitzigen Wünschen und Zeitvorgaben, die gar nicht zu schaffen waren. Denk an den Steinernen Saal bei laufendem Plenum. Oder den Grundstein vor aller Augen aufzubrechen. Irrsinnig.«

Stefan blieb plötzlich einige Schritte zurück und hielt dann an. »Vielleicht war aber genau das das Ziel. Dass sie scheitern, und das auch noch öffentlich sichtbar!«

Mittlerweile waren sie beim Steg angekommen, der unter der Maximiliansbrücke hindurch am Isarufer entlangführte. Von dort aus lag das Maxwerk nur wenige Schritte entfernt. Sie blieben im schützenden Dunkel unter der Brücke und spähten in Richtung des Jagdschlösschens inmitten der Maximiliansanlagen. Nur einem aufmerksamen Beobachter wäre aufgefallen, dass von einem der ovalen Fenster im ersten Stock ein matter Lichtschein ausging.

»Da oben ist jemand«, flüsterte Tina.

Einen Augenblick lang kauerten sie in Lauerstellung auf dem

finsteren Metallsteg. Das Rauschen der Isar an der Staustufe wenige Meter vor ihnen übertönte alle weiteren Geräusche.

»Wir sollten uns bewaffnen«, sagte Tina dann und stand auf.

»Sollten wir nicht besser warten?«, warf Stefan ein.

Sie schüttelte den Kopf. »Wer weiß, wann die Polizei kommt. Dann könnte es für Harald zu spät sein.«

Einen Moment lang zögerte er. Ihm ging es zu weit, wie sehr sie sich einmischten, und tief in ihm nagte eine unerhörte Frage an ihm: Wieso wollte Tina so viel für den Kommissar riskieren? War es Verbundenheit, oder war da doch mehr?

»Nun komm schon!«, riss sie ihn aus den Gedanken.

Seufzend gab er sich einen Ruck. Allein würde er sie nicht gehen lassen.

Sie sahen sich um. Die kleine Uferpromenade mit Blick auf die prächtigen Stadthäuser gegenüber lag mittlerweile verlassen da. Lediglich ein einsamer Jogger drehte eine nächtliche Runde und verschwand gerade auf einem der Pfade hinter dem Maxwerk zwischen den Bäumen.

Sie hakten sich unter und schlenderten an den Parkbänken vorbei. Zunächst ließen sie das vor Kurzem sanierte und neu gestrichene Gebäude rechts hinter sich. Hinter einer nahe gelegenen Baumgruppe drückten sie sich wie ein verliebtes Pärchen zwischen die Stämme.

Einen Moment lang lauschten sie. Die typischen Geräusche eines Frühlingsabends umgaben sie. Wasser rauschte, die ersten Grillen zirpten, und Blätter raschelten im Wind. Ein weiteres Geräusch mischte sich dazwischen, das der Wind zu ihnen herüberwehte. War das ein Stöhnen? Auf jeden Fall waren es Stimmen!

Stefan beugte sich vor und versuchte, das Gehörte einzuordnen. Da krachte es. Dieses Mal war er sich sicher, dass es aus dem ersten Stock des Maxwerks kam.

»Das klingt nach einem Kampf«, flüsterte Stefan, und Tina nickte. Es war klar, dass sie handeln mussten. »Das ist verrückt, was wir hier tun«, fügte er hinzu.

»Ich weiß«, antwortete Tina. »Aber es geht nicht anders. Also los!«

In geduckter Haltung liefen sie über das Gras zur Eingangstür. Auf dem Weg dahin bückte Stefan sich und hob einen Ast und einen Ziegelstein auf, der aus der verwitterten Mauer gebrochen war.

59

München, Maximilianeum, Büro des Landtagsdirektors, 20:40 Uhr

»Seit wann werden die beiden denn vermisst?«, fragte Martin Sennebogen und lehnte sich an das Fensterbrett des großen Fensters im Dienstzimmer des Landtagsdirektors.

»Andreas Schechtner seit gestern Abend«, antwortete Löwenthal, dem die Sorge ins Gesicht geschrieben war. »Und der Wohnheimbetreuer Ferdinand Rademacher seit heute Mittag. Er ist bei einigen Besprechungen nicht aufgetaucht. Daher dachte ich mir, ich melde es Ihnen in Anbetracht der besonderen Umstände heute schon.«

»Und warum haben Sie das vorhin nicht erwähnt, als wir uns bei dem Toten gesehen haben?«, hakte Sennebogen nach.

»Das frage ich mich auch, Herr Kriminalrat«, bestätigte Mallinger, der vor dem Schreibtisch auf und ab ging.

Hilflos zuckte Löwenthal mit den Schultern. »Ich habe ja schon viel erlebt, meine Herren, aber wer hätte denn eine solche Eskalation erwartet?« Erschöpft sah er sie aus glasigen Augen an. Der Direktor wirkte fahrig und mutlos.

Mallinger setzte gerade zu einer Nachfrage an, als sein Diensthandy läutete. Beim Blick auf seinen ernsten Gesichtsausdruck ahnte Sennebogen bereits, dass der Anruf ihren Fall betraf.

»Ist das …? Mehr wissen Sie nicht? … Gut, wir sind unterwegs. Den Kollegen gebe ich auch Bescheid. Schicken Sie zur Sicherheit noch zwei Streifen hin!« Sichtlich aufgeregt legte Mallinger auf.

»Und?«, fragte Sennebogen.

Mallinger schüttelte den Kopf. »Die Zentrale. Jemand hat gerade einen Notfall beim Maxwerk gemeldet. Raten Sie mal, um wen es ging. Kollegen Bergmann.«

60

München, Maximilianeum, Katakomben, 20:45 Uhr

Zurück kam ihr der Weg durch den Tunnel noch beschwerlicher und länger vor. Ihr Hals schmerzte, wenn sie Luft holte. Sie spürte jeden Meter, den sie zurücklegte, in allen Gliedern, die Knie und Hände waren aufgeschürft und brannten höllisch. Immer wieder verharrte Lena Schwartz und versuchte, neue Kraft zu sammeln. Jeden Moment befürchtete sie, dass ihr Verfolger aufwachen und sich von den Fesseln am Gitter befreien könnte. Ihre Pistole hielt sie fest umklammert und lauschte in den dunklen Gang hinter ihr, aber nichts war zu hören.

Endlich erreichte sie den Durchgang, durch den sie zuvor ihren Entführern hatte entwischen können. Was für ein Wahnsinn, hierher zurückzukehren!, ging ihr durch den Kopf. Aber sie hatte keine andere Wahl.

Es fühlte sich für Schwartz so an, als wäre es Ewigkeiten her, dass sie sich hatte aufrichten können. Sie verzog das Gesicht vor Schmerzen und lehnte sich stehend an die Wand. Einige Zeit verbrachte sie nur damit, durchzuschnaufen.

Irgendwo in den Tiefen der Katakomben hörte sie etwas. Jemand unterhielt sich. Im Gewölbe, in dem sie zuvor gefesselt auf dem Boden gelegen hatte, war niemand mehr.

Vorsichtig, einen Schritt nach dem anderen und mit der Dienstwaffe im Anschlag, durchquerte sie den Raum. Jetzt war es vollkommen ruhig.

Da hörte sie es wieder. Es raschelte, und sie vernahm eine dumpfe Stimme. Schwartz hielt die Luft an und drückte sich an die grobe Wand. In einem der Durchgänge zwanzig oder dreißig Meter weiter vorne bewegte sich etwas.

Flach atmend versuchte sie, etwas zu erkennen, und hoffte gleichzeitig, dass sie selbst nicht entdeckt wurde. Einige Gestalten drückten sich unter einen Durchgang und verschwanden dann in die andere Richtung. Wenn sie sich nicht täuschte, gingen sie Richtung Ausgang. Sie waren nicht allzu weit von der Tiefgarage entfernt.

Eine Sekunde wartete sie ab, dann entschied sie, ihnen zu folgen.

Sie musste zwei Haken schlagen, bis sie an einer verwinkelten Abzweigung unschlüssig anhielt. Plötzlich spürte sie ein leichtes Zittern im Mauerwerk. Staub rieselte herab, sie schüttelte ihn sich aus den Haaren. Ganz leise hörte sie Gemurmel. Es schien aus der Backsteinmauer direkt vor ihr zu kommen, aber als sie näher trat, bemerkte sie, dass sich dort vorn ein Durchgang zu einem Gewölbe befand, den sie zuvor nicht hatte sehen können. Direkt dahinter war jemand!

Schwartz drückte sich an die Mauer und riskierte einen Blick. Zwei Gestalten knieten am Boden und halfen jemandem nach oben.

Fieberhaft überlegte Schwartz, was sie tun sollte. Sie musste sich einen sicheren Platz suchen! Sie holte Luft, auch wenn sie bei jedem tieferen Atemzug vor Schmerzen zusammenzuckte. Da geschah es: Ein Stein an der Wand löste sich und fiel polternd zu Boden. Ungläubig starrte Schwartz ihn an.

»Там кто-то есть!«, hörte sie es zischen.

Sie entsicherte ihre Pistole. Aber sie war zu langsam. Eine kräftige Hand packte ihr Handgelenk und schlug es krachend gegen die Mauer. So fest prallte es auf, dass ein weiterer Stein auf den Boden bröckelte. Schwartz schrie, als sich ein Ellenbogen in ihr Gesicht rammte. Erbarmungslos wurde sie um die Ecke geschleift, ein eiserner Griff hielt sie fest. Sie röchelte und strampelte hilflos.

»Na, wen haben wir denn hier?« Ein grinsendes Gesicht beugte sich zu ihr herab. Nikolaus Attenbach packte sie unsanft am Kinn und betrachtete sie. »Das ist ja die Kommissarin. Sie sollten doch schon nicht mehr unter uns weilen. Enttäuschend«, flüsterte er ihr zu.

»Господин Аттенбах, стена закрывается!« Einer der beiden Helfer wies auf eine zitternde Wand, die langsam immer näher rückte.

Einen Augenblick überlegte Attenbach, dann lachte er leise auf. »Wie passend, dass hier eine Gruft frei ist. Wie gemacht für Sie!«

Er gab seinen Helfern einen Wink. Bevor sie wusste, wie ihr geschah, wurde sie von den beiden gepackt und vor das Loch geschleift. Ein Tritt traf sie zuerst im Gesicht, dann von hinten, und sie stürzte ins Dunkel hinab. Hart prallte sie auf eine Steinplatte und schrie auf. Das Letzte, was sie sah, war der Steindeckel über ihr, der über die Öffnung geschoben wurde. Dann verlor sie das Bewusstsein.

61

München, Maxwerk, 20:45 Uhr

Er wusste nicht mehr, ob er seit Stunden oder seit Tagen hier lag. Wieder und wieder hatte Harald Bergmann versucht, die Fesseln zu lockern, um sich aus der misslichen Lage zu befreien, doch sie saßen fest um seine Hand- und Fußgelenke. Auch die Kapuze über seinem Kopf ließ sich nicht abstreifen. So blieb ihm nichts anderes übrig, als sich von den Körperbündeln neben ihm so weit wie möglich wegzurollen. Bergmann hoffte, irgendetwas Spitzes oder Scharfes zwischen den Holzbohlen zu finden, aber bei jedem Versuch wurde er von Neuem enttäuscht.

Langsam machte sich Verzweiflung bei ihm breit. Alles, was er wusste, war, dass die Entführer ihn töten wollten. Warum nur? Sosehr er sich den Kopf zermarterte, keine der Erklärungen, die er sich zusammenreimte, ergab Sinn. Er hatte helfen wollen, doch egal, was er getan hatte: Es war schiefgelaufen. Mehr und mehr verfestigte sich in ihm der Eindruck, dass er gar keine Chance gehabt hatte.

Die einzige Abwechslung in den vergangenen Stunden waren die regelmäßigen Kontrollbesuche. Der Ablauf war immer ähnlich. Quietschend öffnete sich die Tür, und Bergmann konnte förmlich den prüfenden Blick auf sich spüren. Penibel kontrollierte der Mann jedes Mal den Sitz der Fesseln und verabschiedete sich dann mit einem gezielten Fußtritt in die Seite. Der Wunsch seines Bewachers, endlich beenden zu dürfen, was er vorhin hatte abbrechen müssen, lag stets fast zum Greifen in der Luft.

Wieder quietschte die Tür, und der Aufpasser trat in den schummrigen Raum, in den nur wenige Lichtstrahlen aus dem Nebenzimmer fielen. Seine Schritte hallten über den Boden. Bergmann, dessen Sinne sich auf das Gehör konzentriert hatten, konnte inzwischen jede seiner Bewegungen nachvollziehen. Dieses Mal aber war etwas anders, das bemerkte er sofort. Der Mann ging einige Schritte auf und ab, bis etwas piepte. Der Ton kam Bergmann bekannt vor. Es war sein eigenes Telefon!

Bergmann hörte, wie etwas getippt wurde. Aber was? Als ob er Gedanken lesen könnte, begann sein Bewacher zu sprechen.

»Das interessiert dich, was ich hier geschrieben habe, oder?« Er lachte herablassend und kniete sich zu Boden. »Du wirst sterben, ohne es zu erfahren. Aber eines kann ich dir versprechen. Dein Tod ist nicht sinnlos. Du bist ein Held. Du nimmst ehrenhaft die Schuld auf dich. Für etwas Größeres, als du es je sein könntest«, keuchte ihm der Russe ins Ohr. Einen Moment schwieg er. »Ich habe zu viel gesagt. Aber es ist egal. Endlich ist es Zeit.«

Bergmann bäumte sich auf und wehrte sich, so gut er konnte. Er versuchte, den Russen mit einem Kopfstoß zu erwischen, aber dieser wich geschickt aus und packte ihn an den gefesselten Händen. Bergmann mobilisierte die letzten Kräfte und versuchte, ihn abzuschütteln. Er zog die Knie an und stieß sie dem Angreifer in den Rücken. Stöhnend rutschte er zur Seite. Mit höhnischem

Lachen rappelte er sich jedoch gleich wieder auf, klopfte sich den Staub von den Beinen und trat ihm in die Seite.

»Jetzt ist es genug!« Er nestelte an der Kapuze, öffnete den Knoten und zog sie Bergmann vom Kopf.

Was sollte das?, überlegte Bergmann, und ein kleines bisschen Hoffnung flackerte in ihm auf. Er blinzelte und war sogar vom schummrigen Licht aus dem Nebenzimmer geblendet. Vielleicht war es ein schlechter Aprilscherz, dachte er und bemerkte im selben Moment, dass er sich an die abstrusesten Möglichkeiten klammerte.

Bereits im nächsten Augenblick wurde diese Hoffnung aber schon enttäuscht, als er die Waffe erkannte. Seine eigene Dienstwaffe! Die Gestalt bewegte sie provozierend vor seinen Augen hin und her. Dann zog sie ruppig seine Hände nach oben und drückte den Knauf hinein. Da begriff Bergmann, was der Russe vorhatte!

Ich soll mich selbst erschießen?, dachte er. Es lief ihm heiß und kalt den Rücken hinunter, und er brüllte in den Knebel. Niemals würde er das tun! Niemals.

Der Mann presste ihm sein Knie in die Magengrube und drehte den Lauf der Waffe langsam, aber unaufhaltsam zu seinem Gesicht. Bergmann schwitzte vor Anstrengung und wehrte sich nach Leibeskräften. Vergeblich. Er konnte es nicht verhindern und blickte schließlich in den Lauf seiner eigenen Walther PPK.

Plötzlich verdunkelte sich das Licht im Raum, und aus dem Augenwinkel heraus erkannte er zwei Schatten, die durch den Türspalt schlüpften. Auch sein Angreifer, der sich ganz auf den Kampf mit ihm konzentriert hatte, drehte den Kopf und blickte sich überrascht um. Aber da war es schon zu spät. Mit voller Wucht knallte ein Ziegelstein gegen den Schädel des Mannes, und gleichzeitig prallte ein Stock auf die Waffe. Der Schlag traf auch Bergmanns Hand. Er schrie vor Schmerzen auf, ebenso wie der Russe, der zur Seite geschleudert wurde. Ein Schuss löste sich und hallte donnernd durch das Zimmer.

Als das Gewicht des Angreifers auf ihm nachließ, rollte Bergmann sich zur Seite. Neben ihm stürzten sich die beiden Gestalten auf seinen Gegner.

Einige Augenblicke dauerte das Kampfgetümmel, dann wurde es schlagartig ruhig. Bergmann versuchte, etwas zu erkennen.

»Harald, wir sind es!«, hörte er eine vertraute Stimme.

Erleichtert atmete er auf. Es war Tina Oerding! Was für ein Glück! Auch Stefan Huber war dort! Er war aufgestanden und hatte sich der Pistole bemächtigt. Fest richtete er sie auf den Russen, der auf dem Boden neben ihnen lag. Tina rutschte zu Bergmann.

»Alle unverletzt?«, fragte sie.

Bergmann brummte in den Knebel.

»Oh, entschuldige!« Tina entfernte ihn ihm.

»Danke«, stieß Bergmann hervor, als er endlich wieder frische Luft durch den Mund atmen konnte. Mehr brachte er vor Erschöpfung im ersten Moment nicht heraus.

»Was hatten die denn mit dir vor?« Tina runzelte die Stirn, als sie die Manschetten um seine Handgelenke aufknöpfte, die an Fesseln aus dem Bondage-Bereich erinnerten. Auch an seinen Fußknöcheln löste sie die Ledergürtel, die Schaumstoffpolster festgespannt hatten. »Seltsam. Man könnte fast meinen, sie wollten nicht, dass man dir ansieht, dass du gefesselt warst.«

Erschöpft kroch Bergmann zur Wand und rieb seine Hände. »Das war haarscharf. Ihr hättet keine Sekunde später kommen dürfen!«, keuchte er und blickte sie dankbar an.

In dem Moment hörten sie Schritte im Treppenhaus und Stimmen im Flur.

62

München, Maxwerk, 20:55 Uhr

Die Zimmertür wurde krachend aufgestoßen.

»Hände hoch! Sofort!«, brüllte ein Mann, in dem Bergmann nach einer Schrecksekunde seinen Kollegen Mallinger erkannte. Mit gezückter Waffe trat er ein und sah sich um, gefolgt von zwei

Streifenpolizisten. Bergmann atmete mit erhobenen Händen erleichtert auf und blickte zu seinem Entführer, der nur eine Armlänge von ihm entfernt auf dem Boden lag. Auch Stefan Huber ließ die Waffe sinken und legte sie weit von sich entfernt auf den Boden.

Als sich einer der Beamten zu dem Russen auf den Boden beugte, öffnete dieser nur kurz die Augen und stieß hervor: »Polizei? Sie kommen zu früh.«

Dann verlor er wieder das Bewusstsein.

»Du kannst die Waffe jetzt ruhig runternehmen«, forderte Bergmann Mallinger auf.

»Keiner hier bewegt sich«, antwortete dieser mit ernstem Blick. »Und Sie geben mir ganz ruhig die Waffe«, wandte er sich Stefan Huber zu. »Wir haben einen Schuss gehört. Waren Sie das? Sie alle kommen mit aufs Revier.«

»Das geht nicht«, fiel ihm Tina aufgeregt ins Wort. »Unsere Aussage können wir doch auch später machen. In den Katakomben des Landtages geht etwas vor sich. Lena Schwartz ist dort. Wir müssen ihr helfen!«

»Sie haben den Ernst der Lage nicht ganz erkannt, glaube ich.« Mallinger schüttelte den Kopf. »Wir müssen uns unterhalten. Besonders wir, Herr Kollege.« Er sah Bergmann in die Augen.

Dieser runzelte die Stirn. »Wie ...?«

Mallinger räusperte sich. »Ich sage es ungern. Aber alle Indizien führen zu dir.«

Ungläubig sah Bergmann auf. »Zu mir? Lächerlich!«

Aber ist es wirklich lächerlich?, ging es ihm durch den Kopf. Würde er ermitteln, er würde sich selbst vermutlich genauso verdächtigen, wie Mallinger es gerade tat. Er war es gewesen, der die Schatulle aus dem Kommissariat geholt hatte. Er hatte die Anweisung zum Aufbrechen des Grundsteins gegeben. Er war es, der beim Öffnen der Glasvitrine im Steinernen Saal gesehen worden war. Nicht einmal Spuren von Fesseln wies er auf. Alles deutete auf ihn. Das also hatte der Russe vorhin gemeint. Das war kein Rope-a-dope wie beim »Rumble in the Jungle«-Boxkampf.

Kein Ablenkungsmanöver. Es war schlimmer. Er war Fallobst, das alle Schläge einstecken musste. Bis zum K. o.

***

Kriminalrat Sennebogen, der sich im Hintergrund gehalten hatte, überblickte nachdenklich von der Türschwelle aus die Situation. Zwei Tote an der Wand. Ein bewusstloser Mann auf dem Boden, bewacht von einer Frau und einem Mann, der die Waffe seines früheren Partners in der Hand hatte. Daneben Harry, der sichtlich mitgenommen auf dem Boden saß.

Sennebogen kniff die Augen zusammen und zog das Smartphone hervor. Eine Nachricht von Harry leuchtete auf, nur wenige Minuten alt. Er hatte zuvor keine Gelegenheit gehabt, sie zu lesen.

Sennebogen musterte seinen erschöpft wirkenden Ex-Partner und klickte dann auf die Anzeige.

> Ich bringe es jetzt im Maxwerk zu Ende. Ich habe alle getötet. Sie hatten es verdient. Es macht alles keinen Sinn mehr jetzt. Die Schatulle und der Stein haben mein Leben zerstört. Leb wohl. Harald

Wie gebannt blickte er auf die Buchstaben. Es war quasi ein Geständnis, das er ihm erst vor fünf Minuten geschickt hatte. Skepsis machte sich bei ihm breit, während sich Tina Oerding und Stefan Huber lautstark zu Wort meldeten.

»Herr Kommissar, um den Typ hier sollten Sie sich kümmern!« Tina Oerding zeigte auf den bewusstlosen Russen. »Er war drauf und dran, Harald zu erschießen, als wir kamen. Eine Sekunde später, und er wäre tot gewesen!«

»Seit Stunden bin ich hier gefangen. Es war eine Falle«, sagte Bergmann matt. »Und schaut mal in seine Hosentasche. Ich bin sicher, dass er mein Handy hat.«

Ein Streifenbeamter zog ein schwarzes Mobiltelefon aus der Tasche des Bewusstlosen und gab es Mallinger.

»In der Tat, eines unserer Diensthandys. Aber was soll das beweisen?«

»Herr Kommissar«, unterbrach ihn der zweite Streifenpolizist. »Die beiden hier sind tot.«

Mallinger atmete tief durch. »Halten wir fest: Wir ermitteln wenige Meter von hier, weil wir einen Toten haben, der vom Dach des Maximilianeums gestürzt ist. Und wir haben zwei Vermisste. Dann kommen wir hierher und finden zwei Tote. Plus einen weiteren Verletzten. Und du, Bergmann, weist, so schlimm es auch ist, verdächtige Verbindungen zu allen auf.« Mit einem Blick auf Tina Oerding und Stefan Huber sagte er: »Und was ich mit Ihnen beiden anfangen soll, weiß ich auch gar nicht so recht. Zeitler!«, rief er nach seinem Ermittlerkollegen, der sich offenbar noch im Nachbarzimmer umsah. »Gibst du der Zentrale Bescheid, dass Verstärkung kommen soll? Das ganze Programm!«

»Dann ist es für Lena Schwartz vielleicht zu spät! Schicken Sie ein paar Leute zum Müller'schen Volksbad! Da finden Sie einen angekettigten Mann!«, warf Tina Oerding verzweifelt ein, erntete dafür aber nur verwirrte Blicke. »Und …« Sie stockte mitten im Satz und blickte auf die Pistole, die von der Polizei gerade sichergestellt worden war. Und einen toten Russen, hatte sie noch sagen wollen. Aber wie sollte sie erklären, dass sie ihn erschossen hatte? Tina war ratlos. Mehr noch, sie fühlte sich hilflos. Schlagartig wurde ihr bewusst, in welch verfahrener Situation sie alle waren. Und gleichzeitig kam es auf jede Minute an.

»Schicken Sie wenigstens ein paar Polizisten in den Keller des Landtages!«, bat sie eindringlich. »Ich kann es Ihnen jetzt nicht hundertprozentig erklären, aber da ist etwas im Gange. Jetzt!«

Plötzlich meldete sich eine Stimme aus dem Hintergrund. »Kollege Mallinger. Ich weiß, Sie führen die Ermittlungen hier. Aber beordern Sie doch bitte schon einmal ein paar Kollegen zum Landtag. Sie sollen den Keller durchsuchen«, sagte Sennebogen mit der Autorität des stellvertretenden Leiters der Kripo, die keinen Widerspruch duldete.

Bergmann, der Sennebogen erst jetzt bemerkte, sah ihn verblüfft an. »Martin?«

Sennebogen trat in den Raum und nickte ihm zu.

Kommissar Mallinger blieb nichts anderes übrig, als mit genervtem Blick zuzustimmen. »Von mir aus, Herr Kriminalrat.« Er schnipste mit dem Finger und sagte zu dem Streifenpolizisten neben ihm: »Schnappen Sie sich bitte einen der Kollegen und kontrollieren Sie die Strecke am Isarufer Richtung Müller'sches Volksbad. Sobald Sie etwas Auffälliges bemerken, rufen Sie mich an! Und wenn Verstärkung da ist, durchsuchen Sie den Keller nach Kollegin Schwartz.« Dann warf er Harald einen Blick zu. »Und begleiten Sie Kollegen Bergmann schon einmal in die Küche. Wir müssen uns unterhalten.«

63

München, Maximilianeum, Büro des Landtagsdirektors,
21:12 Uhr

Irgendetwas war im Maxwerk schiefgegangen. Nachdenklich sah Ullrich Löwenthal aus dem hohen Fenster seines Büros im Altbau auf den dunklen Innenhof. Nur die Ostpforte und der barrierefreie Weg zum Altbau waren um diese Zeit erleuchtet. Er war hin- und hergerissen, was er tun sollte. Löwenthal seufzte und ließ seinen Blick über die schlichten Linien des Anbaus schweifen. Hier im Maximilianeum zu arbeiten war immer sein Traum gewesen. Nicht nur wegen des Parlaments, sondern auch wegen der Stiftung. Ihre Ideale hatte er stets respektiert und in Ehren gehalten.

War er gerade drauf und dran, diese jetzt endgültig zu verraten? Er schüttelte den Kopf. Nein. Sie waren es gewesen, die ihn verschmäht hatten. Dabei hatte er sich sogar voll und ganz in ihren Dienst stellen wollen. Nun rann ihm die Zeit wie Sand durch die Finger, und er wollte zumindest den Seinen das bieten, was sie verdient hatten.

Löwenthal seufzte und sah auf seine Uhr. Er hatte nur noch wenige Minuten, bis er ihn treffen würde.

Er blickte wieder hinaus. Im Pförtnerhäuschen herrschte Betrieb. Zuerst tauchte ein Polizeibeamter auf und beriet sich mit einem Kollegen. Löwenthal runzelte die Stirn. Einen Moment später verließen beide die Pforte.

Unruhig lehnte sich der Direktor auf dem Fensterbrett vor und versuchte zu erkennen, wo sie hinwollten. Die beiden gingen zielstrebig Richtung Altbau. Konnte es sein, dass sie zu ihm wollten? Löwenthal wurde heiß und kalt. Sein Blick fiel auf den Brief auf seinem Schreibtisch. Einen Moment überlegte er, sich der Polizei zu offenbaren. Alles offenzulegen. Und es so zu beenden.

Aber ihm war klar, dass es zu spät war. Er musste ihn warnen, sosehr er ihn auch verabscheute. Löwenthal sah nochmals auf seine Uhr. Er könnte ihn im Treppenhaus abfangen. Unruhig wippte er auf den Fußballen, und dann entschied er sich. Er drehte sich auf den Fersen um und verließ das Büro. Noch im Gehen holte er sein Smartphone aus der Jackentasche.

64

München, Maxwerk, 21:15 Uhr

Bergmann atmete tief durch, während er auf einem Holzstuhl in der Küche der heruntergekommenen Wohnung saß. Es war kalt, und er war froh, zumindest seine geliebte alte Lederjacke in einer Ecke des Zimmers gefunden zu haben. Was gerade passierte, war so unwirklich für ihn, dass er es nicht erfassen konnte.

Von seinem Platz aus konnte er in eines der Nebenzimmer blicken. Schwere Vorhänge hingen an der Wand, und auf dem Boden vor einem filigranen Schreibtisch wies ein dunkler Fleck neben einem Stuhl darauf hin, dass dort jemandem etwas zugestoßen war. Die Kollegen der Spurensicherung waren soeben eingetroffen und durchstöberten in ihrer weißen Dienstkleidung den Tatort. Alles lief ab, wie er es hundertfach in seiner Karriere erlebt hatte.

Mit einem Unterschied: Er war dieses Mal nicht einer der Ermittler, sondern stand selbst auf der Verdächtigenliste. Und zwar weit oben. Zumindest aus Sicht Robert Mallingers, der einige Meter von ihm entfernt in eine heftige Diskussion mit Stefan Huber verwickelt war. Bergmann beobachtete die Auseinandersetzung erschöpft.

»Ich bin nur aus gutem Willen jetzt noch hier, Herr Kommissar«, sagte Huber gerade mit scharfem Unterton. »Ich muss Sie nicht darauf hinweisen, dass ich Immunität habe. Sie können gerne einen Antrag stellen, ob Sie gegen mich ermitteln dürfen. Bis das so weit ist, sind meine Aussagen freiwillig. Ist das klar?«

Kurz musste Bergmann schmunzeln, erinnerte ihn die Szene doch an eine Diskussion beim Schleißheim-Fall im vergangenen Jahr, als er selbst einen Disput mit Huber ausfocht. Dass sie nun beide in einer ähnlich verzwickten Situation waren, hätte er sich nie träumen lassen.

Mallinger winkte nur entnervt ab und ließ Huber stehen, um sich Bergmann zuzuwenden. Er zog einen Klappstuhl zu sich und setzte sich direkt gegenüber. Beide hatten bislang nicht viel miteinander zu tun gehabt, was auch an Bergmann lag, der nach dem Ende der Partnerschaft mit Martin Sennebogen kein gesteigertes Interesse an Zusammenarbeit mit den Kollegen gezeigt hatte. Bis ihm Lena Schwartz zugeteilt wurde und sie sich zusammengerauft hatten.

In manchen Punkten ähnelten sie sich, dachte er jetzt. Sie waren etwa im gleichen Alter und gingen offenbar gerne ihre eigenen Wege. Nur bei der Kleidung achtete Mallinger im Unterschied zu ihm auf gepflegtes Auftreten. Während für Bergmann Jeans und Hemd als Arbeitskleidung vollkommen ausreichten, trug Mallinger meist Anzug und Seidenkrawatte. Ein kleiner Anstecker mit Verzierungen blitzte am Revers der Anzugjacke auf. Mallinger drehte an einem goldenen Ring an seiner rechten Hand und sah ihn prüfend an.

»Bergmann, ich kenne deinen Lebenslauf und habe größte Achtung vor dir. Einer der Beamten, die wir zum Maximilianeum geschickt haben, hat gerade angerufen. Sie haben einen Toten und einen verletzten weiteren Mann in der Nähe des Müller'schen Volksbades gefunden. Der Tote wurde erschossen.« Sein Ton wurde eindringlicher. »Deine Partnerin Schwartz ist verschwunden. Die Suche läuft. Gibt es da etwas, das du mir sagen kannst oder willst?«

Lena Schwartz. Er machte sich große Vorwürfe, dass ihr etwas zugestoßen sein könnte. Bergmann schnaufte durch und blickte verzweifelt zur Decke.

Unzählige Stunden hatte er im Verlauf der letzten Jahrzehnte mit Vernehmungen verbracht. Die Rolle des »bösen Bullen« lag ihm mit seiner schroffen Art immer besonders gut. So manchen zunächst überheblich lachenden Verdächtigen hatte er mit einer Mischung aus Versprechungen und unterschwelligen Drohungen im Verlauf einer Befragung zu einer Aussage bewogen. Oft reichte es schon aus, wenn er aufzeigte, welche konkreten Konsequenzen den Festgenommenen erwarteten. Heute spürte er zum ersten Mal, wie es sich auf der anderen Seite des Tisches anfühlte.

»Ich kann es nur wieder und wieder sagen, was du schon weißt. Seit wir heute Vormittag angerufen wurden, sind wir nur Getriebene. Seit uns Direktor Löwenthal zu Hilfe geholt hat …« Bergmann stockte mitten im Satz.

»Was ist?« Mallinger sah ihn mit fragendem Blick an.

Bergmann ballte die Hand zur Faust. »Das ist es! Der Direktor! Er hat zwar in der Kripo angerufen, sich aber erst bei mir am Apparat mit seinem Namen gemeldet. Er hat nur Schwartz und mich über die Entführungen informiert, und zwar lange bevor es offiziell gemeldet wurde. In die Zimmer der Entführten hat er auch nur uns geschickt, er selbst blieb außen vor«, zählte Bergmann zunehmend aufgeregt auf. »Ich war es dann, der ihm die Schatulle aus dem Kommissariat organisiert hat. Aber er war es, der die Tasche bei der Übergabe vor dem Maxwerk in einen Abfalleimer warf. Wir haben ihn beobachtet, aber niemand war da, und dennoch war die Schatulle weg.«

»Und wo war die Schatulle dann?«, fragte Mallinger nach.

Bergmann ließ die Erkenntnis einen Moment lang sacken,

bevor er antwortete: »Man sieht den Wald manchmal vor lauter Bäumen nicht. Die Schatulle wurde vielleicht deswegen nicht gefunden, weil er sie nie in den Abfalleimer warf, sondern behalten hat.« Er sah auf. »Oder dem Entführer selbst übergeben hat.«

»Das wäre ungeheuerlich, aber nicht unmöglich.« Mallinger strich seinen Anzug glatt. »Aber derzeit sind es Vermutungen, mehr nicht.«

Erneut trat Stille ein.

»Von den Entführern selbst gibt es keine weitere Spur?«, fragte Bergmann matt.

»Bislang nicht.« Mallinger lehnte sich zurück und drehte den filigranen Füller, mit dem er sich Notizen machte, zwischen den Fingern. »Noch etwas, Bergmann: Die Spurensicherung hat deine Fingerabdrücke in den Zimmern der Opfer gefunden. Und die von Lena Schwartz. Wie kann das sein?«

Bergmann seufzte. »Ich kann mich nur wiederholen: Direktor Löwenthal hat mich um Rat gebeten. Vormittags schon. Ich fürchte, er hat mich hereingelegt.«

65

München, Maximilianeum, Plenarsaal, 21:15 Uhr

Es war ein langer Tag gewesen heute. Die Regierungserklärung und die anschließende Debatte waren in Teilen live übertragen worden. Dennoch hatte er für die Berichterstattung am Abend das Wesentliche zusammengefasst, einige Interviews geführt und war nun dabei, einen Podcast für die Hörer im Netz zu erstellen. Müde rieb der Rundfunkredakteur seine Augen und legte die Kopfhörer vor das Mischpult.

Von seinem Hörfunkstudio aus hatte er durch das breite, verspiegelte Fenster einen guten Überblick über die Geschehnisse im Plenarsaal. Aus dem modern eingerichteten Studio heraustreten zu können und sofort mitten im Geschehen in der Wandelhalle zu sein war ein echtes Privileg, das er ebenso genoss wie die Ruhe nach den Sitzungen, wenn sich sowohl der Plenarsaal als auch die umliegenden Räume geleert hatten. Nur selten verirrte sich um diese Zeit, über eine Stunde nach dem Ende der offiziellen Sitzung, noch jemand hierher.

Karl Schlag streckte die Arme durch, um Kraft für den Endspurt des Tages zu sammeln, und rollte mit dem Schreibtischstuhl über den dicken Teppich, der alle störenden Geräusche bei Aufnahmen schlucken sollte.

Plötzlich hielt er inne. Waren das Schritte in der Wandelhalle? Er lauschte noch einmal und hörte das Krachen der Holztür des Steinernen Saales. Wenig später quietschte die Glastür zum Plenarsaal. Vielleicht hatte ein Offiziant oder ein Abgeordneter noch etwas vergessen, überlegte er und setzte den Kopfhörer wieder auf.

Stille umgab ihn jetzt, aber es kam ihm wieder so vor, als ob sich etwas bewegt hatte. Angestrengt blickte Schlag in den Saal, aber er konnte im Dunkel des Halbrundes niemanden entdecken. Doch, da war etwas! Versteckt hinter dem Rednerpult gestikulierte jemand. Schlag zählte eine kleine Gruppe. Drei oder vier Personen. Sein journalistisches Interesse war geweckt. Wer traf sich zu so später Stunde noch hier?

Sosehr er sich anstrengte, er konnte das Gemurmel nicht verstehen. Enttäuscht trommelte er mit den Fingerspitzen auf das Mischpult. Sein Blick fiel auf die Tastatur. Schlag dachte nach. Die Gruppe stand in der Nähe des Rednerpultes. Um die Debatten in bester Qualität aufnehmen zu können, konnte er sich von hier aus auf das Mikrofon schalten.

Sollte er das tun? Schlag überlegte einen Augenblick, entschied sich dann und tippte auf einige Knöpfe vor ihm. Sein Unterbewusstsein sagte ihm, dass er vorsichtig sein musste, und er hoffte, dass er sich nicht durch ein Knacken oder andere Geräusche verraten würde.

Es rauschte im Kopfhörer, und dann hörte er es urplötzlich. Es funktionierte. Das Getuschel war nun bestens zu verstehen. Vorsichtig drehte er an einem Lautstärkeregler und war mittendrin im Gespräch. Als eine sonore Stimme laut vernehmbar dröhnte, zuckte er zusammen und drehte leiser.

»Wie konnte das passieren, Herr Direktor? Es war Ihre Aufgabe, die Polizei abzulenken!«, sagte die Stimme mit einem leichten osteuropäischen Akzent vorwurfsvoll.

»Irgendjemand muss sie gewarnt haben!«, antwortete eine andere Stimme. Sie kam Karl Schlag bekannt vor, aber er konnte sie nicht zuordnen. »Es könnte der Abgeordnete Stefan Huber gewesen sein. Er war vorhin bei mir im Büro und hat sich erkundigt.«

Da fiel es Schlag ein. Das war Landtagsdirektor Löwenthal, klar! Mit ihm hatte er sporadisch bei Besprechungen und Briefings zu tun.

Mit offenem Mund und wachsendem Entsetzen verfolgte der Hörfunkredakteur das Streitgespräch. Siedend heiß fiel ihm ein, dass die Tür zum Studio gewohnheitsmäßig um diese Uhrzeit nicht mehr abgeschlossen war. Nur die verspiegelte Glasscheibe und die Dunkelheit schützten ihn. Langsam, um ja keinen Laut zu verursachen, schob er den Schreibtischstuhl zurück. Es waren nur drei oder vier Meter bis zur Tür. Das war zu schaffen!

Als er aufstehen wollte, passierte es. Er stieß in der Aufregung mit dem Knie an die Tischkante, verhakte sich unglücklich mit dem Stuhl, und ein Wasserglas fiel scheppernd um. Einen kurzen Augenblick schien die Welt stillzustehen, und Schlag klammerte sich an der Hoffnung fest, dass der Fauxpas ungehört verhallte. Aber vergebens.

»Сергей! Иди и смотри!«, zischte es durch den Saal, und Schlag hörte Fußgetrappel in der Wandelhalle.

Er rappelte sich auf und stürzte zur Tür, um den Schlüssel umzudrehen. Im selben Moment drückte eine Hand die Türklinke von außen nach unten, und ein Fuß schob sich durch die Tür. Verzweifelt warf Karl Schlag sich nochmals dagegen, wurde nun aber umso kraftvoller zurückgeschleudert. Schnell atmend stand ein Mann im Anzug auf der Türschwelle. Dann ging es blitzschnell. Der Anzugträger stürzte sich auf ihn und nahm ihn in den Schwitzkasten.

»Wen haben wir da denn beim Lauschen erwischt?«, fragte die tiefe Stimme, die er zuvor gehört hatte. Ein weiterer Mann war hinzugekommen und sah ihm feindselig in die Augen. Sein teurer Anzug wies graue Staubflecken auf. »Einen Reporter? Journalisten mögen wir nicht.«

Einen Augenblick fixierte ihn der Hinzugekommene abschätzig, dann sagte er etwas auf Russisch zu dem keuchenden Mann neben ihm. Dieser nickte und wandte sich Karl Schlag zu.

Der Anzugträger blickte auf die Uhr und drehte sich um. »Wir haben, was wir wollten, meine Herren. Verschwinden wir. Zum neuen Aufzug kommen wir hier entlang, wenn ich mich recht erinnere?« Er zeigte auf den behindertengerechten Ausgang auf der linken Seite. »Vielen Dank noch einmal für die aufschlussreiche Hausführung heute, Herr Direktor. Leben Sie wohl.« Er hob die Hand, ohne sich umzudrehen.

Die drei Männer verschwanden durch die Nebentür. Zurück ließen sie eine einsame Gestalt mit hängenden Schultern. Der Kopf des Hörfunkjournalisten lag leblos vor dem Mischpult, auf dem das kleine Licht der Aufnahmetaste rot blinkte.

66

München, Maxwerk, 21:20 Uhr

Sennebogen musterte Tina Oerding aus dem Augenwinkel. Unauffällig bedeutete er ihr, ihm zu folgen. »Schnappen wir etwas frische Luft«, schlug er vor und nahm das Treppenhaus.

»Martin Sennebogen«, stellte er sich dann vor. »Früherer Partner von Harry Bergmann.« Er lehnte sich mit dem Rücken an die Mauer. »Es ist eine verzwickte Lage. Sieht nicht gut aus für ihn, bei der Beweislast. Auch Sie und Ihr Begleiter werden sich manche Frage gefallen lassen müssen. Haben Sie gehört, was Mallinger gesagt hat? Beim Tunnel im Volksbad wurde ein Toter gefunden.«

Oerding wich seinem Blick aus und sagte stockend: »Lena Schwartz ist da unten in den Katakomben, glauben Sie mir.«

Sennebogen hakte nach. »Eines interessiert mich: Der Mann, der Harry in seiner Gewalt hatte, meinte vorhin doch, dass wir zu früh da seien. Was sagen Sie dazu?«

Oerding holte Luft. »Wenn wir nicht gerade noch gekommen wären, hätte er Harald ermordet. Jemand wollte uns auf eine falsche Spur lenken. Es sollte so aussehen, dass er sich selbst erschossen hat.«

Von der belastenden SMS sagte Sennebogen nichts, er war mittlerweile überzeugt davon, dass sie nicht von Harry stammte, da dieser kaum SMS schrieb, geschweige denn sie mit »Harald« unterschreiben würde.

»Sie meinen, dass der Verdacht gezielt auf ihn gelenkt werden sollte? Als Sündenbock? Aber weil jemand schon vorhin bei der Leitstelle angerufen hatte, sind wir zu früh an den Tatort gekommen.«

Oerding konnte sich ein Grinsen nicht verkneifen. »Das war ich, ehrlich gesagt.«

»Dachte ich mir schon, dass das einer von Ihnen beiden war«, antwortete Sennebogen. »So, und nun erklären Sie mir, was es mit dem Russen und den Katakomben auf sich hat. Und was Sie vom Direktor halten.«

67

München, A 9 stadtauswärts, 21:30 Uhr

In der Dunkelheit hatte er mit seinen beiden Begleitern unbemerkt die Feuertreppe an der Rückseite des Altbaus genommen. Von da aus waren es nur noch wenige Meter, bis sie im Schutz der dunklen Limousine ohne großes Aufsehen verschwinden konnten. Das Diplomatenkennzeichen verhinderte unangenehme Fragen an der Pforte, sodass sie das Gelände ungehindert verlassen konnten.

Nikolaus Attenbach lachte in sich hinein, als ihnen Polizeiautos und Rettungswägen mit Blaulicht auf der Gegenspur entgegenrasten. »Immer mindestens einen Schritt zu spät«, sagte er. Es war nicht alles nach Plan gelaufen, aber er hatte, was er wollte. Der finanzielle Verlust des Blauen Wittelsbachers schmerzte zwar. Aber das, was er nun in Händen hielt, wog es für ihn tausendfach auf.

Attenbach tippte auf sein goldenes Smartphone, als sie das Ortsschild Münchens auf der Stadtautobahn A 9 passierten.

Wassili auf dem Vordersitz drehte sich zu ihm um. »Fünfzehn Minuten noch, dann sind wir am Flughafen. Unsere Maschine steht schon startbereit.«

Attenbach nickte zufrieden.

Sein Sitznachbar räusperte sich. »Darf ich etwas fragen? Wieso haben wir den Direktor nicht an Ort und Stelle erledigt? So wie den Journalisten?«

Attenbach lachte kurz auf. »Ein altes russisches Sprichwort sagt: ›За двумя зайцами погонишься – ни одного не поймаешь.‹ ›Jagst du gleichzeitig zwei Hasen nach, wirst du keinen fangen.‹« Als er in Sergejs verständnislose Augen blickte, erklärte er: »So nützt uns der Direktor viel mehr. Nun hat die Polizei neben dem Kommissar einen zweiten Hasen, dem sie nachstellen kann. Und der Wolf ist währenddessen schon über alle Berge.«

Er grinste Sergej in einem Anflug von Hochgefühl an und strich über seine Jackentasche, in der sich das Etui mit dem wertvollen Inhalt abzeichnete. Seine Begeisterung steigerte sich noch, als bereits kurz darauf die ersten Schilder den nahen Flughafen ankündigten.

Mit quietschenden Reifen bog der schwere Wagen von der Autobahn ab, und schon bald tauchte der hell erleuchtete Komplex des Flughafens »Franz Josef Strauß« auf, der sich als eine der Drehscheiben im europäischen Luftverkehr etabliert hatte. Gegen entsprechenden Aufpreis wurde eine VIP-Abfertigung angeboten. So glitt der schwarze Mercedes über das Rollfeld direkt zu Attenbachs Privatjet, einer luxuriösen Gulfstream-Maschine.

Unmittelbar vor der kleinen Gangway, die bereits ausgefahren war, kamen sie zum Stehen. Eine Flughafenmitarbeiterin wartete auf sie, um ihnen die Reiseunterlagen persönlich zu überreichen. Wie er es gewohnt war, ließ sich Attenbach selbst in dieser Situation die Tür öffnen und schwang sich mit einem Lächeln aus dem Wagen.

»Begleiten Sie uns auf dem Flug, junge Dame?«, fragte er anzüglich und blickte sich auf dem Rollfeld um.

Der schlanke, hochmoderne Jet glänzte, und die Abflughallen im Hintergrund waren hell erleuchtet. Plötzlich ergriff Attenbach, ganz untypisch für ihn, ein flaues Gefühl, und er erwartete jeden Moment, dass Einsatzwägen mit Blaulicht auftauchen und ihn einkreisen konnten. Aber nichts geschah, alles blieb ruhig. Irgendetwas im Hinterkopf warnte ihn dennoch davor, einzusteigen.

Attenbach schüttelte den Gedanken ab und ging die Stufen der Gangway hinauf. Als er an der Tür ankam, drehte er noch einmal den Kopf und blickte zurück. Wenn er das nächste Mal nach München kommen würde, wäre er ein anderer.

68

München, Maximilianeum, Dach, 21:30 Uhr

Mit zitternden Händen öffnete er die Luke zur Aussichtsplattform. Es hatte merklich abgekühlt an diesem Abend, und der Wind pfiff um die Arkaden des ehrwürdigen Gebäudes. So spät war er noch nie hier oben gewesen. Der Polizeibeamtin, die vor dem Aufgang postiert worden war, hatte er noch überzeugend erklären können, dass er auf einem Kontrollgang war.

Als Landtagsdirektor Ullrich Löwenthal sich aufrichtete und am Fahnenmast festhalten musste, um von keiner Windböe erfasst und vom Dach geblasen zu werden, fiel jedoch die falsche Fassade von ihm ab.

Was hatte er nur getan? Er hatte seine Ideale verraten, sein Lebenswerk aufs Spiel gesetzt und trug Mitschuld am Tod so vieler Menschen. Und warum das alles? Ein Stück weit aus verletzter Eitelkeit, vor allem aber aus Verzweiflung. Wie habe ich mich nur auf Nikolaus Attenbach einlassen können?, schalt er sich, während er auf die überlebensgroße Statue der Siegesgöttin blickte. Der kaltblütige Mord an dem Journalisten, der lediglich zur falschen Zeit am falschen Ort war, hatte ihm endgültig die Augen geöffnet.

Hoch über ihm stand sie, mit ausgebreiteten Flügeln blickte sie über das funkelnde und hell erleuchtete München, das vom schnurgeraden Strahl der Maximilianstraße in zwei Hälften geteilt wurde. Dort, im Lorbeerkranz in ihrem linken Arm, war er. Aber wie soll ich dorthin kommen?, überlegte Löwenthal fieberhaft.

Mit seiner Taschenlampe leuchtete er den wackeligen Steg von den Arkaden zur Mitte des Daches aus. Die Absperrbänder vor dem Übergang erinnerten an das Unglück des heutigen Nachmittags. Die Bänder flatterten im Wind und stießen zischende Warnungen aus.

Löwenthal holte tief Luft und schloss die Augen. Ihm blieb keine andere Wahl. Seine Tage waren gezählt, und seine Hoffnungen lagen nun auf dem dunkelblauen Diamanten, der im Lorbeerkranz feststeckte. Nicht für sich, sondern für sie.

Er nahm seinen ganzen Mut zusammen und drückte sich unter dem Band hindurch. In geduckter Haltung, um dem Wind möglichst wenig Angriffspunkte zu geben, stapfte er, mit einer Hand an der Mauer, zu dem Gebäudeteil, auf dem sich die Siegesgöttin über der Stadt erhob.

Mit großer Mühe kletterte er die Leiter hinauf und versuchte, die Beine schwungvoll nachzuziehen. Dabei blieb er an einer Sprosse hängen. Die Taschenlampe in seiner Hosentasche sperrte sich. Der Direktor stöhnte und versuchte es noch einmal. Im zweiten Anlauf schaffte er es endlich hinauf. Dabei rutschte die Lampe aus seiner Hosentasche und fiel krachend auf das Blechdach, rumpelte über die Dachschräge und landete schließlich in einer Dachrinne. Löwenthal zuckte zusammen und fluchte leise.

Der Wind pfiff laut hörbar durch den Lorbeerkranz, den die Nike in der rechten Hand hochhielt. Löwenthal richtete sich vorsichtig auf und blickte auf den Kranz in ihrer Linken, vor ihrem Unterarm. In der Dunkelheit war es schwer zu erkennen, aber er war sich sicher: In der Mitte des Lorbeerkranzes war etwas platziert. Das musste er sein. Der Blaue Wittelsbacher. Über hundert Millionen wert. Mehr als genug, um seiner Tochter die sündhaft teure Behandlung zu ermöglichen, die für ihn zu spät kam. Und danach ein neues Leben.

Schritt für Schritt tastete Löwenthal sich zum Saum des Kleides der metallenen Siegesgöttin vor. Er hatte Mühe, das Gleichgewicht zu halten. Wie soll ich es nur da hinaufschaffen?, überlegte er verzweifelt. Aber er hatte keine Wahl, er musste es versuchen.

Er entledigte sich seiner Anzugjacke. Vor Anstrengung und Angst schwitzend, umklammerte er die Beine der Nike und zog sich hoch. Bald war er auf eine Armlänge an den Lorbeerkranz herangekommen. Nun konnte er endlich auch den Edelstein erkennen. Er saß in einer Halterung. Die Schwärze der Nacht hatte wohl dazu beigetragen, dass er bislang unentdeckt geblieben war. Nun musste er ihn herauslösen, aber womit? Hierfür hätte er die Taschenlampe so dringend gebraucht!

Suchend sah Löwenthal sich um, doch er konnte auf dem Dach nichts Brauchbares entdecken. Er rutschte noch etwas nach vorne, und Zentimeter für Zentimeter kam er näher an den tiefblauen Stein heran. Täuschte er sich, oder begann er gerade, schwach zu leuchten?

Tatsächlich: In seinem Inneren schimmerte es bläulich! Schon öfter hatte er über die Phosphoreszenz von blauen Brillanten gelesen, die durch Lichtabsorption bläulich oder sogar rötlich nachglühen und Licht speichern konnten. Jetzt erschien es ihm dennoch unwirklich.

Es schien, als würde er vergessen, in welcher Höhe er sich befand. War es die Gier nach dem wertvollen Edelstein, oder war es ein anderes Verlangen, das ihn antrieb? Wie von selbst griff seine Hand an die Halterung und berührte den Diamanten. Gebannt waren seine Augen auf den bläulichen Schimmer in seinem Herzen gerichtet, und er drückte gegen den Stein, um ihn aus der Halterung zu lösen. Schweiß rann ihm über das Gesicht, ungeachtet der kalten Windstöße, die an ihm zerrten.

Wenigstens ein Mal wollte er ihn zumindest in Händen halten! Er beugte sich noch weiter vor. Nun zog er von unten an der Halterung. Mehr und mehr von seinem Körpergewicht setzte er ein, und dann, endlich, knackte es! Die Halterung gab den Edelstein frei. Angenehm warm fühlte er sich an, dachte Löwenthal überrascht, als seine Finger sich um ihn legten. Eine seltsame Zufriedenheit erfasste ihn, und er schloss die Lider, um den Augenblick zu genießen.

Das Gesicht seiner geliebten Tochter flackerte vor seinen Augen auf und verschwand sofort wieder. Das Gesicht einer anderen jungen Frau blitzte auf. Nicht alle waren tot! Eine konnte vielleicht noch gerettet werden!

Als er die Augen wieder öffnete, blickte er in den dunklen Abendhimmel, an dem einige verstreute Sterne aufleuchteten. Er hatte ihn. Und er hatte nichts.

69

München, Maximilianeum, Katakomben, 21:30 Uhr

War sie tot? Mühsam öffnete Lena Schwartz die Augen und starrte ins Nichts. Die Luft, die sie einatmete, schmeckte abgestanden. Dem brennenden Schmerz in ihren Gliedern zufolge war sie noch lebendig, zumindest Teile von ihr.

Vollkommene Dunkelheit umgab sie. Erst langsam begriff sie, wo sie war. Zentimeter für Zentimeter tastete sie sich vor, bis sie die Kante der Steinplatte erfasste, auf der sie lag.

Verzweiflung kroch ihr die geschundene Kehle hoch. Sie hatten sie lebendig begraben! Sogar von einer Gruft hatten sie gesprochen.

Ihr Atem beschleunigte sich. Sie hatte keine Vorstellung, wie groß die Kammer war, in der sie gefangen war. Wenn sie nur wenigstens ihr Smartphone benutzen könnte … Aber sie fand es nicht mehr.

Auch nach einigen Augenblicken war nichts zu erkennen. Sie blieb blind. Ein verzweifelter Schrei entkam ihr, der von einer nahen Wand zurückgeworfen wurde.

»Lena, beruhige dich!«, sprach sie sich Mut zu und setzte sich auf. Vorsichtig beugte sie sich vor, und ihre Hand landete bereits nach Kurzem auf einer feuchtkalten Steinwand.

Sie sortierte ihre Gedanken. Wo war sie? Offenbar in einer Kammer oder einem Keller. Sie war umgeben von massiven Steinwänden.

Sie holte Luft und stockte dabei. Luft! Wie lange würde der Sauerstoff hier wohl ausreichen? Angst ergriff sie. Todesangst.

70

München, Maxwerk, 21:30 Uhr

Kriminalrat Martin Sennebogen traute seinen Ohren nicht, als er hörte, was ihm die Historikerin erzählte. Zu verwirrend klangen die mysteriösen Hinweise im Landtag und in der Studienstiftung. Zu abstrus erschienen die Wünsche der Entführer.

»Es ist nicht nur ein einzelner Russe«, berichtete Tina Oerding. »Es sind mehrere. Und der Anrufer vom Nachmittag hatte auch einen russischen Akzent.«

Sennebogen hakte ein. »Moment. Sie sagen, der Entführer hat sich am Nachmittag bereits gemeldet?«

»Ja, ich war im Büro des Direktors, als er angerufen hat. Wir dachten, sie hören uns ab, so viel wussten sie über uns. Uns kam es sogar so vor, als ob er oder sie uns sehen konnten. Und sie sagten, sie hätten den Direktor in ihrer Gewalt, aber Stefan hat ihn vorhin in seinem Büro völlig unversehrt und ahnungslos angetroffen.«

»Wie kommen Sie eigentlich auf Russe?«, fragte Sennebogen. »Er hatte auf jeden Fall einen osteuropäischen Akzent. Genau wie der Verfolger von Lena Schwartz am Tunnel.«

Sennebogen atmete durch. »Und was tragen Sie da mit sich herum?« Er deutete auf eine kleine Sporttasche, die Tina Oerding umgehängt hatte.

»Das? Das ist Lektüre, von der ich mich nicht trennen wollte«, erklärte sie verschmitzt. Sie griff in die Tasche und vergewisserte sich, dass die Ledermappe noch da war.

Als sie zu einer Erklärung ansetzen wollte, kam ein Beamter im Laufschritt die Anhöhe vom Maximilianeum herab.

»Das Dach! Kommen Sie! Schnell!«, stieß er keuchend hervor.

71

München, Maximilianeum, Baustelle, 21:45 Uhr

Die weiß gekleideten Kriminaltechniker drehten sich um, als Tina völlig außer Atem bei ihnen ankam.

»Direktor Löwenthal!«, rief sie aus, als sie die Gestalt erkannte, die vor ihnen auf dem Rücken lag, die Beine unnatürlich verdreht. Verzweifelt sah sie sich nach Sennebogen um und kniete sich hin. Plötzlich griff eine Hand nach ihr.

»Er lebt!«, schrie Tina.

Das Häuflein Elend gurgelte unverständlich. Finger krallten sich in sie und zogen sie hinab, bis ihr Kopf nahe an seinem war. Blut lief aus seinem Mund, und Löwenthal wurde offensichtlich von Schmerzen gepeinigt.

»Ich … bin … kein … schlechter … Mensch«, stieß er gequält hervor.

»Was sagen Sie?«, sagte Tina verwirrt. »Ich verstehe nicht.«

Sie schrie leise auf, als er ihre Hand noch fester umklammerte.

»Kommissarin … Maxmonument«, presste er mit stockender Stimme heraus. »Glaube … Märchen.«

Weit aufgerissene Augen fixierten sie. Dann erfasste ein Zittern Löwenthal am ganzen Körper, bis es abrupt aufhörte.

Das rhythmische Blinken der Blaulichter der Einsatzfahrzeuge tauchte die Baustellencontainer vor dem Maximilianeum in bläulichen Schein. Entsetzt blickte Tina auf und realisierte erst jetzt, dass Sennebogen, ebenfalls schnaufend, mitfühlend eine Hand auf ihre Schulter legte.

»Wir waren gerade dabei, die Spurensicherung abzuschließen, als er von dort oben herunterstürzte«, stieß ein sichtlich geschockter Beamter hervor.

»Niemand rührt etwas an! Sie verwischen wichtige Spuren!« Mallingers Stimme überschlug sich.

Er bahnte sich, gefolgt von Stefan und Harald Bergmann, einen Weg durch die Einsatzkräfte, schlüpfte unter dem Absperrband hindurch, das in diesem Moment ausgerollt wurde, und kniete sich neben den Toten. Tina verwies er mit einem finsteren Blick zurück hinter das Band und musterte den Tatort. Auf den ersten Blick sah der Körper in weißem Hemd und feiner Anzugweste geradezu friedlich und unberührt aus, wenn die Blutlache nicht gewesen wäre, die sich unterhalb des Kopfes ihren Weg bahnte.

**

Bergmann, der Mallinger kurzerhand vom Maxwerk gefolgt war, als sie die Schreckensnachricht erreichte, traf der Tod des Direktors wie ein Schlag in die Magengrube. Das machte seine Lage noch schwieriger. Er hatte registriert, dass ihm zwei Beamte nicht mehr von der Seite wichen. Vor ihm lag die Leiche des Mannes, den er in gewisser Hinsicht sogar ein wenig verehrt hatte. Dem er hatte helfen wollen. Der ihn dann in diese unsägliche Situation getrieben hatte. Und von dem er sich Antworten und Entlastung erhofft hatte. Er würde aber nie mehr sprechen können. Wie um Himmels willen sollte er dann seine Unschuld beweisen? Ratlosigkeit und Verzweiflung ergriffen ihn.

»Was wollte er auf dem Dach? Hat jemand etwas gesehen?«, fragte Mallinger aufgeregt. Niemand antwortete. »Wir werden jeden Stein umdrehen! Hier unten und auch dort oben!« Mallinger zeigte auf die Fassade des Maximilianeums. Bedrohlich zeichnete sich die Statue der Siegesgöttin vom Nachthimmel ab. Bergmann hob den Kopf. Fast erschien es ihm, als ob die Nike ihn verhöhnen würde, so aussichtslos war seine Lage. Er wusste, was ihn erwartete. Endlose Vernehmungen mit Fragen, die er sich selbst nicht beantworten konnte. Ermittlungen mit ungewissem Ausgang. Seine Reputation, sein Leben standen auf der Kippe, und seine Hoffnung lag vor ihm. Tot.

»Hier ist ein Mobiltelefon!« Kommissar Zeitler hob ein leicht lädiertes schwarzes Smartphone hoch. »Es könnte dem Direktor gehört haben.« Er tippte auf das Display. »Eine Nachricht von der Mailbox.« Er runzelte die Stirn und hielt das Telefon an sein Ohr. Während er die Nachricht abhörte, hob er die Augenbrauen und schaltete dann auf laut. »Kollegen, das müsst ihr euch anhören.«

Es knisterte in der Leitung, und dann waren nur zwei Sätze zu vernehmen.

»Nachricht erhalten. Sind im Treppenhaus und kommen jetzt zum Plenarsaal«, sagte eine Stimme, deren Akzent deutlich mitschwang.

»›Kommen jetzt zum Plenarsaal‹?«, wiederholte Zeitler mit fragendem Blick in die Runde.

»Wie lange liegt der Anruf zurück?«, schaltete sich Sennebogen ein.

»Nicht einmal eine Stunde.«

Bergmann stand da wie erstarrt. Irgendetwas hatte ihn sofort irritiert. Er erkannte die Stimme. Ihr Klang wies den charakteristischen russisch gefärbten Einschlag des Entführers auf. Oder täuschte er sich? Er warf Tina Oerding, die sich mittlerweile zu Stefan Huber gesellt hatte und seine Hand hielt, einen Blick zu. War es ihr auch aufgefallen?

Während sich die anderen Ermittler berieten, trat Bergmann unauffällig einen Schritt zurück, in ihre Nähe.

»Die Stimme auf der Mailbox. Das war der Entführer«, raunte er ihr zu, während er seine Hände in die Hosentaschen schob.

Dort ertastete er eine Plastikkarte. Der Generalschlüssel des Direktors, den er ihm für die Übergabe am Nachmittag mitgegeben hatte. »Der Generalschlüssel, vielleicht kannst du ihn brauchen. Sieht alles nicht gut aus«, flüsterte er und reichte Tina die Karte unauffällig nach hinten.

»Ich tue, was ich kann, Harald«, antwortete sie leise.

»Wir gehen Schritt für Schritt vor«, rief Mallinger in die Runde. »Kommissarin Schwartz ist noch immer nicht aufgetaucht. Und verfolgt den Anruf zurück!«

»Moment, ich versuch's mal direkt hier.« Zeitler wollte die Rückruftaste der Mailbox drücken, aber erfolglos: Der Anruf war mit unterdrückter Nummer erfolgt.

»Es wird nicht lange dauern, und die Presse wird auftauchen«, sagte Sennebogen ernst. »Das alles wird große Aufmerksamkeit erregen. Ich informiere sofort das Präsidium. Und noch etwas: Mit der russischen Delegation von heute Nachmittag stimmte etwas nicht. Mal sehen, was der Russe im Maxwerk sagt. Und holen Sie uns den Honorarkonsul Attenbach her! Die Stimme auf der Mailbox von Löwenthal klang nach ihm. Auf jeden Fall müssen wir auch den Plenarsaal checken. Und jede verfügbare Kraft sucht nach Schwartz!« Aufmunternd blickte er zu Bergmann, um ihm zu signalisieren, dass er ihm helfen wollte.

»Herr Kriminalrat, ich denke schon, dass ich noch die Leitung der Ermittlung habe, oder?«, warf Mallinger sichtlich genervt ein. »Nun gut. Zeitler, du fährst mit Bergmann ins Kommissariat. Nimm die Aussage auf und lass ihn nicht aus den Augen. Ich bleibe hier.«

»Wenn Sie darauf bestehen«, sagte Sennebogen. »Mir missfällt aber, wie Sie über Kollegen Bergmann reden. Immer langsam mit den jungen Pferden!«

Mallingers Augen blitzten angriffslustig. »Mit Verlaub, Herr Kriminalrat. Auch wenn er Ihr ehemaliger Partner ist: Alle Indizien sprechen gegen ihn.«

Die beiden Männer standen sich geradezu feindselig gegenüber, als Kommissar Zeitler, schon im Gehen, sich noch einmal umdrehte, das Handy am Ohr. »Die Zentrale informiert mich gerade darüber«, sagte er, »dass der russische Konsul zuletzt am Flughafen München gesehen wurde. Wohl bei einem Charterflug.«

»Flughafen?«, wiederholten Mallinger und Sennebogen wie aus einem Mund. »Halten Sie ihn zurück!«

Zeitler schüttelte den Kopf. »Er ist vor fünf Minuten gestartet, sagt der Airport.«

»Frau Oerding, Herr Huber. Jetzt noch einmal zu Ihnen«, sagte Sennebogen und sah sich um.

Aber die beiden waren verschwunden.

72

Gulfstream-Jet, zwischen München und Moskau, 22:05 Uhr

Genüsslich nippte Attenbach am Champagner, der ihm von der Flugbegleitung serviert worden war, und blickte aus dem Fenster des luxuriösen Jets. Seine beiden Helfer hatten sich in eine Sitzecke im vorderen Bereich des Flugzeuges zurückgezogen. Er musterte Wassili und Sergej. Mehrere seiner Begleiter würden heute nicht mit nach Hause kommen, allen voran Dimitri. Aber ihre Opfer waren es wert gewesen.

Attenbach drehte seinen gepolsterten Ledersessel und griff in die Jackentasche. Bedächtig zog er das Etui und den gefalteten Brief hervor, den er sorgsam verwahrt hatte. Das Flugzeug ruckelte ein wenig, und er musste sich an der Tischkante festhalten. Gleichzeitig knackte es im Lautsprecher hinter ihm, und der Pilot meldete sich.

»Wir haben nur kleinere Turbulenzen, meine Herren. Entspannen Sie sich, es dürfte bald vorüber sein. Wir überfliegen gerade die deutsch-tschechische Grenze und verlassen den Luftraum Deutschlands.«

Attenbach, der die Hand schützend auf das Etui gelegt hatte, öffnete es und blickte fasziniert hinein. Tiefblau leuchtete ihm der Diamant entgegen. Er konnte den Blick nicht abwenden. Vorsichtig hob er ihn hoch und betrachtete ihn. Immer wieder schien es ihm, als ob der bläuliche Schimmer ins Rötliche wechselte. Ein Phänomen, das des Öfteren auftrat. »›Lapis caeruleus sanguinem caeruleum custodit.‹ ›Blauer Stein schützt blaues Blut‹«, sprach er leise die Worte aus, die er in der Gruft gelesen hatte.

Der Stein, ein Geschenk des französischen Kaisers, würde ihm selbst dessen Glanz verleihen. Als rechtmäßiger Erbe würde er die sagenumwobenen Kräfte für sich einsetzen können.

Und das Schreiben würde es schwarz auf weiß beweisen, was seiner Familie und ihm widerfahren war.

Mit den Fingerspitzen fasste Nikolaus nach dem Schriftstück. Einen Moment zögerte er, dann brach er das königliche Siegel und breitete das Blatt auf dem Tisch vor sich aus. Seine Hände zitterten, als er den Brief las. Datiert war er auf den 30. Dezember des Jahres 1818. Nur wenige Tage vor ihrem Tod im Januar 1819.

Stuttgart, am 30. Dezember des Jahres 1818

Mein geliebter Ludwig,
das Schicksal hat es nicht gut gemeint mit uns. Wären wir aus dem einfachen Volk, so hätten wir uns gefunden und ein gemeinsames Leben gehabt. Doch es kam anders. Nicht wir, sondern unsere Familien entscheiden über uns. Mein Vater, der Zar, hat verfügt, ohne mich zu fragen. Wir beide waren zu schwach, uns gegen den Zaren und den Kaiser zu behaupten. Die Liebe, die du mir in aller Heimlichkeit gegeben hast, werde ich dir nie vergessen. Aber ich ertrage diese Geheimniskrämerei nicht länger. Ich spüre, dass ich schwächer werde. Meine unglückliche Ehe und unser Schicksal zerstören mich.
Meine größte Sorge ist, dass unser gemeinsamer Sohn, unser geliebter Nikolaus, als Bastard ohne jeden Stand und ohne jedes Auskommen aufwachsen könnte, sollte ich nicht mehr sein. Dabei wäre er unser erstgeborener Sohn, dein Erst-

geborener als künftiger bayerischer König. Ich bitte dich,
nimm ihn zu dir und sorge für ihn, mein geliebter Ludwig.
Nimm den Stein Napoleons für ihn in Verwahrung. Er soll
ihm gehören, als mein Erbe. Gib unserer Liebe ein Haus
und halte sie in Ehren. Ich weiß nicht, ob wir uns noch
einmal wiedersehen werden, aber unsere Herzen bleiben
für immer vereint.
In Liebe
Katharina

Das Herz schlug ihm bis zum Hals. Seine Urahnin hatte diesen
Brief verfasst und unterzeichnet, und das war der Beweis, dass er
als Nachfahre des armen Nikolaus nicht nur ein echter Romanow
war, sondern auch aus dem bayerischen Königshaus stammte.
Aber beides war seiner Familie auf unverschämte Art und Weise
verwehrt worden!

Zorn stieg in ihm hoch. Sein Ururgroßvater war der rechtmäßige Erstgeborene gewesen. Und statt dass er seine Rechte
wahrnehmen konnte, war er versteckt und seiner Familie waren
nach seinem Tod Lügen aufgetischt worden! Aber das war vorbei. Er, Nikolaus Attenbach Romanow, würde alles öffentlich
machen. Er würde das Geheimnis lüften und seiner Familie den
Glanz verleihen, den sie verdiente!

Er zitterte vor Aufregung und umkrallte den blauen Stein in
seiner Hand, der erneut rötlich aufschimmerte.

»Blauer Stein schützt blaues Blut«, wiederholte Attenbach
noch einmal. Er schützte doch seinen rechtmäßigen Besitzer?
Also ihn selbst? Oder etwa doch das Königshaus?, überlegte er.
Da bemerkte er, dass sich das Zittern von seiner Hand auf seine
Umgebung und das gesamte Flugzeug ausgebreitet hatte.

Eine Hand rüttelte panisch an seiner Schulter, und Attenbach
sah sich überrascht um.

»Gewitter! Bitte anschnallen!«, schrie ihm Sergej ins Ohr.

Ein greller Blitz durchzog den Nachthimmel und erleuchtete
die Kabine des Jets. Mächtige Kräfte zerrten an der kleinen Dü-
senmaschine und schüttelten sie durch.

Attenbach umfasste den Stein noch fester und klammerte sich an die Armlehne.

Urplötzlich sackte die gesamte Maschine ab.

73

München, Maximiliansbrücke, 22:10 Uhr

»Bist du sicher, dass das eine gute Idee ist?«, stieß Stefan aus, als er mit Tina über die Maximiliansbrücke lief.

»Ich weiß nicht. Aber Harald braucht uns. Und Lena ist noch immer nicht aufgetaucht. Ich war doch als Erste bei Direktor Löwenthal, und bevor er starb, hat er sie erwähnt. Wir müssen herauskriegen, was hier los ist. Und zwar jetzt.«

»Und wieso hast du den Ermittlern davon nichts gesagt, Tina? Wieso mischen wir uns überhaupt in diese Angelegenheiten ein?«

»Jeder, der etwas aussagen konnte, ist verschwunden oder tot. Weißt du übrigens, was Harald mir gerade gesagt hat? Der mysteriöse Anruf auf der Mailbox des Direktors könnte der Entführer gewesen sein. Und Sennebogen meinte, er klinge wie dieser Konsul Attenbach«, rief sie, während sie über die Brücke hasteten.

»Vielleicht wurde der Direktor auch erpresst«, erwiderte Stefan.

»Das könnte sein! Er sagte zu mir wortwörtlich: ›Ich bin kein schlechter Mensch.‹ Aber wem können wir überhaupt trauen?«

Sie hatten das Ende der Maximiliansbrücke erreicht. »Wo willst du eigentlich hin?«, fragte Stefan.

Tina zeigte auf das Maxmonument knapp hundert Meter vor ihnen in der Mitte der Maximilianstraße und rannte vor einer nahenden Trambahn über die Straße. Über zehn Meter hoch erstreckte sich das 1875 zur Erinnerung an den beliebten bayerischen König Maximilian II. erbaute Bauwerk vor ihnen.

»Dorthin«, antwortete sie, »um nachzusehen, was dem Direktor so wichtig war, dass er es vor seinem Tod unbedingt loswerden wollte: ›Kommissarin … Maxmonument‹.«

Sie umrundeten die bronzene Hauptstatue des Königs.

»Das Maxmonument stand auch auf der Wächter-Urkunde von Rademacher und wurde im Codex erwähnt, erinnerst du dich?«, sagte Tina. »Es wurde genau nach den Wünschen König Maximilians II. gebaut. Wie ja auch die Stiftung Maximilianeum.«

Prüfend blieb sie vor der Statue stehen, die in der rechten Hand eine Verfassungsurkunde hielt und sich mit der linken Hand auf ein Schwert stützte. Vier Figuren saßen zu den Füßen des Monarchen.

»Die vier Herrschertugenden Friedensliebe, Stärke, Weisheit und Gerechtigkeit«, erklärte Tina und zeigte auf die etwas kleineren Statuen, die an den Seiten des Monuments platziert waren.

»Um diese Uhrzeit kannst du doch nichts erkennen, Tina«, zischte Stefan warnend und sah sich nervös um. Bimmelnd ratterte die blaue Trambahn in einer sanften Kurve an ihnen vorbei, und er sah die müden Gesichter der Passagiere. Aber niemand beachtete sie.

»Das sind Allegorien, Stefan. Wenn Löwenthal vor seinem Tod darauf hinweist, muss das eine Bedeutung haben. Aber welche? Wir meinten doch vorhin, dass das Monument von König Max II. bewusst hierhin gesetzt wurde«, sagte sie, während sie die drei Stufen zu den Bronzestatuen hinaufstieg und das Denkmal umrundete, um eine nach der anderen zu untersuchen.

Ein junger Mann mit Palmzweig und Füllhorn symbolisierte Friedensliebe, Stärke wurde durch einen weiteren Mann mit Helm, Schwert und einem Löwen dargestellt, während eine Frau mit einer Fackel Weisheit repräsentierte. Das Licht der Straßenlaternen reichte nicht aus, daher nahm Tina die Taschenlampenfunktion ihres Smartphones zu Hilfe.

»Das ist es!«, rief sie schließlich leise aus und winkte Stefan zu sich, als sie vor der letzten Figur stand. »Schau her. Die Frau mit dem verhüllten Kopf und Schwert und Buch soll die Gerechtigkeit symbolisieren. Erinnerst du dich an den goldenen Zylinder aus dem Grundstein, der im Steinernen Saal ausgestellt ist?«

Hastig zog Tina den zerknitterten Zettel hervor, auf dem sie die lateinischen Sprüche des goldenen Zylinders notiert hatte. »›Respice gladium justitiae.‹ ›Achte das Schwert der Gerechtigkeit‹, so habe ich es übersetzt. Aber es könnte auch heißen: ›Schau auf das Schwert der Gerechtigkeit.‹«

Sie deutete auf die Statue. »Hier sitzt Justitia, also die Gerechtigkeit. Mit einem Schwert in der Hand. Und worauf deutet sie? Auf ein Buch. Also schon wieder eine Allegorie mit einem Buch oder einem Plan«, kombinierte sie mit leuchtenden Augen.

Stefan stieg die wenigen Stufen zu ihr hinauf und schaute auf das in Bronze gegossene Buch. Neben einigen unschönen Verunstaltungen auf dem Einband erkannte er aber noch etwas anderes.

»Tina, siehst du, worauf die Spitze des Schwertes zeigt? Das ist doch ein Stern, oder?«, flüsterte er aufgeregt.

Sie betrachtete das Buch ebenfalls von Nahem. »Eindeutig. Ein Stern. Sieht fast so aus wie der auf der Schatulle«, sagte sie beinahe andächtig. »Das Maxmonument symbolisiert etwas. Ich bin sicher, dass es das Geheimnis ist, das die Wächter bewachen!«

»Aber warum sagt er dann ›Kommissarin‹ und ›Maxmonument‹ in einem Satz?«, warf Stefan ein.

Fast zeitgleich drehten sie ihre Köpfe zu dem in warmem Gelb angestrahlten Prachtbau am Ende der Maximiliansbrücke. In die Farbe mischte sich das Blinken der Blaulichter und erinnerte sie schlagartig daran, in welch exponierter Position sie gerade waren.

74

München, Maximilianeum, Katakomben, 22:30 Uhr

Konnte man so schnell das Zeitgefühl verlieren? War sie seit Minuten, Stunden oder Tagen hier drin? Schwarze Dunkelheit umfing sie. Und sosehr sie sich auch anstrengte, kein Laut drang an ihr Ohr. Lena Schwartz stützte sich schwer atmend auf der länglichen Steinplatte in der Mitte des tiefschwarzen Raumes ab.

Sie hatte jeden Winkel der Kammer abgetastet. Sie schätzte, dass sie nur drei mal vier Meter groß war. Und etwa drei Meter hoch. Gerade so hoch, dass sie nicht nach oben gelangen konnte. Wenn sie auf der Platte stand, konnte sie die Decke mit Mühe erreichen, aber sie konnte sie nicht anheben. Das Atmen fiel ihr dabei immer schwerer.

Verzweifelt rutschte sie auf den Boden. Wie lange blieb ihr wohl noch hier unten? Die Luft war merklich schlechter geworden. Doch welchen Unterschied würde es schon machen, ob sie hier in einigen Minuten ersticken oder in einigen Tagen verdursten würde? Sie verbarg das Gesicht in den Händen und weinte.

75

München, Maximilianeum, 22:35 Uhr

Stimmengewirr auf der anderen Straßenseite bestätigte ihre Befürchtungen.

»Schnell, wir müssen weg!«, zischte Stefan und deutete auf eine winzige Parkanlage, deren Weg gerade repariert wurde und daher für Fußgänger gesperrt war. In gebückter Haltung sprinteten sie über die Straße, überquerten den Gehsteig und verschwanden im Dunkel des kleinen Parks hinter einer Mauer. Dort, im Schutz einer Hecke, gingen sie in Deckung und warteten.

»Und jetzt?«, fragte er. »Dass wir uns verdrückt haben, wirft kein gutes Licht auf uns!«

Tina lehnte sich zurück und schloss die Augen. Zum ersten Mal seit Stunden kam sie zur Ruhe und konnte durchatmen. Ihre Gedanken kreisten. So viele Eindrücke, die auf sie einprasselten und ihr durch den Kopf gingen. Stefan hatte vollkommen recht. Wieso mischten sie sich überhaupt ein? Wie hatten sie nur in eine derart verfahrene Situation geraten können? Sie hatte sich so sehr in die Lösung der Rätsel hineingesteigert, dass sie nicht realisiert hatte, dass es schon lange kein Spiel mehr, sondern bitterer Ernst war. Oder tat sie es, um die Schuld bei Harald Bergmann und Lena Schwartz zu begleichen, die sie im letzten Jahr gerettet hatten? War es das? Sie war müde und ratlos.

»Ich weiß es nicht, Stefan«, antwortete sie. »Du hast recht. Das war bescheuert von mir, alles.«

Schlagartig tauchte der Moment, in dem sie den Abzug der Waffe gedrückt hatte, vor ihrem inneren Auge auf, und sie zuckte zusammen.

»Der Russe. Der Direktor. Zwei Menschen habe ich sterben sehen«, sagte sie und begann zu schluchzen. »Und einen Menschen habe ich getötet, Stefan. Dafür werde ich mich verantworten müssen.«

Stefan wusste nicht, was er Aufmunterndes sagen sollte, und legte seinen Arm um sie. Ihr Kampfgeist schien urplötzlich erloschen.

Einige Minuten saßen sie wortlos nebeneinander.

Quietschend kam ein Wagen mit flackerndem Blaulicht auf dem Gehweg hinter ihnen zum Stehen. Schritte hallten vom Pflaster her. Tina hob den Kopf und sah Stefan an. Er legte den Finger an seine Lippen.

»Nein. Es reicht für heute«, sagte sie und stand auf. »Hallo, Polizei! Wir sind hier!«, rief sie und bahnte sich den Weg durch das Gebüsch.

»Sind Sie Frau Oerding? Herr Abgeordneter Huber?« Einer der Beamten lief auf sie zu.

Sie nickte matt.

»Wir suchen Sie schon die ganze Zeit. Bitte kommen Sie mit! Herr Kriminalrat Sennebogen braucht Ihre Hilfe! Dringend! Steigen Sie bitte in den Wagen!«

Das hatte sie nicht erwartet. Ihre Hilfe? »Bringen Sie uns nicht aufs Revier?«, fragte Tina und wechselte mit Stefan einen erstaunten Blick.

Nach einer kurzen rasanten Fahrt zum Maximilianeum wurden sie von den Beamten im Laufschritt durch das Treppenhaus und den Altbau geführt. Sie brachten sie zum Steinernen Saal!

Tinas Überraschung nahm noch zu, als sie den Saal durchquerten, ein Beamter die holzvertäfelte Tür zum Wandelgang beim Plenarsaal aufdrückte und nach links zur hellen Tür des Hörfunkstudios zeigte.

Vorsichtig traten sie auf den mit dickem Teppich ausgelegten Boden des Studios. Sennebogen stand mit einem Beamten vor der breiten Glasfront und telefonierte. Als er sie sah, winkte er sie hektisch in den Raum.

»Da sitzt jemand!«, flüsterte Tina Stefan zu und deutete auf eine Gestalt, die über die Arbeitsplatte vor dem Mischpult gebeugt war. »Ist er bewusstlos?«

Stefan ging zwei Schritte nach vorne, bis er nahe genug beim Schreibtisch stand, um etwas erkennen zu können. Die Arme hingen seltsam herab, der Kopf lag seitlich auf der Tischplatte. Die Augen blickten starr ins Nichts.

76

München, Maximilianeum, Altbau, 23:00 Uhr

»Er ist tot«, sagte Sennebogen. »Ein Rundfunkredakteur.« Er war fassungslos. Auf der Suche nach Lena Schwartz hatte er angeordnet, zunächst die Tiefgarage und von da aus nacheinander alle Ebenen, die zugänglich waren, zu durchsuchen. Der erfahrene Ermittler hatte seinen Vorgesetzten und die Landtagspräsidentin über die Sondersituation informiert und wollte dem Hinweis auf der Mailbox des Direktors gerade selbst nachgehen, als sie auf die Leiche im Hörfunkstudio neben dem Plenarsaal stießen.

»Wir haben keine Zeit für lange Reden«, empfing er Tina Oerding und Stefan Huber. »Ob es so schlau war, dass Sie sich vorhin einfach verdrückt haben, klären wir später!« Er warf ihnen einen ernsten Blick zu. Dann fuhr er sich durch die Haare und sah sie mit einer Mischung aus Ratlosigkeit und Verzweiflung an.

»Bergmann ist auf dem Weg zurück hierher?«, fragte er Mallinger kurz angebunden.

»Was ist –«, fragte Tina Oerding verwirrt.

Sennebogen hob die Hand und fiel ihr ins Wort. »Hören Sie erst die Aufnahme an!« Er reichte Tina Oerding und Stefan Huber einen Kopfhörer, den sie sich teilten. Zunächst knisterte es, bis klar und deutlich vernehmbar der Audiomitschnitt abgespielt wurde.

»Welcher Abgeordnete Huber?«, erklang eine hörbar ungehaltene Stimme mit russischer Einfärbung. »Herr Direktor! Es lag in Ihrer Verantwortung, zu organisieren, dass wir Ruhe haben!«

Einige Sekunden war nichts zu hören, dann verteidigte sich jemand.

»Mit Verlaub, Herr Attenbach. Ohne mich wüssten Sie nicht, wie Sie in die Gruft in den Katakomben gelangen konnten. Nur durch mich haben Sie Zugang hierher, ebenso wie zur Studienstiftung. Und das genau heute! Oder hätten Sie gerne noch ein Jahr bis zur nächsten Tagundnachtgleiche im Frühling gewartet? Ich war es doch, der die Ideale der Wächter verraten hat. Der Ihnen die Schatulle und den Grundriss organisiert hat. Und ich war es, der sich dafür hergegeben hat, Kommissar Bergmann zu benutzen und sein ganzes Leben zu zerstören!«

Kurz trat Stille ein. Dann sprach die Stimme weiter.

»Wenn ich gewusst hätte, wie schändlich und verantwortungslos Sie mit Menschenleben umgehen, Herr Attenbach, dann wäre ich niemals zu Ihnen gekommen!«

»Sie meinen den Wächter und den Anwärter? Sie enttäuschen mich, Herr Direktor. Haben Sie ernsthaft geglaubt, wir könnten sie am Leben lassen? Ich habe Sie schlauer eingeschätzt. Aber das haben wir vorhin im Auto doch schon besprochen. Es gibt kein Zurück. Das hier ist größer als einige wertlose Menschenleben. Der Beweis für den wahren ersten Sohn des bayerischen Königs. Für den Begründer einer neuen Dynastie zwischen Wittelsbachern und Romanows. Deren Erbe ich sein werde. Niemand wird mich jetzt noch aufhalten. Die junge Kommissarin vorhin hat das bereits zu spüren bekommen, die meinte, uns dort unten verfolgen und stören zu müssen. Das wird kein schöner Tod, jämmerlich in der Gruft des verschmähten Königssohnes zu ersticken. Sie wird ihm Gesellschaft leisten.«

»Sie meinen ... die Kommissarin ist ... dort unten ...?«

»Das Privileg auf einen schnellen Tod hat nicht jeder, Herr Landtagsdirektor. Aber in ein paar Stunden hat sie es ja überstanden.«

Löwenthal seufzte hörbar.

»Sie haben jetzt, was Sie wollten, Herr Honorarkonsul. Wir müssen uns beeilen. Wo ist mein versprochener Lohn?«

»Sie wollten doch fünfzig Millionen Euro von mir? Dort oben im Siegeskranz der Nike habe ich Ihnen etwas viel Wertvolleres hinterlassen. Der Blaue Wittelsbacher soll Ihnen gehören, Herr Direktor.«

Plötzlich entstand Unruhe im Hintergrund, Attenbach rief etwas.

Schritte und leises Stöhnen waren zu vernehmen. Es rauschte, und ganz leise hörten sie: »Wen haben wir da denn beim Lauschen entdeckt? Einen Reporter? Journalisten mögen wir nicht.« Dann fügte er etwas auf Russisch hinzu.

Leise rauschte es nun, bis sich Attenbach erneut meldete.

»Wir haben, was wir wollten, meine Herren. Verschwinden wir. Zum neuen Aufzug kommen wir hier entlang, wenn ich mich recht erinnere? Vielen Dank noch einmal für die aufschlussreiche Hausführung heute, Herr Direktor. Leben Sie wohl.«

Danach war nichts mehr zu hören, und die Aufnahme brach schließlich ab.

In einem Wechselbad der Gefühle hatten sie zugehört. Weniger als fünf Minuten dauerte die Aufnahme, aber sie änderte alles, entlastete Harald Bergmann auf ganzer Linie und bewies, dass der Landtagsdirektor und der Honorarkonsul hinter den Vorgängen steckten.

Ein Satz hatte sie jedoch in blankes Entsetzen versetzt.

»Er spricht von Schwartz!« Tina Oerding hielt sich die Hand vor den Mund.

»Ja, denke ich auch«, sagte Sennebogen. »Wir müssen davon ausgehen, dass sie ... lebendig begraben wurde.« Die Worte kamen Sennebogen nur schwer über die Lippen.

»Lebendig begraben? Wer?«, fragte Bergmann, der gemeinsam mit Zeitler im Türrahmen stand. »Ich soll mir ein Tonband anhören?«

Wortlos reichte ihm Sennebogen den Kopfhörer und bedeutete dem Polizeibeamten neben ihm, die Aufnahme erneut abzuspielen. Während Bergmann sie anhörte, wechselte sein Gesichtsausdruck von Erstaunen über Erleichterung bis hin zu blankem Entsetzen.

»Lena!«, entfuhr es ihm, als er den Kopfhörer absetzte. »Wisst ihr, von wann die Aufnahme ist? Wie lange ist es her?«

»Auf der Digitalanzeige hier steht einundzwanzig Uhr achtzehn«, sagte einer der Streifenbeamten.

»Das bedeutet, sie ist seit mindestens zwei Stunden dort eingesperrt.« Sennebogen sah in die Runde. »Uns bleibt nicht mehr viel Zeit, wenn wir überhaupt noch welche haben. Jeder verfügbare Kollege durchsucht bereits den Keller! Aber in diesem Gewirr kann es Tage dauern.« Urplötzlich fixierte er Tina. »Frau Oerding, wir brauchen Sie! Vorhin haben Sie doch von den Katakomben erzählt ...«

77

München, Maximilianeum, Altbau, 23:10 Uhr

Einen Augenblick war Tina wie gelähmt. Dann gab sie sich einen Ruck. Gerade noch hatte sie ihre Entdeckungen am liebsten vergessen wollen, aber was sie eben gehört hatte, änderte alles. Für Selbstmitleid war später noch genug Zeit, beschloss sie. Sie zog das Trageband der Sporttasche über den Kopf und holte eine dunkelblaue Ledermappe heraus.

»Also gut.« Sie massierte ihre Schläfen und sammelte sich.

»Attenbach hat sich offenbar Zugang zu einer versteckten Gruft in den Katakomben verschafft«, begann sie. »Und den ganzen Nachmittag über waren wir Hinweisen auf der Spur, dass sich dort das geheim gehaltene Grab eines Nachfahren aus einer Liebschaft König Ludwigs I. und der russischen Zarentochter Katharina Pawlowna befinden könnte, auf die uns ausgerechnet Notizen des verschwundenen Studenten gestoßen haben. An Zufall glaube ich da nicht. Das muss die Gruft sein, in der Lena Schwartz ist. Und ein Geheimbund der Wächter, aufgeführt hier in diesem Buch, beschützt das Geheimnis.« Sie klappte die Ledermappe auf.

»Korrigiere mich, wenn ich mich irre, Stefan«, fuhr sie dann fort. »Die historischen Umstände erspare ich Ihnen. Konzentrieren wir uns darauf, Lena Schwartz zu finden. Kommen Sie mit!« Sie trat hinaus in den Steinernen Saal und zeigte auf die Gemälde und Wände. »Das alles hier hat uns zu einem Canossa-Bild in der Studienstiftung geführt, in dem es darum geht, dass eine Gruft geöffnet wird.«

»Genau«, bestärkte Stefan sie. »Auf dem Relief im Hintergrund des Bildes halten sie den Plan vor den Stein und öffnen damit eine Tür.«

»Und vergiss nicht, eine Schatulle taucht auch immer auf«, sagte Tina. »Wie eine Anleitung, um zur Gruft zu kommen, versteht ihr?«

»Eine Schatulle?«, rief Bergmann aufgeregt und klopfte seine Lederjacke ab. Erleichtert seufzte er auf, als er das kleine Notizbuch Josef Streichers in der Innentasche ertastete und herauszog. Er schlug die letzte Seite auf. »›Ein blauer Stern, versteckt in der Wand‹«, las er vor. »Wir sind stets davon ausgegangen, dass ›Stern‹ mit ›Stein‹ und damit mit ›Edelstein‹ gleichzusetzen war.« War das vielleicht zu voreilig gewesen? Natürlich war es das! Dann fiel es ihm wie Schuppen von den Augen. »Damit war kein Edelstein, sondern der blaue Stern auf dem Deckel der Schatulle gemeint! Das heißt die Schatulle selbst!«, rief er aus. »Und ich habe sie ihnen heute auch noch auf dem Silbertablett serviert!«

»Den Blauen Wittelsbacher hatten sie auch, wenn ich richtig gehört habe«, sagte Sennebogen.

»Und eine Karte. Den Originalplan aus dem Grundstein, den wir ihnen organisiert haben!«, warf Bergmann mit frustriertem Gesichtsausdruck ein. »Wir sind Marionetten, den ganzen Tag schon! Wie nützliche Idioten haben wir dem Kerl heute bereitwillig geholfen, alles Notwendige zu organisieren, um zu dieser Gruft zu kommen. Und jeden Verdacht auf uns zu lenken.«

»Harald, du bringst mich auf etwas! Die Karte!«, rief Tina plötzlich aus, zog ein abgerissenes Stück Papier aus der Seitentasche und faltete es auf der Tischplatte glatt. »Das hat uns Lena Schwartz am Ausgang des Tunnels gegeben. Sie meinte, sie habe es ihren Entführern in den Katakomben entrissen. Das muss der Originalplan sein, Leute! Wenn wir Attenbach heute schon den Weg zu dieser Gruft geebnet haben, dann müssen wir seinen Spuren folgen, um Schwartz dort zu finden!«, stellte Tina fest, und sie spürte, wie endlich wieder Zuversicht und ihr Jagdtrieb zu ihr zurückkehrten.

Konzentriert betrachtete sie den Fetzen in ihrer Hand. In feinen Linien waren mehrere Geschosse des Kellergebäudes unterhalb des Maximilianeums eingezeichnet. »Hier wurde etwas nachträglich markiert.« Mehrere Ziffern und Buchstaben waren zu erkennen.

»Wie ein Zugangscode?«, ergänzte Stefan.

Tina nickte. »So in der Art, ja. Hier steht ›Geist‹ und ›A25‹, oder was meint ihr?«

Stefan beugte sich über den verschmierten Zettel. »Ja, und da weiter links steht ›Gedenken‹. Und ›M21‹.«

»Und der Rest? Wie oder wo soll der Code eingegeben werden?«, fragte Sennebogen und blickte auf die Uhr.

»Mehr wissen wir nicht«, sagte Tina. »Die andere Hälfte hat Attenbach.«

»Und an den kommen wir nicht mehr ran. Verflucht!«, rief Sennebogen.

»Dann folgen wir seinen Fußstapfen«, schlug Tina vor. »Was machte der Russe auf dem Dach? ›Trifft Mariens Licht auf Nikes

Kranz, so ist die Erleuchtung nah.‹ Dieser Spruch hat uns vorhin nach dort oben geführt. Ich bin sicher: Die Russen waren nicht wegen der Aussicht dort. Sie haben etwas gesucht. Konstellationen von bestimmten Gebäuden vor der Abendsonne, versteht ihr? Und dann haben sie sie auf der Karte eingezeichnet.«

»›Unter den Augen der Siegesgöttin schützen die drei Tempel der schönen Künste, des Geistes und des königlichen Gedenkens das Monument Maximilians‹«, wiederholte Stefan nachdenklich. »Leider ist es zu dunkel geworden, um das jetzt zu sehen.«

»Moment! Wir sind hier im Steinernen Saal ja genau unterhalb des Dachs und der Siegesgöttin!«, hakte Tina ein und lief zum hohen Glasfenster in der Mitte des Saals, von dem aus man einen atemberaubenden Blick über die Maximilianstraße und die Stadtsilhouette genießen konnte. Unterhalb des Fensters waren auf einer länglichen Tafel alle Sehenswürdigkeiten eingezeichnet.

»Fast genau wie auf dem Faltblatt, Tina. Drei Tempel«, rief Stefan. »Also suchen wir drei Kirchen?«

»Nicht unbedingt«, sagte Tina. Ihr Blick wanderte weiter nach rechts über die Überblickstafel und aus dem Fenster. Sie musste die Augen zukneifen, um in der Dunkelheit noch etwas zu erkennen. »Tempel des Geistes. Das könnte eine Universität oder eine Schule sein. Ah, hier!« Sie zeigte auf zwei spitze Türme, hinter denen in der Ferne der Olympiaturm zu sehen war. »Die Ludwigskirche! Das ist eine katholische Universitätskirche, Stefan. Erbaut vom Vater König Maximilians II., nämlich König Ludwig I.«, rief sie aufgeregt. »Übrigens auch ziemlich grell angestrahlt, findest du nicht?«

»Was aber ist ein Tempel des Gedenkens?«

Tina überlegte. »Eigentlich ja das Maxmonument selbst. Das ist zum Gedenken an den König gedacht. Aber das passt nicht. Und als Tempel würde ich es auch nicht bezeichnen.«

»Wie wäre es mit der Theatinerkirche da vorne, nur einige hundert Meter weit weg vom Nationaltheater?« Mallinger deutete auf einen gelblichen, im Stil des italienischen Hochbarocks gehaltenen Bau.»Als Hofkirche der Wittelsbacher sind dort die bayerischen Könige begraben, einschließlich König Maximilian II.«, erläuterte er, und sie nickten anerkennend.

»Dann haben wir Geist«, sagte Stefan, »und wir haben Gedenken, wenn wir denn richtigliegen, Freunde. Plus die jeweiligen Codes. Was wäre das Dritte? Der Tempel der schönen Künste?«

»Das Nationaltheater!« Tina deutete auf ein Dach im klassizistischen Baustil, das sich am Ende der Maximilianstraße abzeichnete. »Dort sind die Bayerische Staatsoper und das Bayerische Staatsballett untergebracht. Von König Max I. Joseph 1818 errichtet.«

Stefan zog die Panoramafaltkarte aus dem Weiße-Rose-Saal heraus, die er mitgenommen hatte, und umrandete die Gebäude mit einem Kugelschreiber.

Tina dachte kurz nach, dann riss sie ihm förmlich das Faltblatt aus der Hand und betrachtete es. Die markierten Gebäude kamen ihnen nun auffallend stark erleuchtet vor.

»Alle drei sind rechts von der Maximilianstraße. Und ihr schützt also das Monument Maximilians«, überlegte Tina. »Aber wie?« Sie hielt den Flyer hoch. »Wir haben ja leider nur den Faltplan mit der Panoramaaussicht und nur einen Teil des Originalplans.«

»Moment«, sagte Stefan, »gib mal bitte her.« Er legte beide Zettel aufeinander. Der Abstand zwischen der Theatinerkirche und der Ludwigskirche auf dem Faltblatt und den Markierungen für Geist und Gedenken auf dem Abriss des Plans ähnelte sich erstaunlich. »Wenn das genau der Schlüssel ist? Die Konstellation der markierten Punkte von der Panoramasicht auf einen Grundriss des Gebäudes zu übertragen?«

Eine Sekunde lang sah Tina ihm in die Augen und ergänzte dann: »Um dort die Zugänge zu etwas im Keller nachzuzeichnen!«

Hektisch blätterte Bergmann in den vergilbten Seiten des Tagebuchs weiter. »Drei Zugänge, sagt ihr, oder? Hier steht es. Dachte ich mir doch, dass ich etwas in die Richtung gelesen hatte. Am dritten, siebten und am elften Juli hatte Streicher am Seitenrand

›Ringe in der Wand‹ oder ›Ring‹ notiert«, sagte er und schloss angestrengt die Augen, um nachzudenken. »Das ist doch kein Zufall. Drei Zugänge. Und bei Streicher drei Ringe. Aber keine Eisenringe im Boden, sondern Ringe in der Wand.« Er strich sich über seinen Dreitagebart.

»Die drei Punkte führen zur Gruft, die wiederum vom Maxmonument symbolisiert wird. Da bin ich ganz sicher«, überlegte Tina weiter.

Sennebogen runzelte die Stirn. »Wieso sind Sie da eigentlich so sicher?«

»Die letzten Worte Löwenthals: ›Kommissarin ... Maxmonument‹«, sagte Tina knapp.

Sennebogen starrte sie ungläubig an. »Die letzten ... was?«

»Martin, darüber könnt ihr später reden. Wir brauchen einen kompletten Grundriss!«, warf Bergmann ein.

»Die Hausmeister oder der Bauleiter der Baustelle müssten doch so einen haben«, überlegte Tina und korrigierte sich im selben Atemzug. »Nein, das bringt nichts, dazu wurde zu häufig etwas an dem Gebaude geändert. Deswegen wollten sie ja den Originalplan!«

Sie tigerte auf und ab, während sie sich den Kopf zerbrach. »Irgendwo habe ich so einen ähnlichen Plan schon gesehen ... Nicht genau so, aber ähnlich.« Da fiel es ihr ein. »Jetzt weiß ich es! Stefan, beim Übergang von der Kantine zur Landtagsbibliothek sind ja Bilder ausgestellt. Da ist eine Zeichnung des Maximilianeums dabei. Weißt du, was ich meine? Holst du sie?«

Stefan nickte und sprintete sofort zum Treppenhaus im Altbau.

»Langsam ergeben die Mythen rund um die Grundsteinlegung, die ich bei den Führungen immer erzähle, einen Sinn. ›Bayerns hoffnungsvollen Söhnen bauet Max hier ein Asyl ...‹«, sagte sie halblaut, während ihr Blick auf die Ausstellungsstücke in der Glasvitrine im Steinernen Saal fiel. »Apropos Grundstein ...« Sie brach mitten im Satz ab und strich den zerknitterten Zettel mit ihrer Übersetzung der lateinischen Hinweise glatt.

ars monstrat viam.	*Die Kunst weist den Weg.*
trinitas clavis est.	*Dreieinigkeit ist der Schlüssel.*
paenitentiam fortuna sequitur.	*Der Buße folgt das Glück. Oder: Die Buße bringt die Lösung.*
respice gladium justitiae.	*Achte das Schwert der Gerechtigkeit.*
scientia aperit portam.	*Wissenschaft öffnet die Tür.*
spes mortifera est.	*Die Hoffnung ist tödlich.*

Den Ermittlern, die sich um sie gruppiert hatten und ihr über die Schulter sahen, erklärte sie:»Das steht auf der Unterseite des goldenen Zylinders in der Glasvitrine.«
Erstaunt lasen sie die lateinischen Sprüche und die Übersetzungen. Als Tina zur Vitrine trat, folgten sie ihr.

»Ich werde bei den Führungen öfters gefragt, wieso der bayerische König unbedingt eine Lokomotive im Grundstein haben wollte. Jedes Mal erkläre ich dann, dass es ein Symbol für die neue Zeit und die Technikbegeisterung des Königs war. Die Bahn von München Richtung Salzburg wurde sogar Maximiliansbahn genannt.«

»Könnte dann nicht die Lokomotive mit dem lateinischen Spruch zur Wissenschaft aus dem goldenen Zylinder gemeint sein?«, fragte Mallinger.

»Genau darauf will ich hinaus, Herr Kommissar. Vielleicht wollte König Maximilian II. deshalb eine Lokomotive. Die hier hat er für eine stattliche Summe gekauft und höchstpersönlich am 6. Oktober 1857 im Grundstein versenkt. Genau diese. Warum sollte er das tun, wenn er nicht etwas damit bezweckte?«

»›Wissenschaft öffnet die Tür‹?«, zitierte Mallinger.»Wie ein Mechanismus, der den Zugang zum Grabmal kontrolliert. Haben die Maya bis zu den Ägyptern perfektioniert, als Demonstration des eigenen Fortschritts und ihrer unerschöpflichen Macht«, sagte er in seltsam pathetischem Ton. »Und eine bestimmte Stellung der drei Ringe löst den Mechanismus aus. Es sind vielleicht nicht Zugänge im Sinne von Türen, sondern eher drei Hebel, um die Gruft zu öffnen.«

»Maya?«, erwiderte Stefan. »Davon war auch bei der Tagundnachtgleiche die Rede. So wurde eine der bekannten Stufenpyramiden genau nach der Sonneneinstrahlung an diesem Tag ausgerichtet, glaube ich.«

»Sie haben recht. Und Äquinoktium ist genau heute. Der Frühlings- oder Widderpunkt, wie er auch genannt wird«, sagte Mallinger. »Ich kenne mich damit ein wenig aus. Im astronomischen Koordinatensystem dient er genau in diesem Moment als Nullpunkt. Und ähnlich wie den Gezeiten werden ihm besondere Kräfte nachgesagt.«

Er beugte sich vor und musterte das schwarze Lokomotivmodell. »Ich glaube, hier ist etwas!« Er deutete auf den zerkratzten Unterboden.

Tina stürzte neben ihn und drückte die Nase an die Scheibe. »Ja, Sie haben recht! Stefan hatte vorhin schon den Eindruck, dass hier etwas steht. Eine Signatur: ›Blochmann Dresden 1838‹. Aber mehr kann ich nicht erkennen!«

»Wir müssen die Vitrine öffnen. Wer hat einen Schlüssel?«, fragte Mallinger.

»Der Hausmeister«, antwortete Tina.

»Einschlagen, sofort!«, entschied Sennebogen. »Das geht am schnellsten!«

Ohne zu zögern, griff er nach seiner Dienstwaffe, drehte sie um und holte aus. Gezielt traf er mit dem Knauf die Glasplatte. Es knackte. Als er ein zweites Mal zuschlug, bildeten sich bereits kleine Risse, und nach dem dritten Aufprall splitterte die Scheibe. Eine Sekunde später brach sie krachend entzwei.

Mit vereinten Kräften schoben sie den Rest der Glasplatte zur Seite und holten das über einen halben Meter lange Modell heraus.

»Ist die schwer«, keuchten Bergmann und Sennebogen.

»Ja, die Lokomotive wiegt über fünfzehn Kilogramm und der

Tender über vier«, berichtete Tina aus ihrem Wissensfundus, mit dem sie Besucher unterhielt.

Sie betrachtete die Lok näher. »Mallinger, Sie hatten recht!«, rief sie dann aus.

Fast vollständig von den Rädern verdeckt, waren auf der Unterseite der Lokomotive winzige Symbole eingraviert. Auf den ersten Blick sah es wie eine Seriennummer aus, aber bei genauem Hinsehen tauchten neben drei Ringen eine winzige Harfe, ein Kreuz und ganz rechts ein Buch auf.

»Der Tempel des Geistes, die Universität, das könnte mit dem Buch gemeint sein«, flüsterte Tina. »Und das Kreuz könnte für den Tempel des Gedenkens, die Theatinerkirche, stehen. Dann wäre die Harfe Kunst und Kultur. Also der Tempel der Künste, wie es die Wächter formulieren. Das Nationaltheater.«

Noch einmal wischte Mallinger über das Metall der Lokomotive. »Unterhalb des Buchsymbols ist noch etwas: eine Truhe oder so etwas Ähnliches.«

Bergmann beugte sich vor. »Eine Truhe? Das könnte ein Hinweis auf die Schatulle sein. Letztes Jahr haben wir sie in einem Gewölbe im Keller gefunden. Ich denke, ich weiß noch, wo das ist. Vielleicht wird uns das helfen, den ersten Zugang oder was es auch ist, auf der Karte zu finden! Die Kollegen sind bereits in den Katakomben, richtig? Ich gehe schon mal voraus!«

Tina konnte nicht stillstehen. »Gut, wir kommen voran. Aber der letzte Code? Nur eine verdammte Kombination noch. Wir wissen nicht, wie Attenbach auf die Codes kam. Wir können auch nicht sehen, was er auf dem Dach gesehen hat. Aber wir haben zwei von dreien. A25 und M21. Vielleicht gibt es ja ein Muster!«

»Klingt wie ein Datum, oder?«, warf Kommissar Mallinger ein.

Tina blieb abrupt stehen. »Richtig! Das könnten Geburtsdaten sein. Der Buchstabe für den jeweiligen Monat wie April oder August. Und die Ziffer für den Tag. Wartet mal. Wann wurde König Maximilian II. geboren?«

Die Anwesenden zuckten mit den Schultern.

Tina dachte angestrengt nach und spielte ihre Vorträge durch. »28. November 1811 in München.«

»Das ist es also nicht«, sagte Sennebogen enttäuscht.

»Augenblick!«, warf Mallinger ein. »Wieso gehen wir nicht eine Generation zurück? Geht es nicht um den unehelichen Sohn des Vaters von König Max II.? Also um Ludwig I.?«

Tina deutete mit dem Zeigefinger auf ihn. »Ich bin beeindruckt, Kommissar Mallinger.« Sie runzelte die Stirn und zückte dann kurzerhand ihr Handy. »Bevor ich lange grüble, googeln wir das doch.« Ihre Finger flogen über das Display des Smartphones. »Hier habe ich es schon. Ludwig Karl August wurde am 25. August 1786 in Straßburg geboren. 25. August. A25. Das passt!«, rief sie triumphierend aus.

»Dann schauen Sie doch gleich mal nach seiner Geliebten«, schlug Mallinger vor.

»Katharina Pawlowna Romanowa. Geboren am 21. Mai 1788 im Katharinen-Palast in Sankt Petersburg.«

»21. Mai. M21«, rief Sennebogen.

»Ja, das passt auch. Das Schema stimmt, eindeutig! Aber wenn wir davon ausgehen, dass auch der dritte Code ein Geburtsdatum ist, welches wäre es dann?«, überlegte Tina, und schon während sie die Frage formulierte, wurde ihr die Antwort bewusst. Nur eines ergab Sinn.

»Das Geburtsdatum des Ergebnisses ihrer heimlichen Liebe. Des unehelichen Sohns«, wisperte sie und sah in die Runde.

Mallinger nickte. »Das klingt logisch.«

»Dieses Datum kann man aber leider nicht googeln«, konstatierte Tina ernüchtert.

Enttäuschte Stille trat ein.

»Verdammt«, entfuhr es Sennebogen, und er sah verzweifelt von Tina zu Mallinger. »Wenn das so ist, wie sollen wir dann das Datum oder den Code finden? Und wo bleibt Ihr Freund nur?«

In diesem Augenblick kam Stefan Huber mit der Bleistiftzeichnung die Treppe im Kreuzgang heraufgestürmt.

»War gar nicht so einfach, hing ganz schön fest!«, rief er ihnen entgegen und hielt den Rahmen hoch. »Seid ihr schon weiter?«, fragte er keuchend.

»Noch nicht weit genug.« Tina brachte ihn knapp auf den neuesten Stand. »Haben wir einen Hinweis übersehen, wann der Sohn von König Ludwig und der Kurfürstin Pawlowna geboren sein könnte?«, fragte sie Stefan. Dieser schüttelte den Kopf.

Mallinger nahm ihm den Rahmen ab und brach ihn kurzerhand über seinem Knie entzwei, zog das Papier heraus und legte es auf den Boden. Tina kniete sich neben ihn und verglich den Papierfetzen und das Panoramabild mit den markierten Punkten miteinander.

»Es ist zwar nicht der gleiche Plan, aber er ist doch sehr ähnlich. Wir haben eindeutig den rechten Teil und damit die beiden rechten Zugänge und auch die Codes dafür. Hat jemand einen Kugelschreiber für mich? Schnell!«

Mallinger gab ihr einen Stift, und sie markierte nach der Vorlage auf dem Panoramabild vier Punkte auf dem Grundriss und verband sie mit dicken Strichen. Der Stift kleckste ein wenig.

»Ein Füller? Die sind selten geworden.« Sie wog den schweren Füllfederhalter in der Hand und blies auf das Papier, um die Tinte zu trocknen. Nachdenklich betrachtete sie die dunkelblaue Spur auf der Zeichnung.

»Sehr gut!«, lobte Sennebogen. »Passt nicht haargenau, ist aber ein Anhaltspunkt, vor allem wenn wir den Startpunkt rechts schnell finden.«

»Alles Weitere sehen wir unten!«, rief Mallinger. »Los, kommt!«

Sie sprangen auf, rafften die Papiere zusammen und liefen Richtung Treppenhaus im Altbau, das sie zur Tiefgarage und von dort zu den Katakomben unter ihnen brachte.

»Wir sollten ein Foto von der Zeichnung machen«, rief Stefan, während sie die Treppe hinabliefen. »Dann sehen wir es im Dunkeln besser.«

Abrupt blieb Sennebogen stehen und riss den Abgeordneten am Arm. »Was haben Sie soeben gesagt?«

Stefan stotterte überrascht. »Äh, ja … wir … äh … sollten mit dem Handy ein Foto vom Plan machen.«

»Das ist es!«, rief Sennebogen aus. »Attenbach wollte heute Nachmittag doch unbedingt das Handy des verunglückten Russen sehen, erinnern Sie sich, Mallinger?«

Dieser nickte. »Ja, und danach war der Akku plötzlich leer.«

Sennebogen legte aufgeregt nach. »Nicht nur der Akku war leer. Der gesamte Speicher! Das heißt, Attenbach hat erst etwas auf dem Telefon gesucht. Und dann hat er es gelöscht!«

Nun blieb auch Tina stehen und hielt den abgerissenen Teil des Plans hoch. »Ihm ging es genau wie uns! Ist ja klar! Schwartz hat ihm den anderen Teil entrissen, und er kam nicht mehr weiter!«

»Außer jemand hat vorher ein Foto des gesamten Plans gemacht«, erwiderte Sennebogen.

»Der Russe, der vom Dach gestürzt ist«, sagte Mallinger, während er sein Telefon zückte und eine Nummer wählte.

»Wen rufen Sie an?«, fragte Sennebogen.

»Die Spurensicherung. Die Kollegen waren ja dabei, das Handy zu analysieren. Da muss jemand Überstunden machen. Wir brauchen das Foto. Immerhin geht es um Leben und Tod.«

78

München, Maximilianeum, Katakomben, 23:55 Uhr

Bergmann lief ihnen bereits entgegen, als Tina und ihre Begleiter beim Eingang zu den Katakomben unter dem Südbau des Maximilianeums ankamen. Er hielt die Tür auf, die kurz vor der Sicherheitsschleuse der Tiefgarage in das weitverzweigte Gewirr an Gängen, Gewölben und Kavernen führte, und drückte ihnen einige Taschenlampen in die Hand.

»Da werden Erinnerungen an letztes Jahr wach«, flüsterte Tina Stefan zu, während sie sich durch die Gänge schlängelten. So hell erleuchtet hatte sie die Kellergewölbe des Landtages allerdings noch nicht gesehen. Nicht nur alle verfügbaren Lampen der Baustelle waren eingeschaltet worden, sondern immer wieder kreuzten auch die Lichtkegel von Lampen weiterer Beamter, die die Katakomben durchsuchten, ihren Weg.

Dennoch beschlich Tina ein beklemmendes Gefühl, während sie sich in die Gänge vorarbeiteten.

Unter kleinen Durchgängen hindurch und an mehreren Abzweigungen vorbei drangen sie immer tiefer in den Keller ein. An vielen Stellen wurde bereits fleißig an der Verstärkung der Fundamente gewerkelt. Auch die Baustelle zum neuen Besucherzentrum des Landtages war vorangeschritten. Trotzdem kam bei Tina manch ungute Erinnerung an die Begegnungen beim Gemälderaub im vergangenen Jahr hoch. Als sie Stefans Blick sah, wusste sie, dass ihn in diesem Moment das Gleiche beschäftigte.

»Wir sind fast da!«, rief Bergmann und zeigte auf eine Holzluke, an der bereits ein Polizist auf sie wartete, der sie ihnen aufhielt.

Hier war sie vor einem Jahr von Arthur Streicher an Händen und Füßen gefesselt wie ein Sack hinabgeworfen worden! Schlagartig wurde ihr Mund trocken, und ihre Atmung beschleunigte sich, als die Erinnerung an die schrecklichen Umstände hochkam. Die Schmerzen. Die Todesangst. Sie hatte die unendlich langen Minuten allein in der Kammer dort unten nie richtig aufgearbeitet. Die Zeit, in der sie mutterseelenallein gefangen gewesen war und ihre Hoffnung Stück für Stück schwand. In den Augen des Direktors meinte sie diese Verzweiflung vorhin auch gesehen zu haben.

Tina musste innehalten, und Stefan drückte ihre Hand. Stefan war es damals gewesen, der für sie alles riskiert und sie schließlich gemeinsam mit Harald Bergmann und Lena Schwartz gerettet hatte. Jetzt musste Schwartz Ähnliches, vielleicht noch Schlimmeres erleben. Und heute war es an ihnen, sie zu retten. War das Schicksal? Tina schluckte ihre Angst hinunter.

»Ob das mit ›Ring‹ gemeint war?« Bergmann hob den Stahlring an der Holzluke hoch. »Unten im Gewölbe war die Schatulle versteckt. Sehen wir dort nach.« Er setzte sich auf die Kante der Öffnung. »Gebt uns so viel Licht wie möglich. Tina, kommst du mit? Du weißt am besten, auf was wir achten sollen!«

Er wartete keine Antwort ab, sondern ließ sich gleich nach unten fallen. Mit leisem Stöhnen landete er auf dem Boden. Mallinger folgte ihm, und auch Tina atmete tief ein, schloss die Augen und sprang hinab.

Ausgestattet mit drei Lampen, leuchteten sie die dunklen Lehmwände ab. Bei genauerem Hinsehen stellte sich jedoch heraus, dass es sich überwiegend um Steinwände handelte, die mit Lehm verputzt worden waren.

»Wer macht sich denn solche Mühe, hier unten eine Wand zu verstecken?«, fragte Bergmann stirnrunzelnd.

Nach einigem Suchen fanden sie die rechteckige Öffnung, in der die Schatulle versteckt gewesen war.

»Was ist das?« Mallinger zeigte auf Lehm- und Steinbrocken auf dem Boden und dann auf eine Einkerbung in der Wand. Nun leuchteten alle drei auf die Stelle.

»Ein Ring!«, flüsterte Tina. »Besser gesagt, sogar zwei. Oder eher Scheiben, wenn man es genau betrachtet.«

»Das meinte Streicher also mit Ringen in der Wand!«, sagte Bergmann.

Buchstaben und Ziffern säumten in feinen Einkerbungen die gesamte gezackte Außenseite.

»Das war vorher unter einer Schicht Lehm versteckt. Und jemand war vor Kurzem hier und hat es freigelegt!«, wisperte Tina.

»Attenbach«, stieß Mallinger hervor.

»Moment!«, rief Tina plötzlich. »Wenn er sich hier schon zu schaffen gemacht hat, dann müssten die Drehscheiben doch schon an der richtigen Stelle eingerastet sein, oder?«

»Nein, glaube ich nicht«, erwiderte Mallinger. »Wenn es ein Mechanismus ist, dann verändert sich die Stellung hier, sobald der Zugang zur Gruft wieder geschlossen wird. Wie bei einem Tresor. Aber egal, wenn A25 nicht schon eingestellt ist, machen wir es jetzt eben.«

In der Tat fanden sie an der Einkerbung der Ringe eine andere Kombination vor.

»Sie haben recht«, stimmte Tina ihm zu und betrachtete, wie

er vorsichtig an den Ringen drehte, bis zunächst der innere beim Buchstaben »A« und der äußere dann bei der Ziffer »25« einrastete. Es klickte leise.

»Ich glaube, es klappt!«, flüsterte Tina.

»Helft uns hoch!«, rief Bergmann nach oben. »Nummer eins haben wir. Und von hier aus können wir uns orientieren.«

Sobald sie oben war, beugte sich Tina über den Plan, den Sennebogen und Stefan bereits studierten. Der nächste Punkt war nur einige Abzweigungen von ihrem aktuellen Standort entfernt. Mit Hilfe des Plans fanden sie tatsächlich eine weitere Luke. Und wie zuvor entdeckten sie nach kurzem Suchen zwei ineinander verschachtelte Scheiben in der Wand, die sie bei »M« und »23« einrasten ließen.

»Wie spät ist es?«, keuchte Bergmann, als er aus der Luke kletterte.

»Schon nach Mitternacht. Schwartz ist jetzt schon mindestens drei Stunden dort unten. Wir müssen uns beeilen!«, stieß Sennebogen nervös hervor. »Jetzt müssen wir improvisieren. Irgendwo auf dem Weg Richtung Tiefgarage liegen die dritte Kammer und die Gruft. Besonders genau war die Markierung auf der Karte nicht.«

Die Gruppe stand unschlüssig im halbdunklen Gang, über den sich schwere Holzbalken streckten. Hatten sie sich etwas vorgemacht? Selbst wenn sie die letzte Holzluke im Boden fänden, was dann?

»Uns fehlt noch immer der dritte Code. Gibt es etwas Neues von der Spurensicherung, Mallinger?«, fragte Sennebogen.

Aber dieser antwortete nicht.

»Wo ist er denn?«, rief Sennebogen angespannt.

Einen Augenblick lang blickten sie sich ratlos um, bis eine Stimme aus einem Seitengang ertönte. »Ich bin hier! Gute Nachrichten! Ich habe ihn! Den Code!«

Mallinger tauchte auf, etwas außer Atem. Erleichterung machte sich breit.

»Die Kollegen haben gute Arbeit geleistet. Der Code lautet ›O19‹.«

Jetzt galt es, keine Zeit mehr zu verlieren. So schnell sie konnten, machten sie sich auf.

»Es wird knapp«, rief Sennebogen. »Wir müssen alles auf eine Karte setzen und uns aufteilen. Frau Oerding, Herr Huber, Sie suchen die dritte Kammer und geben den Code ein«, schlug er vor.

»Ich gehe zur Gruft vor!«, rief Bergmann.

»Und ich komme mit«, sagte Mallinger.

Halb laufend, halb voranstolpernd kämpften sie sich in zwei Gruppen durch die Katakomben und hofften, den Wettlauf mit der Zeit nicht zu verlieren.

79

München, Maximilianeum, Katakomben, 0:15 Uhr

Die Markierungen auf der Broschüre und der Zeichnung gaben ihnen zwar eine grobe Orientierung, wohin sie sich bewegen sollten, dennoch verloren sie immer wieder wertvolle Zeit, wenn sie sich in Sackgassen verrannten oder Gewölbe durchleuchteten, die sie nicht weiterführten. Endlich fanden sie einen Anhaltspunkt.

»Hier müsste es sein!«, rief Tina und leuchtete auf einen Eisenring auf dem Boden. Der auffällig freigeräumte Bereich hatte die Holzluke mit dem Stahlring aufblitzen lassen.

Kurz entschlossen packte Bergmann den schweren Ring, Mallinger fasste mit an, und gemeinsam zogen sie die Luke nach oben, während Sennebogen und Stefan Huber mit den Lampen bereitstanden.

»Uns läuft die Zeit davon!«, rief Tina. »Ich gehe nach unten. Sucht ihr schon mal die Gruft!« Sie drückte Bergmann die Zettel in die Hand und sprang in das Gewölbe hinab.

»Sie gehen mit ihr runter!«, rief Mallinger Stefan Huber zu. »Los, wir haben keine Zeit zu verlieren, jede Sekunde zählt.«

Die Ermittler drehten sich um und liefen einige Meter zurück zum Gang.

»Sie kann nicht weit weg von hier sein, wenn ich den Plan richtig lese«, meinte Mallinger.

»Sie haben recht«, antwortete Sennebogen. »Wir müssen uns an den Fußspuren auf dem Boden orientieren. Aber bei den Zugängen enden sie immer wieder, weil sie den Dreck weggewischt haben!«

Fieberhaft suchten sie die nächsten Eingänge und Gewölbe ab, doch ihre Suche blieb erfolglos.

»Das kann doch nicht wahr sein!«, rief Bergmann verzweifelt. Auf dem Plan und der Broschüre war das Maxmonument, die Gruft, ganz in der Nähe der letzten Markierung, nur etwas versetzt. Es war ihm schleierhaft, wieso sie den Eingang nicht entdeckten.

»Was ist los? Habt ihr sie gefunden?«, hörten sie Tinas Stimme durch die Katakomben hallen. »Die Kombination war richtig!«

Ein leises Zittern ging spürbar durch die Wände. Etwas setzte sich in Bewegung.

Sie waren so weit gekommen, trotz aller Umstände. Alle drei Codes waren entschlüsselt. Aber wo war der Eingang zur Gruft? Bergmann spürte, wie Verzweiflung in ihm hochstieg. Konnte es sein, dass ihnen alles doch noch entglitt und sie scheiterten? Wo verdammt noch mal war der Zugang?

Verzweifelt lehnte er sich an eine Mauer und atmete durch. Der Boden war übersät von Fußspuren. Zu viele waren mittlerweile hier schon durchgekommen. Da fiel der Strahl seiner Taschenlampe auf etwas Farbiges, das an der Wand gegenüber lag. Es blitzte rot-weiß auf, und er stutzte.

Es kam ihm bekannt vor, aber woher nur? Plötzlich fiel es ihm wie Schuppen von den Augen. Das war die knallbunte Oberschale von Lena Schwartz' Smartphone, mit dem auffälligen Logo des FC Bayern, über das er sich noch am Morgen mokiert hatte!

Bergmann stürzte nach vorne, hob das Telefon auf und betrachtete es ungläubig! Es war eindeutig das Handy seiner Kollegin. War es ihr etwa aus der Tasche gefallen, als sie zur Gruft geschleift worden war? Oder hatte sie es absichtlich als Hinweis fallen gelassen? Auf jeden Fall war es ein klares Zeichen, dass sie hier gewesen war!

Bergmann sah auf und runzelte die Stirn, als er zur Wand, von der er gekommen war, zurückblickte. Der Strahl der Taschenlampe erleuchtete einen engen Gang, den sie zuvor nicht bemerkt hatten. Im toten Winkel ging es weiter!

»Kommt schnell hierher! Ich glaube, hier ist etwas«, brüllte Bergmann aufgeregt. Hoffentlich hatte er recht. Und hoffentlich waren sie nicht zu spät!

80

München, Maximilianeum, Katakomben, 0:20 Uhr

Welch eine Ironie, dass sie auf einem uralten Grabstein sterben sollte. In einer Gruft, die hundertfünfzig Jahre lang unentdeckt geblieben war. Lange hatte ihr Geist sich gegen diese unvorstellbare Erkenntnis gewehrt. Sie hatte Verbrechen bekämpft, Missstände aufgedeckt und Leben gerettet, aber bei ihrem eigenen scheiterte sie. Seit dem Moment, in dem sie sich für ihren Beruf entschieden hatte, war ihr bewusst gewesen, dass sie diesen Preis vielleicht eines Tages zahlen müsste. Aber auf diese Art und Weise?

Völlig erschöpft lag Lena Schwartz auf der Steinplatte, und es fiel ihr immer schwerer, einen klaren Gedanken zu fassen. Wie war es, wenn einem in völliger Dunkelheit schwarz vor Augen wurde? Fühlte sich der Stein angenehm weich und warm an? War das real? Sie wusste es nicht. Aber eine seltsame Zufriedenheit ergriff sie plötzlich, und sie atmete aus.

Unvermittelt wurde es hell um sie herum. War dies das Licht, von dem immer die Rede war, wenn es zu Ende ging? Schwartz blinzelte. Eine Hand streckte sich ihr entgegen, aber sie war zu schwach, um sie zu ergreifen. Dann ließ sich ein Schatten zu ihr herab. Noch einer folgte. Von beiden Seiten griffen Hände unter ihren Rücken, die sie hochhoben und mit einem Ruck nach oben stemmten.

Von der Anstrengung der beiden Männer, die sie durch die runde Öffnung an die Oberfläche schoben, bekam sie kaum etwas mit. Erst als Tina Oerding auf ihren Brustkorb einschlug und verzweifelt Sauerstoff in ihren Mund blies, kam Lena Schwartz zu Bewusstsein und schnappte panisch nach Luft. Sie schlug die Augen auf und schlug um sich.

»Beruhige dich, Lena!«, flüsterte Tina beruhigend. »Wir sind es! Das war knapp. Aber wenn ich dich so ansehe: Du kannst meine Sportklamotten behalten!« Sie grinste, als sie die völlig verdreckte Kleidung sah.

Die Erleichterung war ihr ins Gesicht geschrieben, ebenso wie Sennebogen neben ihr. Schwartz sah ihn verwirrt an. »Herr Sennebogen. Was machen Sie denn hier?«, krächzte sie, und sie mussten unvermittelt auflachen.

Gelöst antwortete Sennebogen: »Lange Geschichte. Schön, dass Sie wohlauf sind.«

Schwartz setzte sich plötzlich auf und sah sich um. »Wo ist Harry? Wie geht es ihm?«

»Hier bin ich, helft uns hoch! Die Luft ist immer noch etwas dünn hier unten«, ertönte seine Stimme aus der Öffnung im Boden.

Huber und Sennebogen halfen ihm mit vereinten Kräften nach oben. Schwer atmend lag Bergmann auf dem Rücken neben Schwartz und hielt etwas Rotes hoch. »Dein Handy. Hast du verloren. Zum ersten Mal in meinem Leben war ich froh, dieses unsägliche Bayern-Logo zu sehen!«

Schwartz lachte, was sich eher wie ein Röcheln anhörte.

»Mallinger ist noch unten«, keuchte Bergmann, als plötzlich die Hand des Ermittlers an der Kante auftauchte und sie ihn hinaufziehen konnten.

Der elegante dunkelblaue Anzug Mallingers war vollkommen verdreckt, als er sich neben Bergmann rollte und ebenfalls nach Luft schnappte. Jetzt erst realisierten sie es: Sie hatten es in letzter Sekunde geschafft!

Glücklich sahen sie sich an, und es dauerte einen Augenblick, bis sie es bemerkten. Die Wände erzitterten zunächst ganz leise, dann aber deutlich spürbar.

»Die Wand bewegt sich wieder über den Zugang! Die Gruft schließt sich wieder!«, stellte Tina fest.

»Wir sollten weg!«, rief Mallinger, und sie stützten mit vereinten Kräften Lena Schwartz und gingen mit ihr in Richtung des verwinkelten Durchganges, durch den sie gekommen waren. Mühsam schleppten sie sich voran, als es urplötzlich unter ihnen grollte und der Boden heftig erzitterte. Von der Erschütterung wurden sie umgeworfen, und eine Staubwolke hüllte sie ein.

81

München, Maximilianeum, Innenhof, 1:05 Uhr

Erschopft saß Tina auf der Liege des Rettungswagens. Blaulicht von Einsatzwägen blinkte im Innenhof des Maximilianeums, und sie atmete tief durch, während ein Sanitäter ihren Blutdruck maß.

»Alles in Ordnung«, erklärte er und wandte sich Stefan zu, der mit zerrissener Anzughose und verknittertem Hemd neben ihr hockte. Beide waren völlig verdreckt, und Staub rieselte aus ihren Haaren. Bis auf einige Schrammen waren sie jedoch unverletzt. Harald Bergmann und Lena Schwartz waren dahingegen ins Klinikum rechts der Isar gebracht worden. »Aber die werden schon wieder!«, hatte sie der Sanitäter beruhigt.

Spät war es geworden, bemerkte Stefan bei einem Blick auf seine Armbanduhr.

Die bunten Warnlichter wurden von den Wänden der Container auf der Baustelle zurückgeworfen, und zwischen den Fahrzeugen herrschte geschäftiges Treiben.

»Was war das denn vorhin da unten?«, fragte Tina ratlos.

»Irgendetwas ist unter uns zusammengebrochen«, antwortete Stefan matt. »Mehr kann ich dir nicht sagen. Aber ich hätte fast nicht mehr gedacht, dass wir es rechtzeitig zu Lena schaffen. Ein echtes Wunder.« Er schüttelte den Kopf.

»Geht es Ihnen gut?«, fragte eine vertraute Stimme.

Robert Mallinger lehnte sich an die geöffnete Seitentür des Rettungswagens und blickte ins Innere. Die Farbe seiner edlen Anzughose war von Dunkelblau in Braungrau gewechselt, und sein vormals makellos weißes Hemd war mit Flecken übersät. Dennoch sah er, die Jacke lässig über die Schultern geworfen, überraschend entspannt aus.

»Alles in Ordnung, nur leichte Blessuren«, antwortete Tina. »Auch Lena und Harald geht es gut. Vorhin war ich nahe dran, aufzugeben. Ohne Sie hätten wir es nicht geschafft, Herr Kommissar. Wenn Sie den Code nicht organisiert hätten … Und Harald Lenas Handy nicht gefunden hätte … Ich will es gar nicht zu Ende denken.«

»Das Kompliment gebe ich zurück, an Sie beide«, sagte Mallinger lächelnd. »Ich bin froh, dass es so ausgegangen ist und wir ein Leben retten konnten. Es sind genug gestorben heute Nacht.«

»Nur schade, dass die Gruft eingestürzt ist«, bedauerte Stefan. »Wir hätten gern noch einen genaueren Blick darauf geworfen.«

»Manchmal ist allen besser gedient, wenn man die Geschichte ruhen lässt. Aber nun muss ich los. Ich habe noch einiges zu erledigen.« Mallinger klopfte zum Gruß an die Metalltür und verschwand.

Donnerstag

Sitzungswoche des Bayerischen Landtags vor Ostern

82

München, Klinikum rechts der Isar, 10:05 Uhr

»Es wird ja schon Tradition, dass wir uns einmal im Jahr im Krankenhaus treffen!«, sagte Tina, als sie gemeinsam mit Stefan Bergmanns Zimmer betrat, und spielte auf den Fall vom vergangenen Jahr an, bei dem dieser ebenfalls verletzt worden war. Sie hatten bereits bei Schwartz nebenan geklopft, aber sie schlief gerade und erholte sich von den Strapazen der vergangenen Nacht.

Bergmann setzte sich stöhnend auf und verzog das Gesicht. »Das nächste Mal bist du dran, okay? Spaß beiseite. Was für ein verrückter Tag gestern. Achterbahn der Gefühle ist kein Ausdruck. Danke für eure Hilfe im Maxwerk.« Er nickte den beiden zu und zeigte auf Stühle an der Wand. »Nehmt doch Platz. Leider kann ich nicht viel anbieten.«

In diesem Augenblick klopfte es erneut, und Kriminalrat Martin Sennebogen steckte seinen Kopf durch die Tür.

»Gut, dass ich Sie gemeinsam antreffe. Ich bin gerade dabei, die Ermittlungen in die Spur zu bringen. Ist ja einiges vorgefallen. Fast hätten sie euch alles in die Schuhe geschoben, Harry. Die Vernehmung des Russen, der im Tunnel gefunden wurde, läuft schon. Er hat allerdings wenig Ahnung und wird uns nicht viel weiterhelfen können, befürchte ich«, sagte er und trat ein. »Auch Sie, Frau Oerding und Herr Huber, werden Ihre Aussage noch machen müssen. Es gibt da einiges aufzuarbeiten, aber das wird schon. Lena Schwartz hat noch heute Nacht bestätigt, dass Ihr Schuss im Tunnel Notwehr war. Noch mehr: Sie haben ihr das Leben gerettet!«

Hatte Tina ihn zunächst mit großen Augen angeblickt, so wirkte sie nun einigermaßen erleichtert. »Der Russe im Tunnel …«, wiederholte sie tonlos.

»Auch ich bin euch zu Dank verpflichtet«, sagte Bergmann. »Dir genauso, Martin. Im Gegensatz zu Mallinger hast du an meine Unschuld geglaubt!«

»Gern geschehen. Allerdings musste ich heute früh meiner

Lebensgefährtin erklären, weshalb ich den Abend lieber mit euch verbracht und sie beim Italiener versetzt habe«, meinte Sennebogen.

»Na, deinen Partner hast du der Karriere wegen auch schon einmal sitzen lassen. Aber lassen wir die alten Geschichten.« Bergmann grinste und richtete sich auf. »Ach, übrigens: Du bekommst noch ein Beweisstück von mir. Mein Bedarf an uralten Notizen ist gedeckt.« Er hielt das Tagebuch Josef Streichers hoch und warf es Sennebogen zu, der es lachend auffing.

»Schon gut, Harry. Es hat sich ja gelohnt. Aber machen wir uns nichts vor: Es ist noch nicht vorbei. Die Presse greift das ab heute groß auf. Zwei tödliche Stürze. Entführungen und mehrere Morde. Gewölbe in den Katakomben eingestürzt. Das sind genügend Nachrichten für mehrere Wochen«, sagte Sennebogen. »Und vom russischen Konsul noch immer keine Spur. Es scheint, dass er sich ziemlich in eine Wahnvorstellung verrannt hatte.«

»Apropos Russe!«, unterbrach ihn Bergmann vom Krankenbett aus und zeigte auf den Fernseher unter der Decke. »BREAKING NEWS – MYSTERIÖSER FLUGZEUGABSTURZ IM NATIONALPARK BÖHMISCHER WALD – URSACHE UNGEKLÄRT«, lief gerade über den Nachrichtenticker.

Er stellte den Ton lauter, und alle im Raum drehten den Kopf.

»Wie erst jetzt bekannt wurde«, sagte der Sprecher, »stürzte gestern Nacht ein Privatjet aus München Richtung Moskau in ein abgelegenes Gebiet des Nationalparks. Die Rettungskräfte sind noch auf dem Weg. Die genauen Umstände sind ungeklärt.«

»Unglaublich«, rief Tina aus. »Das könnte doch Attenbach sein, oder?«

Sennebogen kniff die Augenbrauen zusammen. »Das bringe ich in Erfahrung. Wir haben übrigens auf dem Schreibtisch des Landtagsdirektors ein Geständnis gefunden. Er war todkrank. Eine äußerst seltene Autoimmunerkrankung. Die Ärzte gaben ihm nur noch wenige Wochen. Und er hielt es vor allen geheim. Seine Tochter ist wohl ebenfalls erkrankt, und sie hofften auf eine neue Behandlungsmethode, die in Russland entwickelt wurde.«

Schockiert wechselten die Anwesenden Blicke.

»Deshalb meinte Löwenthal zu mir, er sei kein schlechter Mensch«, murmelte Tina betroffen. »Weil er es bereut hat, was passiert ist. Und mit seinem Hinweis auf das Maxmonument wollte er uns darauf stoßen, wie man Lena noch befreien kann.«

»Darüber hätten Sie uns auch sofort informieren können, Frau Oerding, aber Schwamm drüber.« Sennebogen blickte ernst in die Runde. »Sie schalten am besten Ihre Handys aus und ignorieren die Anrufe der Journalisten. Vor allem Sie, Herr Huber!«

»Wir hätten noch mindestens eine weitere Tote, wenn Sie und Kommissar Mallinger nicht eingegriffen hätten«, meinte Tina.

»Was für ein Glück, dass er mit der Spurensicherung gesprochen hat«, sagte Sennebogen. »Ich muss nachher dem Kollegen noch danken, den er aus dem Schlaf geklingelt hat.«

Stefan runzelte die Stirn. »Jetzt fällt es mir erst auf: Wie hat er die Spurensicherung gestern eigentlich erreicht? Weder in den Katakomben noch in der Tiefgarage hat man doch Handynetz.«

Stille trat ein, in der sich alle drei verdutzt ansahen.

Kurz entschlossen zog Sennebogen sein Mobiltelefon aus der Tasche. Die Beunruhigung war ihm anzusehen, während er wählte.

»Ja, Sennebogen hier. Sagen Sie mal, wen von Ihnen hat Kriminalhauptkommissar Mallinger gestern Nacht noch erwischt? ... Was sagen Sie da? ... Sind Sie sicher? ... Ja, machen Sie das fertig. Und dann bitte sofort Info an mich.« Er legte auf und erklärte verwirrt: »Sie wussten von nichts. Mallinger hat gar nicht angerufen. Auch das Handy ist noch nicht wiederhergestellt. Sie sind noch dran.«

»Was? Das kann nicht sein!«, rief Bergmann aus und setzte sich schlagartig kerzengerade auf.

»Wo ist Mallinger denn? Das lässt sich doch bestimmt aufklären«, warf Stefan ein.

Nach wie vor ging der Kommissar nicht ans Telefon. Nicht einmal sein Partner Zeitler konnte eine Auskunft geben. »Ich versuche selbst schon seit heute früh, mit ihm zu sprechen!«, stotterte dieser, als Sennebogen ihn barsch anfuhr.

Mallinger war wie vom Erdboden verschluckt. Dabei wussten

sie erstaunlich wenig über den Ermittler, wie sich nun herausstellte. Er war erst vor einigen Monaten vom Staatsschutz zur Kripo gewechselt. »Mit besten Empfehlungen von oben«, erinnerte sich Sennebogen.

»Ist es nicht ungewöhnlich, dass ein neuer Kommissar sofort zu diesem Einsatz hier kam?«, fragte Tina erstaunt.

»Ja, er war wohl stark daran interessiert.« Bergmann wiegte den Kopf hin und her. »Wann tauchte er denn zum ersten Mal auf?«

Sennebogen überlegte. »Wir hatten die erste Begegnung auf der Baustelle nach dem Sturz des Russen aus der Delegation Attenbachs.«

»Also genau dann, als die Sache aus dem Ruder lief und öffentlich zu werden drohte«, sagte Tina. »Komisch. Aber Fakt ist: Ohne ihn und seine Hilfe wären wir weder zu den Kammern noch zur Gruft gekommen. Und ganz offensichtlich brauchte er die Info der Spurensicherung dazu gar nicht. Er kannte das Geburtsdatum bereits, nach dem wir gesucht hatten. Wenn er nicht noch mehr wusste …«

»Wo genau war er beim Staatsschutz denn eingesetzt?«, fragte Stefan.

»Ich bin nicht ganz sicher, aber ich glaube, im weitesten Sinn beim Haus Wittelsbach. Also bei den Mitgliedern des Königshauses«, sagte Sennebogen.

Unvermittelt sprang Tina auf. Ihr war ein schrecklicher Verdacht gekommen. »Der Blaue Wittelsbacher! Das kam doch beim Gesprächsmitschnitt im Plenum so heraus, dass Attenbach ihn auf dem Dach hinterlassen hatte, oder? Deswegen war Löwenthal oben! Dann ist er noch dort, sonst hätten wir ihn zumindest bei ihm finden müssen.«

Sennebogen schüttelte den Kopf. »Auf dem Dach war keine Spur eines Diamanten. Nur eine Art Halterung, die in den Kranz der Nike eingeschraubt war.«

»Mallinger wollte Löwenthal unbedingt als Erster durchsuchen, erinnert ihr euch? Er hat dich ja fast weggestoßen, als er dich bei Löwenthal gesehen hat, Tina«, sagte Bergmann. »Das heißt, er könnte den Edelstein an sich genommen haben!«

Stefan stand auf. »Aber warum blieb er noch so lange hier? Er hatte dann ja, was er wollte. Ich hatte schon den Eindruck, dass er Lena retten wollte.«

»Hatte Mallinger vielleicht einen Bezug zu ihr? Das könnte es doch sein!«, grübelte Sennebogen. »Wir sollten sie nachher fragen.«

Nachdenkliche Stille trat ein.

Tina, die es seit Minuten nicht mehr auf ihrem Stuhl hielt, drehte sich zu Stefan um. »Oder etwas anderes trieb ihn an. Spielen wir es doch einmal durch: Was wäre denn passiert, wenn sie in der Gruft erstickt wäre?«

»Wir hätten das niemals auf sich beruhen lassen, sondern alle Hebel in Bewegung gesetzt, um sie zu finden«, sagte Sennebogen. »Ein Kollege wird nicht zurückgelassen.«

Bergmann nickte. »Du hast recht: Wenn dort eine Kommissarin vermutet würde, tot oder lebendig, hätten wir jeden Stein umgedreht.«

»Und wenn er uns genau deshalb geholfen hat, um das zu verhindern? Ich habe mich schon fast gewundert, wie glatt es am Ende ging, den Einsturz der Gruft mal ausgenommen. Dass du Lenas Handy gefunden hast, war wirklich Glück. Aber ohne den Code des dritten Eingangs hätte uns auch das nichts geholfen.«

»Was sagte Mallinger, als er ging?«, fragte Stefan. »›Manchmal wäre es das Beste für alle, wenn man die Geschichte ruhen lässt‹, glaube ich. Und dass er noch etwas erledigen muss.«

»Geschichte ruhen? Die Formulierung haben wir gestern doch schon öfter gelesen«, murmelte Tina.

»Das Flugzeug ist über Tschechien abgestürzt. Ich wette, dass Mallinger dorthin unterwegs ist«, warf Sennebogen ein und stürmte aus dem Zimmer, um zu telefonieren.

***

Langsam machten sich die Anstrengungen der letzten Nacht bemerkbar, und Tina und Stefan beschlossen, sich in der Cafeteria des Krankenhauses mit einem Kaffee zu stärken.

»Was für ein Tag. Zu schade, dass die Gruft eingestürzt ist«, seufzte Tina.

Nachdenklich rührte Stefan in seinem Kaffeebecher. Etwas passte nicht ins Bild, über das er vorhin schon nachgedacht hatte. »Die plötzliche Erschütterung unter uns!«, rief er urplötzlich aus. »Woher kam sie? Könnte das nicht Mallinger gewesen sein?«

Tina stutzte und verschränkte die Arme. »Ja, du hast recht. Er wollte unbedingt mit Bergmann hinab.«

»Dazu passt, was mir die Präsidentin vorhin bei dem Rapport, zu dem ich bei ihr antreten musste, erzählt hat. Sie war ganz schön aufgeregt, wie du dir vorstellen kannst. Der Grundstein aufgebrochen, die Porzellantafel aus der Vitrine entwendet, ein Teil der Katakomben eingestürzt. Vor allem das Beben im Keller machte dem Bauleiter Sorgen. Er meinte, dass die Grundfesten des Maximilianeums nach der Erschütterung unbedingt sofort mit Beton verstärkt werden müssten. Was interessant ist: Das war sowieso geplant gewesen. Nächste Woche, während der Osterpause. Vielleicht ist das der Grund, wieso Attenbach genau jetzt tätig wurde. Er musste. Weil die Gruft wegen der Baustelle dann nicht mehr zugänglich gewesen wäre! Und das hat Mallinger heute Nacht vielleicht beschleunigt. Mit einer kleinen Sprengladung oder so wäre das möglich«, meinte der Abgeordnete. »Wenn man verhindern will, dass die Gruft genau untersucht wird, wäre das eine leichte Lösung. Und wir waren dann die Letzten, die sie gesehen haben.«

»Die Letzten …«, wiederholte Tina. »»Glaube‹. ›Märchen‹. Die letzten Worte von Löwenthal. Ich dachte bislang, er haderte im Sterben mit seinem Glauben. Aber vielleicht meinte er es ja wörtlich und wollte sagen: Glaubt einem Märchen.«

Einen Moment starrte sie geradeaus, dann sprang sie hoch.

»Wo willst du hin?«, fragte Stefan verblüfft.

»In die Bibliothek in der Studienstiftung. Bevor es auch da zu spät ist.«

83

München, Maximilianeum, 11:00 Uhr

Eine Viertelstunde später stand das Paar vor der Glastür mit der weißen Aufschrift »Stiftung Maximilianeum« und sah sich vorsichtig um. Leise drangen Stimmen an ihre Ohren, die aber offensichtlich aus dem Altbau kamen.

»Was suchst du hier, ein Märchenbuch? Ist das dein Ernst?«, flüsterte Stefan skeptisch.

»Ja, ist es!« Tina wedelte mit der Chipkarte des Direktors und hielt sie an den Leser rechts neben der Tür.

Mit leisem Klicken öffnete sie sich, und sie schlichen hinein. Verlassen lag der Gang mit den Appartements vor ihnen, und sie bemühten sich, so wenig Lärm wie möglich zu machen. Die Zimmer von Schechtner und Rademacher waren mit Aufklebern der Polizei gesichert, um sicherzustellen, dass sich kein Unbefugter unbemerkt Zugang verschaffte.

Tina hob den Zeigefinger an die Lippen, während sie sich in die kleine Bibliothek vortastete. Einen Augenblick ließ sie den Blick über die weißen Regale schweifen, dann ging sie zielsicher zum Bücherregal mit dem Wappen, das einen Stern, eingerahmt von geschürzten Männern, zeigte.

Die Bibliotheksleiter stand direkt unter dem Regal. Plötzlich verharrte Tina. Hatte sie die Leiter gestern nicht extra ein Stück weggeschoben? Ein Verdacht beschlich sie, und beunruhigt kletterte sie die Sprossen hinauf.

Oben angekommen, riss sie das versteckte Fach auf. Es war leer! Die Blätter, die sie gestern noch gespürt hatte, waren weg. Jemand war hier gewesen!

Hastig durchsuchte sie das Regal und atmete auf, als sie ein bunt bebildertes Buch herauszog.

»Das Kinderbuch, es ist noch da! Ein indisches Sagenbuch, besser gesagt!« Sie zeigte es Stefan und klappte den kunstvoll verzierten Einband auf. »Mitten unter Büchern zur Geschichte der Wittelsbacher. ›Die Legende vom Unglücksstein am Königsschloss‹.« Sie deutete auf die geschwungenen Lettern auf dem Einband. »Komisch, oder?«

Während Tina zunehmend aufgeregt im Büchlein blätterte, ging Stefan nervös auf und ab, bis sie die Stille unterbrach.

»Und rate, wovon es handelt: von einer unerfüllten Liebe zwischen einer Prinzessin aus dem Morgenland und einem Prinzen aus dem Abendland. Geschrieben von einem unbekannten Autor 1871. Hier ist auch direkt von einem geheimen erstgeborenen Sohn die Rede.«

»Aha, und ist das alles?«, fragte Stefan etwas enttäuscht nach.

Tina rollte mit den Augen. »Nehmen wir es mal wörtlich, dass mit den Eltern des Sohnes der bayerische Prinz Ludwig und die russische Zarentochter Katharina gemeint sein könnten. Wir wissen ja, dass Napoleon sie geradezu mit Geschenken überhäuft haben soll. Angeblich auch mit einem überaus seltenen und wertvollen Diamanten in einem Collier. Und die Erzählung hier sagt, dass am Königshof ein geheimnisvoller, tiefblauer Edelstein aufgetaucht sei, der Unglück über die ganze Familie brachte, weil der König ihn dem rechtmäßigen Erben vorenthalten und dafür seinem zweitgeborenen Sohn vermacht hatte. Mehr und mehr stellt sich heraus, dass dieser Stein nicht einfach nur ein Edelstein, sondern verflucht war.«

»Ein indisches Buch, sagst du? Und ein Unglücksstein?« Stefan runzelte die Stirn. »Erinnert mich an den Hope-Diamanten. Wie war das noch mal? Laut Legende wurde er von einer Statue der indischen Göttin Vishnu gestohlen und brachte seitdem jedem Verderben, der ihn unrechtmäßig besaß.«

»Hope wurde er wegen seines Besitzers genannt, oder?«, fragte Tina. »War das damals schon geläufig?«

Huber zückte sein Smartphone. Nach einigen Augenblicken las er vor: »›Der 45,52 Karat schwere blaue Diamant wurde im 17. Jahrhundert in einem Nebenfluss des Kooleron in Indien gefunden. Vermutlich gelangte er 1668 in den Besitz der französischen Könige, wurde aber im Laufe der Französischen Revolution gestohlen und verschwand für einige Jahre aus der Zeitgeschichte. Erst 1830 gab es wieder eine mögliche Spur, als in England ein ungeschliffener blauer Diamant zum Verkauf angeboten wurde. Der britische Bankier und passionierte Juwelensammler Henry Philip Hope, nach dem der Diamant benannt wurde, erwarb diesen Stein für damals achtzehntausend Pfund. Derzeit wird sein Wert auf bis zu zweihundertfünfzig Millionen Dollar geschätzt.‹ Laut Wikipedia war er also damals schon als Hope-Diamant bekannt«, schlussfolgerte er.

»Was hast du gerade gesagt?«, unterbrach ihn Tina.

»Dass er damals schon Hope-Diamant genannt wurde«, wiederholte Stefan irritiert.

»Nein, das meinte ich nicht. Vorher. Er war im Besitz der französischen Könige, verschwand während der Revolution und tauchte erst 1830 wieder auf. Wer stieg während der Französischen Revolution auf? Napoleon Bonaparte. Was, wenn der blaue Stein, den er Katharina Pawlowna schenkte ...«

»... der Hope-Diamant war?«, vervollständigte er den Satz.

»Das hieße, der ungeschliffene Diamant, den Henry Hope kaufte, wurde vielleicht irrtümlich für den verschollenen Stein gehalten. Das passt übrigens dazu, was hier zur Legende steht. Dem Namensgeber Hope selbst blieb das Unglück fern.« Stefan scrollte durch den Text.

»Weil der Stein, den Hope kaufte, gar nicht der von der Göttin Vishnu verfluchte Unglücksstein war, sondern möglicherweise ein anderer«, sagte Tina aufgeregt. »Und während Maximilian II. von seinem Vater den bekannten Blauen Wittelsbacher erhielt, bekam sein jüngerer Bruder Otto I. genau diesen Unglücksstein. Gut erging es König Otto nicht. Er musste im Krimkrieg, in dem er sich auf die Seite Russlands stellte, das Schlimmste von den Briten und den Franzosen befürchten und nach einem Volksaufstand ins Exil nach Bayern fliehen.«

»Deshalb vertraute Otto den Edelstein seinem Bruder Maximilian an, um ihn in Sicherheit zu bringen«, sagte Stefan.

Tina nickte. »So könnte es doch gewesen sein. Der Vater, König Ludwig I., weiht seine Söhne in das Familiengeheimnis ein. Allen wird mehr und mehr klar, dass der Stein gefährlich ist. Er verleiht zwar mysteriöse Kräfte, steht hier«, sie hob das Sagenbuch hoch, »aber in unrechtmäßigen Händen entfaltet er tödliche Kraft. Daher wurde der Stein mit seinem Erben begraben.«

»Also mit dem Sohn Katharinas und Ludwigs, als dessen Nachfahre sich Attenbach versteht, aus welchen Gründen auch immer«, meinte Stefan. »Und das hier in den Katakomben. In der Gruft. Aber warum?«

»Um den Fluch zu brechen. Oder um zu verhindern, dass der Stein in die falschen Hände fällt«, sagte Tina.

Einen Augenblick war es still, und Tina holte Luft. »Denk an den Spruch aus dem goldenen Zylinder: ›Spes mortifera est‹, ›Die Hoffnung ist tödlich‹. Vielleicht war damit nicht eine tödliche Hoffnung gemeint, sondern es war eine Warnung vor dem Hope-Diamanten. Wer weiß, vielleicht wurde das Maximilianeum einzig aus dem Grund erbaut, um sicherzustellen, dass ganz sicher niemand die Gruft und das Familiengeheimnis finden würde. Das würde auch erklären, wieso die Pläne für das Gebäude immer wieder geändert wurden.«

»Wieso dieser Aufwand? Es wäre doch am einfachsten gewesen, den Stein zum Beispiel unter den Grundfesten einzumauern«, fragte Stefan.

»Möglicherweise, weil es nicht einfach nur ein Versteck, sondern ein Kunstwerk für sich sein sollte«, sagte Tina. »Angelehnt an die Mysterienkulte der griechischen Mythologie und der ägyptischen Grabmäler. Könnte ich mir bei König Maximilian II. ebenso gut vorstellen wie bei Ludwig II.«

»Aber zu welchem Zweck wurden die Hinweise hinterlassen? Und für wen?«, überlegte Stefan.

»Damit ein Eingeweihter die Gruft finden konnte, wenn notwendig«, antwortete Tina. »Wenn der Stein doch noch gebraucht würde. Und da man den Blauen Wittelsbacher offenbar benötigt, um die Symbole zu entschlüsseln, hatten sie es selbst in der Hand, ihn zu bergen.«

»Oder sie waren unsicher, wie sie mit ihm umgehen sollten. Napoleons Schicksal endete auch einsam auf der Insel St. Helena im Südatlantik, obwohl er den Stein verschenkt hatte. Viele Optionen hatten sie nicht. Der rechtmäßige Erbe war tot. Zerstören konnten sie den Stein nicht. Verstecken allein war zu unsicher. Daher betrieben sie diesen Aufwand.«

»Aber wer sind ›sie‹ jetzt, im 21. Jahrhundert?«, fragte Stefan.

»Die Wächter. ›Mit Gottes Segen und unserer Hilfe sollen die Grundfesten des Hauses auf immer fest stehen und seine Geschichte ruhen‹«, zitierte Tina die Inschrift im Stuck. »Geschichte soll ruhen. Genau das sagte Robert Mallinger zu uns. Ferdinand Rademacher hat sein Leben dafür gelassen.«

»Und Andreas Schechtner war sein Zögling, den Rademacher als Nachfolger ausbildete«, überlegte Stefan. »Du hast doch das ›Buch der Wächter‹ dabei, oder?«

Kurz entschlossen klappte Tina den dunkelblauen Einband auf und ging die Listen durch. »Ha! Hier ist er, stimmt. Andreas Schechtner. Ein Anwärter.« Dann stutzte sie und blätterte nochmals zurück. »Das habe ich in der Eile gestern ganz überlesen: Schau mal, wer noch auf der Liste steht! Ullrich Löwenthal, Anwärter 1979. Was für ein Zufall.« Ungeduldig blätterte sie zur Liste der Wächter weiter. »Nichts. Hier ist kein Ullrich Löwenthal.«

»Ganz offenbar wollte er einer der Wächter werden, was ihm wohl verwehrt geblieben ist. Es würde aber erklären, wieso er über die Gruft Bescheid wusste«, überlegte Stefan. Kurz wurde es still, und er seufzte. »Du hattest recht vorhin. Klingt wie ein Märchen. Aber das würde vieles, was passiert ist, in ganz anderem Licht erscheinen lassen.«

»Die Wächter tun alles, um das Geheimnis zu bewahren. Und Attenbach hat alles darangesetzt, um an es heranzukommen. Es ging ihm um den Nachweis, dass er zur Königsfamilie gehört. Aber um noch etwas anderes. Nennen wir das Kind mal beim Namen: den Unglücksstein.«

Stefan nickte. »Und mit dem Flugzeugabsturz sieht es ganz danach aus, als hätte der Stein bereits seine Wirkung entfaltet.«

»Nur: Wo ist der Unglücksstein der Wittelsbacher jetzt?«, fragte Tina. »Und wo ist Robert Mallinger?«

84

Tschechien, Waldstück in Grenznähe zu Bayern, 11:02 Uhr

Die Schneise, die das kleine Flugzeug durch das Wäldchen gezogen hatte, war deutlich zu sehen. Wie heftig der Aufprall der
Gulfstream war, zeigte sich daran, dass die Trümmerteile über
mehrere hundert Meter weit verstreut waren. Die Kabine war
von der Wucht zerschmettert worden. Der Gestank von ver-
schmortem Kunststoff und Metall vermischte sich mit dem un-
verwechselbaren Geruch des Todes, der in der Luft lag.

Zwischen den Rauchschwaden ging eine Gestalt von Leiche
zu Leiche, die teils aus der Maschine geschleudert, teils zwischen
Wrackteilen eingeklemmt worden waren. Der Mann musste sich
beeilen. Die tschechischen Polizisten hatte er zwar bestechen
können, ihm den Absturzort kurz zu überlassen, aber Robert
Mallinger hatte nicht viel Zeit.

Effizient, geräuschlos und diskret arbeitete er seit Jahrzehnten
für die Familie. So lange, dass er fast ein Teil von ihr geworden
war. Mit allen Privilegien, Sorgen und der Verantwortung vor
der Geschichte. Aber dieser Auftrag war ein besonderer. Das war
ihm sofort bewusst geworden, als gestern am späten Nachmittag
der Anruf kam.

Viel stand auf dem Spiel, und als mit Nikolaus Attenbach
jemand auf der Bildfläche auftauchte, der beanspruchte, der
letzte Nachfahre zu sein, war ihm klar, dass es ernst würde.
Zum Glück hatten sie die Wächter schon seit den Vorfällen des
vergangenen Jahres im Auge, und er war deshalb bei der Kripo
in Habachtstellung gegangen. Ein derartiges Versagen hatte er
sich aber nicht vorstellen können. Sein Ordensbruder Ferdinand
Rademacher war zu schwach gewesen, das hätte er kommen
sehen müssen.

Vor allem aber der Verrat von Ullrich Löwenthal traf ihn wie
ein Schlag. Da hatte er eingreifen müssen! Gerade noch rechtzeitig konnte er die Ermittler mit seinen Tipps in die richtige
Richtung lotsen. Ein Segen war es auch, dass er rechtzeitig bei

Löwenthal ankam, um den Blauen Wittelsbacher an sich zu nehmen.

Mallinger war ehrlich froh, dass Schwartz und Bergmann entlastet waren. Er schätzte Loyalität, Vertrauen und Anstand. Die alten Werte. Es wäre ungerecht gewesen, wenn die beiden für die schrecklichen Morde dieses vulgären Russen den Kopf hätten hinhalten müssen. Sein Mitleid mit Attenbach und seinen Schergen hielt sich dahingegen in Grenzen. Nicht auszudenken, was passiert wäre, wenn sein Plan von Erfolg gekrönt worden wäre.

Wo war er nur?, fragte Mallinger sich zunehmend beunruhigt.

Nervös drehte er den goldenen Ring mit dem dunkelblauen Stern an seinem Finger. Als er sich schon enttäuscht abwenden wollte, fiel ihm ein angesengtes Stück Papier auf, das zwischen dem Polster eines zerstörten Sitzes klemmte. Vorsichtig zog er das verkohlte Blatt heraus.

»Mein geliebter Ludwig«, war darauf zu lesen. Mallinger hob es auf und pustete die Asche der kümmerlichen Reste weg. Der Brief! Das ist eine Sorge weniger, dachte Mallinger. Doch er musste Gewissheit haben. Über Attenbach und über den Unglücksstein. Die meisten Beweise zu den Wächtern hatte er zwar noch rechtzeitig aus der Bibliothek in Sicherheit bringen können, aber diese Historikerin hatte das ›Buch der Wächter‹ bereits, überlegte er, als er etwas hörte.

Leise stöhnte jemand, ganz in der Nähe! Mallinger kniete sich auf den Boden des zerstörten Passagierraumes und horchte. Wieder vernahm er es, und plötzlich entdeckte er eine Sitzreihe vor ihm die Hand unterhalb einer Metallplatte der eingedrückten Außenhülle des Flugzeuges. Er stürzte nach vorne und versuchte, die Platte anzuheben.

Mallinger schaffte es nur eine Handbreit, aber gerade hoch genug, um zu erkennen, wer unter ihr lag. Nikolaus Attenbach starrte ihn mit blutunterlaufenen Augen an und atmete schwer. Auf einen Blick erkannte Mallinger, dass jede Hilfe zu spät kam, so tief hatten sich die scharfen Kanten des Metalls in den Bauch des Mannes gedrückt.

»Ab…gestürzt?«, stieß Attenbach keuchend hervor. »Wie …
wie kann es sein … dass er mir auch … Unglück … bringt?«
Dann zitterten seine Lippen, und er atmete ein letztes Mal aus.
Seine rechte Hand erschlaffte, und etwas rollte klappernd über
den Boden.

»Bedenke das Schicksal des Ikarus. Der Tod der Übermüti-
gen für ihren unverschämten Griff nach der Sonne«, murmelte
Mallinger und griff nach dem Gegenstand. Als er ihn ertastete,
zuckte er zurück. Der Zwillingsstein! Vorsichtig zog er ihn unter
der Platte hervor und hob ihn mit den Fingerspitzen hoch. Einige
Sekunden lang verharrte er auf den Knien und betrachtete den
Stein, bevor er ihn in ein schweres Tuch wickelte.

»›Mandatum nostrum tueri et conservare‹«, sprach er fast andächtig und spürte die Verantwortung, die auf seinen Schultern
ruhte.

Der Großkomtur des Georgsordens bekreuzigte sich und
sprach ein Schutzgebet. Dann straffte er den Rücken und erhob
sich.

Es wartete noch Arbeit auf ihn. Womöglich sein letzter Dienst
für die Familie.

Epilog

München, Maximilianeum, mittags

Nachdenklich gingen Tina und Stefan über die Maximiliansbrücke. Der Münchner Frühling zeigte sich heute mit blauem Himmel und glasklarer Luft von seiner besten Seite, sodass sie sich dafür entschieden hatten, zu Fuß den Weg vom Bayerischen Landtag zur Trambahnstation zu gehen und von dort zur Kripo zu fahren. Sie hatten Kriminalrat Sennebogen nach ihrem Abstecher in die Studienstiftung einiges zu berichten.

Unter ihnen rauschte die Isar, und als sie die Schwindinsel in der Mitte der Brücke überquerten, tauchte einen Moment lang das Maxwerk am Flussufer auf.

Vor ihnen erstreckte sich die eindrucksvolle Kulisse der Münchner Prachtstraße.

»Ein schönes Vermächtnis, das uns König Maximilian II. hinterlassen hat.« Stefan zeigte auf die stolzen Gebäude und das Maxmonument, das sie in diesem Augenblick umrundeten. Als sie an einer Fußgängerampel warten mussten, drehten sie sich noch einmal um und betrachteten das Panorama des Maximilianeums, das die Mittagssonne in warmem Gold erstrahlen ließ.

»Nach wie vor der spannendste Arbeitsplatz Bayerns, oder?« Tina legte den Arm um ihren Begleiter.

Stefan lachte auf. »Ja, wobei ich auf etwas von der Aufregung auch gerne hätte verzichten können. Gut, dass wir ab morgen über die Feiertage keine Sitzungen im Landtag haben. Hast du das hier schon gesehen?« Er hielt sein Smartphone hoch und zeigte ihr die Schlagzeile einer Münchner Zeitung.

MYSTERIÖSE TODESFÄLLE AUF DER BAUSTELLE DES MAXIMILIANEUMS. RUSSISCHER HONORARKONSUL BETEILIGT?

Tina überflog den Artikel, dann sagte sie: »Man sieht dem Maximilianeum von außen nichts davon an, was gestern in seinem tiefsten Innern passiert ist.« Sie wurde still. Wie es in ihrem Innersten aussah, nach allem, was sie erlebt hatte, wusste sie selbst nicht so richtig. Die Bilder der beiden Menschen, die direkt vor ihren Augen starben, und die Erinnerungen an gestern kamen urplötzlich hoch.

Konnte es wirklich sein, dass sie mit ihren Vermutungen richtiglagen? War in den Tiefen der Katakomben des Maximilianeums wirklich eine Gruft versteckt, die ein königliches Familiengeheimnis und einen wertvollen, aber unglückbringenden Zwillingsstein des berühmten Blauen Wittelsbachers bewahrt hatte? Der noch dazu der echte Hope-Diamant war? War das Gebäude überhaupt erst aus diesem Grund an dieser Stelle erbaut worden? Und waren sie in den letzten Stunden dem geheimen Bund der Wächter auf die Spur gekommen, deren Tradition und Auftrag mit den Ereignissen der zurückliegenden Nacht auf die Probe gestellt wurden? Von einem Psychopathen, der sich für den Nachfahren eines geheim gehaltenen Königssohnes hielt, den Unglücksstein stahl und mit dem Flugzeug abgestürzt war?

Und welche Rolle spielte dabei Robert Mallinger? Hatte er den Blauen Wittelsbacher, und war er vielleicht sogar die »Instanz«, von der im Codex die Rede war und die den Wächtern zur Seite sprang? Hatten sie an einem dunklen Geheimnis gekratzt, das die bayerische Geschichte veränderte oder zumindest in anderem Licht erscheinen ließ? Oder hatten sich doch nur eine Reihe von Zufällen aneinandergereiht? Fragen über Fragen gingen ihr durch den Kopf.

Vieles lag im Nebel der Geschichte und der Geschehnisse der letzten Nacht, aber in jedem Fall hatten sie sowohl Kriminalhauptkommissar Harald Bergmann als auch Kriminalkommissarin Lena Schwartz beistehen können.

Bevor die Ampel auf Grün schaltete und sie ihren Weg fortsetzten, zog Tina eine dunkelblaue Ledermappe heraus und strich mit den Fingerkuppen vorsichtig über die Inschrift auf dem Einband.

Βιβλίο των κηδεμόνων.
Liber custodum.
Buch der Wächter.

»Das Buch und den Codex muss ich mir noch näher zu Gemüte führen«, sagte sie. »Auch wenn manche meinen, Geschichte sollte besser ruhen: Mir liegt das eher nicht. Vor allem dann nicht, wenn vielleicht sogar zwei Diamanten verschollen sind. Der Blaue Wittelsbacher und sein unglückseliger Zwillingsstein. Hope hin oder her.«

»Хуй с горы«, meinte er plötzlich und zwinkerte seiner Freundin zu.

»Was sagst du da? So hat mich doch der Russe beim Müller'schen Volksbad beschimpft!« Sie knuffte ihn in die Seite.

Stefan lachte. »Das ist kein Schimpfwort. Ich habe es vorhin mal gegoogelt. Die wörtliche Übersetzung ist nicht jugendfrei, aber sinngemäß bedeutet es: Ein Unbekannter oder eine Unbekannte taucht wie aus dem Nichts auf und ändert alles. Das passt schon ein bisschen zu dir«, meinte er.

»Nicht nur zu mir. Ich war gestern ja nahe daran, aufzugeben, erinnerst du dich? Irgendwie passt es zu der ganzen Geschichte, die wir erlebt haben. Stell dir nur vor, wir wären in der Mittagspause nicht mit Lena und Harald essen gegangen. Alles wäre anders gelaufen.«

Sie lächelte, und während sie auf der Maximilianstraße weiter Richtung Marienplatz gingen, griff sie an das goldene Medaillon an ihrem Hals, das sie seit gestern trug.

Die dunkle Limousine, die ihnen mit gebührendem Abstand im Schritttempo folgte, bemerkten die beiden nicht.

Anhang

Urkunde über die Gründung des Königlichen Maximilianeums (Gesetz- und Verordnungsblatt 1876 S. 595)

Ludwig II., von Gottes Gnaden König von Bayern, Pfalzgraf bei Rhein, Herzog von Bayern, Franken und in Schwaben etc. etc.

Beseelt von dem Wunsche, Seinem Volke ein dauerndes Denkmal landesväterlicher Liebe zu hinterlassen, und durchdrungen von der Überzeugung, daß die Förderung der Jugendbildung, insbesondere soweit sie für den Dienst des Vaterlandes geschickt macht, für das öffentliche Wohl den nachhaltigsten und segensreichsten Erfolg verspreche, haben Unseres in Gott ruhenden Herrn Vaters, König Maximilian II. Majestät, die Errichtung einer Anstalt beschlossen, welche bestimmt ist, die Erlangung der zur Lösung der höheren Aufgaben des Staatsdienstes erforderlichen wissenschaftlichen und geistigen Ausbildung zu erleichtern.

Da es nach dem unerforschlichen Ratschlusse der göttlichen Vorsehung dem Verblichenen nicht beschieden war, jene Anstalt Selbst noch ins Leben zu führen, so wollen nunmehr Wir die von dem allerdurchlauchtigsten Stifter getroffenen Anordnungen vollziehen, wie folgt:

I.
Zur Dotation der beschlossenen Stiftung bestimmen Wir

I.   *das hierfür nach Anordnung Unseres Herrn Vaters erbaute, am östlichen Ende der neuen Maximilianstraße in Unserer Haupt- und Residenzstadt München gelegene Gebäude nebst Zubehör;*

II.   *die gesamte Mobiliareinrichtung des Stiftungsgebäudes samt den Attributen für die stiftungsmäßigen Bildungszwecke, sowie die dortselbst eingerichtete Galerie von dreißig Ölgemälden und die dort befindliche Sammlung von vierundzwanzig marmornen Büsten;*

III. *ein in der Codicillar-Verfügung Seiner Majestät des Königs*

Maximilian II. vom 16. April 1860 ausgesetztes, verzinslich anzulegendes Kapital von 800,000 Gulden (1,371,428 Mark 57 Pfennig).

II.

Dieser hierdurch vollzogenen Stiftung erteilen Wir in der Eigenschaft einer selbstständigen öffentlichen Unterrichtsstiftung mit der Benennung:
»Königliches Maximilianeum«
Unsere landesherrliche Bestätigung.

III.

Die näheren Anordnungen über die inneren und äußeren Verhältnisse der Stiftung sind in den mitfolgenden »Grundbestimmungen für das Kgl. Maximilianeum in München« enthalten, deren Änderung und Ergänzung übrigens Wir Uns und Unseren Regierungsnachfolgern vorbehalten.
Wir geben Uns dem Vertrauen hin, daß die Stiftung eine erfolgreiche Wirksamkeit entfalten und durch ihre Segnungen das Andenken an den allerdurchlauchtigsten Stifter bis in die spätesten Zeiten vererben werde, sowie Wir von den zum Genusse der Stiftung Berufenen erwarten dürfen, daß sie die ihnen zuteil gewordene wohlwollende Königliche Fürsorge in dankbarer Gesinnung anerkennen und durch getreueste Pflichterfüllung ehren werden.

So gegeben zu Linderhof den zwanzigsten August im Jahre des Heils Eintausendachthundertsechsundsiebenzig, Unserer Regierung im dreizehnten.
Ludwig
Dr. von Lutz
Auf Königlich Allerhöchsten Befehl:
Der General-Sekretär:
an dessen Statt
der k. Ministerialrat: Dr. v. Völk

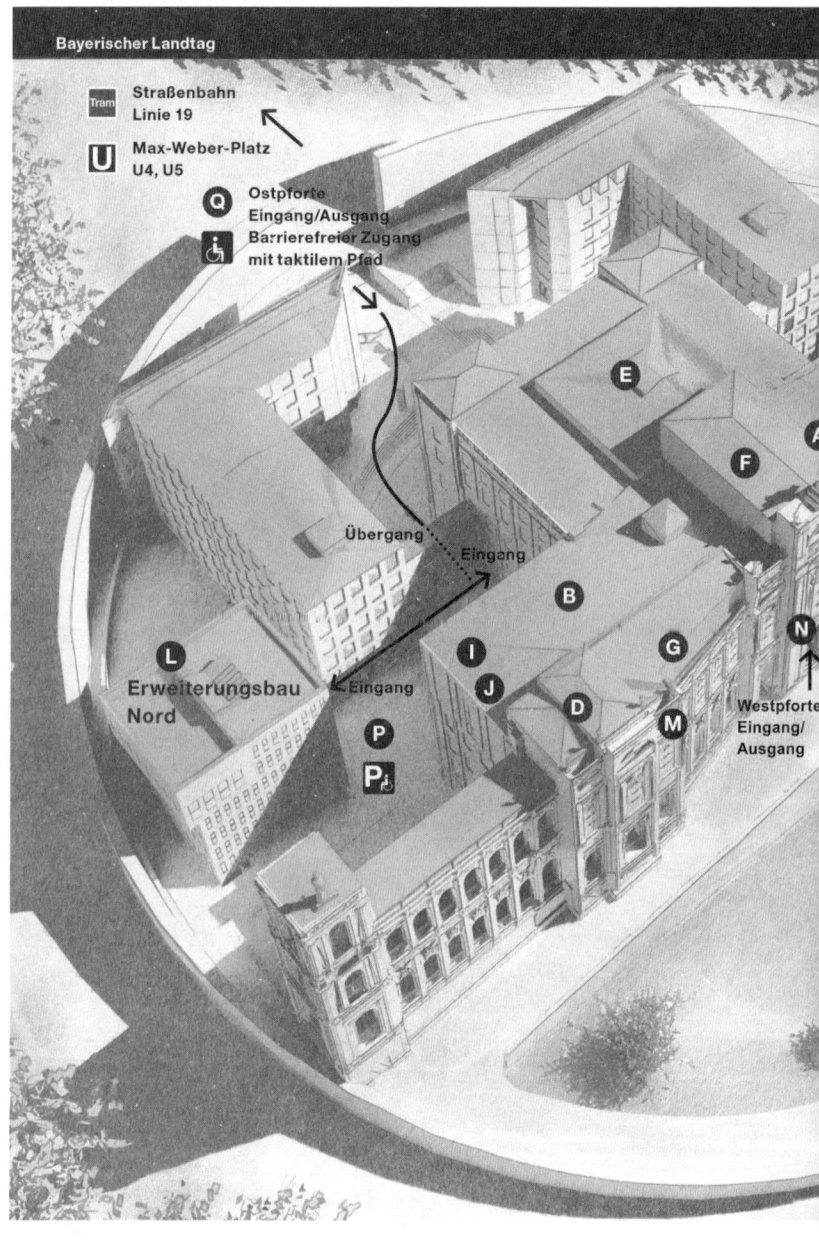

Bayerischer Landtag

Tram Straßenbahn
Linie 19

U Max-Weber-Platz
U4, U5

Q Ostpforte
Eingang/Ausgang

Barrierefreier Zugang
mit taktilem Pfad

Übergang

Eingang

E

F

A

B

I

J

G

N

D

M

L

Erweiterungsbau
Nord

Eingang

P

P

Westpforte
Eingang/
Ausgang

2. Obergeschoss

🅐 Plenarsaal

🅑 Senatssaal

🅒 Lesesaal

🅓 Konferenzzimmer

🅔 Kreuzgang

🅕 Steinerner Saal

🅖 Wandelgang Nord

🅗 Wandelgang Süd

1. Obergeschoss

🅘 Saal 1

🅙 Saal 2

🅚 Saal 3 (Weiße-Rose-Saal)

Erweiterungsbau Nord/Übergang

🅛 Konferenzsaal

Erdgeschoss

🅜 Landtagsgaststätte

🅝 Friedrich-Bürklein-Halle,
Eingang/Ausgang West

Untergeschoss

🅞 Bibliothek, Archiv

Nordhof

🅟 Hilfeleistungslöschfahrzeug HLF

Ostpforte

🅠 Eingang/Ausgang Ost

**Maximilianstraße
Richtung Innenstadt**

Maximilianeum

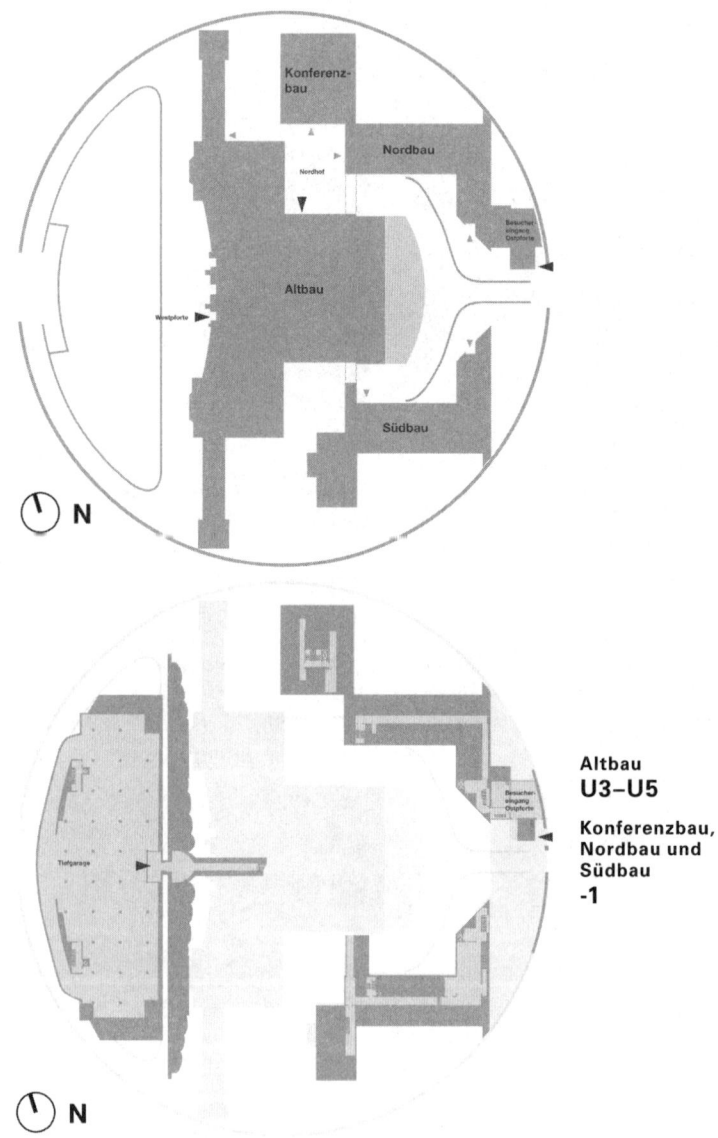

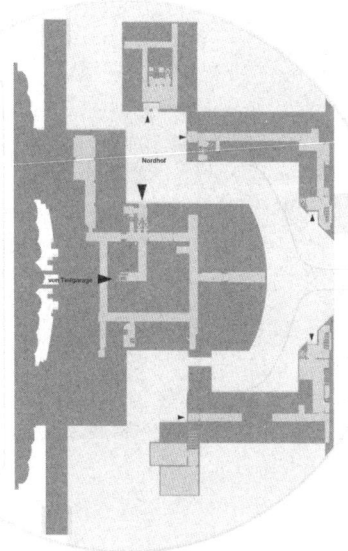

**Altbau
U2**

**Konferenzbau,
Nordbau und
Südbau
0**

 N

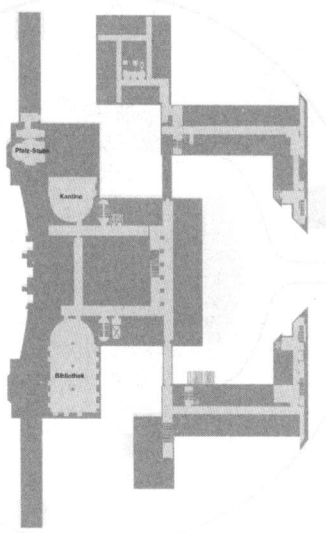

**Altbau
U1**

**Konferenzbau,
Nordbau und
Südbau
1**

N

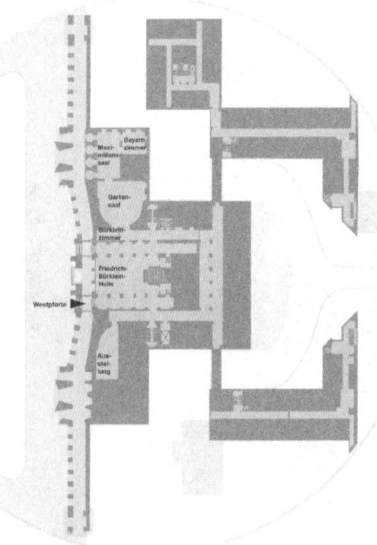

Altbau
0

**Konferenzbau,
Nordbau und
Südbau**
2–3

N

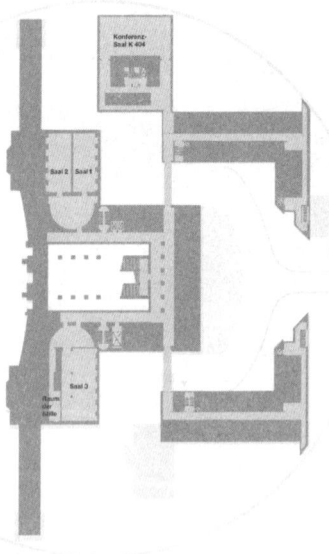

Altbau
1

**Konferenzbau,
Nordbau und
Südbau**
4

N

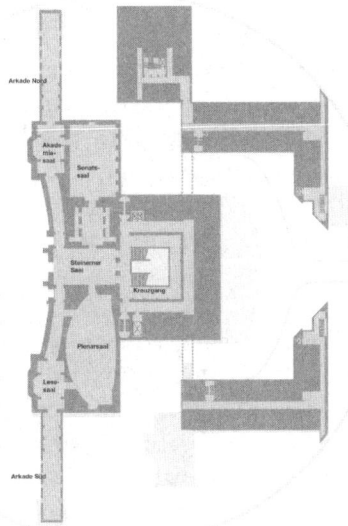

Altbau
2

**Konferenzbau,
Nordbau und
Südbau**
5

N

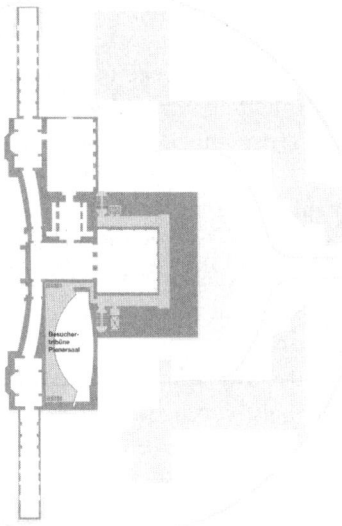

Altbau
3

**Konferenzbau,
Nordbau und
Südbau**

N

Nachwort und Dank

Nicht wenige behaupten, dass das Maximilianeum der schönste Arbeitsplatz der Welt oder zumindest Bayerns sei. Dem kann ich nur beipflichten. Sei es der eindrucksvolle Prachtbau mit Blick über die Dächer Münchens, die spannende und reichhaltige Geschichte oder als Sitz des bayerischen Parlaments der zentrale Ort der Demokratie im Land. Jeder Punkt für sich oder all diese Aspekte im Gesamten betrachtet: Das Maximilianeum ist etwas Besonderes.

Nachdem ich mich beim Vorgängerroman »Die Akte Schleißheim« bemüht habe, das Haus und diejenigen, die es in ihrer täglichen Arbeit mit Leben erfüllen, auf ganz neue Art und Weise greif- und erlebbarer zu machen, geht »Maximilianeum« noch ein wenig mehr in die Tiefe. Erneut habe ich versucht, historische Fakten mit weiteren Einblicken in politische Abläufe im Landtag zusammenzubringen und dies mit einer originellen Handlung zu verknüpfen. So sind der Abgeordnete Stefan Huber oder der Landtagsdirektor Ullrich Löwenthal wie auch die weiteren Protagonisten rein fiktiv. Auch die Legende der Wächter, die das Geheimnis eines verheimlichten Nachfahren und eines möglichen Unglückssteins hüten, entspringt der Phantasie des Autors. Der Parlamentsbetrieb, die Geschichte des Maximilianeums und der Studienstiftung mit ihrer Gemälde- und Kunstsammlung, die bewegte Familiengeschichte der Wittelsbacher und Katharina Pawlownas bis hin zu den Katakomben sowie selbst dem Geheimtunnel bildeten aber einen wunderbaren historisch fundierten Rahmen für den Roman.

Möglich war dies alles nur durch die großartige Unterstützung, die mir beim Recherchieren, Schreiben und Überarbeiten des Manuskriptes zuteilwurde. Das eingespielte Team von »Die Akte Schleißheim« hat mich bei der Entwicklung der Idee und bei der Umsetzung unterstützt. So stand mir meine Familie mit Rat und Tat, ehrlicher Rückmeldung und moralischer Unterstützung zur Seite, ebenso wie Diana Binder, die nicht nur ständig motivierte, sondern auch mit ihrem großen Fachwissen, mit ihrer Kreativität und ihrer Leidenschaft für das Schreiben eine wertvolle Helferin war. Was für »Die Akte Schleißheim« galt, ist für den vorliegenden Band ebenso richtig: Ohne ihren unschätzbaren Beitrag wäre der vorliegende Roman schwerlich vorstellbar gewesen. Großer Dank gebührt erneut auch Carlos Westerkamp, der im Lektorat einmal mehr sein Können bewies und sich mit seiner Erfahrung, großer Geduld und mit einem unglaublichen Blick fürs Detail um das Projekt verdient gemacht hat. Jana Budde und das Emons-Team haben dem Manuskript einmal mehr den letzten Schliff verliehen. Die Zusammenarbeit hat ebenso reibungslos funktioniert wie mit Conny Heindl von der Agentur Drews, die mich auch bei diesem Vorhaben bestens begleitet hat.

Ganz besonderer Dank wird erneut auch der Präsidentin des Bayerischen Landtags Ilse Aigner geschuldet, die mich und mein Vorhaben, das Parlament auf diese Weise näherzubringen, von Beginn an unterstützt hat. Dies gilt auch dem gesamten Landtagsamt mit Direktor Peter Worm, der mit der Erstellung und Bereitstellung der Skizzen und Pläne des Maximilianeums spannende Einblicke in das Haus ermöglichte.

Gerhard Hopp
DIE AKTE SCHLEISSHEIM
Broschur, 272 Seiten
ISBN 978-3-7408-1128-0

München im Ausnahmezustand: Der Sommerempfang des Bayerischen Landtags auf Schloss Schleißheim ist in vollem Gange,
als eine Serie von Bombenanschlägen die Stadt erschüttert. Ein
ungewöhnliches Quartett aus zwei Ermittlern, einer Historikerin
und einem Abgeordneten setzt sich auf die Spur der Attentäter.
Das verwickelt die vier nicht nur in den lebensgefährlichen Plan
eines Psychopathen, sondern führt sie auch in die Katakomben des
Landtags und zu einem der größten Geheimnisse der bayerischen
Geschichte …

*»Hopp konstruiert eine spannende Krimihandlung und vermittelt
interessante Hintergrundinfos über die Abläufe im Landtag.«*
Straubinger Tagblatt

www.emons-verlag.de